《西厢记》在当代戏曲舞台上的传播与重构研究

李大博 著

Research on the Dissemination and Reconstruction of the

Romance of the West Chamber

on the Stage of Contemporary Opera

中国戏剧出版社

CHINA THEATRE PRESS

图书在版编目（CIP）数据

《西厢记》在当代戏曲舞台上的传播与重构研究 / 李大博著. -- 北京 : 中国戏剧出版社, 2020.10

ISBN 978-7-104-05021-6

Ⅰ. ①西… Ⅱ. ①李… Ⅲ. ①《西厢记》—戏剧研究 Ⅳ. ①I207.37

中国版本图书馆CIP数据核字(2020)第188474号

《西厢记》在当代戏曲舞台上的传播与重构研究

项目策划：张恒军
项目统筹：王松林
责任编辑：邢俊华
责任印制：冯志强

出版发行：中国戏剧出版社
出 版 人：樊国宾
社　　址：北京市西城区天宁寺前街2号国家音乐产业基地L座
邮　　编：100055
网　　址：www.theatrebook.cn
电　　话：010-63385980（总编室）
传　　真：010-63383910（发行部）

读者服务：010-63381560
邮购地址：北京市西城区天宁寺前街2号国家音乐产业基地L座

印　　刷：涞水建良印刷有限公司
开　　本：787mm×1092mm 1/16
印　　张：19
字　　数：281千
版　　次：2020年10月 北京第1版第1次印刷
书　　号：ISBN 978-7-104-05021-6
定　　价：118.00元

大连外国语大学2018年度学科建设经费资助出版。
2017年辽宁省高等学校基本科研
项目（项目编号：2017JYT18）成果。

目录
contents

楔子　一曲西厢，天下夺魁 …… 1

第一节　从《莺莺传》到“王西厢” …… 1

第二节　从北曲传播到南曲传播 …… 10

第三节　从昆腔舞台到地方戏舞台 …… 16

第一章　京腔京韵传情义

——《西厢记》在京剧舞台上的传播与重构 …… 19

第一节　《西厢记》在京剧舞台上的传播概况 …… 19

第二节　京剧《红娘》的主角转换与多维重构 …… 22

第三节　京剧《西厢记》的全本呈现与对“反礼教”主题的强化 … 35

第二章　梆腔豫韵话佳期

——《西厢记》在豫剧舞台上的传播与重构 …… 45

第一节　《西厢记》在豫剧舞台上的传播概况 …… 46

第二节　常派《拷红》的百炼成钢 …… 49

第三节　陈派《七部西厢》的现代意识 …… 59

第四节　阎派《十二场豫剧〈西厢记〉》的情理共融 …… 68

第三章　吴侬软语越西厢
——《西厢记》在越剧舞台上的传播与重构 …………………… 72
第一节　越剧的前世今生与《西厢记》在越剧舞台上的传播过程 …………………………………………………… 73
第二节　“上越”版《西厢记》的经典化呈现 …………………… 80
第三节　“小百花”版《西厢记》的创新意识 …………………… 87

第四章　山陕梆子蒲西厢
——《西厢记》在蒲剧舞台上的传播与重构 ……………………100
第一节　山陕梆子吼出的“蒲西厢” ……………………………101
第二节　“王秀兰”版《西厢记》的经典呈现 ……………………103
第三节　“武俊英”版《西厢记》的舞台生新 ……………………112
第四节　“小梅花”版《西厢记》的青春气息 ……………………122

第五章　黄梅采茶奏琴音
——《西厢记》在黄梅戏舞台上的传播与重构 ………………127
第一节　采茶调吟唱出的“黄梅西厢” ……………………………128
第二节　“黄梅西厢”的荧屏风采 …………………………………133
第三节　“黄梅西厢”的传播效果 …………………………………149

第六章　一丑一旦闹普救
——《西厢记》在二人转舞台上的传播与重构 ………………154
第一节　二人转的艺术属性与《西厢记》在二人转舞台上的传播概况 ……………………………………………………154
第二节　从元杂剧《西厢记》到二人转《大西厢》的审美变异 ……157
第三节　二人转《大西厢》对元杂剧《西厢记》的价值重构 ………167
第四节　二人转《大西厢》的文化传播意识 ………………………176

参考文献 …… 187

附　录 …… 190

一　京剧《红娘》剧本 …… 190

二　豫剧《拷红》剧本 …… 226

三　“小百花”版越剧《西厢记》剧本 …… 240

四　蒲剧《西厢记》剧本 …… 267

后　记 …… 295

楔子　一曲西厢，天下夺魁

“新杂剧，旧传奇，《西厢记》天下夺魁。”这是元末明初杂剧作家贾仲明对元杂剧《西厢记》的评价，从中可以窥视出《西厢记》在元代剧坛的影响力。到了明、清两代，随着北曲杂剧的衰落，《西厢记》实现了由北曲传播到南曲传播的转变，《西厢记》依然是灿若星河的南曲剧目中最耀眼的一颗明星。昆曲衰落后，《西厢记》又被搬上地方戏的舞台，时至今日依然久演不衰。一曲西厢，何以天下夺魁？又何以长久地活跃在中国戏曲舞台上？让我们从《西厢记》的传播过程谈起。

第一节　从《莺莺传》到“王西厢”

《西厢记》的故事最早可追溯到唐代作家元稹的传奇《莺莺传》，明清时期的学者一般认为该作品为元稹的自叙传，以元稹与其姨表妹的情感经历为原型。《莺莺传》原名《传奇》，后被收入《太平广记》时改作《莺莺传》，因为文中有《会真诗》，又称《会真记》。《莺莺传》主要渲染崔莺莺和张生始乱终弃的爱情经历，作品以莺莺再嫁，张生另娶为结局。《莺莺传》的作者站在传统道德立场上，对崔、张二人有违礼教的行为进行否定，并称赞张生“抛弃莺莺”的行为是“善补过”之举：“时人多许张为善补过者。予常于朋会之中，往往及此意者，夫使知者不为，为之者不惑。”[①]鲁迅曾批评该作品“篇末

① 张友鹤选注：《唐宋传奇选》，人民文学出版社1964年版，第111页。

文过饰非，遂堕恶趣”[①]。

中唐以后，《莺莺传》的故事在民间广为流传，因此一系列以《莺莺传》为题材的说唱作品流行于市井勾栏。苏门文人秦观、毛滂曾作《调笑转踏》。《调笑转踏》是一种歌舞曲，八个故事为一套，每个故事用一首引诗和一首《调笑令》来歌咏古代的一个美人，这八个故事当中就有《莺莺传》的故事。受形式所限，秦观、毛滂所作《调笑转踏》对崔、张故事的表现并不完整，思想倾向也与《莺莺传》大致相同。宋代文人赵令畤曾作《元微之崔莺莺商调蝶恋花鼓子词》。鼓子词是流行于宋代的一种兼有说唱和乐舞的民间艺术，一般由三个以上的艺人参与表演，分别进行歌舞、讲说和伴奏。赵令畤在以鼓子词这种民间艺术表现崔、张故事的过程中，删除了《莺莺传》中张生对崔莺莺的诋毁，对张生始乱终弃的行为进行了批评，对崔莺莺的遭遇有所同情，但综合来看，该作品的思想倾向仍然没有超越《莺莺传》的范畴。另外，周密《武林旧事》的“官本杂剧”名录中有《莺莺六么》，具体内容已失传，该剧很可能也是演绎崔、张的爱情故事。

金代也出现了一些以崔、张爱情故事为题材的说唱文学作品。陶宗仪《辍耕录》所记载的金院本名录中有《红娘子》，但具体内容已失传。直到董解元《西厢记诸宫调》的出现，崔、张爱情故事的思想倾向为之一变。董解元的《西厢记诸宫调》世称“董西厢”，约五万言，用了一百九十多个套曲，实际上是规模宏伟的长篇叙事诗或诗体小说。它虽然取材于《莺莺传》，但在主题思想、戏剧冲突、人物性格等方面都作了脱胎换骨的改造，是一部具有独创性的新作。就主题思想而言，《西厢记诸宫调》以崔莺莺和张生的相爱、私奔以至美满的大团圆取代了《莺莺传》始乱终弃的悲剧性结局，使“董西厢”的主题上升到反对封建婚姻制度、批判封建礼教的高度。就戏剧冲突而言，《莺莺传》的戏剧冲突，主要在莺莺与张生之间，而“董西厢”的戏剧冲突，则是以张生、莺莺、红娘为一方，以老夫人、郑恒为另一方，突出表现了礼教叛逆者和礼教捍卫者之间的冲突。就人物形象的塑造而言，“董西厢”

---

① 鲁迅：《中国小说史略》，人民文学出版社1973年版，第65页。

突出表现了红娘的聪明、睿智，将其打造成颇具同情心和正义感的下层婢女形象。同时，该作品也对老夫人和张生的形象进行了改造。老夫人从一个性格软弱的老妇人演变成一个封建礼教的捍卫者；张生则从一个思想上充满矛盾的负心汉演变成一个情感专一、敢于反抗封建礼教的正面人物。当然，“董西厢”在具体细节上还存在着诸多瑕疵，但却为王实甫《西厢记》的创作打下了重要基础。可以说，“董西厢”是“西厢故事”演变过程中一部里程碑式的作品。

到了元代，王实甫在长期流传的崔、张爱情故事的基础上，特别是在董解元《西厢记诸宫调》的基础上，进行了带有总结性的思想艺术改造，完成了杂剧《西厢记》的创作。这里需要说明的是，关于元杂剧《西厢记》的作者在学术界尚存争议，争议起自明代，至今尚无定论。代表性的观点有四种：第一种观点认为《西厢记》为关汉卿所作（见都穆《南濠诗话》、王骥德《新校著古本西厢记》、汪道昆《水浒传序》）；第二种观点认为《西厢记》为王实甫所作（见钟嗣成《录鬼簿》、朱权《太和正音谱》、贾仲明【凌波仙】挽词）；第三种观点认为《西厢记》为关作王续（见金台鲁氏《新编题西厢记咏十二月赛驻云飞》、张羽《古本董解元西厢记·序》）；第四种观点认为《西厢记》为王作关续（见王世贞《艺苑卮言》、金圣叹《贯华堂第六才子书西厢记》）。明清以来的好多学者认为元杂剧《西厢记》的第五本与前四本的语言风格截然不同，人物性格发展的基本逻辑也存在诸多断裂的地方，基于此，认同“王作关续”说的学者甚多，明代的王世贞、徐士范、凌濛初以及清代的金圣叹、当代戏曲专家王季思均认同“王作关续”说，这种说也成了自明清以来影响最大的一种说法。但在笔者看来，“王作关续”说的问题在于缺少最原始、最可信的文献来支撑，文人笔记以及相关序文的可信度毕竟是有限的，正如伏涤修先生所说：“原始文献记载是最可靠的铁证，而此说（指‘王作关续’说，笔者注。）恰恰欠缺此方面的文献支撑，至于结局安排和语言风格，那是见仁见智的事……同一个人的作品后面不如前面是常有的现象，‘情尽才尽’，不能就说成一定出自两人手笔，所以王作关续说也是难以成立的。”[①] 虽

① 伏涤修：《〈西厢记〉接受史研究》，黄山书社2008年版，第198页。

然关于《西厢记》作者的争论仍在延续，但笔者认为，钟嗣成《录鬼簿》、朱权《太和正音谱》以及贾仲明【凌波仙】挽词中所提出的“王作”说可信度更大。王实甫的《西厢记》吸收了赵令畤《元微之崔莺莺商调蝶恋花鼓子词》同情莺莺悲剧命运的创作基调，借鉴了董解元《西厢记诸宫调》对张生、老夫人和红娘形象的改造，将崔、张故事由一个始乱终弃的悲剧改造为青年男女叛逆封建礼教、反抗封建婚姻制度的喜剧，全剧从主题建构到形象塑造均有重大突破，成为元代爱情戏中的夺魁之作。

就主题建构而言，“王西厢”表现出“缘情反礼”的鲜明指向。作品突出表现了以崔莺莺、张生为代表的礼教叛逆者和以老夫人为代表的礼教捍卫者这两大阵营之间的对立和冲突，崔、张二人的终成眷属有力地表现了作品的“反礼教”主题。为了在主题层面凸显作品的“反礼教”指向，王实甫设置了两大明晰的戏剧冲突：一是以老夫人为代表的封建礼教捍卫者和以张生、莺莺、红娘为代表的礼教叛逆者之间的冲突；二是张生、莺莺、红娘三人之间的性格冲突。这两大戏剧冲突形成了一主一辅两条线索，这两条线索相互制约，起伏交错，共同推动剧情的发展。在这两大戏剧冲突下，王实甫又巧妙设置了四个戏剧冲突的高潮：一个偶然的机会崔、张二人佛殿相逢，莺莺主动回眸一顾，张生惊艳于莺莺的美貌，这种“一见钟情”式的爱情是作为封建家长的老夫人所不允许的，所以，“王西厢”一入戏礼教叛逆者和礼教捍卫者之间的冲突便在酝酿中。接着发生了“孙飞虎事件”，老夫人情急中许诺谁能让孙飞虎退兵便“以莺莺妻之”；张生搬来白马将军杜确，普救寺得以解围，老夫人却自食其言，赖婚不允。到老夫人第一次赖婚，出现了第一个戏剧冲突的高潮。老夫人赖婚后，戏剧冲突发生了转移，由先前的表现礼教叛逆者和礼教捍卫者之间的冲突转而表现张生、莺莺、红娘三人之间的性格冲突：张生虽执着于爱情，却要忍受心灵的煎熬；莺莺虽钟情于张生，却又处处防备，处处试探；红娘虽然已经决心玉成崔、张之事，却又要时时考虑到莺莺“撮盐入火”的性格和老夫人的威严。直到“赖简”一折，出现了第二个戏剧冲突的高潮。崔、张二人的爱情以合法的方式无法得到满足，于是便采用了私下结合的方式，这种有违礼教的行为必然会与以老夫人为代表的礼教捍卫者产生激烈冲突。果然，当老夫人发现莺莺神情变化甚大，并在欢郎口中得知莺莺和红娘前去烧香且半晌不回时，立即叫来红娘进行拷问。到“拷红”一折，出现了第三个戏剧冲突的高潮。红娘以自己的机智勇敢战胜了老夫人，老夫人不得不接受崔、张二人私下结合的事实，但却又开出了张生必须获得功名的条件。到了第五本，在得中状元的张生即将返回与莺莺成婚之际，郑恒却突然来到普救寺，并谎称张生已被卫尚书招为东床快婿，结果引来老夫人的又一次赖婚。可崔、张二人忠贞不渝，红娘据理力争，加上白马将军杜确的支持，崔、张二人终成眷属，也将戏剧冲突推向了最高潮。

就形象塑造而言，“王西厢”成功地塑造了崔莺莺、张生和红娘三个个性鲜明的人物形象。“王西厢”中的崔莺莺是中国文学史上第一位大胆反抗封建礼教的女性形象，也是一位外表冷静、内心炽热，渴望爱情、追求幸福的闺阁女性形象。崔莺莺由一位恪守封建礼教的闺阁淑女转变为追求自由爱情的礼教叛逆者，其深层的动因在哪里？王实甫抓住了崔莺莺性格发展的深层动因，通过一系列的戏剧冲突全面展现了崔莺莺由闺阁淑女转变为礼教叛逆者的心路历程。

首先，自我意识的觉醒是崔莺莺成为礼教叛逆者的最重要的心理推动力。在第一本的楔子中王实甫设置了崔莺莺在普救寺内赏花伤春的情节，莺莺唱道：“可正是人值残春蒲郡东，门掩重关萧寺中。花落水流红，闲愁万种，无语怨东风。”[①]这一情节表现的正是中国文学中的传统母题——少女伤春，这一母题的潜在指向在于，由春的流逝而引发的对青春、生命流逝的思考，并由此上升到对女性自我意识的观照。莺莺的唱词表现了由残春、萧寺、流水、落花引发的伤感，在春的流逝中莺莺深切地感受到青春、生命的流逝，而这种流逝又是无法挽回的。“花落水流红”引发了莺莺对青春、生命的理性思考，“闲愁”正是这种理性思考的诗意表征。在莺莺看来，与其在萧寺的禁锢中任由青春与生命的消逝，不如让生命在美妙的青春中绽放出最美的姿态。所以，莺莺伤春的情节蕴含着崔莺莺对爱情与自由的潜在诉求，是对封建礼

① 本书中出现的元杂剧《西厢记》戏词均引自王季思主编《全元戏曲》（第二卷），人民文学出版社 1990 年版。

教的无声反抗，也是其自我意识觉醒的有力表征。

其次，老夫人的约束和压制是崔莺莺成为礼教叛逆者的重要外在条件。在“王西厢”中，作为莺莺母亲和礼教捍卫者的老夫人成为伦理权威和文化权威的代表。作为伦理权威，老夫人是将封建家长对女儿的理性干涉转化为亲情与关爱的重要媒介；作为文化权威，老夫人又是将抽象的封建礼教转化为莺莺日常言行规范的重要条件。因此，老夫人成了崔莺莺追求自由爱情的征途上最大的障碍。同时，长期的封建理性教育又使外在的礼教制约在一定程度上转化为莺莺内在的自觉认同，并最终形成一种权威人格。所以，崔莺莺想要获得自由爱情就必须通过自我意识的觉醒实现对母亲的叛逆以及对自我权威人格的颠覆。换言之，“王西厢”中崔莺莺的成长历程其实正是自我意识的觉醒与礼教的约束、压制这两者之间的拉锯战。第一本中的莺莺伤春和初见张生时的主动回眸一顾，正是莺莺自我意识觉醒的表现；第二本中“白马解围”后的赖婚是老夫人以伦理权威和文化权威的身份对崔、张自由爱情的粗暴干涉，但也正是由于老夫人的强力压制才使莺莺再次生发出自我意识觉醒的强烈诉求；第三本中崔莺莺在传简、闹简、赖简这几折戏中令人发笑的言行举动正是其自我意识的觉醒战胜礼教约束的重要体现；第四本中莺莺与张生西厢同居并以身相许，这一大胆、越轨的行为意味着自然天性对伦理人格的战胜和凯旋，也意味着崔莺莺自我意识的觉醒对礼教约束的战胜和凯旋。“拷红”一折后新的戏剧冲突产生了，张生为了获得合法婚姻的保障，要进京求取功名，这就有了“送别”一折。在这一折戏中，作者再次关注了莺莺自我意识的发展。虽然崔、张的自由爱情获得了母亲的认可，但赴京赶考的张生会不会像自己一样对爱情忠贞不渝？这让莺莺的内心充满了忧虑。试看“送别”一折中莺莺的唱段：

【幺　篇】年少呵轻远别，情薄呵易弃掷。全不想腿儿相挨，脸儿相偎，手儿相携。你与俺崔相国做女婿，妻荣夫贵，但得一个并头莲，煞强如状元及第。

【朝天子】暖溶溶玉醅，白泠泠似水，多半是相思泪。眼面前茶饭怕不待要吃，恨塞满愁肠胃。“蜗角虚名，蝇头微利”，拆鸳鸯在两下里。一个这壁，一个那壁，一递一声长吁气。

被功名“绑架”的爱情让崔、张二人承受着生离死别之痛，也让崔莺莺对功名利禄进行了深刻的反思，她将功名视作“蜗角虚名”“蝇头微利”，与长相厮守的爱情相比，功名利禄犹如粪土，“但得一个并头莲，煞强如状元及第”，可见莺莺秉持的是一种不掺杂任何杂质、完全摆脱名利束缚的纯美的爱情观。这也标志着崔莺莺自我意识的进一步觉醒，即由获得自由爱情上升到对爱情纯度的思考。“送别”之后的“惊梦”一折，莺莺居然在超现实的梦境中追赶赴京求仕的张生，并毅然与张生一路同行。在这一折戏中，莺莺自我意识的觉醒居然上升到了价值观的层面上：

【折桂令】想人生最苦离别，可怜见千里关山，独自跋涉。似这般割肚牵肠，倒不如义断恩绝。虽然是一时间花残月缺，休猜做瓶坠簪折。不恋豪杰，不羡骄奢；自愿的生则同衾，死则同穴。

“不恋豪杰，不羡骄奢；自愿的生则同衾，死则同穴。”显然代表着一种超越了门第观念和名利束缚的誓同生死的爱情观，这是一种平等的甚至是超越性的爱情观，虽然出现在梦境中，但却代表了现实世界中备受礼教重压的闺阁女性的共同的价值诉求，这也是崔、张二人终成眷属的最大推动力。

“王西厢”中的张生更多表现出市民阶层的审美趣味。王实甫颠覆了《莺莺传》中的张生始乱终弃的负心汉形象，剔除了“董西厢”中张生形象的性格“瑕疵”，将张生打造成执着而略带傻气、洒脱而兼有迂腐的形象。首先，“王西厢”中的张生是个执着的“志成种”。在“王西厢”中，张生是矛盾冲突的主动挑起者，表现出对爱情执着而强烈的追求。从佛殿相逢的那一刻起，他便深深地爱上了崔莺莺，并随即决定抛弃功名，为了追求理想的人生伴侣，他宁可把功名抛于脑后。接着又把对莺莺的爱付诸具体行动：请求与莺莺为邻居——隔墙吟诗——闹道场——白马解围——传书递简——进京求仕——

终成眷属。在这一过程中，张生表现出对爱情超乎寻常的执着："与《莺莺传》中那个薄情儿不同，与《西厢记诸宫调》中那个一时要和红娘'权作夫妻'，一时又要将莺莺让给郑恒的那个张生也不同，他对莺莺的感情是十分'志成'的。"①红娘称张生为"疯魔汉"和"傻角"，其实所谓"疯魔"和"傻"只是外在的表现，就内在的本质而言，则是指向张生的志成。其次，"王西厢"中的张生又是一个略带懦弱和傻气的酸腐书生。张生在执着追求自由爱情的过程中，有时也略带懦弱和傻气，这为张生形象增添了些许的喜剧色彩。面对老夫人的赖婚，他目瞪口呆，一筹莫展，只能哭泣着去寻求红娘的帮助；面对莺莺的赖简，他瞠目结舌；第一次和素不相识的红娘谈话，他就详细地自报家门，并不合时宜地询问莺莺的情况，结果被红娘抢白了一顿；事情败露后，老夫人派红娘去请张生，他无计可施，居然埋怨红娘走漏了风声。这一切都可见张生的懦弱和傻气。正因为如此，红娘才嘲弄他是"风欠酸丁""银样镴枪头"。

红娘可以说是"王西厢"塑造得最成功的人物形象。首先，红娘拥有强烈的正义感。正义感是红娘性格中最本质的特征。孙飞虎兵围普救寺之前，她是老夫人安插在崔莺莺身边，对崔莺莺行监坐守的眼线，红娘并不曾注意张生和莺莺的关系，有时还讥笑张生的酸腐。"白马解围"之后，她认识到张生急人之难的品德，并从心底不满老夫人背信弃义的赖婚，同情崔、张二人为爱情而苦恼的处境，一心想玉成此事，以成人之美。张生起初并不了解红娘的为人，而以世俗的眼光看待红娘。张生托红娘传简时，许诺以后多以金帛酬谢，但红娘却义正词严地拒绝张生的酬谢：

【胜葫芦】哎！你个馋穷酸徕没意儿，卖弄你有家私，莫不图谋你东西来到此？先生的钱物，与红娘做赏赐，是我爱你的金资？

这支曲子形象地表现了红娘的无所图和舍己为人的正义感。为了玉成崔、张二人的婚事，红娘不得不在老夫人、张生和崔莺莺三者之间纵横捭阖，她

① 邓绍基主编：《元代文学史》，人民文学出版社 1991 年版，第 113 页。

要蒙蔽威严而多疑的老夫人，又要鼓励软弱而酸腐的张生，还要应对顾虑重重、心细如发的莺莺。红娘承受着种种压力，但却义无反顾，可以说，强烈的正义感是红娘促成崔、张二人终成眷属的关键因素。

其次，红娘机智、勇敢而又表现出市井女性特有的泼辣。在“拷红”一折中，红娘面对老夫人，表现得非常镇定，她搬出了礼教和信义的“利器”，满口道学式的语言，一会儿讲礼，一会儿讲信，周公孔孟头头是道，却不为这些伦理道德所束缚，红娘对这些伦理道德的取舍完全是从自身利益出发的，最终战胜了老夫人。面对张生，红娘也经常把道学式的语言放在嘴边，摆出一副正经的模样。例如，在“借厢”一折中，张生急于向红娘自报家门，聪明的红娘自然知道张生的用意，但她对张生的为人并不了解，因此机智地搬出“孔孟之道”这种宗法社会公认的价值观调侃张生的冒失与傻气。在“赖简”一折中，主动请张生来花园约会的莺莺在见到张生后居然板起面孔，变了卦，这让酸腐的张生一时摸不着头脑，也让张生极为尴尬，机智的红娘恰在此时再一次搬起了礼教的“利器”：“张生，你过来跪着！你既读孔圣之书，必达周公之礼，夤夜来此何干？”“你既是秀才，只合苦志于寒窗之下，谁教你夤夜辄入人家花园，做得个非奸即盗。”红娘搬出的“周公孔孟”看起来冠冕堂皇，其真实的目的却是让张生从尴尬的处境中解脱出来。此外，作为一个婢女形象，王实甫还让红娘表现出市井女性所特有的泼辣。面对蛮横的老夫人、酸腐的张生和矫情的崔莺莺，红娘敢于对他们进行犀利的嘲讽。在“拷红”一折中，面对位高权重而又气势汹汹的老夫人，红娘切中肯綮地指出老夫人的“罪状”：“信者人之根本，‘人而无信，不知其可也。大车无輗，小车无軏，其何以行之哉？’当日军围普救，夫人所许退军者，以女妻之。张生非慕小姐颜色，岂肯区区建退军之策？兵退身安，夫人悔却前言，岂得不为失信乎？既然不肯成就其事，只合酬之以金帛，令张生舍此而去。却不当留请张生于书院，使怨女旷夫，各相早晚窥视，所以夫人有此一端。”崔、张二人私下结合的事情败露之后，惶恐的张生居然怀疑是红娘泄漏了消息，红娘毫不留情地讽刺张生：

【幺篇】既然泄漏怎甘休？是我相投首。俺家里陪酒陪茶倒撋就。你休愁，何须约定通媒媾？我弃了部署不收，你原来“苗而不秀”。呸！你是个银样镴枪头。

“赖简”一折，张生面对突然变卦的莺莺居然惶恐无言，红娘恨铁难成钢地对其进行训斥：“张生，背地里用嘴那里去了？向前搂住丢翻，告到官司，怕羞了你！”老夫人赖婚后张生害病在床，莺莺为了防备红娘，居然想隐瞒张生的病因，泼辣的红娘无情地抢白道：“你哄着谁哩？你把这个饿鬼弄的七死八活，却要怎么？”红娘这种泼辣和率性完全符合其市井女性的身份。

再次，红娘善解人意而又颇有远见。从某种程度上来讲，作为婢女的红娘是市井细民的代表，她撮合崔、张二人，不仅是出于对老夫不守信义的反感，更主要的是出于她对自由爱情的认同，她善解人意、帮助有情人的做法反映了下层民众对“情”的自觉追求与认同。同时，红娘撮合崔、张二人的举动又是颇有远见的。作为莺莺的贴身婢女，如果莺莺嫁给一个心仪的丈夫，找到一个好的归宿，也就意味着红娘会一个好的归宿，“王西厢”中的红娘也巧妙地传达出这种愿望：“愿俺姐姐早寻一个姐夫，拖带红娘咱。”“不图你甚白璧黄金，则要你满头花，拖地锦。”所以，红娘撮合崔、张的做法既是为他人着想的善举，也是为自己着想的远见。

从《莺莺传》到“董西厢”，再到“王西厢”，红娘形象经过反复的锤炼和打磨，成了中国古典戏曲中塑造最成功的婢女形象。《西厢记》之后出现的戏曲、小说作品中的婢女形象，如《牡丹亭》中的春香、《红楼梦》中的鸳鸯、晴雯，均在一定程度上受到了红娘形象的影响。

第二节　从北曲传播到南曲传播

北曲是元杂剧最为重要的音乐基础，所以自从王实甫将“董西厢”改写成杂剧，《西厢记》便开始以北曲演唱，有元一代，《西厢记》主要是以北曲传播为主。关于《西厢记》在元代的舞台演出情况我们几乎看不到确切的文献记载，元末明初的贾仲明为王实甫写的吊词说：“作词章，风韵美，士林中等辈伏低。新杂剧，旧传奇，《西厢记》天下夺魁。”这里贾仲明虽没有确切提及《西厢记》的舞台演出情况，但所谓“士林中等辈伏低”“《西厢记》天下夺魁”似乎不单单指《西厢记》的文本传播，还应涵盖《西厢记》舞台演出的情况。《西厢记》所以在元代成为“天下夺魁”之作，主要是通过广泛的舞台演出得以实现的。到了明代前期，《西厢记》仍然是以北曲传播为主，王世贞《曲藻》云：“今世所演习者，《北西厢记》出王实甫。”[①]《曲藻》是明代嘉靖、隆庆年间很有影响力的一部戏曲理论著作，可见直到明代嘉靖年间，《西厢记》仍以北曲传播为主。从嘉靖后期开始，北曲演出日趋衰落。何良俊《曲论》载：“余家小鬟记五十余曲，而散套不过四五段，其余皆金、元人杂剧词也，南京教坊人所不能知。”[②]沈德符《顾曲杂言》载：“嘉、隆间度曲知音者，有松江何元朗，畜家童习唱，一时优人俱避舍，以所唱俱北曲词，尚得金、元遗风，予幼时犹见老乐工二三人，其歌童也，俱善絃索，今绝响矣。何又教女鬟数人，俱善北曲，为南教坊顿仁所赏。顿曾随武宗入京，尽传北方遗音，独步东南，暮年流落，无复知其技者，正如李龟年江南晚景。”[③]嘉靖后期，北曲的衰落已呈现出不可扭转的态势，但《西厢记》的北曲传播仍然没有中断，至万历年间，仍有演出全本《北西厢》的情况。沈德符《顾曲杂言》载：“自吴人重南曲，皆祖昆山魏良辅，而北词几废，今惟金陵尚存此调……顷甲辰年，马四娘以生平不识金阊为恨，因挈其家女郎十五六人来吴中，唱《北西厢》全本。其中有巧孙者，故马氏粗婢，貌甚丑而声遏云，于北词关捩窍妙处，备得真传，为一时独步。他姬曾不得其十一也。四娘还曲中，即病亡。诸姬星散。巧孙亦去为市姬，不理歌谱矣。”[④]沈德符记载的是马四娘在吴中演唱全本《北西厢》的盛况，只可惜马四娘死后，其所在戏班迅速解体，演出盛况也不复重现。至万历后期，以折子戏的形式演出的《北西

---

① 王世贞：《曲藻》，见《中国古典戏曲论著集成（四）》，中国戏剧出版社1959年版，第31页。
② 何良俊：《曲论》，见《中国古典戏曲论著集成（四）》，中国戏剧出版社1959年版，第9页。
③ 沈德符：《顾曲杂言》，见《中国古典戏曲论著集成（四）》，中国戏剧出版社1959年版，第204页。
④ 沈德符：《顾曲杂言》，见《中国古典戏曲论著集成（四）》，中国戏剧出版社1959年版，第212页。

厢》仍时有出现，赵春宁对《金瓶梅》中演出《西厢记》的情况进行过统计：演出次数有十几次，除少数情况外，上演的多是《北西厢》。“如第58回郑月儿唱【越调·斗鹌鹑】‘夜去明来，倒有个天长地久’（《西厢记》第四本第二折），第61回申二姐唱‘半万贼兵’（《西厢记》第二本第二折），第68回四个妓女唱‘游艺中原’（《西厢记》第一本第一折）、‘半万贼兵’，第74回小优儿唱‘玉骢骄马出皇都’（《西厢记》第五本第四折）等等都是北曲演唱。”① 《金瓶梅》现存最早的刊本《金瓶梅词话》出现于明万历四十五（1617）年，所以，《金瓶梅》的成书应该在明嘉靖年间。虽然《金瓶梅》仅是一部小说，与正史和相关文献的记载相比，其可信度有限，但也可约略从中窥视到《西厢记》在嘉靖至万历年间的北曲传播情况。到了清代，李日华改编的《南西厢记》在《西厢记》的舞台演出中占据了主流，《西厢记》的南曲传播以绝对优势压倒了北曲传播。但仍有一些文人雅士对《北西厢》情有独钟，如李渔在《闲情偶寄》曾记载他自己出于对李日华《南西厢记》的厌恶和对王实甫《北西厢》的欣赏，宁愿去听生平最不喜欢的弋阳腔、四平腔演唱全本《北西厢》：“予生平最恶弋阳、四平等剧，见则趋而避之，但闻其搬演《西厢》，则乐观恐后。何也？以其腔调虽恶而曲文未改，仍是完全不破之《西厢》，非改头换面、折手跛足之《西厢》也。”② 李渔生于明末，卒于康熙十九年（1680），可见直到清初，南曲声腔中仍有演唱《北西厢》的。小铁笛道人作于清嘉庆年间的《日下看花记》记载艺人马福儿和李七官擅演《拷红》：“姿容清秀，演《拷红》《狐女思春》，俱北曲，而艺已极妍尽致。”③ “演北曲《拷红》，声音如篆烟袅袅而上，予习闻其妙矣。至揽莺莺之袂，似俊鹘之眸，睇蒙鼓之面，俨然一幅西洋图画。吴越人睹之，无不哗然失笑。余虽老游北部，亦终莫解其妙。”④ 由此可见，清代中期仍有民间艺人可以演唱《北西厢》，只不过此时可以演唱

① 赵春宁：《〈西厢记〉传播研究》，厦门大学出版社2005年版，第122页。

② 李渔：《闲情偶寄》，上海古籍出版社2000年版，第43页。

③ 小铁笛道人：《日下看花记》，见张次溪编纂《清代燕都梨园史料》，中国戏剧出版社1988年版，第89页。

④ 小铁笛道人：《日下看花记》，见张次溪编纂《清代燕都梨园史料》，中国戏剧出版社1988年版，第99页。

北曲《西厢》的人已经极为少见，且多以折子戏为主。从元代至清代中后期，《西厢记》的北曲传播并未中断，只是能够演唱《北西厢》的人越来越少，《南西厢》取代《北西厢》已然成为无法改变的大趋势。

以下我们再来谈一谈《西厢记》的南曲传播。《西厢记》的南曲传播可追溯到元代，元代已经出现南曲戏文《崔莺莺西厢记》，该剧在《永乐大典》中有著录，在徐渭《南词叙录·宋元旧篇》中也有存目，后经李景云改写，定名《崔莺莺西厢记》。李景云生平情况不可考，可能为底层民间艺人。据钱南扬先生考证，李景云为元朝人："钮少雅《九宫正始》提到李景云的时候，一说他是'元人'，二说他的改本属于'元人手笔'，三是由李景云《崔莺莺西厢记》而来的'西厢格'为元人流行之格。"[①] 据此可基本认定，李景云为元朝人。可见，元代的北曲杂剧和南曲戏文都曾上演过"西厢"剧目。由此推论，王实甫的《西厢记》产生后，北曲传播和南曲传播同时存在，只不过明代中期以前，《西厢记》是以北曲传播为主，《北西厢》乃世风所尚。至明代嘉靖朝后期，南曲为时人所青睐，南曲演唱成为一种时尚，南曲以绝对优势压倒北曲，北曲呈现出不可扭转的衰颓之势。顾起元《客座赘语》载："南都万历以前，公侯与搢绅及富家，凡有宴会，小集多用散乐，或三四人，或多人，唱大套北曲，乐器用筝、秦、琵琶、三弦子、拍板。若大席，则用教坊打院本，乃北曲大套者，中间错以……后乃变为尽用南唱，歌者只用一小拍板，或以扇子代之，间以用鼓板者。今则吴人益以洞箫及月琴，声调屡变，益为凄惋，听者殆欲堕泪矣。大会则用南戏，其始止二腔，一为弋阳，一为海盐。弋阳则错用乡语，四方士客喜阅之；海盐多官语，两京人用之。后则又有四平，乃稍变弋阳而令人可通者。今又有昆山，校海盐又为轻柔而婉折，一字之长，延至数息，士大夫禀心房之精，靡然从好，见海盐等腔已白日欲睡，至院本北曲，不啻吹篪击缶，甚且厌而唾之矣。"[②] 王骥德《曲律》载："迨季世入我明，又变而为南曲，婉丽妩媚，一唱三叹，于是美善兼至，极声调之致。始犹南北画地

① 罗冠华:《表演视角下的〈西厢记〉改本研究》，广州大学硕士学位论文，2011年，第7页。

② 顾起元:《客座赘语》，转引自伏涤修《〈西厢记〉接受史研究》，黄山书社2008年版，第142页。

相角，迩年以来，燕、赵之歌童、舞女，咸弃其捍拨，尽效南声，而北词几废。何元朗谓：‘更数世后，北曲必且失传。’”[①] 在这种背景下，《西厢记》开始以南曲演唱的方式广为传播，并出现了一系列在王实甫《西厢记》的基础上、依据南曲演唱方式的改编本，主要包括崔时佩《南西厢记》、李日华《南西厢记》、陆采《南西厢记》、王百户《南西厢记》、高宗元《新增南西厢记》，其中影响最大的是李日华的《南西厢记》，该作品在《远山堂曲品》《曲录》和《今乐考证》中均有著录。李日华是一个名不见经传的人物，生平事迹基本不可考。又，高儒《百川书志》载：“李日华《南西厢记》二卷。”“海盐崔时佩编辑，吴门李日华新增，凡三十八折。”[②] 所以，一般认为，李日华《南西厢记》是在崔时佩《南西厢记》的基础上改写、增饰而成的。李日华《南西厢记》现存明代版本主要包括四种：万历周居易辑本《新刊合并李日华西厢记》、万历金陵富春堂刻本《新刻出像音注花栏南调西厢记》、闵遇五编《六幻西厢》和毛晋的汲古阁《六十种曲》本。李日华《南西厢记》产生后，时人对这部作品的评价可谓毁誉参半。凌濛初《谭曲杂劄》云：“改北调为南曲者，有李日华《西厢》。增损字句以就腔，已觉截鹤续凫，如‘秀才们闻道请’下增‘先生’二字等是也。更有不能改者，乱其腔以就字句，如‘来回顾影，文魔秀士欠酸丁’是也……乃《西厢》为情词之宗，而不便吴人清唱，欲歌南音，不得不取之李本，亦无可奈何耳。”[③] 李渔《闲情偶寄》云：“词曲中音律之坏，坏于《南西厢》，凡有作者，当以之为戒，不当取之为法。非止音律，文艺亦然。请详言之。填词除杂剧不论，止论全本，其文字之佳，音律之妙，未有过于《北西厢》者。自南本一出，遂变极佳者为极不佳，极妙者为极不妙。推其初意，亦有可原，不过因北本为词曲之豪，人人赞羡，但可被之管弦，不便奏诸场上，但宜于弋阳、四平等俗优，不便强施于昆调，

① 王骥德：《曲律》，见《中国古典戏曲论著集成（四）》，中国戏剧出版社1959年版，第55—56页。

② 高儒：《百川书志》，转引自赵春宁《〈西厢记〉传播研究》，厦门大学出版社2005年版，第65页。

③ 凌濛初：《谭曲杂劄》，见《中国古典戏曲论著集成（四）》，中国戏剧出版社1959年版，第257页。

以系北曲而非南曲也。”[①]凌濛初和李渔对李日华《南西厢记》均持批评态度，凌濛初对李日华翻改曲牌、“乱其腔以就字句”的做法颇为不满，李渔更是对《南西厢记》嗤之以鼻，但二者也看到了李日华将北曲《西厢》改为南曲《西厢》的必然性，因为这种做法适应了北曲衰落、南曲兴盛的大背景。当然，对李日华《南西厢记》的肯定也见于前人的论著中，姚华《菉猗室曲话》云：“北调《西厢》，自成血脉；李翻入南曲，又别为李之血脉。如必执关、王以议，又何解于关、王之翻董也。况宋元词曲，隐括古人遗音者，不知凡几，未闻有讥其非者……须知李作虽采旧词，实多创新调，如【渔镫儿】六曲联套，古无此体，李实创作，为后人开路。”[②]董康《曲海总目提要》云：“南北曲之各异，不独北调铿锵，南调宛折，南兼四韵，北并三声，凡元人杂剧，每折皆一人独唱到底，《西厢》要紧人物，惟张生与莺、红，而红曲尤多，若不稍为变通，则势不能给，虽善歌舞者难继其声，故不得不易元曲而为明，易北曲而为南也。近时演唱关目，有欠雅者，亦非日华本色。”[③]伏涤修先生曾对王实甫《西厢记》和李日华《南西厢记》进行系统比较，认为“李西厢”对“王西厢”的改编主要不在主题、情节上，而在曲牌的翻写上。“《李西厢》在主题、情节上基本遵从《王西厢》，但在艺术体制上作了相当的改易，这是《李西厢》在精神上忠实于《王西厢》同时又力求适应传奇演出体制的表现。”[④]“翻改《王西厢》主要的问题是在改写曲牌上，《王西厢》中虽有少量南曲牌，但主体是北曲牌，属于北曲演唱体系……另外《南西厢》主要是用海盐腔、昆腔演唱的，昆腔讲究调缓和板眼，昆曲演奏乐器与北曲也不同。李日华要想使自己改创的《南西厢》能盛行于场上，就必须解决好这些问题。”[⑤]笔者基本认同伏先生的观点。后人对“李西厢”的批评，其着眼点在于李日

---

① 李渔：《闲情偶寄》，上海古籍出版社2000年版，第42页。

② 姚华：《菉猗室曲话》，见伏涤修、伏蒙蒙《西厢记资料汇编》，黄山书社2012年版，第565页。

③ 董康：《曲海总目提要》，转引自王锦源《李日华改本〈南西厢记〉研究》，苏州大学硕士学位论文，2014年，第36—37页。

④ 伏涤修：《重评李日华〈南西厢记〉》，《戏剧》2005年第1期，第88—89页。

⑤ 伏涤修：《重评李日华〈南西厢记〉》，《戏剧》2005年第1期，第89页。

华对音律的改造和曲牌的改写，但我们忽视了北曲衰落、南曲兴盛的时代背景。李日华对“王西厢”曲牌的改写是在北曲杂剧走向衰落、南曲声腔取代北曲声腔的背景下的必然选择，也是适应南曲演唱方式的一种革新。从明代中叶至清代后期的戏曲舞台上，《西厢》剧目均是以李日华《南西厢记》为蓝本的。所以，从《西厢记》舞台传播史的角度来看，李日华的《南西厢记》功不可没，它不仅适应了明代中叶声腔演变的需要，同时也为《西厢记》在明清戏曲舞台上的传播开辟了新路。

第三节 从昆腔舞台到地方戏舞台

从明代中叶开始，南曲声腔取代北曲声腔成为无法扭转的必然趋势。随着北曲的衰微，以四大声腔为代表的南曲声腔开始兴起，从而开启了《西厢记》以南曲传播为主的新篇章。赵春宁系统梳理了《西厢记》的昆山腔、弋阳腔、青阳腔、海盐腔和余姚腔的演出传播。[①] 明代嘉靖年间，经过魏良辅等人的改造，昆山腔以柔靡婉媚的特色为文人士大夫所青睐，并以绝对优势压倒了南曲其他声腔，李日华《南西厢记》就是为了配合昆腔演出的需要而改编的剧本。可以说，从明代中叶至清代中叶，《西厢记》基本上都是以昆腔演唱为主。清代中期以后，伴随着雅部的衰落，以昆腔为主要演唱方式的局面被打破，但昆腔《西厢记》依然没有淡出人们的视野。清代嘉庆年间成书的《观剧日记》（作者不可考）记载，在近一年半的昆腔演出中，《西厢记》上演频率极高，其中《佳期》《拷红》《长亭》三折戏演出五次以上。直到20世纪初，昆腔舞台上的《西厢》剧目仍时有上演。根据陆萼庭先生《昆剧演出史稿》记载，在1922年举行的江浙昆剧名家大会串中仍有《佳期》一折上演。[②]

清代中期以后，在花部流行、雅部衰落的背景下，《西厢记》的昆腔演唱急剧减少，但却又被方兴未艾的地方戏所青睐。《西厢记》被纷纷搬上京剧、

① 赵春宁:《〈西厢记〉传播研究》，厦门大学出版社2005年版，第124—130页。

② 陆萼庭:《昆剧演出史稿》，上海教育出版2017年版，第419页。

评剧、豫剧、越剧、蒲剧等地方戏舞台。荀慧生先生于1936年依据元杂剧《西厢记》和昆曲《拷红》改编成京剧《红娘》，该剧于1936年12月22日在北京首演，反响强烈。后经长时间的舞台实践，逐步改进，成为京剧荀派的代表剧目。

评剧舞台上演《西厢记》可追溯至20世纪30年代，主演该剧的是"评剧皇后"白玉霜。1936年白玉霜在上海拍摄完电影《海棠红》后，就曾在恩派亚大戏院演出全本《西厢记》。"白玉霜拍完了电影，从九月开始，又在恩派亚大戏院演出《玉堂春》《贩子回头》和全部《西厢记》等。"[①]后来据白玉霜的女儿小白玉霜回忆，白玉霜还曾出演过折子戏《红娘》。"我妈在上海时，和欧阳予倩同志、田汉同志、洪深同志都有很好的友谊。《潘金莲》这个本子是欧阳老的，欧阳老还给我妈排过戏。我记得《红娘》的有些唱词，是欧阳老写的，《海棠红》的反调的词，也是欧阳老写的。"[②]

1937年，戏曲理论家、戏曲改革家王镇南与张福仙（常香玉父亲）、常香玉一道成立了"中州戏曲研究社"，致力于豫剧艺术的改革。在此期间，他同史树明一道对王实甫的《西厢记》进行改编，剧本从《惊艳》到《拷红》共分六部，人称《六部西厢》。该剧于1937年在开封首演，由常香玉担任主演，反响强烈。后由常香玉的丈夫陈宪章改编为豫剧《红娘》，并成为豫剧常派的代表作。此外，被称为"现代豫剧之父"的樊粹庭于1948年组织演出《西厢外传》，该剧主要移植秦腔《西厢记》中的《候后》《酬简》和《拷红》三折戏，樊粹庭又为李景萼打造《长亭送别》《草桥惊梦》两折，后者与前者被整合为《七部西厢》。

越剧舞台上演《西厢记》可追溯到"绍兴文戏"时期，"的笃班"上演的绍兴文戏《西厢记》虽然与王实甫的原著差距较大，但可视为越剧舞台上演《西厢记》的首次尝试。20世纪30年代，筱丹桂移植、改编了京剧《红娘》；20世纪40年代，袁雪芬曾上演过南薇编导的《西厢记》。

蒲剧舞台上演《西厢记》可追溯到20世纪40年代，该剧最初是由西安

① 胡沙:《评剧简史》，中国戏剧出版社1982年版，第184页。
② 胡沙:《评剧简史》，中国戏剧出版社1982年版，第184页。

剧作家淡栖山于 1939 年根据元杂剧《西厢记》改编而成，由著名蒲剧表演艺术家王秀兰饰演红娘，当时豫剧大师常香玉和京剧大师荀慧生先生的弟子徐汉英与王秀兰同在西安，同时，常香玉和徐汉英分别饰演豫剧和京剧舞台上的红娘，因此，王秀兰、常香玉和徐汉英被誉为“西京三大红娘”。

中华人民共和国成立后，包括京剧、评剧、豫剧、越剧和黄梅戏五大剧种以及大部分地方戏剧种都曾搬演过《西厢记》。如 1953 年由华东戏曲研究院编审室改编的“上越”版《西厢记》、由李乔改编的曲剧《西厢记》；1954 年由淡栖山先生改编的秦腔《西厢记》、由宝文堂出版的琼剧《西厢记》；1956 年由秦似改编的桂剧《西厢记》；1959 年由田汉先生创作的京剧《西厢记》。此外，还有由齐东、符菊吟、张润时改编的评剧《崔莺莺》；阎立品改编的《十二场豫剧〈西厢记〉》；石凌鹤改编的赣剧《西厢记》；等等。改革开放以来，随着新兴媒体技术的介入，戏曲舞台的传播方式发生了深刻的变革。在这种背景下，出现了黄梅戏电视剧《西厢记》、蒲剧电视剧《西厢记》、“小百花”版越剧《西厢记》、“青春版”昆曲《西厢记》以及“小梅花”版蒲剧《西厢记》等等。可以说，《西厢记》由古至今、从北曲传播到南曲传播、从昆曲舞台到地方戏舞台，实现了多元化传播与经典化重构。在笔者看来，《西厢记》的舞台传播史就是一部《西厢记》的接受史和研究史，所以，笔者选择了当代戏曲舞台上具有代表性的《西厢》剧目：京剧《西厢》、豫剧《西厢》、越剧《西厢》、蒲剧《西厢》、黄梅戏《西厢》以及二人转《西厢》。这里需要说明的是，关于二人转的艺术属性，学术界尚在争论中，本人认为二人转是由曲艺向戏曲的过渡形态，因此将二人转《西厢》也纳入“《西厢记》在当代戏曲舞台上的传播与重构”的体系中，以全面梳理《西厢记》在当代戏曲舞台上的传播与重构过程，进而思考《西厢记》在传播形式、传播媒介和受众群体发生深刻变化的背景下所发生的价值内蕴的重构。

第一章　京腔京韵传情义

——《西厢记》在京剧舞台上的传播与重构

京剧是中国戏曲百花园中的一株牡丹花，它雍容华贵、大气端庄，集众芳之艳，合百草之香。承载着戏曲艺术的精髓，熔铸着中国传统文化的气度。百余年来，帝王将相、神仙精怪、才子佳人在京剧舞台上上演了一幕幕人间的悲喜剧。作为中国古典爱情剧的杰作，《西厢记》是何时被搬上京剧舞台的？被搬演至京剧舞台的《西厢记》，其传播方式发生了哪些变化？价值内蕴是如何被重构的？这就是本章所要探讨的问题。

第一节　《西厢记》在京剧舞台上的传播概况

由于时空的局限，《西厢记》在元杂剧舞台上的演出盛况我们无缘一睹，但从“新杂剧，旧传奇，《西厢记》天下夺魁”［（明）贾仲明《凌波仙》］的评价中，我们可以想见元明戏曲舞台上那一场场才子佳人的“西厢共舞”。明清时期，《西厢记》以全本戏或折子戏的演出形式，以南曲声腔或北曲声腔的演唱方式在戏曲舞台上得以广泛传播。明代嘉靖年间以后，以南曲声腔的演唱居多，昆山腔、弋阳腔、青阳腔、海盐腔、余姚腔都曾将这部“天下夺魁”的《西厢记》演绎得惟妙惟肖。《西厢记》何时被搬上京剧舞台，并无确切的文献记载。“中国京剧戏考”网站收录的由荀慧生先生编写的京剧剧本《红娘》的注释中提到了荀慧生先生的一段自述："京剧早年本无演《西厢》故事的剧目，我为弥补这一缺陷，乃着手编写。"[①] 京剧剧本《红娘》于1936年编写完成，并于同年10月22日在北京演出。若我们据此认为《西厢记》被搬上京剧舞台的时间为1936年，似乎略显武断，但可以肯定地说，《西厢记》被搬上京剧舞台的时间是比较晚的。理由有三：其一，京剧艺术最终形成的时间较晚。京剧是经过清代乾隆年间和道光年间两次"西皮与二黄"的合流，在昆剧、徽剧、秦腔和楚调的基础上最终形成的，到清代同、光年间走向兴盛，因此，《西厢记》被搬演至京剧舞台的时间不可能太早。其二，在京剧的早期剧目尤其是在"唱功戏"中，以老生为主的剧目居多。而以旦角为主的剧目数量较少，且以青衣演唱为主，像《西厢记》这种以闺门旦和花旦为主的剧目在早期京剧舞台上则鲜有上演。其三，清代以来，《西厢记》被官方作为"有伤风化"的剧目而长期禁演。道光二十四年（1844）杭州知府和湖州知府以官方法令的形式禁毁"淫书"："本局奉宪设立收毁淫书板片书本，照估给价，业奉学宪吴给示晓谕；兹特将应禁各种书目开后，凡铺户人家，如藏有此等板本者，务劝尽数交出，送局收毁，幸勿遗漏自误。"[②] 官方罗列其后的禁毁书目中就有《六才子》（即《西厢记》）。同治七年（1868）江苏巡抚丁日昌查禁淫词小说，在开列的禁书目录中也包含了《西厢记》[③]。清代《西厢记》长期被禁毁的处境，在一定程度上影响了这部作品的传播，也延缓了其被搬上京剧舞台的过程。

目前京剧舞台上上演的关于《西厢记》的剧目主要有两种：荀慧生版的《红娘》和田汉版的《西厢记》。京剧《红娘》是荀慧生先生于1936年根据元杂剧《西厢记》和昆曲《拷红》改编、创作而成的荀派名剧。在该剧本的注释中，荀先生曾提及该剧的创作过程："京剧早年本无演《西厢》故事的剧目，我为弥补这一缺陷，乃着手编写。因我喜欢红娘其人遂参照王本《西厢》和昆曲《拷红》编写成《红娘》一剧，以张生、莺莺情事为纲，以红娘一角为

---

① 京剧剧本《红娘》，见中国京剧戏考网（scripts.xikao.com）。

② 王利器辑录：《元明清三代禁毁小说戏曲史料》，上海古籍出版社1981年版，第122页。

③ 王利器辑录：《元明清三代禁毁小说戏曲史料》，上海古籍出版社1981年版，第142页。

主，歌颂这一见义勇为、成人之美的青年女性。剧本于一九三六年编成，同年十月二十二日在北京首次演出。”[①] 该剧后经多次完善，最终成了至今仍活跃在京剧舞台上的荀派名剧。京剧《红娘》从崔、张二人“佛殿相逢”写起，到“长亭送别”终结，根据京剧舞台表演时空的需要删除了张生中举后崔、张二人“终成眷属”的大团圆结局，并通过“长亭送别”中莺莺和红娘对赴京赶考的张生的深切企盼，给观众留下了一个可供驰骋想象的永久的艺术空间。同时，该剧突出表现了红娘的作用，并将这一形象贯穿全剧戏剧冲突发展的始终。这既是凸显“反礼教”主题的需要，也与荀派善于塑造小家碧玉和丫鬟形象，以“俏”“浪”为主的艺术风格相契合。京剧《西厢记》是田汉先生于1959年根据元杂剧《西厢记》改编而成的经典剧目。1957年10月田汉先生作为中国文化代表团成员赴苏联参加十月革命节，在此期间田汉在莫斯科讽刺剧院观看了由元杂剧《西厢记》改编而来的《倾杯记》，并由此受到启发，于1958年冬开始着手创作京剧《西厢记》。1959年田汉完成了京剧《西厢记》的创作，同年由中国京剧院和北京京剧院联合首演，张君秋饰崔莺莺、叶盛兰饰张生、杜近芳饰红娘、李金泉饰崔夫人、娄振奎饰惠明。该剧一改《西厢记》在当代戏曲舞台上多以折子戏上演的传统，将“西厢故事”完整地呈现在京剧舞台上。“近几年，我到各地看了不少戏，除了越剧《西厢记》有个新本子，其余的剧种，包括京剧、地方戏曲，西厢故事多是折子戏，京剧有红娘戏，却没有新的完整本。从我这次写《白蛇传》的体会，再写一部《西厢记》，估计不会太困难，问题是敢于攻坚。”[②] 就情节设置而言，该剧基本尊重王实甫的原著，但也有所改编，最大的变化在于作者将张生取得功名后崔、张二人“终成眷属”的大团圆结局，改写成张生落榜、崔夫人拒婚，崔莺莺出奔，与张生相会于草桥，而后夫妻共奔的结局。同时，该剧加大了崔莺莺的戏份，突出表现了她的反抗意识，改变了京剧《红娘》中红娘形象丰满而莺莺戏份相对不足的情况。“我改编《西厢记》，要把莺莺的戏写足，让他们充分发挥艺术天才，如果把莺莺写成剧的主人公，他们一定很高兴，

---

① 京剧剧本《红娘》，见中国京剧戏考网（scripts.xikao.com）。

② 黎之彦：《田汉改编京剧〈西厢记〉始末》，《中国戏剧》1991年第1期，第25页。

京剧界相信也会高兴。”[①] 京剧《西厢记》的上演使“西厢故事”第一次以全本戏的方式展现在京剧舞台上，虽然该剧的演出效果不及京剧《红娘》，但也堪称京剧舞台上的经典之作。

第二节　京剧《红娘》的主角转换与多维重构[②]

荀慧生的京剧《红娘》虽然主要取材于王实甫的原著，但也对元杂剧《西厢记》进行了适合于京剧艺术与现代受众审美趣味的改造与重构。与原著相比，京剧《红娘》最大的变化在于将剧中的主角由崔莺莺、张生转化为红娘，同时又在主题意蕴、人物性格、表演风格和语言风格等方面进行了多维重构。

一、从崔莺莺、张生到红娘的主角转换

京剧《红娘》共分八场：惊艳、许婚、悔婚、琴心、传柬、逾墙、佳期、拷红。与王实甫的原著相比，京剧《红娘》删除了“拷红”之后的“草桥店梦莺莺”和“张君瑞庆团圆”等以崔、张为主要表现对象的故事情节，同时还对“拷红”之前的故事情节进行了精简，崔、张与老夫人的戏份被大大缩减，红娘的戏份明显增多，所以，红娘是京剧《红娘》戏剧冲突发展过程中的关键人物，实为全剧的主角。换言之，京剧《红娘》的主角已由原著中的才子佳人张生和崔莺莺转换成了机智勇敢的下层婢女红娘。从元杂剧《西厢记》到京剧《红娘》的主角转换，其深层的原因是什么？以下笔者将结合个人的体会加以分析。

其一，时代背景的影响。元、明两代与清代前期是中国封建社会发展中较为稳定的时期，超稳定的社会结构与相对封闭的社会环境使当时的中国民众渴望“王法公正”“君正臣贤”的理想图景，进而实现“耕读传家”的定型化的人生进取方式。所以，王实甫《西厢记》中的老夫人得知崔、张二人有违礼教的行为后，第一反应便是将张生送交官府治罪，渴求清官用“王法”

① 黎之彦:《田汉改编京剧〈西厢记〉始末》,《中国戏剧》1991 年第 1 期，第 25 页。

② 本节内容曾发表于《戏剧文学》2020 年第 2 期，原文为《从元杂剧〈西厢记〉到京剧〈红娘〉的演变与重构过程考论》，独著，署名“李大博”，写入本章时有改动。

为崔家主持正义，惩罚违背礼教的张生。后在红娘的劝说下，老夫人允诺张生可以用功名换取婚姻的合法性。结果张生高榜得中，踏上了修身、齐家、治国、平天下的人生之路，同时也获得了美满的姻缘。这正是封建社会稳定时期中国下层民众所汲汲渴求的个体价值实现方式。同时，随着程朱理学在元明清时期的不断被强化，天理对人欲的压抑激发出的是人欲释放的巨大反弹效应，所以，王实甫《西厢记》中的崔莺莺通过以身相许，与张生私下结合的方式实现了人的自然天性对伦理人格的战胜和凯旋。元杂剧《西厢记》以及之后出现的北曲西厢、南曲西厢都以崔、张二人为主角，从某种程度上来说正是这种时代背景影响的结果。清代中后期，随着殖民势力的侵入与西方文化的渗入，中国传统的社会结构、道德体系、文化体系都受到了巨大冲击，外敌入侵、军阀混战使当时的社会已无“王法”可言，“君暴臣虐”的社会现实彻底击碎了底层民众所渴求的“君正臣贤”的社会理想，正义的缺失使民众无法通过合理的方式获得自我价值的实现，他们只能寄希望于那些无视社会的“清规戒律”和道德教条，且有侠士风范的人物通过非常规的方式惩罚暴君、贪官和恶霸，在“成人的神话”中宣泄强大的心理积郁。正是在这样的时代背景下，京剧舞台上的“西厢故事”才实现了由崔莺莺、张生到红娘的主角转换。

其二，受众群体的改变。元杂剧这种艺术形式是元代市民文化的产物，其最主要的受众群体为元代的市民阶层；京剧虽然也是在市民文化的基础上产生的一种戏曲样式，但在“徽汉合流”的过程中，京剧艺术逐渐沾染了厚重的帝都文化与贵族文化，且有逐渐雅化的倾向，并最终成为一种受众兼具市民阶层和贵族阶层的高雅艺术。在笔者看来，从元杂剧《西厢记》到京剧《红娘》的主角转换，可以从元杂剧与京剧两种艺术样式的不同受众群体的审美心理中窥视到某种动因。我们知道，无论西方美学还是中国传统美学，都强调审美主体和审美客体之间“距离”的重要性，并认为必要的“心理距离”是产生美的先决条件。但中西方对审美距离的认识又有所不同：西方美学认为审美主体和审美对象之间要保持距离，且距离始终存在、不可逾越；中国古典美学则认为，“一定的时空距离所造成的对审美对象的认识会诱发审美主体能动的创造，进而在主体内心形成了与审美客体的心理距离，最终在审美欣赏最高潮的过程中消除了心理距离、时空距离，达成了‘物我同一’的审美境界。”[①]所以，中国古典美学尚“远”（即强调距离），但尚“远”的目的不是为了静态地保持空间距离的不变，尚“远”的目的是为了“求近”，即达到一种不即不离、若即若离的美学境界。“诗家之景，如蓝田日暖，良玉生烟，可望而不可置于眉睫之前也。”[②]“诗人对宇宙人生，须入乎其内，又须出乎其外。入乎其内，故能写入。出乎其外，故能观之。入乎其内，故有生气。出乎其外，故有高致。”[③]以上诗论都在强调美学层面的尚“远”求“近”。元杂剧《西厢记》所以以崔、张为主角，主要是考虑到出身相国之家的千金小姐崔莺莺和文才出众、品貌端庄的张君瑞与元杂剧的主要受众市井小民之间有着客观的身份距离与心理距离，这正是尚“远”；但崔、张二人对“情”的执着追求又可以超越身份与阶层的局限，是备受礼教制约的市井小民与觉醒的上层贵族的共同诉求。所以，元代受众在观演杂剧《西厢记》的过程中，在与剧中人物崔莺莺、张生保持一定身份距离与心理距离的同时，也获得了与这对才子佳人共有的普适性的情感诉求，这正是中国古典美学所强调的尚“远”求“近”。清代乾隆年间徽班进京后，内廷演出逐渐增多。“清代内廷演戏，以乾隆、光绪两朝为极盛。”[④]“京师一隅，其演戏之风独盛于中国者，实由高宗启之。”[⑤]内廷演出的增多促进了京剧艺术的雅化，京剧艺术的受众兼顾市民阶层和贵族阶层，京剧舞台对人物的选择也必然要兼顾以上两个群体，红娘是一个身处社会上层的婢女，是一个市民阶层和贵族阶层都能接受的艺术形象。市民阶层因其生活在绣户侯门而产生心理距离，贵族阶层因其泼辣的性格和市井之气而产生心理距离，可急人之难、舍己为人的品格又是市民阶层、贵族阶层与剧中主角红娘的共性情感诉求，所以，京剧舞台上红娘主

① 易璐：《中国古典美学的距离观》，华中师范大学硕士学位论文，2015 年，第 11 页。

② 司空图：《与极浦书》，转引自易璐《中国古典美学的距离观》，华中师范大学硕士学位论文，2015 年，第 10 页。

③ 王国维：《人间词话》，上海古籍出版社 1998 年版，第 15 页。

④ 朱家溍：《故宫退食录·清代内廷演戏情况杂谈》，北京出版社 1999 年版，第 542 页。

⑤ 王芷章：《清升平署志略》，上海书店出版社 1991 年版，第 122 页。

角形象的确立正是受众群体改变的结果，其深层的动因则在于尚“远”求“近”的古典美学追求。

其三，凸显反抗性主题的需要。京剧《红娘》从崔莺莺、张生到红娘的主角转换更有利于凸显作品的反抗性主题。在王实甫的原著中，崔莺莺虽被着力打造为反抗封建礼教的叛逆女性形象，但其相国小姐的身份以及长期接受封建理性教育所形成的“权威人格”，使其在追求爱情与反抗礼教的过程中踟踟蹰蹰，甚至做出很多让人啼笑皆非的“假象”来。而原著中的张生虽是一个典型的“痴情种”，但在追求爱情与反抗礼教的过程中缺乏应变性，且时而流露出某种酸腐之气，甚至被红娘讥讽为“银样镴枪头”。唯有红娘出身于社会底层，但她又不是生活在社会底层的纯粹的市井女性，而是长期生活在相国之家，周旋于老夫人和崔莺莺之间的贴身婢女。“红娘与剧中各种人物打交道最多，她要陪伴、伺候和监护小姐；她要为张生出谋划策、传递书信；她还要听老夫人差遣；她也是崔家与外界（寺庙众僧等）联系的桥梁。”[①] 出身市井的身份特征与周旋于各种人物之间的存在特征，加之其机智、勇敢、正义和急人之难的性格特征，决定了红娘是反抗封建礼教过程中最坚定的分子。20 世纪 30 年代，正是中国新旧两种价值观展开较量与对决的关键时期，因此荀慧生先生在创作京剧《红娘》的过程中，为了更加凸显作品的反抗性主题，才最终选择了红娘作为全剧的主角。

其四，荀派表演风格的客观要求。梅兰芳、尚小云、程砚秋、荀慧生被称为京剧界的“四大名旦”，也代表着京剧“旦角戏”中的四个流派。王瑶卿先生曾对这“四大名旦”的表演风格和艺术特点分别给予一个字的评价：梅兰芳的“样”，尚小云的“棒”，程砚秋的“唱”，荀慧生的“浪”。荀派的表演风格为“浪”，即荀慧生先生的表演放得开、不做作、很浪漫[②]，他擅长表演花旦戏，塑造的人物活泼可爱，能表现出人物特有的“俏”，彰显出人物内在的神韵。《西厢记》中的红娘恰恰是一个机智、泼辣、俏皮的下层婢女形象，就京剧表演行当来说，红娘属于典型的花旦人物。荀派以“浪”为特征的表

① 骆正：《中国京剧二十讲》，化学工业出版社 2017 年版，第 175 页。

② 孙迎辉、周秋莎：《荀派京剧艺术风格综述》，《小说评论》2014 年第 4 期，第 286 页。

演风格客观上决定了荀派所改编、搬演的“西厢故事”必然要以红娘这个人物为剧中最主要的角色，而不是以崔莺莺这个“闺门旦”为核心人物。

二、京剧《红娘》对元杂剧《西厢记》的多维重构

被搬演至京剧舞台的《红娘》，不仅发生了由崔莺莺、张生到红娘的主角转换，而且在主题意蕴、人物性格、表演风格和语言风格等方面也对元杂剧《西厢记》进行了多维重构，从中可以窥视出“西厢故事”从杂剧舞台到京剧舞台所发生的审美变异与价值重构。

（一）“反礼教”主题的民间化重构

“缘情反礼”是元杂剧《西厢记》主题意蕴的核心指要，作品突出表现了以崔莺莺、张生为代表的礼教叛逆者和以老夫人为代表的礼教捍卫者这两大阵营之间的对立和冲突，崔、张二人的胜利有力地凸显了作品的“反礼教”主题，同时也彰显出王实甫“愿普天下有情的都成了眷属”的永恒的爱情理想。如前文所述，从元杂剧《西厢记》到京剧《红娘》实现了从崔、张到红娘的主角转换，突出表现了红娘急人之难、舍己为人的性格特质。这种转换在某种程度上弱化了崔、张二人与老夫人之间的冲突，同时加大了红娘这个代表底层民众和市井社会的婢女与老夫人之间的冲突，进而在主题层面上实现了由表现上层社会的情理之争到表现下层民众急人之难、重情重义、恩怨分明的价值诉求的民间化重构。具体来说，京剧《红娘》是通过两种方法来实现主题层面的民间化重构的。

其一，精简故事情节，突出红娘的作用。元杂剧《西厢记》为五本二十一折的连本戏，在第一本、第二本和第五本中，红娘的“戏份”并不重，这三本戏主要表现恪守礼教与叛逆礼教两种力量的冲突；在第三本和第四本中，红娘的“戏份”明显增加，尤其是“拷红”一折戏，简直是集中表现红娘形象的“特写镜头”。这两本戏主要表现崔、张和红娘之间的性格冲突。就总体结构而言，崔、张二人是贯穿全剧的首要人物，而红娘则是“穿针引线”的次要人物，这种结构安排正是出于凸显“反礼教”主题的需要。京剧《红娘》对《西厢记》的情节结构进行了大量删减，删减后的八场戏，几乎每一场戏中红娘的“戏份”都比较重，红娘俨然成为贯穿全剧的关键人物。第一

场“惊艳”是以红娘的视角观照崔、张二人的花园相会；第二场“许婚”是原著中“闹道场”和“兵围普救寺”等情节的“压缩版”，其中也包含了红娘对张生“自报家门”和“主动请缨”的调侃；第三场“悔婚”是以红娘的视角观照老夫人悔婚的过程以及红娘安排张生抚琴、莺莺听琴的过程；第四场“琴心”到第七场“佳期”则全面聚焦红娘传书、递简并最终促成崔、张二人私下结合的过程；第八场“拷红”是红娘以自己的机智、勇敢战胜了老夫人，使老夫人最终接受了崔、张二人私下结合的事实，并以崔莺莺、红娘、老夫人为赴京赶考的张生送行做结。京剧《红娘》通过精简故事情节使红娘成为贯穿全剧的首要人物，红娘为崔、张二人两肋插刀，机智、勇敢地对抗老夫人的行为方式被放大，急人之难、舍己为人的性格特质被凸显，进而实现了以红娘为代表的民间话语与以老夫人为代表的主流话语的对抗，红娘的胜利使全剧在主题层面凸显了底层民众对情的执着追求与认同以及急人之难、重情重义、恩怨分明的民间价值诉求。

其二，放松红娘的“性格曲度”，突出红娘对“情”的认同。所谓“性格曲度”，即红娘前后言行方式的变化。在元杂剧《西厢记》中，红娘的“性格曲度”相对较大，由开始的“行监坐守”到后来为崔、张二人两肋插刀，一心玉成二人的婚姻，王实甫突出表现了在礼教重压之下红娘性格所生发出的内在“张力”。到了京剧《红娘》中，红娘的“性格曲度”明显变小，其对崔莺莺的监视作用被明显弱化。《西厢记》中崔、张二人佛殿相逢时，红娘的第一反应是“那壁有人，咱家去来”，明显发挥着“监视”作用；而京剧《红娘》中崔、张二人花园相会时，红娘似乎没有任何反应，只是静观崔、张二人。元杂剧《西厢记》和京剧《红娘》中都有张生“自我介绍”，而后红娘训斥张生的情节，我们试将红娘训斥张生的言辞进行对比：

先生是读书君子，孟子曰：“男女授受不亲，礼也。”君子“瓜田不纳履，李下不整冠”。道不得个“非礼勿视，非礼勿听，非礼勿言，非礼勿动”。俺夫人治家严肃，有冰霜之操。内无应门五尺之童，年至十二三者，非呼召不敢辄入中堂。向日莺莺潜出闺房，夫人窥之，召立莺莺于庭下，责之曰："汝为女子，告而出闺门，倘遇游客小僧私视，岂不自耻。"莺立谢而言曰："今当改过从新，毋敢再犯。"是他亲女，尚然如此，可况以下侍妾乎？先生习先王之道，尊周公之礼，不干己事，何故用心？早是妾身，可以容恕，若夫人知其事呵，决无干休。今后得问的问，不得问的休胡说！（元杂剧《西厢记》）

你枉读诗书习经典，岂不知非礼勿能言！崔家门第非等闲，老夫人治家最谨严。素无瓜葛非亲眷，你娶妻之事有何干？今日幸遇红娘面，然你性命就难保全！[①]（京剧《红娘》）

我们看，京剧舞台上红娘训斥张生时的语言张力被弱化。杂剧舞台上的红娘引经据典、言礼讲德、周公孔孟说得头头是道，她力图站在正统价值观的制高点上表达对张生"越轨行为"的警告；而京剧舞台上的红娘则采用生活化的语言对张生进行"家长里短"式的劝说，其言辞的道德指归转化成了生活指归。这种转化的背后隐藏的是其"监视"作用的弱化，换言之，京剧《红娘》从一入戏便弱化红娘"行监坐守"的道德规劝作用，放松其性格"曲度"，进而表现出红娘对"情"的执着追求与认同，而红娘来源于底层社会的身份归属，又使红娘对"情"的执着追求与认同在某种程度上折射出源于民间的价值诉求，这也是京剧《红娘》在主题层面上最大的变化。

（二）"反礼教"主题下人物性格的重构

如前文所述，京剧《红娘》继承了元杂剧《西厢记》的"反礼教"主题，但又对其进行了民间化重构，在这一过程中，京剧《红娘》也对剧中典型人物的性格特征进行了必要的改造与重构。如上文所提及的京剧《红娘》对红娘性格"曲度"的放松与弱化，其实就是对红娘性格的改造与重构。此外，京剧《红娘》还对张生的性格进行了改造与重构，在保持张生"痴情种"性格基调的前提下，更加凸显了张生的主动性和反抗性。"主动性"主要体现在张生对莺莺的执着追求上，他恨不得马上与莺莺成了眷属。试看剧中张生

① 本章中出现的京剧《红娘》戏词均引自荀慧生改编的京剧《红娘》，见中国京剧戏考网（scripts.xikao.com）。

"请命退敌"时的表现：

崔夫人（白）：也罢！两厢众人听者，若有人能退得贼兵，老身愿倒赔妆奁，将小女莺莺许配与他为妻，愿者答话。

（众人同惊。张珙拉住崔夫人。）

张　珙（白）：啊，老夫人，可是实言？

崔夫人（白）：什么实言哪？

张　珙（白）：你方才言道：有人退得贼兵，便将莺莺小姐许他为妻。可是实言？

崔夫人（白）：哪个哄你不成！

张　珙（白）：如此岳母请上，受小婿大礼参拜！

红　娘（白）：他真急呀！

崔夫人（白）：岂有此理！你乃懦弱书生，有何本领？

张　珙（白）：喏喏喏，小生自有退兵之计。

我们看，当张生得知谁能退得贼兵，老夫人便将莺莺许他为妻时，居然急得口称岳母，并大礼参拜老夫人。张生这种反常规的言行表现的背后，隐藏的却是其主动追求莺莺并与之成就眷属的急切与执着。再看孙飞虎退兵后，张生感谢白马将军杜确时的一番言辞：

（红娘领崔莺莺拜见杜确。）

张　珙（白）：小姐受惊了！

红　娘（白）：你哪儿那么些废话！

（张珙笑。红娘、崔莺莺同下。）

崔夫人（白）：请坐！

张珙、杜确（同白）：告坐。

杜　确（白）：贤弟，你我阔别多年，请同往蒲关城中欢畅数日。

张　珙（白）：杜仁兄，小弟本当从命；只因孙飞虎围寺，崔老夫人自出赏格：如有人退得贼兵，愿将小姐许配为妻。待小弟完成花烛，再往蒲关拜谢！

杜　确（白）：如此说来，我倒作了你的大媒了。本应留此吃了两家喜酒，怎奈军务在身，不能久留。改日再来拜贺。

张　珙（白）：恕不久留了。

张生的同窗好友白马将军杜确发兵击退了贼将军孙飞虎，老夫人命红娘领崔莺莺拜谢杜确，此时的张生居然来不及向杜确说几句感谢的话，而是一门心思地关心崔莺莺是否受了惊吓。当杜确邀请张生赴蒲关城中欢畅之时，张生居然以“待小弟完成花烛，再往蒲关拜谢”为理由婉言相拒；当杜确提出告辞的时候，张生居然顾不得留杜确在普救寺多住几日。以上的种种细节巧妙彰显出张生内心的急切，与莺莺成就眷属可以说是此时张生内心深处压倒一切的“第一要务”。可以说，张生追求爱情的主动性在京剧《红娘》中被大大强化。此外，京剧《红娘》还凸显了张生的反抗意识。白马解围后，老夫人居然做出了“赖婚”之举，原著中的张生面对老夫人堂而皇之的理由，居然无言以对，最后索然告退。而京剧《红娘》中的张生，面对强大而无理的老夫人则表现出了强烈的反抗意识。

崔夫人（白）：儿呀，从今以后，你二人要“兄妹”相称，来来来，拜见你张家哥哥。

（崔莺莺、张珙、红娘各愣。）

张　珙（白）：哎呀！老夫人，你我既是亲眷，为何这等称呼？

崔夫人（白）：先生哪里知道，老相国在世之时，已将小女许与老身侄儿郑恒为妻。愿以金帛奉酬，请先生另选名门，各谐秦晋，以为两便。

张　珙（白）：请问老夫人，杜将军若是不来，孙飞虎公然无礼，小姐岂不被贼玷辱？老夫人那时又当如何？

红　娘（白）：这是该问的。

崔夫人（白）：这个……

张　珙（白）：老夫人有言在先：有人计退贼兵，必将小姐许配。如今贼兵既退，老夫人悔却前言，不讲信义，难道说戏弄我张君瑞不成？

红　娘（白）：有理呀，有理！

崔夫人（白）：过去之事，不必提了。你醉了，我说你不会吃酒，你果然不会吃酒，一吃就吃醉了……

张生与老大夫的这番争论可谓有理有据，在面对老夫人这个文化权威和伦理权威的时候，张生没有丝毫的畏缩和恐惧，而是大胆争辩，据理力争，最后是老夫人在理屈词穷的情况下，以酒醉为由命红娘将张生搀回了书房。与原著中那个面对崔夫人唯唯诺诺的张生相比，京剧《红娘》中，张生的反抗意识被有力凸显。笔者认为，张生性格特质的重构就某种程度而言正是“反礼教”主题与民间视角融入的必然结果。

（三）表演风格的“京剧化”重构

元杂剧《西厢记》被搬演至京剧舞台后，其表演风格表现出浓重的“京剧化”特征。所谓“京剧化”就是用京剧的表演风格和美学特质对“西厢故事”进行重构，对于荀派代表剧目《红娘》来说，除了在演绎“西厢故事”的过程中使其表现出京剧化特征外，还要使其在表演风格上彰显出荀派特征。元杂剧的基本特征在于“杂”，即在表演风格上强调综合性，唱、白、做、插科、打诨等多种艺术手段融为一体；京剧的基本特征包括综合性、虚拟性和程序性，比较而言，虚拟性应该是京剧艺术本质的、突出的特征，京剧的虚拟性使其在表演风格上高度“写意”，这种“写意”包括对时间、空间限制的突破以及动作舞美的虚拟。“写意化是京剧艺术的重要特征之一，是不可忽视的重要艺术手段。它要求舞台上表现的更多的是艺术家主观的体验，和艺术化理想化的处理，追求的是写意化的神韵。”[①] 京剧《红娘》并没有从头至尾地

① 崔志明：《漫谈京剧艺术写意性》，《戏剧之家》2014 年第 8 期，第 119 页。

展现杂剧舞台上的“西厢故事”，而是对元杂剧《西厢记》的剧情进行了大段删减，并以“拷红”一场戏作为全剧的终结。这种“以部分代整体”的表现方式本身就是一种写意化的表现方式。另外，在第六场“逾墙”中，作者巧妙地安排了一段“棋盘舞”，莺莺要与红娘在太湖石旁月下对棋，张生俯身躲在棋盘之后，红娘手持棋盘，进而掩护张生前来相会。红娘边舞边唱：

> 叫张生隐藏在棋盘之下，我步步行来你步步爬。放大胆忍气吞声休害怕，这件事倒叫我心乱如麻，可算得是一段风流佳话，听号令切莫要惊动了她。

舞台上的这段表演明显表现出写意性的特征。试想，小小的棋盘怎能将张生隐藏起来？所以，这段表演绝不是一种写实性的叙述，而是一种带有强烈主观情感的写意性叙述，演员通过优美的舞姿传递给观众的不是红娘用棋盘将张生隐藏起来并带到太湖石旁的生活真实，而是红娘协助崔、张二人花园相会的艺术化的情感体验。同时，舞台上的红娘那种优美的舞姿、轻盈的舞步、娇俏的表情也巧妙传达出京剧荀派“俏”和“浪”的艺术特征。在第七场“佳期”中，作者设计将红娘一人留在场上，借她之口描述崔、张二人的“鱼水交欢”，这是借鉴了昆曲的片段，不同的是，昆曲是将原本属于张生的【元和令】【胜葫芦】【十二红】几支曲子改由红娘来唱，而京剧本子却是单为红娘创作了一段【反四平】的“佳期颂”给红娘来演唱。我们看，京剧《红娘》改变了元杂剧对崔、张二人“鱼水交欢”场景的直露展现，而采用红娘的一段“佳期颂”艺术化地展现崔、张二人冲破礼教、私下结合、鱼水相谐的情感体验，这本身也是一种写意化的表现方式。

（四）语言风格的“通俗化”重构

文采派作家王实甫创作的元杂剧《西厢记》，曲词文雅、精美，历来被后世读者所称道。朱权：“王实甫之词如花间美人。”“铺叙委婉，深得骚人之趣，极有佳句，若玉环之出浴华清，绿珠之采莲洛浦。”[①] 徐复祚：“字字当行，言言本色，可为南北之冠。”[②] 王冀德：“前无作者，后�来喆，遂擅千古绝调。”[③]《西厢记》这种文雅、精美的语言让案头阅读的读者大快朵颐，但却在某种程度上与作为元杂剧最重要受众群体的元代市民阶层那种世俗化的审美心理产生了某种隔阂，进而弱化了该剧的剧场性特征。明代的贾仲明曾给予《西厢记》“作词章，风韵美，士林中，等辈伏低。新杂剧，旧传奇，《西厢记》天下夺魁”（《凌波仙》）的评价，值得注意的是，贾仲明对《西厢记》的高度赞誉更多是着眼于“词章”“韵美”，而不是着眼于它的剧场性特征，所以，文雅、精美的语言为《西厢记》的舞台传播带来了某种“障碍”。“王实甫《西厢记》被视为案头文学的境遇在明代基本没有改变，直至明末清初，随着戏剧艺术的繁荣，王西厢的地位才有所改变。”[④] 荀慧生在将《西厢记》搬上京剧舞台的过程中，特别注意元杂剧《西厢记》因曲词过于文雅而造成的剧场性弱化的问题，力图以相对通俗的语言契合京剧受众的审美、接受心理。京剧《红娘》语言运用的通俗化，首先表现在说白成分的大量融入，全剧共八场戏，有超过一半的篇幅是人物之间的对白，人物用相对生活化的语言进行对话，这就避免了原著中大量融入的曲词文雅的唱段和过于书面化的说白给观众带来的疏离感。试看老夫人悔婚后，红娘送张生回书房时两人的一段对白：

红　娘（白）：你还会弹琴吗？

张　珙（白）：小生我擅长此音哪！

红　娘（白）：那就更好啦。

① 朱权：《太和正音谱》，见《中国古典戏曲论著集成（三）》，中国戏剧出版社1959年版，第17页。

② 徐复祚：《三家村老曲谈》，转引自黄季鸿《〈西厢记〉研究史（元明卷）》，中华书局2013年版，第323页。

③ 王骥德：《新校注古本西厢记·自序》，转引自黄季鸿《〈西厢记〉研究史（元明卷）》，中华书局2013年版，第336页。

④ 杜鹃：《京剧〈西厢记〉的改编与继承》，《中国戏剧》2018年第9期，第70页。

张　珙（白）：怎么更好了呢？

红　娘（白）：我们小姐也喜欢琴音。她时常跟我说，昔日司马相如求卓文君时，曾弹一曲，名曰什么凤……

张　珙（白）："凤求凰"。

红　娘（白）：不错，凤求凰。我们小姐每夜必到花园焚香。今夜我以咳嗽为号，你就弹起琴来，我再看她的颜色行事，再把这封信给她，成与不成可就看你的造化啦！

张　珙（白）：事成之后，必有重谢。

红　娘（白）：你谢我干吗呀？我又不是媒婆，也不想喝你们那碗冬瓜汤！

张　珙（白）：失言了！

我们看，这段对白完全是生活化的语言，融入了大量的民间口语，两个人似乎在拉家常，这必然会拉近观众与剧中人物的心理距离。此外，京剧《红娘》语言运用的通俗化，还表现在唱词的简约化和生活化上。比如，在原著和京剧《红娘》中都出现了"张生抚琴、莺莺听琴"的情节，杂剧舞台上的崔莺莺运用了【天净沙】【调笑令】【秃斯儿】和【圣药王】四支曲子细腻地描摹出她听琴后内心深处强烈的情感体验，用词非常文雅，抒情性很强，王实甫力图在此处达到以情动人的艺术效果。但此时观众的期待视野是直接指向"莺莺能否接受张生"这个现实性问题的，所以，这种由反复吟唱而造成的情感上的"延宕"势必在某种程度上阻碍观众的期待视野。因此，京剧《红娘》对这一情节中崔莺莺的唱词进行了简约化的处理：

猛听得西厢内琴音响亮，不由我闺中人心意彷徨。分明是效相如知音暗访，怎奈我女儿家难作主张。

这里用四句唱词便将崔莺莺听琴后内心深处的情感律动展现在观众的面前，这就避免了由于唱词过多和反复吟唱而给观众造成的期待视野的遮蔽。

从元杂剧《西厢记》到京剧《红娘》不仅实现了剧中主角的转换，且实现了对《西厢记》主题意蕴的多维重构。更重要的是，京剧《红娘》通过京剧夸张、写意的表演方式实现了对“西厢故事”的京剧化重构，加之荀派个性化的表现方式与美学追求，又实现了对“西厢故事”的二度重构，这不能不说是《西厢记》传播史上的一大杰作。

第三节　京剧《西厢记》的全本呈现与对“反礼教”主题的强化

1959年，田汉先生将全本的《西厢记》搬上了京剧舞台，与京剧《红娘》相比，田汉版的京剧《西厢记》保持了元杂剧《西厢记》情节结构的完整性，使“西厢故事”完整地呈现在京剧舞台上。当然，京剧《西厢记》在诸多细节上对原著进行了改编和重构，在笔者看来，京剧《西厢记》最大的变化就是通过剧情的改变、人物性格的改变和次要人物戏份的简省进一步强化了“西厢故事”所蕴含的“反礼教”主题。

一、剧情的改变与“反礼教”主题的强化

“缘情反礼”是元杂剧《西厢记》主题意蕴的核心指要，作品突出表现了以崔莺莺、张生为代表的礼教叛逆者和以老夫人为代表的礼教捍卫者这两大阵营之间的对立和冲突。这种冲突到“拷红”一折达到了最高潮，“拷红”之后礼教叛逆者和礼教捍卫者之间的冲突有所缓和，最终张生以高榜得中、立身扬名的宗法社会的普适性的价值指归换取了老夫人对他和崔莺莺爱情、婚姻的“合法性”接受。原著中出现的这个“大团圆”的结局，一方面彰显出王实甫“愿普天下有情的都成了眷属”的永恒的爱情理想，另一方面也在某种程度上表现出以崔、张为代表的礼教叛逆者对以老夫人为代表的礼教捍卫者的妥协。所以，就主题层面而言，这个“大团圆”的结局似乎弱化了原著“反礼教”的主题指向，这也许是作者王实甫在特定的时代语境下所表现出的必然的价值选择。田汉版的京剧《西厢记》充分注意到原著中的“大团圆”结局和特殊时代语境对作品所蕴含的“反礼教”主题的弱化，彻底解构了张生以“高榜得中”换取爱情、婚姻“合法性”的大团圆的结局，而是以张生落榜，老夫人再次悔婚，崔莺莺忠贞不渝，与封建家长彻底决裂，同张生私

奔的情节结构作为全剧的终结，进而大大强化该剧的“反礼教”主题。这种情节结构的改变是田汉先生在动笔创作京剧《西厢记》之前就做出的一种设想。“我设想剧末张珙应考不第，以此又和董西厢、王西厢有所不同。张珙不第，可以推出好多问题，可以反映出当时的时代背景，可以表现张生与崔老夫人更不调和的矛盾冲突，可以改变原剧的结尾，即变张珙高中圆婚的喜剧结尾为不第而出奔的悲剧结尾。但是，张珙不第的最终设想是为了更深一层刻画和发展莺莺的性格。加强她反对封建门阀观念、反叛封建婚姻的彻底性。”[①]从中可以看出，田汉先生对原著中出现的“大团圆”结局的改写主要出于三个方面的考虑。

其一，强化张生和老夫人之间不可调和的矛盾冲突。在元杂剧《西厢记》中，张生可谓矛盾冲突的挑起者。正是因为张生在赴京赶考的途中偶然来到普救寺，并邂逅了暂居普救寺的相府小姐崔莺莺，才引发了之后的一系列的戏剧冲突。“白马解围”后，老夫人的赖婚激起了张生和老夫人之间的矛盾冲突；而崔、张二人“私下结合”的越轨行为暴露后，张生与老夫人的矛盾进一步激化。可在红娘的帮助下，老夫人许诺张生可以通过求得功名的方式换取她对崔、张爱情、婚姻的“合法性”认同，所以，在原著中张生与老夫人之间的矛盾冲突在“拷红”一折后基本得到缓和，这是作为礼教叛逆者的张生对作为礼教捍卫者的老夫人做出让步的必然结果。在京剧《西厢记》中，田汉先生将张生“高榜得中”改写成“落榜而归”，当失魂落魄的张生回到普救寺恳求与崔莺莺相见时，老夫人却摆出一副冷若冰霜的面孔，毫无怜悯之情地将张生赶出普救寺，张生最终愤然而去。我们看，这样的改写便将张生和老夫人先前的矛盾冲突延续下来，并最终推向不可调和的状态。张生与老夫人之间的冲突说到底是叛逆礼教与捍卫礼教两种力量的较量，这两种力量在张生“落榜而归”的情节语境下所产生的不可调和的状态，反映在主题层面上，就突出表现了对“反礼教”主题的强化。

其二，将喜剧性结局转化为悲剧性结局。在王实甫的原著中，张生因

① 黎之彦：《田汉改编京剧〈西厢记〉始末》，《中国戏剧》1991 年第 1 期，第 27 页。

为“高榜得中”换来了与崔莺莺终成眷属的“大团圆”的结局。就感情色彩而言，这个“大团圆”结局无疑是喜剧性的。如前文所述，这个“大团圆”的结局，一方面彰显出王实甫“愿普天下有情的都成了眷属”的永恒的爱情理想，另一方面也在某种程度上表现出以崔、张为代表的礼教叛逆者对以老夫人为代表的礼教捍卫者的妥协。在京剧《西厢记》中，田汉先生通过巧妙的设置将原著中崔、张二人被老夫人所接受而终成眷属的喜剧性结局改写成老夫人再次悔婚，崔、张二人被迫私奔的悲剧性结局。将喜剧性结局改写成悲剧性结局的深层原因在于，田汉先生力图改变原著中“大团圆”的喜剧性结局冲淡了作品在主题层面所表现出的“反礼教”的价值指向的态势。京剧《西厢记》中崔、张二人私奔而走的悲剧性结局是在礼教重压下而产生的必然性结局，所以，这一悲剧性结局的建构势必会在主题层面上强化“反礼教”的价值指向。

其三，深化对崔莺莺的性格刻画，凸显其反抗封建婚姻制度的彻底性。田汉先生将杂剧舞台上的张生“高榜得中”改写为京剧舞台上的张生“落魄而归”，这种情节设置引发了新的戏剧冲突，老夫人以张生身无功名为由拒绝将女儿嫁给张生，并逼迫张生离开普救寺，仍要将崔莺莺许给郑恒，张生无奈只得愤然离开普救寺。在这样一个矛盾冲突的关节点上，崔莺莺的态度至关重要，因此作者充分展开了对崔莺莺的性格刻画。当莺莺得知张生被母亲逼迫离开普救寺的时候，她先是表现出极度的惆怅和痛苦，而后又在红娘的劝说下大胆地与母亲争辩：

> **崔莺莺**（白）：母亲哪！女儿奉母亲之命匹配张郎。闻得张郎回来，女儿来见夫主。不想他被长老逼走，留诗一首情词哀切，女儿痛不欲生。所幸张郎走得不远，母亲疼爱女儿，望求将张郎追回，夫妻重聚，女儿有生之日，感母亲罔极之恩，母亲，娘啊！您您您依了女儿吧。
>
> **崔夫人**（白）：为娘也曾说过，张生若不得官，不许见我。如今他自不长进，不第归来，就与我家一刀两断了。
>
> **崔莺莺**（白）：有道是文场胜败如同战场，张郎才高学赡，正在青

年。今科虽然下第，安知下科不擢高魁？

（崔夫人冷笑。）

崔夫人（白）：下科？哈哈哈哈……为娘已把我儿终身许配你那表兄郑恒，张珙之事，再休提起！

崔莺莺（白）：只是女儿既已身事张郎，母亲也休提表兄之事！

崔夫人（白）：崔家三代不招白衣女婿，你敢违抗母命么？

崔莺莺（西皮二六板）：孩儿怎敢违母命。

（西皮流水板）：旧事桩桩记得清：东阁娘把名分定，同送张郎十里亭。做夫妻恩爱是根本，何用区区蜗角名？娘啊，你说过崔家无有再婚女，却为何逼我嫁郑恒？

崔夫人（白）：我儿好一张利嘴。红娘，快把你小姐拉回绣楼！[①]

我们看，与元杂剧《西厢记》第五本中那个面对老夫人的再次赖婚，无言以对，只能静待命运判决的崔莺莺相比，京剧舞台上的崔莺莺不仅增加了敢于与封建家长争辩的胆识，更表现出反抗封建婚姻制度的魄力。这里对人物语言的安排非常得当，田汉先生既没有让崔莺莺的语言过于强硬而使这个形象流于反抗封建婚姻制度的“楷模”之类的意识形态色彩过于浓厚的“高大全”的形象，也没有让崔莺莺的语言过于弱势而使这个形象沦为缺乏反抗意识的闺中女子的形象，而是让崔莺莺面对强大的母亲动之以情、晓之以理，这既不违背由母女之间的血脉亲情所构筑的伦理道德语境，又在某种程度上彰显出崔莺莺的反抗意识。莺莺先是动之以情，牢牢抓住母女之间的血脉亲情，力图在情感上打动自己的母亲；而后又晓之以理——张生在下科考试中可能得中，许婚张生在先，又逼自己嫁给郑恒，是有违礼教的“再婚”之举。总之，这里作者细腻地描摹出莺莺面对母亲再次赖婚时那种复杂的情感状态，又彰显出其在礼教重压下所生发出的强烈的反抗意识。莺莺的这番争辩终究没有换来母亲对自己与张生忠贞不渝之恋情的认可，她在心灵深处经过了一

① 本章中出现的京剧《西厢记》戏词均引自田汉改编京剧《西厢记》，见中国京剧戏考网（scripts.xikao.com）。

番超乎寻常的抉择，终于做出了带领红娘赴草桥店寻找张生，并与之私奔的惊人之举：

张　珙（白）：哎呀，娘子来了。

（西皮散板）：长安下第人憔悴，难得贤妻草桥来。

崔莺莺（西皮散板）：蜗角虚名何足贵？与郎君布衣粗食也畅心怀。

（白）：张郎，如今情势紧迫，你我早上阳关。

张　珙（白）：琴童带马，连夜赶到蒲关。

琴　童（白）：马已鞴好，您请上马吧。

张　珙（白）：你我夫妻快马加鞭！

（西皮散板）：夫妻双双把马上，

崔莺莺（西皮散板）：碧蹄踏破板桥霜。

张　珙（西皮散板）：你看那残月犹然依北斗。

崔莺莺（白）：张郎啊！

（西皮散板）：可记得双星当日照西厢？

在京剧《西厢记》中，崔莺莺与张生私奔的情节是对崔莺莺叛逆性格的进一步深化，突出表现了崔莺莺对“情”的执着追求与认同，她对张生的爱是纯美的，是不掺杂任何功利性因素的，也正因为如此，她才能最终挣脱礼教的枷锁，踏上与张生的私奔之路。可以说，这一情节的设置，将崔莺莺的反抗意识推向了极致，充分表现了其反抗封建婚姻制度的彻底性。我们看，若没有对王实甫原著中张生“高榜得中”以及“大团圆”结局的改写，便不会出现崔莺莺与母亲的争辩以及与张生私奔的情节，也不会出现对崔莺莺叛逆性格的多维度展现，因此，从元杂剧《西厢记》到京剧《西厢记》的剧情改变对深入展开崔莺莺的性格刻画起到了重要的推动作用。

二、人物性格的改变与“反礼教”主题的强化

在将元杂剧《西厢记》搬上京剧舞台的过程中，田汉先生几乎保留了原著中出现的所有人物，但也对人物性格进行了必要的改造，尤其是剧中的主人公张生和崔莺莺，其性格发展中的反抗性因素明显增加，这在一定程度上使京剧《西厢记》的“反礼教”主题得以强化。关于京剧《西厢记》中崔莺莺性格特质的转变，笔者在前文已经有所论及，所以我们此处主要讨论张生性格的改变及其对“反礼教”主题的强化。

在元杂剧《西厢记》中，张生是矛盾冲突的主要挑起者，也是王实甫所着力打造的“多情种”形象。杂剧舞台上的张生在追求爱情的过程中表现出了特有的执着，但面对强大的老夫人，又表现出某种畏缩、胆怯和缺乏应变性的特征。经过田汉改造的京剧舞台上的张生，在执着追求爱情的过程中，有了几分骨气，又增加了几分面对强大文化权威和宗法势力的反抗意识。“王西厢对张珙写得过于轻狂、疯魔、缺少硬骨，使人看了不舒服。这个性格一定要修改。要把他的思想境界写得高些，既有才情，又懂爱情，也有骨气。对封建科举制度应有所洞察和抨击。这样的盖世良才，才堪配高洁的莺莺，值得莺莺爱恋和追随。”①

“白马解围”后，老夫人自食其言，决定赖婚。面对强横、无理的老夫人，京剧《西厢记》中的张生一改原著中的畏缩与胆怯之态，而是唇枪舌剑地指责老夫人的背信弃义。试看第六场“赖婚”中张生与老夫人激烈的争论：

张　珙（白）：小生欲一言尽意，未知可否？

崔夫人（白）：请坐下讲，先生有何见教，老身恭听。

张　珙（白）：前者孙飞虎兵围普救，变起仓皇，夫人说：“有人退得贼兵者，倒赔妆奁，把莺莺嫁他为妻。”不知曾有此事否？

崔夫人（白）：唔，有的。

张　珙（白）：当此之时，有谁挺身而出？

崔夫人（白）：先生实有活命之恩，怎奈先相国在日——

张　珙（白）：当时晚生奋笔作书，请来白马将军，岂图今日一席之宴？今早红娘传命相邀，张珙以为夫人将践金诺，成就鸳盟。夫人忽

① 黎之彦：《田汉改编京剧〈西厢记〉始末》，《中国戏剧》1991年第1期，第27页。

然命以兄妹相称，小姐何必要张珙为兄，张珙亦不用小姐为妹。堂堂相国夫人，岂可言而无信？望夫人三思。

崔夫人（白）：先生之言自有道理，只是先相国在日，曾将小女许配老身侄儿郑恒为妻，前者也曾去信唤他前来，此子若到，如之奈何？

张　珙（白）：只不知白马将军不来，孙飞虎打破普救寺，将小姐掳去，那时节，夫人又将怎样对待令侄郑恒呢？

崔夫人（白）：这——老身情愿多以金帛相谢，请先生另选贵宅豪门之女，实为两便。

张　珙（白）：张珙虽一介寒士，岂为金帛而来？告辞！

（张珙愤然起身。）

我们看，张生面对强大的老夫人没有丝毫的畏缩和胆怯，而是有力地抓住了老夫人"讲理却违理""讲信却失信"的虚伪与狡诈，采用"以子之矛攻子之盾"的方法让老夫人理屈词穷，毫无退路，最后只能以"多以金帛相谢，请先生另选贵宅豪门之女"的托词勉强加以应付。与原著中那个"无奈告退"的文弱书生相比，京剧《西厢记》中张生的反抗意识被大大强化，他不仅没有表现出懦弱之态，相反敢于与强大的封建家长进行正面争论。在第十四场"逐婿"中，落榜而归的张生恳求老夫人允许他与崔莺莺见上一面，并成就他们的姻缘，可蛮横的老夫人却以崔莺莺和郑恒有婚约在先、莺莺害病为由拒绝了张生的要求，最终抛下五十两银子将张生赶出普救寺：

张　珙（白）：但不知小姐她是何主见？

崔夫人（白）：小女已听从老身言语，只待我侄儿郑恒一到，就偕花烛。

张　珙（白）：小生但求见小姐一面，一言为决。

崔夫人（白）：小女多病，不能相见。先生鹏程万里，何必纠缠一女！犹恐远来不易，备得有白银五十两，以助旅途之需。

家院，薄礼呈上。

（崔忠献银。）

张　珙（白）：张珙清寒，还不致饿死。厚礼请夫人收回，致意令嫒，善葆玉体……告辞了！

（张珙怒下。）

此时的张生虽内心极度伤痛，但却没有半点的唯唯诺诺，始终保持着抗争的姿态，极力维护自我的人格尊严。与原著中那个终成眷属的“大团圆”结局相比，京剧《西厢记》的这种情节设置，绝不仅仅是情节上的简单改造，而是通过情节的改造凸显张生的反抗意识，进而强化“西厢故事”反礼教的主题指向。此外，在京剧《西厢记》中，张生面对崔莺莺和红娘的时候，也在一定程度上剔除了原著中的懦弱和酸腐之气，而表现出大胆的“抗争意识”。试看第十场“赖简”中张生与崔莺莺、红娘的一段对白：

崔莺莺（白）：先生虽有活命之恩，只是你我既为兄妹，何生此心？万一夫人知道，先生何以自安？今后再若如此，定不与足下甘休！

（崔莺莺下。）

张　珙（白）：哼，你自己叫我来的，于今又有这许多话说！

红　娘（白）：唷唷唷，您倒是怎么讲解的，张先生？快别提什么金人玉人的了，从今往后，准备着纸帐寒窗，再打十年光棍吧。

（红娘拴门下。）

张　珙（白）：小姐，你你你害苦了小生了。

在原著中，面对莺莺和红娘的赖简，张生呆若木鸡又无言以对，而此处的张生却在莺莺走后大胆地指责红娘，同时也表达了对莺莺的不满。我们知道，在“赖简”一场戏中，崔莺莺约张生花园会面，可张生来赴约时莺莺又板起面孔，训斥张生，并跟红娘一起对张生进行了一番“戏耍”，莺莺的这种行为表现究其根源是“礼教”在作祟，所以，张生对红娘的指责、对莺莺的不满就本质而言传达出的是对礼教的抗争。基于此，笔者认为，京剧《西厢记》对张生性格的改造更加强化了“西厢故事”反礼教的主题指向。

三、次要人物戏份的简省与“反礼教”主题的强化

在元杂剧《西厢记》中，除了重要人物崔莺莺、张生、红娘和老夫人外，还出现了诸如杜确、孙飞虎、法本、法聪、惠明等一批次要人物。这些次要人物在全剧的情节结构中起到了必要的“穿针引线”的作用，王实甫也不惜笔墨，让这些次要人物拥有了必要的戏份，他们在剧中少有唱词，或说白，或插科打诨，为剧情的发展“穿针引线”，也在一定程度上彰显出元杂剧的“杂”，即综合性。或许是出于尊重原著的考虑，这些次要人物在京剧《西厢记》中基本得以保留，但是他们的戏份却被大大简省。比如孙飞虎兵围普救寺之时，张生让普救寺中的惠明下山给杜确送信求救，为了让观众了解惠明其人，王实甫用了十二支曲子、整整一折的篇幅介绍惠明的出身，渲染惠明粗犷、豪放的性格特征。而在京剧《西厢记》中作者仅仅用了十句唱词便完成了对惠明这个人物的交代：

> 咱本是粗鲁庄稼汉，也曾射虎在南山。都只为税钱过十万，逼得俺普救寺内把禅参。金钟响兜起俺英雄胆，法鼓敲好一似战斗酣。袖手旁观几曾惯？杀贼除凶只等闲。先生若肯使用咱，管保书信到蒲关。

我们看，这段唱词既交代了惠明的出身、个性，又使观众能够了解这个人物在全剧的情节结构中所起的作用。再如，在原著第二本的第二折和第三折之间，王实甫用了一个“楔子”交代白马将军杜确见信发兵以及驱赶贼将军孙飞虎的过程，而京剧《西厢记》却完全略去了这个过程，只是通过红娘之口将孙飞虎撤兵之事一笔带过，杜确与孙飞虎的戏份被大大简省。值得思考的是，京剧《西厢记》为什么要简省次要人物的戏份？在笔者看来，原因可能在于两个方面：其一，与杂剧舞台相比，京剧舞台的容量有限，表演的时空更加集中，所以，京剧舞台必须要删减与情节发展、主题展现关系不大的情节，以更加集中地表现戏剧冲突；其二，简省次要人物的戏份会为主要人物的性格塑造以及戏剧冲突的深入展开留下更多的时间和空间，惠明、杜确、孙飞虎的戏份被简省，无形中就为崔莺莺、张生、红娘和老夫人的性格塑造以及崔、张二人与老夫人的冲突留下了更大的时空。崔、张二人与老夫人冲突的时空增大了，这便有利于作品在主题层面上强化“反礼教”的倾向，起到进一步深化主题的作用。

从元杂剧《西厢记》到京剧《西厢记》，田汉先生不仅用京剧的表演方式和美学特质对杂剧舞台上的“才子佳人”故事进行了“京剧化”的重构，而且还通过剧情的改变、人物性格的改变和次要人物戏份的简省进一步强化了元杂剧《西厢记》所蕴含的“反礼教”主题。京剧《西厢记》所以进一步强化“反礼教”主题，与剧作家田汉所面对的时代语境不无关系。

京剧《红娘》和京剧《西厢记》是京剧舞台上绽放的一枝并蒂莲，它们竞相开放，倾吐着诱人的芬芳，它们演奏着一曲千年的爱情赞歌，描摹着一幅绵延千载的爱情画卷，它们激活了杂剧舞台上的千古之恋，催开了有情人的万古情思！

第二章　梆腔豫韵话佳期

——《西厢记》在豫剧舞台上的传播与重构

豫剧，又名河南梆子、河南讴、靠山吼、高调、土梆戏等，主要流行于以河南为中心的广大中原地区。豫剧属于梆子声腔系统，为了区别于“梆子腔”这个大家族中的其他成员，才冠以“河南”二字，称为“河南梆子”，至20世纪30年代始称“豫剧”，至50年代，“豫剧”之名才广泛传播开来。在豫剧诞生的200年的时间内，其传播速度之快，地域之广，创作剧目之多，观众数量之大，是其他戏曲剧种无法比拟的，堪称当今中国影响最大的地方戏，被誉为中国五大戏曲剧种之一。豫剧剧目是一个系统的整体，主要涵盖古典剧、新编古典剧和现代剧三个子系统。20世纪以来，中国古典名剧《西厢记》被搬上豫剧舞台，成为豫剧舞台上具有代表性的新编古典剧，被常香玉、陈素真、阎立品等豫剧大师演绎得惟妙惟肖。《西厢记》是如何在豫剧舞台上得以传播的？豫剧舞台上的“西厢故事”是如何被“豫剧化”重构的？是如何在“才子佳人”故事中凸显中原文化色彩的？这就是本章着力探讨的问题。

第一节 《西厢记》在豫剧舞台上的传播概况

豫剧是在中原文化土壤中孕育出的一朵奇葩，承载着厚重的中原文化传统，彰显着中原人民粗犷直率、质朴刚强的地域化性格特征。早期的豫剧传统剧目虽取材广泛，但更多集中于爱国出征（杨家将戏、岳家军戏）、官场争斗（包公戏、打朝戏）、官逼民反（水浒戏、瓦岗戏）和民间生活（乡土民俗戏、伦理道德戏）等题材上，而细腻表现才子佳人婚恋爱情的剧目并不多。在笔者看来，豫剧传统剧目的这种题材取向与中原人民粗犷直率、质朴刚强的地域化性格特征不无关系，同时，早期豫剧宏阔、高远的声腔特点也在一定程度上决定了其取材的宏大及作品在情感表现上的率性、刚毅。20 世纪的 20 至 30 年代，在豫剧经历了第一次改革浪潮的洗礼后，其题材取向发生了重大变化，以《西厢记》为代表的“才子佳人”剧被搬上豫剧舞台便是这一变化的重要标志。

一、王镇南《六部西厢》与陈宪章《拷红》

在早期的豫剧舞台上并无“西厢戏”，第一个将《西厢记》搬上豫剧舞台的是王镇南先生。作为著名戏曲理论家和戏曲改革家的王镇南在 20 世纪 30 年代的戏曲改革浪潮中主动承担起了豫剧改革的重任，1937 年他与张福仙、常香玉一道成立了“中州戏曲研究社”，对豫剧的题材选择、声腔运用以及表演方法进行全面改革。在此期间，他同史树明一道对王实甫的《西厢记》进行改编，剧本从《惊艳》到《拷红》共分六部，人称《六部西厢》。“民国二十六年（1937）春，由中州戏曲研究社在开封醒豫舞台首演，常香玉主演，王镇南导演。该剧贯串婚姻自主，有情人都成眷属的思想。常香玉在一、二部里扮演温文尔雅以闺门旦应工的崔莺莺，在三、四、五、六各部里扮演正义泼辣以花旦应工的红娘。后来经常演出的‘酬简’、‘拷红’两场戏便被称作《红娘》。”[①] 王镇南的《六部西厢》是将《西厢记》搬上豫剧舞台的第一次

① 中国戏曲志编辑委员会:《中国戏曲志·河南卷》，文化艺术出版社 1992 年版，第 124 页。

成功尝试，《六部西厢》也成为豫剧《西厢记》的第一个成功的改编本。《六部西厢》剧本曾在1937年开封《正义报》上连载，与王实甫的原著相比，《六部西厢》在主要人物的设置和表演风格上都发生了重大变化。“和王实甫的《西厢记》相比，王镇南改编的《西厢记》，主要人物已不再是莺莺小姐，而是正义泼辣的丫鬟红娘。剧本内容上的这个较大的变动，对演出实践和剧本的成功都有重要意义。首先，从观众构成来说，豫剧的主要受众是普通民众，特别是遍布乡野的农民。把剧中主要人物由闺门小姐换为丫鬟侍女，就在身份地位、思想情感上和观众拉近了距离，容易产生更多的呼应和共鸣。其次，豫剧演出多以火爆风趣见长，小姐的表演多温文尔雅，而泼辣奔放的丫鬟的表演更符合广大观众的审美情趣和审美要求。这一改动更好地表现了豫剧的风格，因而受到了观众的热烈欢迎。”[①] 总之，王镇南的《六部西厢》是将“西厢故事”豫剧化的首次尝试，加之常香玉大师的精彩演绎，最终成就了《六部西厢》这一豫剧舞台上的经典之作，也奠定了常派艺术成功的基石。1946年，常香玉的丈夫陈宪章将王镇南的《六部西厢》成功改编为豫剧《拷红》。豫剧《拷红》是在王镇南《六部西厢》基础上的再一次改编，与《六部西厢》相比，《拷红》的戏剧冲突更加紧凑、集中，陈宪章着力强化常香玉的表演特长，几乎将全部的喜剧效果与表演亮点都集中在红娘的身上，使其成为贯穿全剧的轴心人物。陈宪章成功的二度改编与常香玉扎实的表演功力使豫剧《红娘》随即成为豫剧常派的经典之作，至今仍是豫剧舞台经常上演的剧目。

二、樊粹庭《七部西厢》

《七部西厢》是“现代豫剧之父”樊粹庭先生根据元杂剧《西厢记》改编而成的具有现代色彩的豫剧经典剧目。根据樊琦先生的《樊粹庭生平年谱》[②] 记载，樊粹庭于1948年3月创作并组织演出《西厢外传》，该剧主要移植秦腔《西厢记》中的《候后》《酬简》和《拷红》三折戏，并根据豫剧大师陈素真的唱腔特点和表演特色，因人设戏，量身定做，将《西厢记》这部“天

① 谭静波：《豫剧史话》，社会科学文献出版社2015年版，第52—53页。

② 樊粹庭著，张大新编校：《樊粹庭文集·手札评鉴》，河南大学出版社2012年版，第437页。

下夺魁”的爱情剧成功搬上豫剧陈派舞台。而后樊粹庭又为李景萼打造《长亭送别》《草桥惊梦》两折，由于塑造的红娘形象深入人心，因此李景萼名声大振。至此，樊粹庭先生的《七部西厢》基本创作完成。所谓“七部”即这一剧目由七场戏组成：头部《西厢》主要取材于王实甫《西厢记》第一本中的第一、二、三折，演绎崔、张二人佛殿相逢以及莺莺伤春、花园降香的情节；二部《西厢》主要取材于原著第一本的第四折和第二本的第一折，演绎张生闹道场以及孙飞虎兵围普救寺的情节；三部《西厢》主要取材于原著第二本的第二、三、四折，演绎张生智退孙飞虎、老夫人请张生赴宴以及老夫人借宴赖婚的情节；四部《西厢》主要取材于原著第二本的第五折，演绎红娘陪伴莺莺到花园听琴的情节，同时增加了琴童欲娶红娘为妻以及二人互相调笑的情节；五部《西厢》主要依据原著第三本戏的故事情节，展现崔、张、红娘三人在酬简、赖简、闹简中的性格冲突；六部《西厢》主要取材于原著第四本中的第一、二折，演绎崔、张二人的私下结合以及老夫人拷问红娘的情节；七部《西厢》主要取材于原著第四本中的第三折，展现张生赴京赶考，崔莺莺长亭送别的情节。综合来看，樊粹庭的《七部西厢》基本忠实王实甫的原著，但在具体细节上有很多生新之处，比如适当增加次要人物的戏份，在王实甫的《西厢记》中，琴童的戏份很少，甚至少到了可以忽略不计的程度，但在樊粹庭的《七部西厢》中，琴童的戏份被大大增加，他不仅为崔、张爱情穿针引线，而且主动追求红娘，琴童追求红娘的情感诉求成为崔、张爱情主线下的一条“副线索”，与崔、张爱情相互照应。另外，樊粹庭的《七部西厢》在语言上大量融入民间口语，尤其是融入中原农民的语言，使得《西厢记》这部“词句警人”的古典爱情剧在豫剧舞台上生发出浓郁的生活气息。

三、阎立品《十二场豫剧〈西厢记〉》

《十二场豫剧〈西厢记〉》是著名豫剧大师阎立品先生于20世纪50年代根据王实甫的《西厢记》改编而成的豫剧经典剧目。这一剧目的改编过程耗费了阎立品先生的大量心血，先生几易其稿，反复实践，终于将这部阎派经典名剧精彩地呈现在豫剧舞台上。《十二场豫剧〈西厢记〉》是阎立品大师晚年常演剧目之一，她 1983 年从河南省豫剧二团退休后又重排了《西厢记》，并在郑州连续演出 7 天，常香玉等名家到现场观看，这出戏受到专家及戏迷的一致好评，也成了她的告别演出。阎立品的《十二场豫剧〈西厢记〉》以最大限度地尊重王实甫的原著为基本特点，抓住原著中的"闺训""惊艳""和韵""寺惊"等重点关目，整合出一台完整、紧凑的《西厢记》。同时，与王实甫的原著相比，《十二场豫剧〈西厢记〉》也有很多超越和创新之处。首先，该剧充分考虑到豫剧以中原农民为主的受众构成特点，力图让唱词、说白浅显化、通俗化，改变了原著由于曲词过于文雅而给观众带来的审美上的隔阂。同时，该剧还考虑到人物的个性，对人物语言进行了富于现代色彩的改造，力图使古典故事彰显出现代色彩，进而引起了观众的共鸣。其次，充分发挥豫剧阎派的艺术个性，着力于对剧中人物的心理刻画。阎派的表演以"细腻"见长，遵循"细想、细唱、细做、细心琢磨、细致入微"的原则，精雕细刻，紧抓神韵，既端庄妩媚，又朴实典雅，特别能够表现人物心灵深处那种幽微、细腻的情感体验。《十二场豫剧〈西厢记〉》中对崔莺莺形象的塑造便充分发挥了阎派细腻柔婉、追求神韵的艺术个性，极大地开拓了人物的心理空间。可以说，阎立品的《十二场豫剧〈西厢记〉》既最大限度地保持了王实甫原著的完整性，又对原著进行了符合豫剧艺术规律和阎派艺术个性的改造与重构，最终成就了这部豫剧舞台上的经典之作。

第二节　常派《拷红》的百炼成钢

常派是由豫剧大师常香玉先生开创的一个豫剧艺术流派，也是 20 世纪 50 年代所形成的多个豫剧流派当中影响最大、流行最广泛、颇受群众喜爱的艺术流派。常香玉大师的代表剧目为"红""白""花"，即《拷红》《白蛇传》和《花木兰》。其中《拷红》是常香玉的成名作，也是常派唱腔与常派艺术的奠基之作。如前文所述，豫剧《拷红》是常香玉的丈夫陈宪章根据王镇南的《六部西厢》改编而成的，王镇南的《六部西厢》曾让 13 岁的常香玉在开封一炮走红，而陈宪章在此基础上对《六部西厢》进行了更有利于彰显常香玉唱腔特点与表演特长的改造，并最终成就了常派名剧《拷红》。与王实甫的原著相比，豫剧《拷红》最大的变化不仅在于其片段性地将《西厢记》移植到豫剧舞台，更主要的还在于，该剧在人物、情节、唱腔、表演风格等方面对元杂剧《西厢记》进行了“豫剧化”和“常派化”的改造与重构。

一、乡土传播视域下的主角转换

从元杂剧《西厢记》到王镇南的《六部西厢》，再到陈宪章的《拷红》，“西厢故事”的情节结构不断被简化，故事主角也由崔莺莺、张生转变为红娘，并最终确立了豫剧舞台上的红娘主角形象。这里有一个问题值得我们思考，陈宪章先生为什么要将《六部西厢》精简为《拷红》，进而将红娘确立为豫剧常派舞台上的主角形象？其实红娘被确立为主角形象的原因很复杂。豫剧的受众构成、豫剧的美学品格、豫剧《拷红》产生的时代背景等诸多因素，都在一定程度上决定了红娘主角形象的确立，但豫剧的乡土文化内涵与乡土传播方式是豫剧《拷红》实现主角转换的关键因素。

首先，豫剧的主要受众群体是长期立足于乡土社会的中原农民。豫剧，又名河南梆子、土梆戏。所谓“河南梆子”，即豫剧主要流行于以河南为中心的中原腹地；所谓“土梆戏”，即豫剧从产生之日起便植根于民间，散发出浓重的乡土气息，彰显着乡间百姓的情感体验。豫剧广泛流行于中原腹地的空间特征和植根于民间的传播范式决定了豫剧以中原农民为主体的受众构成特点。同时，由于河南地处中原腹地，是农业文明发展最早、开发最充分的地域之一，“长期的农业生产和高度发达的农业文化造就了河南民众最典型、最充分的农民心理：讲求实际、注重传统、推崇节俭、看重人伦”[①]。中原文化沃土孕育出的豫剧最典型地承载着中原农民的文化心理，这也在一定程度上决定了豫剧以中原农民为主体的受众构成特点。既然豫剧的主要受众为中原农民，因此就要尽量表现中原农民喜、怒、哀、乐的情感体验，表现中原农民原始、淳朴的审美心理以及质朴、粗犷的地域化性格特征。《西厢记》中的红娘是一个出身于市井社会的下层婢女，她聪明、机智、勇敢、泼辣，富于同情心和正义感，可以说在这个形象的身上更多地体现了市井社会的审美情

① 纪明明：《豫剧艺术特征探微》，《歌海》2018年第3期，第55页。

趣和情感体验，也彰显出中原农民那种质朴、粗犷的地域化性格特征，因此，当《西厢记》被搬演至豫剧舞台的时候，红娘的形象特征便深深吸引了创作者和表演者的眼球，在创作和演出实践中，其“中原化”的性格特征与“农民化”的情感特征被逐渐放大，加之原故事情节的精简与红娘戏份的生发，最终成就了陈宪章版《拷红》中的主角形象——红娘。

其次，豫剧彰显出的美学品格正是乡土社会所推崇的阳刚美和质朴美。豫剧是中原文化沃土孕育出的艺术奇葩，它奔走在宽阔无迹的豫东大平原，又植根于豫西的高山大川，中原大地广袤的地理空间和粗犷、大气的文化品格给予了它激昂豪放、大气磅礴的风格特征。另外，豫剧的声腔属于典型的板腔体，唱词通俗，唱腔激昂而粗犷，高亢而洪亮，程式性很强。同时，豫剧文武场面的伴奏刚柔兼济、豁达宽厚，使表演者和观演者血气涤荡，心驰神摇。豫剧激昂豪放、大气磅礴的风格特征以及粗犷、高亢的声腔特点使其在美学品格上展现出特有的阳刚美。阳刚美是豫剧艺术稳定和普适性的美学品格，这种美学品格可以表现在各种题材的作品中，且不论《古城会》《单刀会》《杨八郎探母》《辕门斩子》《斩经堂》这些洋溢着忠贞刚强、血性正义的“生角戏”，即便是在《穆桂英挂帅》《花木兰》《破洪州》《十二寡妇西征》等“武旦戏”和《花打朝》《女中魁》《贺后骂殿》《大祭桩》等“旦角戏”中，也更多地表现出中原女性粗犷豪放的精神面貌和忠贞刚毅的品格特征，整体呈现出峭拔雄健的阳刚之美。当经典的“西厢故事”被搬上豫剧舞台的时候，质朴、粗犷的中原戏曲艺人不仅用豫剧的声腔和表演形式对“西厢故事”进行了“豫剧化”的重构，也将豫剧这种特有的阳刚美融入《西厢记》这部“天下夺魁”的爱情剧中。以阳刚美为支点，中原戏曲艺人在舞台表演时所融入的豪迈的声腔，也对剧中人物进行了富于阳刚美的改造。“古典名剧《西厢记》，本以张君瑞、崔莺莺为主要角色，但豫剧却换成了风风火火、抱打不平的红娘。豫剧中的这个红娘和其他剧种中的红娘相比，更是多了许多‘丈夫气’‘村野气’，完全不像一个相府丫鬟，更像河南农村常见的泼辣豪爽的村姑。”[①] 所以，

① 谭静波：《豫剧史话》，社会科学文献出版社 2015 年版，第 132 页。

从元杂剧《西厢记》到豫剧《拷红》的主角转换与红娘主角形象的确立，以及红娘性格特质中“丈夫气”和“村野气”融入，正是豫剧以富于阳刚美的美学品格重构原著的必然结果。

除阳刚美外，植根于中原乡土文化的豫剧还表现出特有的质朴美。豫剧又称“土梆戏”，“土”即早期的豫剧充盈着乡土气息，表现出特有的土野美和质朴美。随着豫剧艺术的成熟，早期“土梆戏”中粗糙的表演技巧和庸俗的表演风格被摒弃，但其特有的质朴美却得以保留，并最终成为豫剧的一种美学品格。豫剧质朴美的形成与中原大地特有的自然和人文环境密切相关：“中原人在长期农耕生产中养成了勤劳、朴实、敦厚、耿直、坚忍不拔的性格，喜欢直率、坦白地表达内心情思……豫剧艺术的质朴美正是由中原人民纯朴的品格、纯朴的民风民情造就的。”[①]豫剧的质朴美可以表现在生活气息浓郁、情感传达自然真切、表现内容“农民化”等多个方面。豫剧《拷红》在重构原著的过程中，会自然而然地将这种质朴美融汇于这一经典的爱情故事中。与原著相比，豫剧舞台上的红娘，其言语方式和行为方式充满了浓郁的生活气息和土野气息，中原受众似乎能在这一形象的身上发现自己最为熟知的言语方式和行为方式；豫剧舞台上的红娘，其性格更加率性、泼辣，情感表达直爽而不忸怩，中原受众能在她的身上发现一种质朴、耿直和坚忍的中原文化品格和情感表达方式；豫剧舞台上的红娘，其行为方式出现了某种“农民化”的变形，“红娘是个相府丫鬟，按其生活环境和教养，应该是稳重秀气、中规中矩，但豫剧中的红娘，完全是个乡村野丫头，风风火火，甚至敢对老夫人指指点点”[②]。以上的种种变化，使豫剧舞台上的红娘表现出特有的质朴美，也使中原受众获得了一种最为真切的情感体验。基于此，笔者认为，从元杂剧《西厢记》到豫剧《拷红》的主角转换与红娘主角形象的确立，以及红娘形象的“农民化”变形，正是凸显豫剧质朴美的必然要求。

再次，豫剧《拷红》产生的时代正处于从传统乡土社会到现代社会的转型期。近代以来，随着西方殖民势力的侵入，中国社会经历了千百年来前所

① 谭静波：《豫剧史话》，社会科学文献出版社 2015 年版，第 138 页。

② 谭静波：《豫剧史话》，社会科学文献出版社 2015 年版，第 142 页。

未有之变局，中华民族承受着巨大而深重的灾难，尤其是1937年日本全面侵华战争的爆发，使中原腹地的百姓惨遭蹂躏与欺凌，众多豫剧艺人被迫离开河南，游走他乡，长期的颠沛流离，使他们的内心深处生发出强烈的自我拯救意识。作为豫剧《拷红》的改编者陈宪章和主演常香玉都曾身历这场深重的民族灾难，他们曾因动荡的时局而长期游走于以西安为中心的关中平原。在血与火的战争中，他们那种不断膨胀的自我拯救意识似乎与红娘形象产生了某种共鸣。红娘的机智、勇敢、泼辣、不畏强权，彰显出强烈的自我拯救意识，这种自我拯救意识是包括豫剧艺人在内的中原乡土民众乃至全体中华儿女所汲汲渴求的，因此，在豫剧艺人与广大受众的共同助推下，《西厢记》中的婢女红娘成为豫剧舞台上的大主角。

二、豫韵生新背景下的结构重置

元杂剧《西厢记》是中国戏曲史上非常具有代表性的一部“才子佳人”剧，其影响之大，在中国戏曲史上是罕见的，明清时期出现的大量“才子佳人”剧，似乎都可以从中窥视到《西厢记》的影子。“才子佳人”剧作为中国古典爱情剧中一个重要的类型，其情节模式基本固定，可以归纳为“私订终身后花园，落难公子中状元，金榜题名大团圆”。从元代开始，“才子佳人”剧作为爱情剧的一种类型，得以确立。到了明清时期，“才子佳人”剧的数量大增，表现内容也更加丰富，但故事模式基本没有发生变化，“在主题思想上，才子佳人剧基本上要表达的是对恋爱自由、婚姻自主的追求；在故事情节上大致遵从相遇——阻碍——团圆的发展过程；剧中的人物可以分为才子佳人、破坏者、助手等三种类型；才子佳人爱情的活动场景主要是在花园、厅堂或踏青的路上”[①]。从元杂剧《西厢记》到豫剧《拷红》，其结构模式最大的变化在于，豫剧《拷红》并没有将原著完整地呈现在豫剧舞台上，而是选择了其中的一个“片段”，主要演绎了红娘诓骗莺莺、为张生传信并协助崔、张二人私会以及老夫人拷问红娘，而后逼张生进京求取功名的情节。豫剧《拷红》为什么只对原著进行片段式的呈现，而不是全景式的呈现？笔者

① 王永恩：《论明清才子佳人剧的故事模式及其结构性缺陷》，《中华戏曲》2014年第1期，第78页。

认为，除了精简故事情节，便于改编与搬演的原因之外，其深层原因则在于对元杂剧《西厢记》“才子佳人”情节模式的否定，即豫剧《拷红》尝试以片段式、开放式的剧情结构对千部共出一套的“才子佳人”式的情节模式进行重构。其实，对中国古典戏曲和小说中出现的“才子佳人”情节模式的质疑、否定早在明清时期就出现了。明代戏曲理论家王骥德指出：“元人杂剧，其体变幻者固多，一涉丽情，便关节大略相同，亦是一短。”①清代的李渔也曾说：“填词之难，莫难于洗涤窠臼；而填词之陋，亦莫陋于盗袭窠臼。”②曹雪芹更是在《红楼梦》的第一回便开章明义地批评“才子佳人”情节模式是一种缺乏审美灵动性的陈腐旧套：“至若佳人才子等书，则又千部共出一套。且其中终不能不涉于淫滥，以致满纸潘安、子建、西子、文君，不过作者要写出自己的那两首情诗艳赋来，故假拟出男女二人名姓，又必傍出一小人其间拨乱，亦如剧中之小丑然。且鬟婢开口即者也之乎，非文即理。故逐一看去，悉皆自相矛盾、大不近情理之话。”③明代以来，为什么质疑、否定“才子佳人”剧的声音越来越多？其根本原因在于，“才子佳人”剧存在着不容忽视的结构性缺陷。王永恩先生将“才子佳人”剧的结构缺陷概括为：结构封闭；人物数量少，人物关系单一；时间、空间范围相对集中。④《西厢记》作为中国古典戏曲史上爱情剧的杰作，开启了后世“才子佳人”剧的先河，但也不可避免地呈现出“才子佳人”剧的结构缺陷。从元杂剧《西厢记》到豫剧《拷红》，豫剧艺人在用梆腔豫韵演绎“西厢故事”的同时，也对原著的情节结构进行了重置，既跳出了原著的窠臼，又在一定程度上弥补了原著的结构缺陷。

首先，“才子佳人”剧大都以时间顺序推进剧情。“才子佳人”剧的故事情节往往依照“相遇——阻碍——团圆”的次序展开，而这种结构方式是一种典型的自给自足的封闭式结构，故事从相遇开始，以婚姻的缔结告终，其开端和结尾都是不能改变的，是固定的。元杂剧《西厢记》便是从崔、张二

① 王骥德：《曲律》，见《中国古典戏曲论著集成（四）》，中国戏剧出版社 1959 年版，第 148 页。

② 李渔：《闲情偶寄》，上海古籍出版社 2000 年版，第 25 页。

③ 曹雪芹著，黄霖校点：《红楼梦》，齐鲁书社 1994 年版，第 5 页。

④ 王永恩：《论明清才子佳人剧的故事模式及其结构性缺陷》，《中华戏曲》2014 年第 1 期，第 84—87 页。

人佛殿相逢开始，经历了孙飞虎兵围普救寺、老夫人两次赖婚的阻碍，最后以张生求得功名后崔、张二人的“终成眷属”为终结。“才子佳人”剧的这种以时间顺序推进剧情的结构方式，虽为观众呈现了一个有头有尾的完整故事，却始终无法跳出“相遇”和“大团圆”的结构性窠臼。豫剧《拷红》从原著中巧妙截取了一个片段，不是以时间顺序推进剧情，而是以红娘这个人物作为全剧的主线和推动剧情发展的关键人物，且该剧不是以崔、张二人的“终成眷属”为终结，而是以莺莺、红娘送别张生赴京求仕为结，这便打破了原著以时间顺序推进剧情的结构方式，也改变了崔、张“大团圆”的结构性窠臼。豫剧《拷红》的这种情节结构就其实质而言是“以部分来表现整体”的结构方式，这种灵动的富于后现代色彩的结构方式有力地弥补了原著以时间顺序推进剧情的封闭式结构的缺陷，同时，由于豫剧《拷红》这种开放性结构给观众带来了永久的可供驰骋想象的艺术空间，也避免了由于大团圆式的全景呈现而造成的审美惰性。

其次，“才子佳人”剧的人物数量少，人物关系比较单一。“人物数量少，不是指剧中人物的绝对数量少，而是指有戏的人物少。在才子佳人剧中，故事是围绕着才子佳人展开的，为了推动这个故事的前行，还得有一些功能性的人物，如父母、小人、丫鬟以及神仙鬼怪，等等。”[①]“才子佳人”剧中戏份最重的当属才子和佳人，除此之外，诸如父母、小人、丫鬟以及神仙鬼怪等角色则多起陪衬作用，其戏份大大降低，甚至出场一次便不再出现。在元杂剧《西厢记》中，戏份最重的正是剧中的“才子佳人”张生和崔莺莺。张生是戏剧冲突的挑起者，从某种程度上讲，如果没有张生闯入普救寺便不会出现后面的一系列戏剧冲突；同时张生又是爱情故事的主要“当事人”，他为爱而痴狂，为爱而忍受生离死别之痛赴京求仕，其承担的戏份之重自在情理之中。崔莺莺是一位渴望自由爱情的贵族女性形象，在张生闯入普救寺后，她经历了心扉绽开、叛逆母亲、以身相许和泪洒长亭的精神发展历程，可以说，崔莺莺的精神嬗变是《西厢记》中的一条极为重要的线索，所以这一形象自

① 王永恩：《论明清才子佳人剧的故事模式及其结构性缺陷》，《中华戏曲》2014 年第 1 期，第 85 页。

然承担了较多的戏份。除崔、张外，《西厢记》中红娘的戏份也比较多，但主要集中在第三本。老夫人、白马将军、欢郎和普救寺众僧则基本属于陪衬人物。与元杂剧《西厢记》不同，豫剧《拷红》将红娘这个婢女形象提升到最重要的位置，在该剧中，红娘诓骗莺莺、为张生传书，是莺莺与张生私会的主要谋划者，更是敢于挑战老夫人权威的胜利者。可以说，红娘的戏份超过了剧中的所有人物，成为无可非议的主角形象。另外，在豫剧《拷红》中，“拷红”一场戏占了全剧四分之一的篇幅，所以，老夫人戏份的“相对比重”增加了，而作为原著中两大主角的崔莺莺和张生的戏份则明显减少。从崔、张到红娘、老夫人的戏份转移，使豫剧《拷红》明显表现出冲破原著“才子佳人”模式的指向，并在客观上弥补了“才子佳人”剧人物数量过少的结构性缺陷。除人物数量过少外，“才子佳人”剧的人物关系也相对简单。“才子佳人剧在人物关系设置上的问题在于人物关系过于单调，缺少变化。如才子如有父亲，那么父亲多是官员，他们对儿子的情感常持粗暴干预的态度，好像还没有一个才子的父亲是理解支持儿子的；女方的父亲却相反，都把女儿视为掌上明珠，把女儿的终身大事看得十分要紧，为了挑选可心的女婿又是亲自面试，又是开诗社择婿，表现得很开明。如果佳人没有父亲只有母亲的话，母亲则基本上是《西厢记》中老夫人的翻版，对女儿看管得极其严格，但女儿却总能在母亲的眼皮下与才子谈起了恋爱，最后母亲不得不妥协。这样较为固定的人物关系大大地妨碍了作品内涵的扩张。”① 在笔者看来，“才子佳人”剧人物关系相对简单的根本原因在于男女主人公均被禁锢在稳定而趋同化的家庭关系中，使他们的爱情只能在这种趋同化的家庭关系和简单化的人物关系中得以生发并最终获得“大团圆”的结局。显然，元杂剧《西厢记》并没有跳出这种人物关系相对简单的结构性窠臼，而豫剧《拷红》却从原著中抽取了一个“片段”，将故事的主角变成了红娘，同时略去了张生的家庭出身，淡化了崔莺莺作为相国家千金小姐的身份，这在一定程度上将崔、张二人从各自的家庭关系中解放出来，进而实现了对原著中人物关系相对简单的

① 王永恩:《论明清才子佳人剧的故事模式及其结构性缺陷》,《中华戏曲》2014 年第 1 期，第 86 页。

结构性缺陷的弥补。

再次，“才子佳人”剧的时间、空间范围相对集中。“才子佳人剧所涉及的时间和空间的范围也相对集中，故事自由发挥的余地亦不大。才子佳人剧的时间跨度通常较短，是以才子佳人相遇到才子科举考试成功为时间范围的。”“在空间上，才子和佳人除了相遇时可能在户外外，其他的活动都是在闺房或花园里展开的。才子的活动范围稍大一些，也不过多了学馆、厅堂等地。”[①]我们看，就时间维度而言，元杂剧《西厢记》是从张生进京赶考、途经普救寺写起，到张生求得功名、与崔莺莺终成眷属为止；就空间维度而言，《西厢记》中崔莺莺的活动范围局限于闺房和花园，而张生的活动范围则局限于书房和京城。相对集中的时间和空间使《西厢记》所表现的爱情故事的外延被大大窄化，作者只能在狭小的时空内“做文章”。而豫剧《拷红》却将原著中的片段巧妙析出，力图以片段来表现整体，并将“终成眷属”的大团圆结局改造成“张生赴京赶考却不知结果如何”的开放式结局，不管是时间维度还是空间维度，豫剧《拷红》都是高度开放的，进而使豫剧舞台上的“西厢故事”最终跳出了因时空过于集中而造成的结构性窠臼。

三、常派风格艺境下的唱腔革新

元杂剧作为中国戏曲史上第一个成熟的戏曲样式，其唱腔和相关曲牌的演唱方法早已淹没在中国戏曲发展史的长河中。我们虽然无缘聆听到元杂剧《西厢记》的乐调和演唱声腔，但元杂剧用北曲演唱的音乐特点可以让我们推想元杂剧舞台上演《西厢记》时的声腔与音乐特点。“今之北曲，盖辽金北鄙杀伐之音，壮伟狠戾，武夫马上歌流入中原，遂有民间之日用。”（徐渭《南词叙录》）北曲是草原音乐与中原音乐融合之后的产物，曲调激昂而高亢，所以元杂剧舞台上的《西厢记》，其唱腔必然是豪迈、高亢而充满激情的。从元杂剧《西厢记》到豫剧《拷红》，唱腔和音乐基础都进行了豫剧化的重构，这是一个逐渐发展、演变的过程。豫剧在中原腹地流传的过程中，逐渐形成了豫东调和豫西调两大声腔体系。豫东调包括高调、祥符调和沙河调。

① 王永恩：《论明清才子佳人剧的故事模式及其结构性缺陷》，《中华戏曲》2014年第1期，第87页。

豫东调在音韵和语调上以豫东地区（以商丘为中心）的语言习惯为标准，以假嗓（二本腔）演唱为主要声腔特征，声调高亢，唱腔中花腔较多，具有明朗、高亢、挺拔、奔放的特点。豫西调主要流行于豫西地区，在音韵和语调上以豫西地区（以洛阳为中心）的语言习惯为标准，多用真嗓（大本腔）演唱，且唱腔中寒韵（哭腔）较多，具有浑厚、粗犷、深沉、悲壮的特点。《西厢记》被搬演至豫剧舞台，最初是运用低沉、浑厚、粗犷的豫西调进行演唱，可常香玉大师经过多年的舞台实践，她逐渐认识到，低沉、浑厚的豫西调并不适合塑造红娘这个聪明、机智，年龄仅仅十几岁的市井女性形象，因此常香玉尝试在演唱中大量融入祥符调，并通过演出实践获得了巨大的成功。比如豫剧《拷红》中的《在绣楼我奉了小姐言命》唱段，常香玉采用单板式【流水板】的结构，将豫西调和祥符调两种不同风格的腔调巧妙地融合在一起，同时祥符调中的花腔唱法被引入这段唱腔，将此时红娘内心深处那种细腻的情感体验巧妙地表现了出来。再如《那一日你言道张生有恙》唱段，最初完全是运用豫西调进行演唱，显得低沉、死板，常香玉大师认为这与红娘的性格特征不符，于是尝试融入豫东调进行演唱，但舞台效果仍然有待提升，最终才选用了我们今天在常派舞台上听到的豫西调和祥符调相结合的唱法。

另外，为了凸显该剧主角红娘的机灵、俏皮，常香玉大师还对演唱声腔进行了诸多细节上的改造，并最终形成了豫剧《拷红》以“俏”为主的表演风格。如《在绣楼我奉了小姐言命》唱段中，红娘回绣楼后故意模拟老夫人的声音和口吻诓骗莺莺，一个人模仿两个人的对话，将红娘的俏皮淋漓尽致地展现出来。同样也是在这一唱段中，常香玉还运用了祥符调的花腔唱法，将“我就说呀”这句唱词以近似说白的方式表现出来；常香玉唱到“张先生的疾病不轻”一句时的模拟笑声和唱过“你若是救迟慢哪”一句后装腔作势的叹息，这些细节的生新，都是为了表现红娘的机灵和俏皮。同时，“常香玉创新地在‘吓唬’二字上下功夫。张生为小姐而病，小姐思念张生放心不下，常香玉扮演的红娘虚张声势，故弄玄虚，把张生在小姐面前描述得可怜巴巴，以至于促使小姐震惊、动情、早下决心，如此才费尽心机地促成了情人成为眷属”[①]。这一切均表现了豫剧《拷红》以红娘的视角演绎崔、张故事时所表现出的以“俏”为主的表演风格。

第三节 陈派《七部西厢》的现代意识

陈素真被誉为“豫剧皇后”，是豫剧“五大名旦”中成名最早的一位，她所开创的陈派艺术俏丽灵透，旋律质朴。在唱腔上，陈素真主要运用祥符调，并大胆地吸收、借鉴豫西调的旋法、腔口来充实祥符调，最终创立了自己的演唱风格；在表演风格上，陈素真博采众长，革故鼎新，吸收、借鉴了京剧、昆曲、越调等姊妹艺术的技巧和神韵，对豫剧的传统表演技艺进行革新与开拓，最终形成了做派丰厚、典雅细腻、绰约传神的表演风格。陈派的代表剧目为《三拂袖》《三上轿》和《春秋配》等，此外，《七部西厢》也是陈派舞台经常上演的剧目。如前文所述，《七部西厢》是“现代豫剧之父”樊粹庭先生根据元杂剧《西厢记》改编，并根据“豫剧皇后”陈素真的唱腔特点和表演风格，因人设戏，为其量身定做的陈派经典剧目。《七部西厢》的剧情大致是从崔、张二人“佛殿相逢”开始，到“长亭送别”结束，与陈宪章的《拷红》相同，樊粹庭的《七部西厢》也是片段性地截取了元杂剧《西厢记》，而不是全本地搬演。樊粹庭在基本尊重原著主题内蕴与情节维度的基础上，使陈派舞台上的“西厢故事”更多地彰显出某种现代意识。在笔者看来，这种现代意识的融入主要表现为“隐线索”的嵌入与通俗化视角的融入两个方面。

一、“隐线索”的嵌入与《七部西厢》的现代意识

元杂剧《西厢记》主要包含两大戏剧冲突：一是以老夫人为代表的封建礼教捍卫者和以张生、莺莺、红娘为代表的礼教叛逆者之间的冲突；一是张生、莺莺、红娘三人之间的性格冲突。这两大戏剧冲突形成了反礼教与追求自由爱情的“一主一辅”两条线索，这两条线索相互制约，起伏交错，推动剧情的发展。樊粹庭在依据元杂剧《西厢记》创作《七部西厢》的过程中，

① 王俊霞：《常香玉对豫剧表演艺术的创新》，《大舞台》2014年第6期，第7页。

巧妙嵌入了一条“隐线索”，即琴童与红娘之间的情感纠葛以及琴童对红娘的炽热追求。这条“隐线索”与崔、张二人追求自由爱情的线索相配合，共同推动戏剧冲突的发展，也使樊粹庭的《七部西厢》彰显出浓重的现代意识。

首先，“隐线索”的嵌入有利于突破崔、张二人佳人才子的身份局限，更好地演绎追求自由爱情的故事。元杂剧《西厢记》属于典型的“才子佳人”剧，如前文所述，这种“才子佳人”剧存在着人物数量少、人物关系单一的结构性缺陷，在“才子佳人”剧中，故事往往是围绕着才子佳人展开的。才子佳人的主角身份被确立后，剧情的设置必然被局限在才子佳人的生活维度与社会关系维度中，并最终受制于才子佳人的身份特征。《西厢记》中的张生出身于仕宦之家，但由于父母早年谢世，落得书剑飘零，虽满腹文才，却功业未成；崔莺莺则出身于相国之家，且长期受到封建礼教的熏陶，是生活在上层社会的典型的大家闺秀。张生与崔莺莺正是典型的才子佳人形象，其性格特征、言行方式、心理特质必然会受制于才子佳人的身份特征和由这种身份所彰显出的社会文化特征。同时，无论是案头读者，还是舞台下的观众，也必然会在才子佳人的身份特征与文化特征的视域下接受张生、崔莺莺的文学形象与舞台形象。从元杂剧《西厢记》到豫剧《七部西厢》，崔、张二人的性格特征与言行方式虽然发生了细微的变化，但决定崔、张形象的身份特征与文化内核并未发生变化，因此，爱情主题的表达也在一定程度上受制于才子佳人的身份特征。巧妙的是，豫剧《七部西厢》嵌入了琴童追求红娘的“隐线索”，琴童和红娘是出身于市井社会的童男、婢女，较少受到礼教的重压与文化的制约，因此，其言行方式与心理特征与作为才子佳人的张生、崔莺莺有着明显的不同，在追求爱情的过程中也就显得更加大胆、率性。同时，琴童与红娘又是与张生、崔莺莺朝夕相伴的贴身书童、侍女，他们的爱情经历必然与崔、张二人的爱情经历构成某种“映衬”，进而将崔、张二人潜意识中长久存在而又受制于才子佳人的身份无法表达出来的爱情诉求与潜在欲望通过琴童、红娘形象表达出来，这样便拓展了爱情主题的阐释空间。试看豫剧《七部西厢》第四部中老夫人赖婚后琴童与张生的一段对话：

琴　童（白）：哎！大叔你拿的是什么书哇？

张　生（白）：《孟子》。

琴　童（白）：咱就讲《孟子》解闷吧！

张　生（白）：哪一节呢？

琴　童（白）：我翻到哪一节就讲哪一节吧，“人少则慕父母”那一节吧！

张　生（白）：“人少则慕父母，知好色则慕少艾，有妻子则慕妻子”这一节的意思就是人在年少的时候爱他父母，知好色就是他知道了男女之事，就喜爱青春女子，待成家以后他就爱他的妻室儿女了。

琴　童（白）：“慕少艾”就是想大闺女不是？

张　生（白）：是。

琴　童（白）：大叔，我到慕少艾大闺女的时候没有？

张　生（白）：你嘛！快到了。

琴　童（白）：我早已到了，可惜你不管我的事。

（琴童搂书。）

琴　童（白）：我在另找一节怎么样？

（张生接书。）

张　生（白）：“丈夫生而愿为之有室，女子生而愿为之以嫁。”这奴才成了媳妇迷了，是怎么竟在这女色上打搅，不给你这奴才讲了。

琴　童（白）：不讲书文，怎样与你解愁解闷哪？找本孬书你看吧！

张　生（白）：也好。

（琴童取书。）

琴　童（唱）：大叔要把孬书来看，急忙忙取过来种子金丹。房术秘籍床上交战，男女淫戏说笑闹玩。

张　生（白）：这等书我不看，省得污了我的眼睛。

琴　童（白）：你咋不看？这等书为房术秘籍，叫种子金丹，里边有些房术的好法妙诀，你正用得着。

张　生（白）：不看这个，再找好的。

琴　童（唱）：这本书不看打了对，另取来一本《金瓶梅》。《肉蒲团》也能对脾味，学些个招数战罗围。

（白）：摆着看吧！

（张生接书，掷书地下。）

张　生（白）：可恶的东西，淫话之作，哪堪入目，拿出去。

（琴童拾书。）

琴　童（白）：你看这书，管叫你学些好玩艺儿。[①]

我们看，在琴童与张生的这段对话中，虽不乏一些庸俗的笔墨，但却巧妙地通过琴童的言辞将张生潜意识中的诉求与欲望和盘托出。老夫人赖婚后，张生对崔莺莺相思入骨，但又无可奈何，只能将对爱情的诉求与深层的情欲压抑在自己的潜意识中，若直接表现出来则会有违其出身仕宦之家的才子身份，进而与观众对才子形象的接受视域产生某种偏差，最终影响到这一形象的艺术特征。巧妙的是，樊粹庭先生设置了主仆之间的这段对话，虽然琴童的某些言辞显得敏感，甚至有些庸俗，但这与其出身市井的身份特征完全吻合，也在观众对琴童形象的接受视域内。更重要的是，琴童的这番言辞不仅将自己追求红娘的诉求和欲望直接传达出来，还让被压抑在张生潜意识中的诉求与欲望得以展现。琴童形象对张生形象的映衬与补充，使传统文化视域下的才子形象被植入了某种现代意识，进而丰富了张生形象的内蕴。

其次，"隐线索"的嵌入能为琴童、红娘二人为崔、张爱情的尽心竭力找到合理的动因，以避免形象塑造的板滞与失真。在元杂剧《西厢记》中，琴童的戏份极少，甚至可以忽略不计；而红娘却是一个戏份较重的人，她为崔、张爱情两肋插刀，积极帮助这对有情人"终成眷属"。《西厢记》中红娘为崔、张爱情尽心竭力的根本动因除了其坚守正义、急人之难、善解人意的性格特征外，还在于她可以借崔莺莺嫁给张生的机会找到一个幸福的归宿。"愿俺姐

① 本章中出现的《七部西厢》戏词均引自张大千编校《樊粹庭文集·改编剧目（上）·七部〈西厢记〉》，河南大学出版社 2013 年版。

姐早寻一个姐夫，拖带红娘咱。”（元杂剧《西厢记》第一本第三折）“不图你甚白璧黄金，则要你满头花，拖地锦。”（元杂剧《西厢记》第三本第四折）红娘可以借崔莺莺嫁给张生的机会作为陪嫁婢女而成为张生的婢妾，这是她为崔、张爱情尽心竭力的一个重要动因。可以说这个动因的设置避免了红娘因过于捍卫崔、张的利益而产生形象失真的缺陷，但红娘想借此“做二房”的想法也明显带有时代的印迹。到了豫剧《七部西厢》，樊粹庭在不删减红娘戏份的前提下，大大增加了琴童的戏份，使琴童从一个可有可无的小人物变成了促成崔、张爱情的重要人物，并巧妙嵌入琴童追求红娘的“隐线索”，这样就为琴童、红娘二人为崔、张爱情的尽心竭力找到了合理的动因。就表层效应来看，樊先生的这一改编使琴童和红娘的形象更加丰满，避免了板滞与失真；就深层效应而言，樊先生的这一改编又在原著的爱情主题中注入了某种现代意识，即像琴童与红娘这样的小人物不必通过依附“才子佳人”式的大人物而获得美满的爱情，通过他们执着的追求与不懈的努力同样可以获得完全属于他们自己的美满爱情。显然，这种爱情观更大胆，更契合人性的要求，也更具现代气息。

再次，“隐线索”的嵌入更能凸显底层民众对“情”的执着追求与认同。在元杂剧《西厢记》中，红娘是促成崔、张爱情的关键人物。从某种程度上来讲红娘是底层民众的代表，她促成崔、张爱情，不仅是出于对老夫不守信义的反感，更主要的则在于她对自由爱情本身的认同。在“拷红”一折中，红娘为崔、张二人两肋插刀，这种积极主动地帮助有情人的勇气在一定程度上反映了下层民众对“情”的认同。到了豫剧《七部西厢》，樊粹庭将底层民众的代表人物由红娘一人变为红娘和琴童两人，并且他们在为崔、张二人最终获得自由爱情而尽心竭力的过程中，也在为获得属于自己的那份爱情而不懈努力。这对童男、婢女既为人也为己的行为方式正彰显着底层民众自我意识的觉醒，也在最大程度上凸显了底层民众对“情”的执着追求与认同。底层民众自我意识的觉醒与对“情”的执着的追求与认同，使豫剧《七部西厢》更加彰显出一种现代意识。

最后，“隐线索”的嵌入能够为模式化的“才子佳人”故事增加一些诙谐的笑料。《西厢记》作为一部典型的“才子佳人”剧，其情节模式存在着很多固定化、公式化的倾向，并且剧中的爱情主人公往往受制于才子佳人的身份，情感表达往往委婉、含蓄，很难给观众带来直接的视觉冲击感，观赏时间过长便会弱化观众的审美动力。樊粹庭在豫剧《七部西厢》中巧妙嵌入“隐线索”，不但使崔、张二人的潜意识欲望通过红娘、琴童二人相对夸张的言行得以呈现，进而突破了才子佳人身份对崔、张爱情意识的局限，同时，红娘、琴童二人那相对夸张的言行也为全剧制造了某种诙谐的气氛，让观赏者忍俊不禁，避免了其审美动力的弱化。试看《七部西厢》第四部中红娘去书院见张生时与琴童的一段诙谐、幽默的对话：

（琴童闭眼装睡挡红娘。）

红　娘（白）：你这个人不是睡着了吗？怎么会挡人呀？（又挡红）你若是装腔作势，我可是要骂咧。哎，你们都来看吧，兔儿子跑到磨道里，他想装大耳朵驴咧。

琴　童（白）：你越骂我越不让你过去。

红　娘（白）：你不是睡着了吗？

琴　童（白）：可不是吗？我还忘记了呢，就睡。（琴童睡，红娘抓土捂琴童嘴）哎呀，吐吐吐。你真赖，休想进去！（琴童蹲下）

红　娘（白）：琴童小哥哥，你快让我进去吧，我是为成全你大叔的婚事，定计而来，你若不让我进去，等以后我见了你家大叔，向他说明，教他打你。

琴　童（白）：那你教我商议商议。

红　娘（白）：你快些商议吧！

琴　童（白）：你若真能成全我大叔的婚姻，我们就捎带着成全了吧。哎呀，我说我说，哎呀，哎呀。

红　娘（白）：你这是做什么呀？

琴　童（白）：我叫你哩呀！

红　娘（白）：你叫我娘。

琴　童（白）：你叫我爹。

红　娘（白）：我怎么叫你爹？

琴　童（白）：我怎么叫你娘呀！

红　娘（白）：我名字叫红娘，你不叫我娘叫什么？

琴　童（白）：我名叫绿爹，你就得叫我爹。

红　娘（白）：你怎么叫这种名字呀？

琴　童（白）：因为好戴绿帽子，所以我大叔给我起名叫绿爹。

红　娘（白）：你让我进去吧，不然我就走了。

琴　童（白）：你别走，你叫我一声好听的，我就让你进去。

红　娘（白）：叫你一句什么好听的？

琴　童（白）：叫我一句肚里边的东西。

红　娘（白）：肚子里边的东西，莫不是叫你肚子。

琴　童（白）：不是，往上边想。

红　娘（白）：往上边想，那叫你肺。

琴　童（白）：近哪，照着肺当中想。

红　娘（白）：叫你心。

琴　童（白）：我那肝，对啦，你和我是一对小心肝啦！

红　娘（白）：岂有此理！岂有此理！张先生，你快来吧！

这段对话既让红娘去见张生这种极为普通的情节波澜叠起，又为琴童和红娘这种小人物增添了戏份，同时也为观众提供了生活化、世俗化的笑料。豫剧的主要受众为中原农民，他们在观看豫剧的过程中往往是娱乐需求大于审美需求，因此，剧中这种生活化、世俗化的笑料必然会吸引他们的眼球，产生强烈的舞台效果。

二、通俗化视角的融入与《七部西厢》的现代意识

作为“现代豫剧之父”的樊粹庭，在改编古典戏剧的过程中，特别善于在古典戏剧中融入现代意识和时代色彩，使传统的古典故事更容易与现代受众产生视域融合与情感共鸣。取材于古典爱情剧《西厢记》的豫剧《七部西厢》尝试用通俗化视角取代原著的文人化视角，进而契合现代受众的审美要求，也使豫剧舞台上的“西厢故事”彰显出浓厚的现代意识。我们以剧中的男主人公张生为例，从元杂剧《西厢记》到豫剧《七部西厢》，张生的身份、地位、社会角色及其在追求自由爱情的过程中所表现出的强烈与执着均未发生变化，但其言行方式却发生了通俗化的转向。如崔、张二人佛殿相逢的时候，原著中的张生虽被莺莺的美貌所深深吸引，但其言行方式却是内敛、文雅的；豫剧《七部西厢》中的张生同样被莺莺的美貌所吸引，但其言行方式却是夸张而通俗的。此时张生唱道：

忽遇见五百年风流孽冤，似这般可喜娘从来未见，引得我心如痴有口难言。我也曾见许多沉鱼落雁，从未有这姣容鲜上加鲜。若杨柳随风儿袅袅纤纤，又恰似碧桃花粉红娇艳。锁不住心猿意马神昏乱，一霎时魂灵儿飞上九天。

东风摇柳絮落飘然而散，兰香儿与钗环渐渐声远。轻溜溜闭柴门玉人不见，珠帘儿隔断了风魔解元。杨柳腰芙蓉面窈窕身段，最勾人临行时秋波一转，纵然是铁石人情怀亦乱。

与原著中张生的唱词相比，这两段唱词夸张地再现了张生偶遇崔莺莺后神魂颠倒、难以自已的情感状态，语言运用也比原著更加通俗。再如《七部西厢》第六部中，张生收到莺莺派红娘送来的“药方”时欣喜若狂又急切见到莺莺的情感表现：

（张生进内。）

张　生（白）：小姐命人送来情诗一首，言讲今晚要来。数月相思一旦得，何不叫人称快哉？我出得门外，看看月上柳梢了没有？（出门）哎，哎！不要说月儿未出，太阳尚在。可说是太阳呀，太阳呀，往日你落得甚早，今日你然何落迟？你挂在西方再也不落了，你就是偏偏地与我作对。你真然可恼，你真然可气，你真是岂有此理！（转身一会儿又转回来）太阳老兄，你走走吧、动动吧、落落吧，救救我这苦中难中的人吧。你、你与我行个方便吧！

张　生（唱）：叫太阳你与我行个方便，早落到西山后去享安闲。天保佑今晚上遂我心愿，到明天你出来我焚香祭奠。

张　生（白）：太阳它就落了落了哇呀！进书斋不由我神清气爽，一场病早丢到大海汪洋。她好比嫦娥女从天下降，怜惜我孤单单作客异乡。燃着灯撩起了半架床帐，急慌忙整一整展被清床。用拂尘掸一掸顿足清朗，怕臭气熏着小姐燃着檀香。

张　生（用香熏）（唱）：对明镜照一照小生模样，打一盆清水洗洗肮脏。低下头脏东西抛满地上，扫扫水把室内扫个精光。（扫地）扫罢地累得我心中发慌，我不顾头晕痛换换衣裳。（换衣，打一更）谯楼上打一更十分响亮，出柴门望明月可出东方？

张　生（出门）（白）：月亮它就出来了，今天晚上真是一路的好明月。正是：人间的亮夜静复静，天上的美人你来不来呀？

与原著相比，豫剧《七部西厢》极力渲染了张生收到红娘送来的"药方"时的欣喜若狂和等待莺莺到来时的急切与焦灼，并尝试通过多种通俗化的行为表现将张生此时内心的急切与焦灼外化出来，如情急的张生居然埋怨太阳落得太迟，"太阳老兄，你走走吧、动动吧、落落吧，救救我这苦中难中的人吧。你、你与我行个方便吧！"我们看，这番言辞已然冲破了张生作为一个文雅书生的身份局限，而带有更多的市井气息与通俗化色彩。此后，张生的对镜熏香、清理床帐、打扫卧室和月下静待等行为表现也无不彰显出一种市井气息与通俗化色彩。显然，在张生的诸多行为方式中更多融入了现代受众尤其是底层民众的情感体验，进而让这一古典书生形象展现出超越性的现代色彩。让古典故事彰显出现代意识与现代色彩，这是豫剧《七部西厢》取得成功的重要诀窍。

第四节　阎派《十二场豫剧〈西厢记〉》的情理共融

阎立品大师所开创的阎派艺术以温婉、细腻为主要特色，无论是唱腔还是表演都突出一个“细”字。唱腔上讲究细腻雅致、委婉甜润、清新婉约；表演上遵循“细想、细唱、细做、细心琢磨、细致入微”的原则，精雕细刻，紧抓神韵。《十二场豫剧〈西厢记〉》是阎立品于20世纪50年代根据王实甫的《西厢记》改编而成的豫剧经典剧目，也是阎派的代表剧目，1983年阎立品大师从河南省豫剧二团退休后，还曾重排该剧。《十二场豫剧〈西厢记〉》最大限度地尊重了王实甫的原著，但也巧妙运用豫剧的艺术规律和阎派的艺术风格对原著进行了超越性的重构，使豫剧阎派舞台上的“西厢故事”彰显出情理共融的特色。

一、理为先：凸显反抗性主题

缘情反礼，情理之争，这是元杂剧《西厢记》主题内蕴的核心指要，也是《西厢记》最大的主题。《十二场豫剧〈西厢记〉》在元杂剧《西厢记》的基础上进一步强化了这种缘情反礼、情理之争的反抗性主题，这一方面与20世纪50年代中国高度意识形态化的社会背景息息相关，另一方面则与该剧对崔莺莺形象的改造直接相关。20世纪50年代，随着中国社会政治话语的转型、苏俄文艺理论的广泛引入以及毛泽东文艺思想指导地位的确立，政治立场和阶级意识几乎成为衡量文学、艺术创作的唯一标准。在这样一种时代语境下，诸多被搬演至当代戏曲舞台上的古典名剧被融入强烈的政治立场与阶级意识，《十二场豫剧〈西厢记〉》对反抗性主题的强化正是这种时代语境整合于原著后的必然结果。就剧作本身而言，是通过对崔莺莺形象的改造来强化这种反抗性主题的。与原著相比，《十二场豫剧〈西厢记〉》中崔莺莺追求自由爱情的主动性和反抗封建礼教的叛逆性表现得更加强烈。在第一场“老夫人重整闺训”中，阎立品先生有意略去了原著中莺莺在园中“对景伤春”的情节，而是直接表现老夫人以“非礼勿视、非礼勿听、非礼勿言、非礼勿动”的古训来训教自己的女儿。这样的改造便增强了崔莺莺与老夫人的情理冲突，也强化了礼教对崔莺莺的挤压，为凸显反抗性主题提供了重要前提。随着戏剧冲突的展开，崔莺莺的主动性和反抗性得以凸显。在第三场“和诗韵两心印证”中，莺莺与红娘到花园降香，浓浓月色触动了莺莺的情思，她唱道：“庭院内静悄悄花筛月影，夜沉沉想起了那位书生。初相见引得我心神不宁，他身影却印在我的心中。实可叹婚姻是父母主命，女儿家虽有口难诉苦中。”[①]我们看，与原著中那个降完香便倚栏长叹的崔莺莺相比，这里的崔莺莺表现得更加主动与直白，将自己对自由婚姻的渴求和盘托出。在第六场“弃信义夫人赖婚”中，面对老夫人的赖婚，莺莺唱道：“有意上前把衷肠诉，母亲在座怎容我？母亲呵！当日许亲正是你，今赖婚也是你这老婆婆！你甜言蜜语害苦了他，也误了莺莺孩儿我！唉！我的老爹爹呀！”元杂剧《西厢记》中那个面对母亲赖婚无言以对的崔莺莺，此时却表现出对张生的深切同情，并直言不讳地指责母亲的失信与不义。在第十二场“老夫人长亭催离”中，面对无情的老夫人和生离死别的远行者张生，崔莺莺将一腔深情洒向长亭：“此一去鞍马秋风君自调理，路途遥自量力你要惜身体。饮食冷热自留意，天寒风凉多添衣。荒村雨露宜眠早，野店风霜应迟起。关山万里信要常寄，你休要一去无消息……千言万语说不尽离情别绪，天大纸也写不完咱悲恨的别离曲！”这深情的寄语倾注着莺莺对张生的至情至爱，也彰显出其潜意识中与母亲、与礼教的深层对抗，潜意识中的对抗越深，则行为表现中对张生的爱越笃厚。总之，《十二场豫剧〈西厢记〉》正是通过不断强化崔莺莺的主动性和反抗性，使反抗性主题得以凸显。

二、情为主：着眼人物的心理刻画

如前文所述，阎派艺术在唱腔、做派和表演上以温婉、细腻为主要特色，特别强调神韵。就人物形象塑造而言，阎派往往着重对人物的心理刻画，进而展现人物细腻的情感体验与精神个性。阎立品大师在《十二场豫剧〈西厢记〉》中所塑造的崔莺莺形象便充分发挥了阎派艺术的优长，着重在心理刻画上做文章，进而将崔莺莺作为大家闺秀的丰神情韵和作为礼教叛逆者的个性

① 本章中出现的《十二场豫剧〈西厢记〉》戏词均引自阎立品、阎立仁改编《十二场豫剧〈西厢记〉》，河南人民出版社1983年版。

特征巧妙地呈现在观众的欣赏视域中。在第六场“弃信义夫人赖婚”中，狡猾的老夫人在“白马解围”后拒绝将莺莺许给张生为妻，原著中的崔莺莺只是以一句“俺娘变了卦也”表达了对母亲失信的抱怨，而此处的崔莺莺却将自己内心深处的挣扎与痛苦和盘托出：“霹雳一声把婚事破，连理枝被她一刀割。怨母亲做事错错错，强逼我席前拜哥哥。这宴席似天河隔断了他与我，咫尺地如隔着天涯海角。见张生目瞪口呆一旁坐，秀才家太懦弱佳人多薄命。”这段唱词是典型的心理刻画，全面展现了崔莺莺面对母亲的蛮横与张生的懦弱时所表现出的痛苦的心理体验，这种心理体验既符合崔莺莺作为大家闺秀的身份特征，也彰显了其“缘情反礼”的精神指归。在元杂剧《西厢记》的第三本第三折中，莺莺让红娘传简主动约张生来园中相会，可到张生按时来赴约的时候，莺莺又板起面孔，对张生大加训斥，前后态度反差之大让观众略感突兀。而在《十二场豫剧〈西厢记〉》的第九场“红娘冲约莺莺赖简”中却通过巧妙的心理刻画消除了因为莺莺前后态度反差之大而给观众带到的突兀感。试看莺莺的唱词：“一见张生跪面前，不由我心中似箭穿！他行事不把眼色看，明知道红娘在此何必来周旋。真叫人又是恨来又是怨，又恼他又爱他又把他怜！小红娘在此把脚绊，叫我进退两为难。无奈何狠狠心只得把脸变，我还得装出那小姐的威严。”通过莺莺的这段唱词，巧妙地表现出她对张生既爱又恨、既恼又怜的复杂心理，也彰显出她对红娘既信任又提防的矛盾心态。同时，这段心理刻画也使得莺莺前后态度的变化有了合理的心理动因，进而消除了原著中由于莺莺前后态度反差之大而给观众造成的突兀感。第十场“为知音愿托终身”也对崔莺莺的内心世界进行了细腻的刻画：“越思越想我越悔恨，悔恨我自己做事违背自己心。花园里我不该把张生训斥，恶抢白使张生无地存身。我训斥他不语默默承认，更见他对莺莺心诚意真。差红娘暗暗传书信，实指望约他来，在月下会情人，叙相思，吐衷心，山盟海誓，恩恩爱爱，做一对娇鸾侣相爱相亲。因红娘查看动静在一旁隐藏，我只得翻了脸，昧了心，莺莺我不得不做无情人……我若是以怨报德使他命殒，害张生我将成千古的罪人！从来是心坚自可开金石，我不能眼看着由他命归阴，趁红娘不在我何不去书房慰问？”这段心理刻画不仅为莺莺在第九场中的

“赖简”行为作了注脚，更将第十场中莺莺派红娘为张生送去“药方”以及莺莺以身相许的心理动因和盘托出。总之，在《十二场豫剧〈西厢记〉》中阎立品大师通过成功的心理刻画对崔莺莺的性格特质进行了重构，同时也巧妙弥补了原著中崔莺莺言行方式的前后反差给观众造成的视域突兀。

常香玉、陈素真、阎立品三位豫剧大师通过长期的创作实践与舞台实践，以三种不同的艺术风格成功实现了对元杂剧《西厢记》的“豫剧化”重构，使这部“天下夺魁”的爱情剧洋溢着浓重的中原文化色彩，彰显出中原人民喜、怒、哀、乐的情感体验。

第三章　吴侬软语越西厢

——《西厢记》在越剧舞台上的传播与重构

在中国戏曲艺术的大家庭中，越剧恰似一位亭亭玉立的江南秀女，她柔美、飘逸，淡妆浓抹总相宜，以特有的南国腔调和吴侬软语演奏了一曲曲动人的水乡之音。越剧从1906年在浙东农村开始形成，到现在不过百余年的时间，在中国现存的戏曲剧种中属于历史并不久远的年轻剧种。但越剧却能在较短的时间内迅猛发展，早在20世纪20年代越剧便进入了华东地区的中心城市——上海；到40年代初，以上海为中心，越剧的艺术风格和剧团体制初步形成；中华人民共和国成立后，越剧的发展更为迅猛，并涌现了大量的优秀剧目，培养了大批越剧表演人才，他们曾以悲情的《梁山伯与祝英台》唱响日内瓦，也曾以经典的《红楼梦》树立起越剧史上的一座丰碑。作为中国古典爱情剧的杰作，《西厢记》也曾两次被搬上越剧舞台，无论是50年代的“上越”版《西厢记》，还是90年代的“小百花”版《西厢记》，都曾风靡一时，并引发了戏曲界和广大受众的极大关注。越剧《西厢记》是如何对元杂剧《西厢记》进行“越剧化”重构的？“上越”版《西厢记》和“小百花”版《西厢记》在艺术风格上有哪些差异？这就是本章所要探讨的内容。

第一节　越剧的前世今生与《西厢记》在越剧舞台上的传播过程

蒋中崎先生在《越剧文化史》一书中将越剧的发展划分为“落地唱书”时期（1851—1906）、“小歌班”时期（1906—1922）、“绍兴文戏”时期（1922—1938）、“改良文戏”时期（1938—1942）、“新越剧”时期（1942—1949）、“改人改戏”时期（1949—1956）、“男女合演”时期（1956—1966）、“文化大革命”时期（1966—1976）、“创演繁荣”时期（1976—1982）、“改革创新”时期（1982—2006）十个发展阶段。越剧的最初形态是流行于浙江省绍兴市嵊州市一带的“落地唱书”。“落地唱书”是一种说唱艺术，最初只是嵊州市一带的农民在田间、地头消暑纳凉的时候用于消除疲劳的一种自娱自乐的形式，后来唱书艺人也利用农闲时间到外地演唱，以获得微薄的收入来补贴生活，因此，“落地唱书”逐渐发展成一种流行于嵊州市的民间曲艺。“落地唱书”属于叙事体的民间曲艺，演唱的曲目以单段子为主，故事情节也比较简单。在目前我们发现的“落地唱书”的曲目中，并未发现关于《西厢记》的曲目。“小歌班”时期是越剧艺术的形成期。1906 年春，南派唱书艺人李世泉、高炳火、钱景松、李茂正、袁福生等人因为一个偶然的机会在客栈相遇，并尝试以团队的方式分角色进行演出，后来这种由民间自发组成的团队被称为“小歌班”。“小歌班”时期是由作为民间曲艺的“落地唱书”过渡到作为戏曲艺术的越剧的重要发展阶段。在笔者目前占有的众多文献中，并未发现“小歌班”时期上演《西厢记》的相关记载。

“民国十年九月至民国十一年，男班艺人相继将剧种改称‘绍兴文戏’，吸收京剧、绍剧的表演程式，向古装大戏方面发展。”① “小歌班”进入上海后，无论是上演剧目还是舞台表演艺术，都有了较大的发展，且商业化程度进一步加深。在这种背景下，来沪的“小歌班”为了在与京剧、绍剧等剧种的竞争中获得一席之地，曾以“绍兴戏”称呼自己所表演的这种来自浙东农村的

① 卢时俊、高义龙主编:《上海越剧志》，中国戏剧出版社 1997 年版，第 1 页。

地方剧种。但由于当时还有一些在沪的绍剧班子，为了加以区分，且“小歌班”的表演以委婉细腻见长，所以后来就使用了“绍兴文戏”这个名称。在“绍兴文戏”时期，女子越剧开始兴起，并最终颠覆了越剧舞台上以男班为主的演出格局，清一色的女子演出也使越剧成为中国戏曲上的一朵奇葩。值得注意的是，这一时期的“的笃班”曾上演过绍兴文戏《西厢记》，但该剧与王实甫的原著有较大差异：“剧中的红娘被写成了一个久经风月场的女子，在张生和莺莺成婚后，又把红娘强配给自己的书童，美其名曰‘双美奇缘’。”[①]

1937 年抗日战争全面爆发后，女子越剧的主导地位在上海剧坛得以确立。“越剧发展史上，抗日战争的爆发，成为一个重要的分界线。在此之前，以男班为主的绍兴文戏经过艺人们不屈不挠的努力，正处于全盛时期，著名演员集中在上海；女子文戏蓬勃兴起，但活动地区主要在浙江，上海虽然也有女班演出，但多数带有流动性质，在整个上海的文化格局中，地位不高，影响不大。抗战爆发后，情况发生了明显变化，女班蜂拥来沪，迅速崛起，与此同时男班在与女班并存中，则急剧衰落，很快被女班所取代……而上海的社会、文化环境又为越剧艺术的进步提供了丰富的营养，为越剧突飞猛进的发展提供了难得的历史机遇。”[②]在这种背景下，抗日战争中处于“孤岛”时期的上海涌现出了一系列女性越剧名家，如以施银花、赵瑞花、王杏花、姚水娟为代表的“四大名旦”，20 世纪 40 年代前期的筱丹桂、支兰芳以及 20 世纪 50 年代被誉为越剧第二代“四大名旦”的袁雪芬、傅全香、戚雅仙、王文娟，以屠杏花、竺素娥、魏素云、李艳芳为代表的“四大小生”以及 20 世纪 40 年代被誉为越剧小生“三鼎甲”的范瑞娟、徐玉兰、尹桂芳。“女子越剧在上海立足后，为适应环境和观众需求，以姚水娟为代表的一批越剧从业者进行了变革，当时称为‘改良文戏’。”[③]就外部因素而言，抗日战争期间作为租借地的上海，社会环境相对安定，同时作为中国近代较早开放的城市，上海

① 席雯：《从杂剧到地方戏——〈西厢记〉戏剧形态演变研究》，中国艺术研究院硕士学位论文，2016 年，第 26 页。

② 钱宏主编：《中国越剧大典》，浙江文艺出版社、浙江文艺音像出版社 2006 年版，第 38 页。

③ 卢时俊、高义龙主编：《上海越剧志》，中国戏剧出版社 1997 年版，第 2 页。

的经济、文化环境相对繁荣，各种戏曲剧种在这里竞相绽放，各种艺术的相互竞争为女子越剧的改革提供了重要的外部契机；就内部因素而言，“绍兴文戏”时期的上海男班并没有在艺术上取得较大突破，而后起的女班，与男班相比则拥有诸多优势，“(女班演员)无论扮相、嗓音都超过了男班演员。她们在流动演出中，日戏、夜戏、堂会戏、寿戏加起来，每年都不下七八百场，也就是说,一些比较有名的女演员都有了演出几千场的经验”[①]。外部的竞争环境，加之女班内部的艺术优势，促成了上海女子越剧的变革，这场变革当时被称为“改良文戏”。所谓“改良文戏”，最突出的表现便是出现了大量的新戏，“一些名演员聘请文人为自己编写新戏。如姚水娟请樊篱为自己编了《花木兰》《范蠡与西施》；筱丹桂请闻钟为自己编了《满江红》的剧目；陶贤为袁雪芬、马樟花、傅全香编了《恒娘》等”[②]。同时，上海的女班演员还从京剧舞台上移植了包括历史剧和社会剧在内的大量剧目，“赵瑞花主演的《金锁记》《荒山泪》《文素臣》；施银花主演的《潇湘秋雨夜》；商芳臣主演的《明末遗恨》《温如玉》；姚水娟主演的《锁麟囊》；筱丹桂主演的《西厢记》等，这些剧目均来源于当时京剧名角的演出本”[③]。值得注意的是,这里出现了筱丹桂主演的越剧版《西厢记》。筱丹桂可谓越剧舞台上的一代名伶。在越剧发展史上，曾有“‘三花’不如‘一娟’，‘一娟’不如‘一桂’”的说法，其中的“一桂”指的就是筱丹桂。《上海越剧志》记载:“筱丹桂（1920—1947），女，浙江嵊县长乐镇人。原名钱春韵，后曾用名钱春凤。1930 年进嵊县崇仁镇戒德寺‘高升舞台’拜喻传海学艺，先工老生，后工花旦。出科前后随班演于嵊县、萧山、绍兴、余姚、宁波、杭州等地。擅演《后朱砂》(曹翠娥)、《樊梨花》(樊梨花)、《白水滩》(徐凤珠)、《泗州城》(水母)、《沉香扇》(蔡兰英)、《华丽缘》(孟丽君)、《玉蜻蜓》(王志贞)、《十美图》(严兰贞)、《龙凤锁》(金凤)、《倭袍》(刁刘氏)、《贵妃醉酒》(杨玉环)等。其表演能文能武被誉为‘越剧皇后’。1938 年 4 月到沪，在恩派亚大戏院演出，以饰《马寡

① 高义龙:《越剧史话》，上海文艺出版社 1991 年版，第 73 页。

② 蒋中崎:《越剧文化史》，浙江大学出版社 2015 年版，第 196 页。

③ 蒋中崎:《越剧文化史》，浙江大学出版社 2015 年版，第 197 页。

妇开店》中的马寡妇而负盛名。1939 年曾接连排演了《西厢记》《少奶奶的扇子》《麻风女》《枫山复仇记》《可怜的婵娟》等一批具有改革探索精神的新戏。”[①] 根据陈元麟先生的记载，筱丹桂是于 1938 年将京剧荀派名剧《红娘》移植到越剧舞台的，并饰演其中的红娘。[②] 同时，因为京剧《红娘》是片段性地移植元杂剧《西厢记》，所以在笔者看来，筱丹桂根据京剧《红娘》移植、改编而来的越剧版《西厢记》很可能是片段性地表现元杂剧舞台上的“西厢故事”，而不是上演全本的《西厢记》。

1941 年 12 月太平洋战争全面爆发后，日军占领了上海租界，上海的整体社会环境处于令人担忧的状态，这对以戏曲艺术为核心的上海演艺界产生了巨大影响，越剧的创作和表演也陷入了危机。在这种背景下，以袁雪芬为代表的第二代女性越剧名伶发出了越剧改革的呼喊。从 1942 年 9 月袁雪芬提出越剧改革，到 1949 年上海解放，这一阶段在越剧史上被称为“新越剧”时期。袁雪芬所以提出越剧改革，一方面源于她对当时越剧舞台千篇一律地搬演“才子佳人”剧的现状的不满，袁雪芬认为在民族危亡的生死关头，风花雪月的爱情剧与民众的情感状态是不合拍的；另一方面则源于现代进步话剧对袁雪芬的影响，现代话剧严整的艺术规范促使她产生了迫切进行越剧改革的强大动力。因此，“新越剧”时期袁雪芬的改革主要从两个维度着手：其一，大量上演与当时的社会环境和民族情感相契合的新戏，如《古庙奇冤》《黑暗家庭》《太平天国》《祥林嫂》等；其二，借鉴现代话剧的艺术手段对越剧舞台上的传统剧目进行改造，强化传统剧目的艺术深度，使其在最大程度上与现代人的情感相契合，并通过多种艺术手段形成传统剧目的“生新”效应。如 1943 年年底，袁雪芬所在的来大剧场上演了南薇编导的《西厢记》，这场戏的创新之处就在于剧中所有演员都是反串行当，袁雪芬扮演张生、张桂莲扮演崔莺莺、陆锦花扮演红娘、吴小楼扮演老夫人。这出“生新”的《西厢记》不仅让观众眼前为之一亮，也在一定程度上促进了越剧《西厢记》

① 卢时俊、高义龙主编：《上海越剧志》，中国戏剧出版社 1997 年版，第 381 页。

② 陈元麟：《上海早期的越剧》，上海文史资料选辑第 62 辑《戏曲菁英》（下），上海人民出版社 1989 年版，第 127 页。

的成熟。

1949年中华人民共和国成立，中华民族获得了新生，越剧的发展也随之进入了“改人改戏”时期。所谓“改人”就是改造艺人的思想，提高其政治觉悟和文化水平；所谓“改戏”，即审定旧有剧目，取其精华弃其糟粕，澄清不良的舞台形象，同时推出优秀的新剧目。在这种时代语境下，越剧界进行了翻天覆地的改革。作为传统剧目《西厢记》，这一时期曾多次亮相越剧舞台，并逐渐走向经典化。1950—1951年期间，徐玉兰、王文娟曾在卡尔登戏院上演《西厢记》，徐玉兰饰演张生，王文娟饰演莺莺；1952年，第一届全国戏曲观摩大会在北京举行，徐玉兰、王文娟代表总政文工团越剧团参加会演，上演剧目为宋之的改编的《西厢记》，并获得本次会演的剧本奖；同年，芳华越剧团也多次上演《西厢记》，由尹桂芳主演，连演100多场，创下骄人的上座记录。[①]1953年蜜蜂越剧团在杭州市文教局举行的杭州市戏曲汇演中上演了《西厢记》；1953年胡汝慧执笔，对《西厢记》的剧本进行了全面修改，此后《西厢记》成了浙江省文工团越剧一队的常演剧目，并于1959年由香港文华公司拍摄成浙江省第一部彩色戏曲片。

至1956年，中华人民共和国对全国戏曲剧团的改造基本完成，经政府文化部门登记的越剧团，仅浙江、上海两地就有130个，从业人员近2万人，同时，全国大部分越剧团也由先前单纯的“女子越剧”转变为“男女合演”的形式，因此，这一时期被称为“男女合演”时期。由于20世纪五六十年代国内政治运动的频繁展开，使国内的很多剧团忽视了对新剧目的创作和对传统剧目的挖掘、整理，故而，造成了越剧舞台上演剧目相对贫乏的情况。1956年，毛泽东在最高国务会议上适时提出了“百花齐放、百家争鸣”的文化方针，随后文化部（现文化和旅游部，后同）也确立了现代戏、传统戏、新编历史剧“三并举”的剧目创作原则。在这种时代语境下，越剧舞台的剧目创作出现了前所未有的繁荣景象，《西厢记》作为传统戏中的保留剧目被打造成上海越剧舞台上的四大名剧之一（上海的越剧四大名剧为《梁山伯

① 张艳梅：《“主情”视阈下越剧〈西厢记〉的非典型性》，《戏剧文学》2018年第6期，第59页。

与祝英台》《西厢记》《祥林嫂》《红楼梦》)。“该剧是周恩来总理为了庆祝中朝协定的签订招待金日成首相,于1953年10月下达给华东越剧实验团的排演任务,提出由袁雪芬扮演崔莺莺,范瑞娟扮演张生,傅全香扮演红娘。剧本由华东戏曲研究院编审室根据元代王实甫的杂剧,并参考何人改编本改编,苏雪安执笔。导演黄沙、韩义、陈鹏,作曲刘如曾、陈捷、倪秋萍,舞美设计苏石风、幸熙,袁雪芬饰莺莺、范瑞娟饰张生、傅全香饰红娘、张桂凤饰崔夫人。该剧在1953年10下旬赶排后赴京。11月23日晚,该剧在怀仁堂招待朝鲜民主主义人民共和国首相金日成,周总理陪同观看。1954年3月,在上海长江剧场公演该剧时,主创人员又对剧本进行了修改,红娘一角由吕瑞英扮演。1954年10月,该剧作为国庆5周年观礼剧目晋京演出。同年11月,该剧参加华东区戏曲观摩演出大会,获剧本一等奖、导演奖、优秀演出奖。”[①]1955年,上海越剧院还携该剧到访民主德国和苏联,并再次对剧本进行了修改。至此,“上越”版《西厢记》的剧本基本定型,《西厢记》也因此成为上海越剧院的四大名剧之一。1960年,上海越剧院首次赴香港演出,上演的剧目就包括此前反复打磨的《西厢记》《红楼梦》以及少量小戏。除上海越剧院外,《西厢记》也是浙江越剧院经常上演的剧目,1959年为庆祝中华人民共和国成立10周年,浙江越剧院一、二团先后上演《西厢记》等优秀剧目,浙江越剧一团的《西厢记》由香港文华影片公司拍成戏曲艺术片。总之,在“男女合演”时期,被经典化的《西厢记》成为越剧舞台上的代表剧目。

到了“文革”时期,随着国内政治环境和文化环境的恶化,上海及浙江省内的大部分越剧院团被解散,好多越剧名家被下放改造。越剧舞台上的剧目被严格限制,包括《西厢记》在内的好多优秀传统剧目被作为越剧舞台上的“毒草戏”而禁演。“文革”结束后,随着各地越剧院团的恢复重建,越剧的发展进入了“创演繁荣”时期,以《西厢记》为代表的经典传统剧目又重新被搬上越剧舞台。1979年12月上海越剧院一团赴杭州、宁波等地进行巡回演出,其中上演的大戏就是《西厢记》,这让深受文化禁锢10年之久的观

① 蒋中崎:《越剧文化史》,浙江大学出版社2015年版,第407页。

众眼前为之一亮。到1979年的下半年，全国绝大多数越剧院团纷纷上演传统剧目，根据张庚先生在《中国戏剧年鉴》(1981)中的统计，到1979年传统剧目已占越剧演出剧目的90%左右。"越剧《梁山伯与祝英台》《碧玉簪》《盘夫索夫》《珍珠塔》《何文秀》《西厢记》《谢瑶环》《红楼梦》《追鱼》《打金枝》《九斤姑娘》等的演出，受到广大观众的热烈欢迎，演出几乎场场满座。"[①]由此可见，思想文化界的解冻对于恢复《西厢记》等传统剧目在越剧舞台上的演出起到了至关重要的作用。进入20世纪80年代，中国戏曲艺术的发展面临着巨大压力，生存状态岌岌可危，不仅专业院团的数量锐减，而且观众的数量也大幅度下滑，进而导致演出场次急剧下降。面对这种窘境，浙江省推出了"小百花"汇演的有力举措。"1982年9月2日至23日，浙江省戏曲'小百花'会演在杭州举行。浙江10个地区及省属队共341名年龄在25岁以下的学员和青年演员参加。会演评选出优秀小百花奖50名、小百花奖150名、小百花园丁奖33名。"[②]在50名优秀小百花中，有25名为越剧小百花，这不仅为越剧的发展提供了必要的后备人才，也为新时期越剧的改革创新提供了重要前提。1983年，浙江越剧"小百花"首次赴香港演出，上演的剧目主要有《五女拜寿》《汉宫怨》《双玉蝉》，结果好评如潮，演出盛况，难以言表。1984年，浙江省组建了浙江小百花越剧团。此后，浙江小百花越剧团多次赴京演出，并精心打造了《西厢记》《梁山伯与祝英台》《陆游与唐琬》等一系列经典剧作。1991年3月浙江小百花越剧团上演了由曾昭弘根据王实甫《西厢记》改编的越剧《西厢记》，"小百花"版越剧《西厢记》在作品内容和表演方式上有诸多创新之处，使《西厢记》这部古老的爱情剧在最大程度上彰显出现代意识与现代气息，结果这部作品在众多越剧剧目中脱颖而出，成为全国越剧界唯一获得国家文化部"文华大奖"的剧目。可以说，"小百花"版越剧《西厢记》承载着新一代越剧人强烈的改革、创新意识，也是继20世纪50年代上海越剧院推出的越剧《西厢记》后，对元杂剧《西厢记》的再一次"经典化"。

① 应志良:《中国越剧发展史》，中国戏剧出版社2002年版，第346页。

② 钱宏主编:《中国越剧大典》，浙江文艺出版社、浙江文艺音像出版社2006年版，第104页。

第二节 “上越”版《西厢记》的经典化呈现

如前文所述，越剧舞台上演《西厢记》可追溯到“绍兴文戏”时期；20世纪30年代筱丹桂移植、改编了京剧《红娘》；40年代，袁雪芬曾上演过南薇编导的《西厢记》；50年代，徐玉兰、王文娟及尹桂芳也曾上演过《西厢记》。在这一过程中，古典名剧《西厢记》虽然被不断“越剧化”和“经典化”，但这几个版本的越剧《西厢记》均未能奠定其在越剧史上的经典地位。直到1955年“上越”版《西厢记》的正式诞生，《西厢记》才真正确立了其在越剧舞台上的经典地位。“上越”版《西厢记》的剧本由华东戏曲研究院编审室根据元代王实甫的杂剧，并参考何人（蒋星煜先生认为何人即当代剧作家宋之的[①]）改编本改编，由苏雪安执笔。剧本从“惊艳”起，到“长亭”止，共分十一场，对元杂剧《西厢记》的剧本进行了片段性的截取，但却全面展现了崔、张爱情故事发生与发展的过程，不仅戏剧冲突的设置合理，而且在故事主题、形象塑造和舞台呈现等层面上实现了对原著的经典化重构。

一、“反礼教”主题的经典化构筑

笔者在前文多次提及，“缘情反礼”是元杂剧《西厢记》主题意蕴的核心指要，也是《西厢记》的戏剧冲突得以推进的最主要的动力。“上越”版《西厢记》基本延续了元杂剧《西厢记》“反礼教”的主题指向，鲜明地表现了崔、张二人在追求自由爱情的过程中所表现出的抗争意识。“上越”版《西厢记》为什么会延续元杂剧《西厢记》“反礼教”的主题指向？笔者认为，原因可能在于两个方面。其一，“反礼教”主题的延续与中华人民共和国成立初期文学艺术界以“批判现实主义”为主的创作倾向直接相关。20世纪初期，西方各种文学思潮被引入我国，一时间，各种创作倾向和创作形态在中国文学艺术界竞相绽放，“经过较短时间的论争和聚焦，19世纪西方现实主义很快成为外来文学思潮在我国接受、传播与研究的主潮”[②]。中华人民共和国成立

---

① 蒋星煜：《〈西厢记〉研究与欣赏》，上海人民出版社2009年版，第251页。

② 蒋承勇：《现实主义中国传播70年考论》，《浙江社会科学》2019年第11期，第107页。

后，文学艺术界仍然延续着五四时期被引入我国，并在短时期内快速成为我国本土文艺创作主潮的现实主义的创作倾向，虽然在这一过程中，西方现实主义文艺思潮由于受到毛泽东文艺思想和苏联“社会主义现实主义”创作思潮的影响，其政治历史属性被大大凸显，但这并未影响现实主义文艺思潮对中华人民共和国成立之初文学艺术界的普适性影响，现实主义所强调的真实性、典型性和批判性成为当时中国文艺创作中的核心要素。加之20世纪50年代国内政治运动的频繁展开，“反帝反封”成为当时政治运动中的核心语汇。在这样一种文化语境和政治语境的影响下，“上越”版《西厢记》自然而然地延续了元杂剧《西厢记》的“反礼教”主题，可以说，“上越”版《西厢记》对原著“反礼教”主题的延续既是20世纪50年代现实主义成为中国本土文艺创作主潮的文化语境下的必然选择，也是当时政治语境影响下必然出现的创作倾向。其二，“反礼教”主题的延续是“上越”版《西厢记》作为古典名剧改编剧作的创作属性所决定的。“上越”版《西厢记》并非“新编历史剧”，更不是在后现代语境下产生的颠覆经典的“亚文本”剧作，而是主要依据元杂剧《西厢记》而创作的改编本。元杂剧《西厢记》是在以程朱理学为主导意识形态的元代社会产生的一部爱情剧的杰作，“缘情反礼”成为这部杰作最突出的创作指向，加之深厚的艺术魅力和精湛的舞台表演，使其最终成为“天下夺魁”的力作。明清时期，《西厢记》通过案头阅读和舞台演出的方式得以传播，虽然在这部经典的爱情剧被接受的过程中，其主题空间被不断开拓，文本中的意义空白被不断填补，但“反礼教”的主题指向是毋庸置疑的，这是《西厢记》产生后，被历代的读者和观众所接受的普适性的价值诉求。从李日华的《南西厢》到昆曲《西厢记》、京剧《西厢记》、豫剧《西厢记》，所有的《西厢记》舞台演出本均在不同程度上接受了元杂剧《西厢记》的这种“反礼教”的主题指向。同样作为元杂剧《西厢记》改编本的“上越”版《西厢记》便自然而然地延续了这种“反礼教”的主题指向。

虽然“反礼教”主题在“上越”版《西厢记》中得以延续，但与原著相比，“反礼教”主题的表现方式却发生了微妙的变化。在元杂剧《西厢记》中，王实甫主要通过以老夫人为代表的礼教捍卫者和以崔莺莺、张生为代表的礼教叛逆者这两者之间的斗争来表现“反礼教”主题的。就表现形式而言，首先是人与人之间的冲突，即以老夫人为代表的文化权威和伦理权威对崔、张二人追求自由爱情的价值诉求的挤压以及由此生发出的崔、张二人的强烈的反抗意识；其次是人与环境的冲突，即故事发生地普救寺所代表的抽象的社会文化环境对崔、张自我意识的挤压以及由此转化而来的崔、张二人反礼教的强大动力。王实甫最终通过崔、张二人的“终成眷属”实现了礼教叛逆者对礼教捍卫者斗争的胜利，也在最大程度上凸显了作品的“反礼教”主题。“上越”版《西厢记》虽然在主题指向上与元杂剧《西厢记》一脉相承，但表现方式却发生了微妙的变化。首先，在“上越”版《西厢记》中，老夫人的“戏份”明显减少。在从“惊艳”到“长亭”的十一场戏中，只有在“拷红”一场中老夫人拥有较重的“戏份”，而在其他场次中老夫人的“戏份”可谓微乎其微。更主要的是，“上越”版《西厢记》是以“长亭送别”作为全剧的尾声，删除了原著第五本中老夫人再次赖婚的情节，这就使老夫人的“存在感”大大降低，其对崔莺莺追求自由爱情的价值诉求的挤压也被弱化。换言之，“上越”版《西厢记》不是主要把老夫人的挤压转化为崔莺莺叛逆礼教的动力，而是强化崔莺莺的自我意识并将其转化为崔莺莺叛逆礼教的强大动力。其次，在“上越”版《西厢记》中，人与环境的冲突被明显弱化。原著中的崔莺莺与张生是在佛殿前初次相逢，而“上越”版《西厢记》中崔、张二人则是在普救寺的花园内相逢，森严的佛殿变成了花红柳绿的亭苑，这种转变使人与环境的冲突被明显弱化。另外，“上越”版《西厢记》还删去了原著中“张君瑞闹道场”的情节，崔、张二人于众僧在森严的佛殿中做道场的时候眉目传情，这一情节设置的着眼点明显在于人与环境的冲突。而删去后，则使这种冲突得以弱化，换言之，“上越”版《西厢记》主要不是通过环境对人的挤压而是通过崔、张二人自我意识的强化来表现“反礼教”主题的。

二、崔莺莺形象的经典化改造

崔莺莺是元杂剧《西厢记》戏剧冲突发展中最重要的女性形象，也是贯穿全剧的大主角。在“上越”版《西厢记》诞生前，京剧《红娘》曾以红娘为主角，为此也招致了不少评论者的批评：“这出由红娘充当主角的戏歪曲了人物，让红娘成为主宰，让莺莺、张生变成受人摆布的木偶，且塞进了一些庸俗甚至黄色的糟粕。”① 我们这里暂且不论京剧《红娘》以红娘为主角的得与失，“上越”版《西厢记》的编者可能是出于尊重原著的考虑，仍然以崔莺莺作为贯穿全剧的主角。但与原著相比，“上越”版《西厢记》更加强化了崔莺莺的自我意识及其在追求自由爱情过程的心灵嬗变，这种改造使崔莺莺的形象更加贴近当代受众的接受视域，使之得以经典化地呈现在越剧舞台上。

（一）自我意识的强化

王实甫在元杂剧《西厢记》中着力将崔莺莺打造成大胆反抗封建礼教的叛逆女性形象。就读者和观众对这一形象的接受程度来看，王实甫对这一形象的塑造无疑是成功的，但不容否认的是，元杂剧舞台上的莺莺形象也存在一些瑕疵，如前四本在追求自由爱情的过程中所表现出的犹豫不决、飘忽不定，第五本中在老夫人再次赖婚时所表现出的逆来顺受、凭天由命，这些“瑕疵”似乎造成了崔莺莺与叛逆女性形象之间的某种疏离感。“上越”版《西厢记》在塑造崔莺莺形象的时候力图剔除原著中莺莺形象所表现出“瑕疵”，强化崔莺莺的自我意识，使其在自我意识深处生发出追求自由爱情的强大动力。比如，在第六场“闹简”中，红娘将张生捎来的书简藏于莺莺的妆盒内。当莺莺发现妆盒内的书简时，她的第一反应是张生不该让红娘知道两人之间的情意：“这简帖定是他叫红娘拿来的，张生呀张生，你也太大意了。”② 之后才表现莺莺与红娘“闹简”的过程。这样的处理方式就避免了原著中莺莺见到简帖后便勃然大怒而产生的突兀感，即“上越”版《西厢记》的编者有意让观众看到舞台上的莺莺是出于对红娘的戒备才与其“闹简”的，换言之，崔莺莺在自我意识的深处是钟情于张生的，只是出于对红娘的戒备才摆出“闹简”的假象，这便在一定程度上强化了崔莺莺的自我意识。同样的情况发生在第八场“赖简”中，张生到花园与莺莺相会，可莺莺却一再强调红娘在此进而让张生离开：

---

① 尤伯鑫：《“上越”经典〈西厢记〉解读（上）》，《上海戏剧》2008年第8期，第12页。

② 本章中出现的“上越”版《西厢记》戏词均引自上海越剧院演出本《越剧西厢记》（苏雪安改编），上海文艺出版社1962年版。

莺　莺（白）：哪个？

张　珙（白）：小姐，是小生呀。

莺　莺（白）：（慌乱地）哎呀，红娘在这里呢！

张　珙（白）：小姐放心，我在角门外见过红娘，她如今走了。

莺　莺（白）：（陡惊）啊？

（唱）：果然红娘已明白。

张　珙（白）：小姐，小生奉到你的大作，我是如约而来的呀！

莺　莺（白）：哎呀张生，红娘就要来的呀，你你去吧。

张　珙（白）：小姐不是叫我来的么，这是为什么？

莺　莺（唱）：（十分焦急）急得人无办法，如今只得变了卦。

我们看，原著中“莺莺见到张生来赴约便突然变卦”的情节转变成了越剧舞台上“莺莺反复强调红娘在此进而让张生离开”的情节。这种转变的潜台词是告诉观众，莺莺变卦的根本原因在于对红娘的戒备，并不是由于她自身的犹豫、反复，这种归因于红娘的情节设置便在一定程度上强化了莺莺的自我意识，即她在自我意识深处是钟情于张生的。

（二）心理刻画的融入

与原著相比，“上越”版《西厢记》更加关注崔莺莺在追求自由爱情过程中的心灵嬗变。就创作手法而言，编者大量融入了心理刻画的笔墨。面对老夫人的赖婚，编者首先关注了莺莺的心理活动：“呀，母亲变了卦了！”“只见他目定口呆神色沮，只见他不哼不动低头坐。好一个积世老婆婆，竟说出妹妹拜哥哥。”莺莺此时的心理活动显然是出于对母亲不守信义的不满。接着编者又通过莺莺敬酒时的行为方式巧妙暗示其心理活动：老夫人让红娘看酒，让莺莺为张生把盏，但内心伤痛的莺莺实在无法为内心同样伤痛的张生把盏，于是看看张生，微微点头，而后说了一句“红娘，接了盏吧”；继而老夫人又以兄妹之情逼迫莺莺为张生把盏，莺莺却最终未应。这里编者通过莺莺敬酒时的行为方式巧妙暗示出莺莺内心深处对母亲的不满、怨恨以及对张生的同情。最后编者又通过一个抒情唱段将莺莺此时内心深处的巨大伤痛外化于观众的视域中："他而今烦恼还犹可，怕的是久后思量怎奈何？我有心想把衷肠诉，怎奈母亲在旁边坐。张生啊，你无缘我命薄，你我从今后咫尺天涯阻。"

在第五场"琴心"中，编者又通过"月"意象和琴音巧妙暗示莺莺内心深处微妙的情感体验。同样面对夜空的圆月，张生与莺莺的行为表现却不相同。张生急切地盼望月上梢头的时刻到来，进而通过抚琴的方式表达对莺莺的满腔爱意，因此他的行为表现是："月儿呀月儿，你看在小生分上，就不会早些出来么？"而在莺莺看来，夜空中的圆月会照亮被银河阻断的牛女双星，更会照亮她那颗孤寂的心，因此她的行为表现是："（白）月儿呀月儿，你又出来做什么呢？（唱）望晴空冰轮乍涌，步香阶风扫残红，牛女星横断太空，团圆月偏照孤茕。"接着，编者又通过莺莺的对月吟唱表现其因为爱情受阻而于内心深处生发出的伤痛感：

> 叹人间玉容深锁绣帏中，怕的是有人搬弄，却因何云层围住广寒宫？难道说也怕嫦娥凡心动。今日里东阁开绮筵，我只道和鸣效鸾凤，好主人知恩报德情偏重，逼着人翠袖殷勤奉玉钟，母亲啊，既然是相国门楣德望隆，却为何将恩作怨把人欺弄？说什么夫人掌上托明珠，只恨你耽误良缘把儿葬送！

我们看，这段以"月"意象为核心的心理描摹是非常成功的，既通过"月"这个媒介巧妙烘托出崔、张二人因为爱情受阻而生发出的心灵伤痛感，也避免了直接的心理描写而造成的情感空间的窄化。同样也是在第五场中，编者还通过莺莺听琴的过程，借助琴音这个媒介，展现莺莺微妙的心理波动。这琴音出自张生之手，融入了他深沉的情感；这琴音入于莺莺之耳，勾起了她对情与爱的深层诉求。所以，莺莺听琴后的抒情唱段正是其心灵嬗变的绝好外化方式。

在第九场"寄方"中，编者再一次关注了崔莺莺心灵嬗变的过程。在这场戏中，编者主要通过情节的低回往复巧妙暗示莺莺以身相许前的灵心抉择与嬗变。一开场，莺莺对自己的“赖简”而给张生带来的病床之痛深感内疚，并决定亲自去探望张生，可巧此时红娘到来，莺莺只得作罢，这是情节发展的第一次低回；红娘为莺莺带来张生病重的消息，莺莺当即决定以“寄方”为名与张生自会佳期，并最终以身相许。恰在红娘送药方未归之时，老夫人突然到来，并提及莺莺与郑恒的婚事，这无疑在莺莺前进的道路上设置了一种障碍，当然这种障碍也让莺莺内心深处的反抗意识进一步膨胀，她愤怒不已，但却保持沉默，静待送方归来的红娘，这是情节发展的第二次低回；红娘送方归来，本已水到渠成，莺莺却又摆出了矜持之态，说自己要去睡觉，这是情节发展的第三次低回；当莺莺确定了红娘乃是自己与张生的坚定支持者后，她才在红娘的陪伴下娇羞、忐忑地去与张生“会佳期”。“寄方”的情节在王实甫的原著中被安排得非常简单，可到了“上越”版《西厢记》中，编者却有意地让情节发展反复低回，其着眼点无疑在于莺莺迈出人生关键一步时的灵心抉择与嬗变。

总之，与王实甫的原著相比，“上越”版《西厢记》弱化了外在的文化权威与自我的权威人格对崔莺莺形象的挤压，而是通过强化自我意识和观照其心灵嬗变的过程将崔莺莺追求自由爱情的强大动力回归到人性深处，进而在越剧舞台上呈现出一个更加贴近人性和当代受众视域的经典女性形象。

三、舞台表演的经典化呈现

“上越”版《西厢记》所以成为越剧史上的经典之作，除了剧本的成功改编外，演员精湛的舞台表演也是一个非常重要的原因。袁雪芬、徐玉兰出色的演技和对人物性格的准确把握，使越剧舞台上的崔、张形象摒弃了旧戏《西厢记》中崔、张形象的某些老套甚至令人生厌的特征，让人耳目一新。比如“寄方”一场戏，在原著中这个情节的设置很简单，而在“上越”版《西厢记》中，这场戏却堪称重头戏，而且是展现莺莺灵心抉择与嬗变的一场戏，所以演员不仅要将故事情节呈现在舞台上，更主要的是通过外化的舞台表演将人物内心的情感体验展现在观众的视域中。袁雪芬对这场戏中莺莺形象的把握是非常成功的，对张生的愧疚、对老夫人的不满与畏惧、对红娘的戒备，巧妙地转化为莺莺与张生“自会佳期”的强大动力。袁雪芬对莺莺形象的成功展现，不仅在于她精湛的表演技艺，更在于她对人物内心情感体验的精准拿捏。此外，徐玉兰对张生形象的塑造也是非常成功的。在《西厢记诸宫调》和元杂剧《西厢记》中，有才有貌的张生却不时表现出酸腐甚至轻薄之态，徐玉兰剔除了原著中张生性格的负面基调，全力将其打造成纯情的才子形象。“张生的诚信、忠厚成为徐玉兰诠释人物、创造人物的重要依据。因此，徐玉兰表演张生的‘疯魔’时毫无猥琐轻薄之态，而是一种对莺莺钟情至深、痴诚至极的表现；她演绎张生的傻气与酸气时，也不是通常所见的迂腐书呆，而是人物率真、稚气的表现。”① 徐玉兰演绎的张生执着而不酸腐，纯情而不轻佻，是越剧舞台上纯情小生的普适性特征与人物性格完美结合的经典形象。

第三节　“小百花”版《西厢记》的创新意识

20 世纪 90 年代越剧舞台上又出现了一部《西厢记》，这部《西厢记》由浙江小百花越剧团首演，因此我们这里称之为“小百花”版《西厢记》。与“上越”版《西厢记》相比，“小百花”版《西厢记》在主题呈现、人物塑造、舞台设计等方面让观众产生了耳目一新的感觉，在古典与现代的巧妙融合中生发出强烈的创新意识。

一、“小百花”版《西厢记》的产生及关于改编效果的争论

1991 年 3 月 2 日浙江小百花越剧团首演由曾昭弘根据元杂剧《西厢记》改编的越剧《西厢记》，即“小百花”版《西厢记》。该剧由杨小青任导演，罗志摩任舞美设计，由何英、陶慧敏、颜佳先后饰演崔莺莺，茅威涛饰演张生，陈辉玲饰演红娘，董柯娣饰演老夫人。小百花的演出力图做到古典美与现代美的完美融合，以诗化的方式将崔莺莺与张生的千古恋情呈现在富于现代美的越剧舞台上。1992 年“小百花”版《西厢记》参加浙江省第五届戏剧节演出，并荣获剧本、导演、音乐、舞美设计一等奖。“1993 年，该剧参加第

① 尤伯鑫：《“上越”经典〈西厢记〉解读（下）》，《上海戏剧》2008 年第 9 期，第 13 页。

三届中国戏剧节获优秀演出奖、优秀剧本奖、优秀导演奖、优秀舞台设计奖、优秀灯光设计奖、优秀音乐设计奖。茅威涛、颜佳、陈辉玲获优秀演员奖，董柯娣获演员奖。同时该剧又获第四届‘文华奖’创作奖榜首、‘中国戏曲学会奖’，并成为剧团迄今为止获奖最多、奖项最高的优秀保留演出剧目。”[①] 浙江小百花越剧团也因此在全国戏曲院团中名声大振。

“小百花”版《西厢记》推演以后受到了全国戏曲界的关注，关于其改编效果也引起了不小的争论。一种观点认为，“小百花”版《西厢记》是一部兼具古典意蕴和现代魅力的优秀剧作。郭汉城认为小百花改编、上演《西厢记》的成功经验主要有两条：“一条是全面贯彻推陈出新的方针。他们不仅在认真研究剧本的基础上，对原著作了重新结构，使它更集中精炼，符合今天剧场的演出条件和观众的欣赏习惯、审美趣味；而且在舞台艺术上创造性地运用现代科技条件和新的表现方法，与传统戏曲艺术有机地结合起来……二是求美、求精、求新，重视艺术的提高。无论文学、表演、音乐、美术、舞蹈各个部分都刻意求美，精益求精。”[②] 周传家认为，该剧本改编的成功之处在于三个方面：一是“深入开掘人物内心世界，以适应当代各阶层观众的审美需求”；二是“压缩提炼、变形组接，解决原著与当代舞台时空的矛盾，以适应当代生活节奏和当代人的心理节奏”；三是“突破常规，广采博取，实现整体和谐的美”。[③] 黄在敏认为，“小百花”版《西厢记》成功的原因在于它给观众带来的巨大美感：首先是它的形式美，包括来自演员的美和来自整个舞台空间的造型美；其次是它能将传统美学精神和现代美感相结合。[④] 高义龙认为，“小百花”版《西厢记》“发扬了越剧改革的优良传统，注重整体性、综合性、人物刻画，把探索创新的坐标定在从深层次追寻中国戏曲美学的精神和吸收现代艺术的特长上。现代艺术大量使用科学技术手段，而且强调抽象、变形、

① 蒋中崎：《越剧文化史》，浙江大学出版社2015年版，第543页。

② 刘厚生、顾颂恩主编：《小百花〈西厢记〉创作评论集》，百花文艺出版社1994年版，第101—102页。

③ 刘厚生、顾颂恩主编：《小百花〈西厢记〉创作评论集》，百花文艺出版社1994年版，第153—156页。

④ 黄在敏：《越剧〈西厢记〉的形式美》，《大舞台》1994年第4期，第64—65页。

表现性、精神自由，在这方面恰恰找到了与中国传统戏曲美学的遇合点。”[①]另一种观点则认为，该剧徒有精美的“包装”，剧本改编存在诸多有待提升之处。蒋星煜先生借用刘基《卖柑者言》中“金玉其外，败絮其中”的说法来评价“小百花”版《西厢记》。所谓“金玉其外”，即“小百花”版《西厢记》的“包装”极为精美，在舞台表演和设计上有诸多创新之处。所谓“败絮其中”，即该剧的剧本改编存在多处漏洞：其一，空间背景模糊不清；其二，人物性格颇多变形；其三，精彩关目删节殆尽。[②]东方菁认为，“小百花”版《西厢记》“依旧未能跳出《西厢记》原著的主题思想范畴。它的各场戏……无一不是写张生与莺莺如何从一见钟情到追求自主婚姻的成功，最后又被迫暂别的过程，这里全然看不出什么‘双重时代感’的口号有什么新东西，也并没有‘不只是关于爱情’的人性。”“在这出戏中，编导未把戏中的几个人物调动起来，并让他们把戏做足，在人物的心理冲突中去挖掘矛盾，而是搞花架子，‘戏不够，舞来凑’。”[③]如“佳期”一场中，莺莺的内心应是极为复杂的，然而现在我们看的是，“莺莺作出这一委身决定时的心里负荷并不重，相反还很主动、轻易。她走进张生房中，两颗渴望的心竟碰撞不出火花，而只得用群舞来代替”[④]。夏写时认为“小百花”版《西厢记》存在的问题，首先在于对张生形象的把握出现了偏颇。从“寺警”起，茅威涛对张生的把握缺少分寸感，表演略显出格。粗略看去，未尝不光彩夺目，但经不起推敲。其次在于扭曲了崔莺莺和红娘的关系。王实甫《西厢记》将莺莺与红娘之间的关系刻画到极为微妙的程度，堪称千古绝笔。而小百花的处理则失之毫厘，谬以千里，如“赖简”一折中，本是红娘揣测的“自从那日初时想月华，捱一刻似一夏。见柳梢斜日迟迟下，早道好教圣贤打!”这些带调侃的词句，并不全是莺莺的实况，

① 刘厚生、顾颂恩主编:《小百花〈西厢记〉创作评论集》，百花文艺出版社 1994 年版，第 182 页。

② 刘厚生、顾颂恩主编:《小百花〈西厢记〉创作评论集》，百花文艺出版社 1994 年版，第 210—216 页。

③ 东方菁:《真〈西厢〉，还是名著改编的错位——评浙江省小百花越剧团改编演出的〈西厢记〉》,《上海戏剧》1994 年第 1 期，第 11—12 页。

④ 东方菁:《真〈西厢〉，还是名著改编的错位——评浙江省小百花越剧团改编演出的〈西厢记〉》,《上海戏剧》1994 年第 1 期，第 12 页。

在“小百花”版《西厢记》中却成了莺莺的唱词。[①] 虽然学术界对“小百花”版《西厢记》改编效果的认识一直存在争论，但争论的焦点并不一致，持肯定观点的一方主要着眼该剧的舞台传播效果，而持否定观点的一方则主要着眼该剧的剧本改编，所以，这种争论必然不会有最终的结果。在笔者看来，从《西厢记》舞台传播和越剧发展史的角度来看，“小百花”版《西厢记》表现出诸多的创新之处，这种创新恰恰是在当代语境下推进《西厢记》在各剧种舞台上传播时需要借鉴的。

二、“小百花”版《西厢记》的创新意识

“小百花”版《西厢记》的创作是在“上越”版《西厢记》基础上的又一次“经典化”，其也是在戏曲艺术整体走向衰微的背景下，在越剧舞台上呈现的一部经典力作。虽然关于该剧的改编效果一直存在争论，但不容否认的是，该剧中融入了编剧、导演和演员关于如何现在当代语境下推进戏曲艺术改革的深度思考和强烈的创新意识。

（一）张生主角形象的确立与主题的生新

关于元杂剧《西厢记》的主题意蕴我们在前文曾多次提及。首先，王实甫要通过《西厢记》这个古老的爱情故事深刻地阐发程朱理学成为元代社会主导意识形态的背景，所引发的礼教对人性的吞噬以及“礼教”与“反礼教”这两种力量的冲突；其次，王实甫要通过崔莺莺与张生最终的胜利寄托“愿天下有情的都成了眷属”的美好愿望和理想。比较而言，“反礼教”是元杂剧《西厢记》主题意蕴的核心指要。到了明、清两代，《西厢记》在舞台传播的过程中仍然保持着这样一种“反礼教”的主题指向，这与明、清两代的思想文化语境不无关系。到了20世纪30—40年代的戏曲舞台上，以红娘为主角的改编本往往突出强调红娘的斗争精神与自我拯救意识，这与当时外敌入侵、军阀混战、正义缺失的社会环境直接相关，民众无法通过合理的方式获得自我价值的实现，他们只能寄希望于红娘这样无视社会的“清规戒律”和道德教条且有侠士风范的人物通过非常规的方式挑战权威、惩治暴虐。到了20世

① 夏写时:《什么是现代意识?》,《上海戏剧》1994年第1期，第13—15页。

纪50年代，京剧《西厢记》和“上越”版《西厢记》都以崔莺莺为主角，且突出表现了反对包办婚姻制度的主题，这是因为反对包办婚姻制度是当时的社会热点，理所当然会成为作品的主题指向。由此可见，古典名著的改编本在尊重原著的同时，必须要考虑到时代语境的变迁。“随着时代的发展，戏剧艺术的创作主体和欣赏客体都发生了变化，因此，不可能对名著的改编提出亘古不变的改编法则。作为案头文学作品，古典名著不会因为历史的变迁而失去它昔日的光彩……但作为舞台演出，古典名著同其他戏剧一样，同样必须适应新的时代的戏剧潮流和观众的审美需求。”[①]这种时代因素的融入，往往会使改编本在主题层面上发生新变。“小百花”版《西厢记》诞生的20世纪90年代，是一个多元文化、多种话语共融的时代，“反礼教”主题与90年代的受众相去甚远，因此，改编者思考着《西厢记》这个古老爱情故事所蕴含的能够跨越时空和语境的永恒主题，那就是人对美好理想的追求以及为此而付出的痛苦与艰辛。“《西厢记》原著中已涵盖了这样一种意蕴：主人公对美好理想的憧憬与追求，以及这种追求的痛苦与艰辛。这样的底蕴，不只是关于爱情的，当作一种人生目标，恐怕是一切人都关注的，抓住这个戏核开掘下去，似乎更能引起当代观众的共鸣。”[②]“过去强调的是‘反封建’，这固然不错，但今天更能引起当代观众共鸣的该是什么呢？作品中还有什么值得进一步开掘的呢？我们这样确定：对美好憧憬的执着追求和追求过程中的艰辛、曲折、磨难。”[③]可见，从元杂剧《西厢记》到“小百花”版《西厢记》实现了作品主题的转换与生新。编者是如何实现主题的转换与生新的？张生主角形象的确立是实现这种转换与生新的重要条件。

元杂剧《西厢记》以及明清以来出现的各种关于《西厢记》的改编本，要么以崔莺莺和张生为主角，要么以红娘为主角。在以崔、张为主角的改编本中，崔莺莺的“戏份”往往重于张生，而且是剧中最重要的角色，而始终

① 刘厚生、顾颂恩主编：《小百花〈西厢记〉创作评论集》，百花文艺出版社1994年版，第224页。

② 曾昭弘：《〈西厢记〉改编琐谈》，《中国戏剧》1993年第10期，第28—29页。

③ 杨小青：《赋予古典名剧现代美——导演越剧〈西厢记〉札记》，《中国戏剧》1993年第12期，第7页。

没有出现张生的“戏份”超过莺莺并成为剧中最重要角色的改编本。在“小百花”版《西厢记》中，张生的“戏份”远远超过了莺莺和红娘，成为贯穿全剧的名副其实的大主角。以下我们分场次来梳理一下张生在该剧中的主角作用：第一场“惊艳”是写张生来到普救寺与莺莺佛殿相逢以及张生“闹道场”的过程；第二场“和韵”是写张生趁月色在西厢外等候莺莺的出现并与莺莺隔墙吟诗、互通情意的过程；第三场“寺惊”是展现张生在孙飞虎兵围普救寺时挺身而出，施计解围的过程；第四场“赖婚”是展现张生赴宴以及老夫人赖婚后张生极度痛苦的状态；第五场“闹简”是表现红娘替张生传简，莺莺阅简时眼前出现张生抚琴的幻景，而后莺莺又差红娘去送信；第六场“传简”是写红娘传书给张生，张生喜出望外，急切盼望晚间前去赴约；第七场“赖简”是展现张生到花园赴约，莺莺赖简的过程；第八场“佳期”是展现莺莺差红娘给张生送药方，崔、张二人终会佳期的过程；第九场“拷红”是写老夫人拷问红娘，红娘巧言利舌地战胜老夫人，老夫人允许张生求得功名后与莺莺完婚；第十场“长亭”是全剧的尾声，写张生在莺莺的声声嘱托中踏上赴京赶考之路。我们看，在该剧的十场戏中，张生从头到尾都是极为重要的角色，是贯穿戏剧冲突始终的大主角。既然“小百花”版《西厢记》确立了张生的主角地位，那么它又是如何通过张生形象实现故事主题的生新的呢？

首先，剔除张生形象的负面性格特征，突出表现其对理想的执着追求。张生形象在文学史上有一个逐渐流变的过程：在元稹的《莺莺传》中张生是一个“始乱终弃”“善于补过”的薄情郎；在董解元的《西厢记诸宫调》中张生是一个一时要和红娘“权作夫妻”，一时又要将莺莺让给郑恒的轻薄才子；在王实甫的《西厢记》中他是一个执着追求爱情的“志成种”，也是一个略带懦弱和傻气的酸腐书生；在现代改编本中他往往是一个百无一用、任由红娘摆布的寒士。我们看，从《莺莺传》到现代改编本，张生要么是一个反面人物，要么是一个内心充满矛盾的动摇者，其内心的执着与赤诚往往被传统喜剧视域所形成的“风欠酸丁”“银样镴枪头”的形象所掩盖。“小百花”版《西厢记》剔除了张生性格中的负面特征，全力将其打造成执着、坚定、自主且书卷气较浓的秀美书生形象。“张生时时感到一种压力，这压力来自封建礼教、世俗势力，也来自自我。这压力来自爱情，也来自事业。这种人生的觉悟和人生的困惑，具有鲜明的理想色彩，很容易引起当代人的思考和共鸣。”[①]张生努力将这种压力转化为追求理想的执着精神，而这一过程又充满了曲折和艰辛。因此，“小百花”版《西厢记》对张生性格特征的重塑便在一定程度上促进了主题的转换与生新。

其次，强化张生形象的心理深度，展现其面对挫折和磨难时的心灵嬗变。与原著和先前的改编本相比，“小百花”版《西厢记》在最大程度上强化了“王西厢”中张生形象所凸显的执着精神，剔除了以往某些改编本站在红娘的立场上和传统喜剧视域下所表现出的张生的傻气和懦弱，同时，还强化了对张生形象的心理刻画，展现了张生在经历了挫折和磨难后逐渐走向成熟的心灵嬗变过程。试看第四场中老夫人赖婚后，张生的唱段：

> 这事儿，告不得别人瞒不了你，见莺莺，我心劳梦断魂魄离。恰好似前世的冤家今生见，只盼着连理共枝花并蒂。我有心，她有意，老夫人廊下许婚成契机。只道是一诺千金天作合，又怎知，她翻手为云覆手雨。“言必行”，孔孟道，“人有信”，周公礼。十年寒窗得教诲，五部经书天下仪。为什么不对高官显威灵，只将枷锁套布衣！问苍天，青天湛湛无言语！问斜阳，斜阳啊，你留下公理在今夕！谁有信？谁无义？问三殿菩萨，五百僧侣！九江八河能作证，五湖四海可评理。老夫人，食言而肥把婚拒，令我张生何所依？灵魂不附神无主啊，奈何脚下荆棘布满地！[②]

这段唱词是典型的心理刻画，成功地展现了张生在前四场戏中的心路

① 周传家:《格调高雅意深沉——越剧〈西厢记〉成功原因初探》,《中国戏剧》1993 年第 12 期，第 22—23 页。

② 本章中出现的“小百花”版《西厢记》戏词均引自浙江小百花越剧团演出本《越剧西厢记》（曾昭弘改编），浙江小百花越剧团内部资料，1992 年。

历程：初见莺莺后的魂牵梦绕、日思夜想；白马解围后的欣喜自若、急配鸾凤；老夫人赖婚后的无可奈何、痛不欲生以及由此而引发的对宗法礼教的质疑、对老夫人无信无义的愤怒和对命运不公的控诉，很好地展现了张生追求理想与理想受阻后的情感状态与心灵涤荡。再看第七场中张生跳墙赴约时的唱段：

（唱）人约黄昏户又拴，跳墙顿觉腿儿颤。猛想起“瓜田不纳履”“李下不整冠”。“非礼勿动”孔孟礼，“狗急跳墙”民谚传。堂堂秀才焉做犬！又奈何，老夫人、大门关，小红娘、小门栓，察无洞穴可以钻。粉墙高高似篱樊，一生美梦锁深院。欲跳墙，“五经”“四书”把脚绊；不跳墙，怎会那五百年前风流孽冤。行路难，难于上青天！老夫人哪，是你将我逼上巫山！（白）跳吧！是礼非礼，是福是祸，小生只此一跳了！

这段唱词同样是典型的心理刻画。在“王西厢”中，跳过粉墙的张生居然错把红娘当成了莺莺而将其一把搂入怀内，这当然表现了张生此时那种急切的情感状态，但理性思考，这种行为却有违其深受传统文化濡染的古典书生的身份特征。为此，“小百花”版《西厢记》加入这样一个展现张生心理活动的唱段。此时的张生处于情与理的挣扎中，理性的认知告诉张生此时的“翻墙赴约”是有违礼教的“鸡鸣狗盗”之举，但感性的潮水又使他时时涌动着对莺莺那份执着而深沉的爱，在情与理的挣扎中，张生意识到跨过眼前的这道粉墙才能冲破老夫人的阻隔，只有跨过心灵中的“粉墙”才能实现终成眷属的佳期美梦。这段唱词很好地展现了张生在理想受阻后，情感潮水冲破理性闸门的心灵嬗变过程，既彰显出他对自由爱情的执着追求，又表现出他面对曲折和磨难时的情感挣扎与理性超越。

“小百花”版《西厢记》通过张生主角形象的确立，将“王西厢”和以往改编本中带有时代色彩的主题意蕴上升到普适性的人生层面，即人对理想的执着追求以及这一过程的曲折与艰辛，进而使当代受众在古老的爱情故事中获得一种超越时空的强烈共鸣。

（二）舞台形象与设计的生新

优秀的舞台剧往往是内容与形式的统一。“小百花”版《西厢记》在剧本内容上通过确立张生的主角形象实现了作品主题的生新，在舞台呈现上又通过新颖的舞台形象与舞台设计实现了视觉效果的生新。茅威涛塑造的张生形象和独特的转台设计使“小百花”版《西厢记》表现出特有的形式美和全新的视觉效应。

1. 张生舞台形象的生新

在元杂剧《西厢记》和以往的改编本中，张生的“戏份”远没有崔莺莺那么重，所以张生往往不是以最重要的主角形象被呈现在舞台上。为了吸引观众的眼球，迎合小市民的审美趣味，演员在舞台上往往会把张生塑造成酸腐的书生形象，表演时也会从酸、迂、痴、傻等性格侧面入手，使张生成为略带喜剧色彩的轻薄、酸腐的舞台形象。比较而言，越剧舞台上的张生形象又有其特殊之处。20 世纪 30 年代之后，随着“女子越剧”的兴起，“女小生”成为越剧舞台上独特的“风景”，由于是女性演员扮演男性角色，加之越剧略显阴柔的艺术个性和表演方式，越剧舞台上的小生形象往往带有浓重的脂粉气。在“小百花”版《西厢记》中，茅威涛呈现的张生形象既摒弃了以往戏曲舞台上为了迎合小市民的审美趣味或追求所谓的喜剧效果而使张生形象表现出的轻薄、酸腐和痴傻，又剔除了越剧“女小生”带有的浓重的脂粉气。“她塑造的张珙形象，风流倜傥而又真诚质朴，潇洒飘逸而又深沉凝重”[①]，将多种性格侧面整合在张生对爱与美的执着追求中，在《西厢记》的舞台传播史上呈现了一个全新的张生形象。

首先，寻找新的文化定位，使古典形象生发出当代受众的情感体验。如前文所述，张生形象经过了由元稹的《莺莺传》到“董西厢”，再到“王西厢”的流变过程。至“王西厢”，张生的形象基本定型，概而言之，“王西厢”中的张生形象可谓中国传统文化语境下所形成的多情书生的形象。当古老的

① 曲六乙：《茅威涛的审美追求和张生的美学意蕴》，《中国戏剧》1993 年第 12 期，第 18 页。

《西厢记》被搬演至当代戏曲舞台时，文化语境发生了根本性的变化，元杂剧中那个执着而酸腐、多情而懦弱的张生形象与当代受众的审美心理相去甚远，因此我们必须要寻求一种新的文化定位，即在新的文化语境和审美视域下打造戏曲舞台上的张生形象，但又不能颠覆张生作为古典人物的既定前提，这就需要找寻到张生这个古典人物与当代受众共通性的生命体验。在“小百花”版《西厢记》中，茅威涛找寻到的这种共通性的生命体验就是张生与当代受众都要面对的“压力”以及对爱与美的追求。《西厢记》中的张生面对礼教的重压、爱情受阻的重压和赴京求仕的重压，这种“压力”便是张生形象与当代受众所共有的生命体验。所以，茅威涛在塑造张生形象的时候便力图在“压力”上做文章。“作为一种普通的人生境遇，‘压力’接通了传统文化和现代文化的两个终端。我徜徉在由‘压力’铺垫的角色创造的道路上，跟随着一个充满‘压力’的张珙而痛苦，矛盾，抗争，沉寂，直至人性的最后升华。我与张珙同时在自身的文化环境中，不断地挣扎，不断地沉浮……张珙给了我来自远古时代的人文力量，我则赋予张珙以现代社会的文明信息。张珙的失败，是古人的无奈，张珙的胜利，是现代人的骄傲。”[①] 此外，茅威涛所着力表现的张生对爱与美的追求，也是张生与当代受众的共通性情感维度。

其次，开拓表演空间，用高超的演技强化张生的心理深度。与京剧、昆曲和“上越”版《西厢记》舞台上侧重展现张生喜剧化的行为方式不同，茅威涛将塑造张生形象的着力点放在了心理维度上，特别注重通过高超的演技强化张生的心理深度。比如在第六场“传简”和第七场“赖简”中，张生两次收到莺莺托红娘送来的书信，但张生前后两次收到书信时的心理状态是不同的，舞台上的茅威涛巧妙通过动作和神态的变化展现了张生前后不同的心理状态。第六场首次收信时，张生的内心充满了急切和欣喜，茅威涛通过收信动作的迅速发出和眉眼快速转喜的神态变化巧妙将张生的内心体验外化出来；第七场再次收信时，张生的内心既有喜悦，但又充满了疑惑，毕竟莺莺赖简时的表现弄得他摸不着头脑，此时舞台上的茅威涛通过眉眼转喜而又旋

① 茅威涛:《张珙是谁?》,《中国戏剧》1993 年第 12 期，第 13 页。

即散去几分的神态和欲接书信而又放慢动作的形体表现将张生此时复杂的情感体验外化出来。再如第九场“拷红”，老夫人得知崔、张二人私会佳期之事而大怒，并让红娘叫来张生当面训斥，与“王西厢”中那个焦灼、恐惧而又觉得无地自容的张形象不同，茅威涛舞台上所展现的张生，先是用深情的话语安慰莺莺，而后才是一语皆无地跪在地上接受老夫人的训斥。我们看，茅威涛这里的表现恰当地将张生对爱情的执着、面对“东窗事发”的沉稳以及对老夫人的不满等复杂的情感体验和盘托出，而接下来的唱段更是将张生这种复杂的内心世界成功地外化出来：“老夫人，高识宏度怒气平，珍重贵体莫伤身。我三生有幸识令爱，两心相爱前世情。白马解围九天助，老夫人许婚万重恩。张珙将你金口顺，寸心未忤老夫人。不才张珙岂无志，志在人间觅知音。布衣张珙岂无能，万卷诗书藏胸襟。张珙秉性薄功名，呜呼也，万方仰望玉堂金马乌纱缨！老夫人显祖扬宗爱金印，张君瑞，风车云马跳龙门——只为莺莺，岂怕违心！”

再次，开拓视觉空间，用服饰和舞美动作强化张生形象的视觉美感。戏曲舞台的视觉效应非常重要，戏曲演员往往非常讲究扮相，戏装也很漂亮，上至千金贵妇，下至丫鬟婆子，都会珠翠满头，目的就是给观众带来视觉上的美感。越剧舞台上的茅威涛很注重对张生形象视觉美感的呈现。以服饰为例，张生的冠帽样式取法于唐代，在具体细节上增加了美饰；服装的颜色为白色，这也符合唐制，因为唐代士子在没有进入仕途前均穿白袍；但衣服的款式为对襟套头衫，既像褶又像帔，这完全不符合唐制，因为唐人的服饰过于宽大，不便于舞台表演。所以，张生的服饰既有时代的印记，又能表现张生的洒脱与优雅，既强化了视觉美感，又不影响演员的舞台表演。除服饰外，茅威涛还力图通过舞美动作强化张生形象的视觉美感，她将川剧艺术中的一些表演手法融入自己的表演中，成功地设计了“踢褶子”的动作，既有利于外化张生的心理活动，又增强了视觉美感。

2. 舞台设计的生新

一切舞台艺术在处理时空关系的时候必须要面对一个基本问题：怎样用有限的物理空间表现无限的社会空间和心理空间。中国的戏曲艺术讲求通过虚拟、写意的方式建构一种诗意的美，所以虚拟、写意是戏曲表演中最常用的艺术手段。表现在舞台设计上，往往通过“假定性”将舞台时空虚拟化，舞台设计一般没有实景呈现，而是通过演员的表演，移步换景，暗示时空的转换，这种处理方式的优长在于时间和空间的转换非常自由，又可以充分发挥演员的表演技巧。但随着时代的发展，新的技术手段和艺术元素不断涌现，加之现代受众的审美心理也发生了很大的变化，因此，戏曲艺术在舞台设计中也要不断融入新的技术手段和艺术元素，以达到最优化的表演效果。“小百花”版《西厢记》在舞台设计上既保持了戏曲艺术处理舞台时空关系的优长，又大量融入了新的元素。就整体而言，“小百花”版《西厢记》的舞台设计采用的是中性景观，以一座古祭台形的方状平台作为舞台，舞台的上方悬挂几个佛幡，布景为云雾遮挡的一座寺院。我们看，这种设计既考虑到“西厢故事”发生地普救寺的实景因素，但又没有完全将时空背景坐实，而是将虚拟和写实结合起来。更巧妙的是，这个舞台是可以转动的，整场演出不是通过分场次的方式暗示时空的转换，而是通过舞台的转动暗示时空的转换。杨小青导演认为，“转台”的运用，可以发挥多种功能。首先，表现物理时空的转换。比如杨小青导演在设计“惊艳”这场戏的时候，将这场戏的时空分为四个板块：张珙游普救寺的大殿外；张珙和莺莺邂逅的过道；张珙和莺莺近距离窥视的做佛事的大殿；佛事散去，张珙追随莺莺，莺莺回眸顾盼的大殿一角。[①]这四个时空的转换便是通过“转台”的旋转完成的，第一板块是远观，第二、三板块是近观，第四板块是四目相对，巧妙表现了人物心灵感应的层递关系。其次，外化人物的心理空间。比如在“赖简”一场中，莺莺在阅简的过程中，通过舞台的旋转呈现了张生抚琴试弦的场景，这个场景的出现便巧妙暗示出莺莺阅简时的心理活动，将人物抽象的心理空间外化于观众的欣赏视域中。总之，“转台”的运用能将故事发生的现实空间和人物的心理空间巧妙地整合于观众的欣赏视域中，既表现出戏曲艺术寓意传神的美学特征，又弥补了程式化的虚拟给当

① 杨小青:《赋予古典名剧现代美——导演越剧〈西厢记〉札记》,《中国戏剧》1993年第12期，第7—8页。

代受众造成的审美动力的弱化。

《西厢记》在越剧舞台上经历了从无到有，再到逐渐被经典化的过程。“上越”版《西厢记》和“小百花”版《西厢记》为《西厢记》在越剧舞台上的传播树立起了两座丰碑，它们在不同的文化语境和欣赏视域下对原著进行了经典化的重构，表现出两种不同的主题意蕴和美学风格。

第四章 山陕梆子蒲西厢

——《西厢记》在蒲剧舞台上的传播与重构

蒲剧，又称蒲州梆子，因发源于山西西南部蒲州（今永济市）而得名，为“山西四大梆子”之首，同时，由于河北梆子、河南梆子和山东梆子等剧种的形成都受到了蒲州梆子的影响，因此蒲剧被尊为梆子戏的鼻祖。蒲剧久远的发展历史孕育了众多的经典剧目，1963 年晋南蒲剧院资料室统计出的蒲剧剧目有 1364 个，1989 年宝文堂书店出版的《蒲州梆子剧目辞典》收录剧目达 1400 多个。“能够流传下来被统计或被收录的当是影响较大者，实际上蒲州梆子上演过的剧目应远远超过这个数目。”[①] 在流传下来并且至今仍能在蒲剧舞台上上演的剧目中，蒲剧《西厢记》可谓经典中的经典。这不仅因为“蒲剧西厢”对原著进行了精准、到位的舞台重构，更在于“西厢故事”的发生地与蒲剧的发源地同在蒲州（今永济市），这种得天独厚的优势使得“蒲剧西厢”在众多“地方戏”版《西厢记》中脱颖而出。从王秀兰的蒲剧《西厢记》，到武俊英的蒲剧《西厢记》，再到蒲剧电视连续剧《西厢记》和山西运城市蒲剧青年实验团的“小梅花”版《西厢记》，“西厢故事”在蒲剧舞台上得到了最为精彩的演绎，从 20 世纪 40 年代直到 21 世纪初，几代蒲剧名伶以不同的表演风格对原著进行了富于时代色彩的演绎与重构，从舞台表演到荧

① 蒲州梆子志编纂委员会编《蒲州梆子志》，山西教育出版社 2007 年版，第 53 页。

屏呈现，在《西厢记》的舞台传播史上形成了一道靓丽的风景线。

第一节　山陕梆子吼出的“蒲西厢”

蒲剧是产生很早的一种梆子声腔剧种，有乱弹、梆子腔、山陕梆子、蒲州梆子等多个别称，20 世纪 30 年代始称蒲剧。关于蒲剧起源的时间，目前在学术界主要有两种观点：一种观点认为蒲剧起源于元末明初，兴盛于明末清初；另一种观点则认为蒲剧起源于明末清初。笔者基本认同第一种观点，因为就目前发现的相关文献来看，蒲州在明代的时候就乐户云集，民间的祠庙祭赛活动也极为兴盛，并且在神庙祭祀和年节社火活动中酝酿、产生了吟唱新声腔的戏曲班社。明成祖朱棣篡夺帝位后，曾将建文帝的余党发往各地为乐户，其中以晋南蒲州聚集的乐户最多。《蒲州府志·识余》载：“山西旧多角伎，诸郡有之，称之乐户。蒲当明时，乐户并聚，居东城门外关厢间。州守行春，则浓妆骑马以供役。其缙绅与客宴，则招之佐酒。”“临晋县志云：‘腊月十五以后，乐户中则黠辨者假为官府，袭官带，从以吏役，名曰春官、春吏……先期一日，县官勾集里甲社火，杂以优人小妓女，妓名毛女，鼓乐导前，春牛居后，官与其僚盛服舆从，诣东郊迎春。’”[①] 由此可见，云集在蒲州的乐户广泛参与到民间神庙祭祀和年节社火活动中。加之，蒲州地处晋、陕、豫三省交会之处，弹词、劝善调、鼓书、道情等多种说唱艺术云集于此，这为新声腔的形成提供了重要条件。乐户中的优人、戏子在神庙祭祀和民间社火表演中广泛吸收民间的诸种声腔，并通过组建戏曲班社加以表演，蒲州梆子便在这一过程中得以孕育。明代嘉靖年间壶口龙王庙《重修乐楼记》碑刻上出现了“正月吉日由蒲州义和班献演”的字样，这里的“义和班”很可能是蒲州地区早期的戏曲职业班社，至于义和班献演的是不是蒲州梆子我们难以定论。但我们联系清初剧作家孔尚任的两首《乱弹词》，其一：“乱弹曾博翠华看，不到歌筵信亦难。最爱葵娃行小步，氍毹一片是邯郸。”此诗讲的是康熙皇帝在西巡途中观看乱弹表演的经历。康熙四十二年（1703），皇帝西巡

---

① 转引自蒲州梆子志编纂委员会编《蒲州梆子志》，山西教育出版社 2007 年版，第 8 页。

时曾驻跸平阳，观看当地的乱弹表演，称赞一个叫“葵娃”的演员。因为他的“小步”表演非常出色，使得很多人纷纷效仿他的表演技艺。其二：“秦声秦态最迷离，屈九风骚供奉知。莫惜春灯连夜照，相逢怕到落花时。”首句的“秦声秦态”指的仍然是流行于晋南地区的乱弹，因为清人习惯上将平阳所在的晋南地区视为秦地，将乱弹称为“秦腔”，因此，这里的“秦声秦态”并不是指流行于陕西的秦腔，而是指晋南地区的乱弹。诗中赞扬了乱弹艺人出色的表演技艺，赢得了康熙皇帝一行人的赏识。虽然孔尚任这两首诗中所言的“乱弹”无法确指是蒲州梆子还是同州梆子，但由于蒲州与同州仅一河之隔，两种梆子戏原本就有一种极为密切的“亲缘关系”，因此我们可以就此推断，蒲州梆子在清代的康熙年间已经成为一种比较成熟的戏曲样式。既然蒲州梆子在康熙朝已然成熟，那么它至少在明代中期以前就应该处于初步形成阶段，再联系蒲州自金元以来所形成的厚重的戏曲文化土壤，笔者认为，蒲州梆子应该起源于元末明初。到清代初期，蒲州梆子已然非常成熟，并广泛流行于晋南、陕东南、豫西的中原地区，乾隆朝以后，开始进入京、津地区，清末蒲伶郭宝臣曾唱红京城，与京剧名角谭鑫培齐名。

正是因为蒲剧拥有相对久远的发展历史，所以蒲剧舞台上才出现了大量的经典剧目。元杂剧中的经典爱情剧《西厢记》是何时被搬上蒲剧舞台的，目前我们尚未发现确切的文献记载。但笔者认为，《西厢记》被搬演至蒲剧舞台的时间不会太晚，因为相对于其他剧种而言，蒲剧演绎“西厢故事”具有得天独厚的优势，究其原因在于：“其一，西厢故事发生于蒲州（今运城市永济蒲州）之普救寺，而蒲州又是蒲剧的发源地之一，二者间天然的一种亲缘关系使得蒲剧《西厢记》具有了其他剧种无法替代的亲和力。其二，长期以来，西厢故事在蒲州一带已是耳熟能详、妇孺皆知，具有广大的观众基础，演员和观众更容易产生共鸣。其三，一代代艺术家的精彩演出，在观众心中留下了深刻的烙印。其四，随着时代的变迁，观众审美的变化，舞台美术不断变革，满足了观众的审美需求。”① 基于此，笔者认为，《西厢记》被搬演至蒲剧

① 杨良才：《蒲剧西厢记的舞美构思及创作》，《运城学院学报》2016 年第 2 期，第 28 页。

舞台的时间不会太晚，只是我们目前尚未发现确切的文献记载而已。“王实甫的《西厢记》，1939年由淡栖山改编为蒲剧演出，1983年又由马少波改编。1984年王秀兰艺术展览演出时，秦学敏又对马少波改编的蒲剧《西厢记》加工、整理。”[①]1990年，韩树荆、杨焕育又再次对该剧进行了改编，由著名蒲剧表演艺术家武俊英饰演剧中的主角崔莺莺。所以，目前蒲剧舞台上的《西厢记》主要有三个版本：一是秦本《西厢记》。由秦学敏改编，由山西省运城地区蒲剧团演出，王秀兰、张广爱饰演红娘，刘玉玲饰演莺莺。二是马本《西厢记》。1984年由马少波改编，王秀兰艺术展览演出时，秦学敏又对马本《西厢记》进行了加工、整理。三是韩、杨本《西厢记》。1990年，由韩树荆、杨焕育改编而成，由蒲剧名家武俊英、吉有芳出演。1996年，韩树荆、杨焕育和王志兰又将舞台版的蒲剧《西厢记》改编成五集戏曲电视连续剧，由中央电视台文艺中心、黄河影视社联合拍摄，并在中央电视台播放。到了21世纪，山西省运城市蒲剧青年实验团的“小梅花”版《西厢记》在蒲剧舞台上的大放异彩，使古老的蒲剧焕发出时代的生机。在本章中，我们姑且将舞台版的蒲剧《西厢记》称为“王秀兰”版《西厢记》、“武俊英”版《西厢记》和“小梅花”版《西厢记》，以下我们将着力探讨这三个版本的《西厢记》在改编和表演上的创新之处与成功经验。

第二节　“王秀兰”版《西厢记》的经典呈现

如前文所述，与其他剧种相比，蒲剧演绎“西厢故事”具有得天独厚的优势，因此，笔者认为，《西厢记》被搬演至蒲剧舞台的时间不会太晚，只是我们目前尚未发现确切的文献记载而已。从蒲剧发展史的角度来看，蒲剧舞台全面呈现“西厢故事”是从王秀兰开始的。王秀兰是中华人民共和国成立后的第一代优秀蒲剧演员，也是蒲剧史上的一代宗师。“（王秀兰1932年）生于石楼县，幼居运城。初名秀贞，1935年随母到西安，7岁学戏后入晋风社，

① 政协运城市文史资料研究委员会编：《运城文史资料》1991年第3辑，转引自席雯《从杂剧到地方戏——〈西厢记〉戏曲形态演变研究》，中国艺术研究院硕士学位论文，2016年，第36页。

改名秀兰师承名小旦‘月月鲜’（原筱亭），一出《柜中缘》唱红了西安。此后两年，先后上演了 9 个折子戏和 10 个本戏，成为晋风社骨干演员……1950 年返回太原，参加山西省蒲剧学社实验剧团。1952 年以《藏舟》之胡凤莲参加全国第一届戏曲观摩演出大会，获演员二等奖。1956 年任山西省人民蒲剧团团长。1958 年省大众蒲剧团与晋南专区蒲剧一团合并为晋南专区蒲剧团，任副团长。1970 年临汾、运城分专后任运城地区蒲剧团副团长。1980 年任运城地区戏校校长，至 1993 年离休。”① 王秀兰首次出演蒲剧《西厢记》是在 20 世纪的 40 年代。该剧最初是由西安剧作家淡栖山于 1939 年根据元杂剧《西厢记》改编而成。为了适应底层民众的欣赏趣味，淡栖山对原著的故事情节进行了必要的删减，同时又将原著中相对文雅的唱词进行了通俗化的改编，强化剧场性，削弱文学性，唱腔设计上熔慷慨激越和柔婉细腻为一炉，既凸显了蒲剧的艺术规律，又适于表现唯美的爱情故事。王秀兰在该剧中饰演红娘，将一个机智、聪明、坚守正义又极富生活气息的下层婢女形象精彩地呈现在蒲剧舞台上。“在西安初排此剧时，正值金嗓子周璇主演的电影《西厢记》在西安上映，虚心好学的王秀兰约上筱凤兰、筱月来，带上干粮，成天泡在电影院内学习、体会、模仿周璇的表演，学了不少新东西，使她的戏曲表演由程式化趋向了生活化。她还借鉴电影里红娘的服饰，改掉系裙子，换披大坎肩，使服装更接近人物，也利于表演。经过秀兰的细心揣摩，精心钻研，认真推敲，不断出新，把红娘的聪明伶俐、天真活泼、大胆机智、敢于向封建势力作斗争的性格特点表现得生动逼真，淋漓尽致。”② 在 20 世纪 40 年代的西安，蒲剧《西厢记》一经推出，便久演不衰。当时豫剧大师常香玉和京剧大师荀慧生先生的弟子徐汉英与王秀兰同在西安，且常、徐两位先生分别以饰演豫剧《拷红》和京剧《红娘》中的红娘而名震西安，因此，王秀兰、常香玉和徐汉英被誉为“西京三大红娘”。1950 年 7 月，王秀兰同寓居古都西安的蒲剧社最后一批成员踏上了返晋之路。在运城，王秀兰一行人受到当地群众的热烈欢迎，为了答谢广大群众，剧团在民主舞台连续演出四天，上演

---

① 蒲州梆子志编纂委员会编：《蒲州梆子志》，山西教育出版社 2007 年版，第 634 页。

② 杨焕育：《梨园英华传记丛书 · 王秀兰》，山东教育出版社 2001 年版，第 71 页。

的剧目就包括《西厢记》。到了省城太原，“为了庆祝山西蒲剧学社成立，也为了向省城人民汇报，剧团在南门外二营盘一个剧院首次在省城亮相，演出了古典名剧《西厢记》。由王秀兰主演红娘，筱月来饰张珙，筱凤兰饰崔莺莺，原筱亭饰崔夫人，李建章饰白马将军，姚天印饰孙飞虎。”[①]此后，《西厢记》便一直是王秀兰的拿手好戏。直到20世纪的80年代，剧本经由马少波和秦学敏改编后，王秀兰再次将改编后的《西厢记》呈现在蒲剧舞台上，“王秀兰”版《西厢记》也因此成为蒲剧舞台上的一代经典之作。

从20世纪40年代到80年代，王秀兰一直出演蒲剧《西厢记》，其演出剧本也不断修订和改编，因此不同的版本是有所差别的。笔者选择的是临汾地区三晋文化研究会编撰的《蒲州梆子传统剧目汇编》（第十集）中收录的由潘尧黄校勘的版本。这一版本从崔、张二人普救寺相逢写起，直到“长亭送别”结束，共分十三场，即惊艳、借厢、酬韵、寺惊、请宴、赖婚、琴心、简候、闹简、赖简、酬简、拷红、哭宴。与王实甫的原著相比，“王秀兰”版《西厢记》在红娘形象的塑造、人物心理刻画和演唱方式上表现出诸多创新之处。

一、强化红娘在全剧中的“存在感”

在舞台版的《西厢记》中，以红娘为主角形象的作品并不少，京剧《红娘》和豫剧《拷红》都是以红娘作为贯穿全剧的主角的。但“王秀兰”版《西厢记》在将红娘作为贯穿全剧的主角的同时，又大大强化了红娘在全剧中的“存在感”。这里所说的“存在感”，即王秀兰在饰演红娘形象的过程中，突出表现了这一形象的诙谐、犀利、机智和正义，特别是在“诙谐”上做文章，使得剧中的红娘在为崔、张爱情穿针引线的过程中表现出某种特有的“延宕”。这种“延宕”不仅是出于强化舞台效果的需要，更主要的是大大强化了红娘在剧中的“存在感”。比如第七场崔莺莺听琴后，到了第八场红娘去探望抱恙的张生，张生见到红娘后急于知道崔莺莺听琴后是否懂得了他的怜爱之意。红娘对张生的心思了然于心，但却故意用诙谐的“谎言”试探张生的心理防线：

---

① 杨焕育：《梨园英华传记丛书·王秀兰》，山东教育出版社2001年版，第70—71页。

张　生（白）：红娘姐到了，快快进来坐了！红娘姐，昨夜小姐听琴，不知她是怎样个动静？

红　娘（白）：不要提了，不要提了。

张　生（白）：怎么不要提了？

红　娘（白）：唉，小姐昨晚听了你的琴声以后，整整哭了一夜，今早老夫人将她责备了一顿。（装哭）可怜小姐一口气没上来，当时……

张　生（白）：当时怎么样了？

红　娘（白）：当时给气死了。（暗笑）

张　生（白）：（大惊失色）小姐，小姐！

红　娘（白）：不要紧，不要紧，在嘞，在嘞，没有死，没有死！

张　生（白）：红娘姐，你真把人吓死了，红娘姐，小姐到底说了些什么话？

红　娘（白）：张先生请听！①

我们看，蒲剧《西厢记》在原著红娘来张生房中探病，张生急于让红娘传书的剧情结构的基础上，巧妙增加了红娘以诙谐的“谎言”试探张生的心理防线的情节，这种情节上的“延宕”不仅为舞台表演增加了诙谐幽默的气氛，巧妙外化了张生的爱情心理，同时也表现了红娘的机智幽默，大大强化了其在舞台上的“存在感”。到了第九场，红娘为莺莺捎来了张生的书简，莺莺故作愤怒状，但内心却急于知道张生的病情，此时红娘同样以诙谐的“谎言”来巧妙试探莺莺的心理状态：

崔莺莺（白）：你不告诉老夫人，她怎么会知道，红娘，我还未曾问你，张先生的病怎么样了？

红　娘（白）：我不敢说。

① 本章中出现的“王秀兰”版蒲剧《西厢记》戏词均引《蒲州梆子传统剧目汇编》（第十集）中收录的《西厢记》（潘尧黄校勘），临汾地区三晋文化研究会内部资料，1992年。

崔莺莺（白）：你说吧！

红　娘（白）：哎，真可怜，真可怜。

崔莺莺（白）：怎么可怜？

红　娘（白）：哎，自从老夫人悔婚之后，张先生悲愤成疾，我见他骨瘦如柴，卧病不起恐怕不久人世了。

（莺莺昏倒，红娘急扶笑介。）

（白）：小姐，不要紧，不要紧。

崔莺莺（白）：哎，死丫头，真淘气！

红　娘（白）：我家小姐和张先生害的一样病，真是同病相怜。

探病归来的红娘，已然对张生对莺莺的情意了然于心。面对莺莺看到书简后故意做出的“假象”，她巧妙应对，身为婢女却始终掌握着主动权。当莺莺问及张生病情时，红娘又抓住莺莺急于知道张生病情的心理，故意以张生将不久于人世的诙谐“谎言”来衡量莺莺对张生的情感深度。此处的情节“延宕”同样强化了红娘的“存在感”。同样在第九场中，莺莺派红娘回了一封书简给张生，当张生将书简中的那首诗读与红娘听，并讲解诗歌内容大意的时候，心知肚明的红娘却故意用诙谐的语言调侃张生：

张　生（念）：待月西厢下，迎风户半开。隔墙花影动，疑是玉人来。

红　娘（白）：这首诗我听不懂呀！请与我讲解讲解！

张　生（白）：待月西厢下。就是说要等我到月亮上来就去。

红　娘（白）：哦，如果天黑没月亮呢？

张　生（白）：咦，那是作诗的比喻话。迎风户半开。就是说她的门户半开专意等我。

红　娘（白）：为什么不全开呢？

张　生（白）：咦，你别傻了。隔墙花影动。就是叫我跳墙过去。

红　娘（白）：那你可要小心，看狗把你咬着了。

张　生（白）：红娘姐太诙谐了。疑是玉人来。就是说我张君瑞来了。

红　娘（白）：就是这样讲解！

张　生（白）：红娘姐，不是这样讲解，你说是怎样讲解？小生是猜诗谜的行家，这四句诗还会猜错吗？

我们看，张生与红娘的这番对话改变了王实甫原著中张生解诗谜、红娘被动倾听的相对板滞的情节结构，明明对诗歌大意了然于心的红娘，却故意用诙谐的语言调侃张生，以诙谐的“解构”为舞台表演增加了强烈的喜剧效果，大大强化了红娘形象的“存在感”。从中也可看出，蒲剧舞台上的红娘在促成崔、张爱情的过程中牢牢掌握着主动权，其格局之大，视野之宽，让舞台下的观众称奇道绝。“王秀兰”版《西厢记》正是通过多次强化红娘的“存在感”才最终确立了红娘形象在全剧中的主角地位，与京剧《红娘》和豫剧《拷红》相比，这不能不说是一种创新。另外，在笔者看来，蒲剧《西厢记》中大量融入诙谐、幽默、插科打诨的成分与晋南地区厚重的戏曲文化土壤直接相关，晋南为诸宫调和元杂剧的故乡，诸宫调、元杂剧诙谐幽默的表演风格为流行于晋南地区的蒲剧提供了重要的艺术养料，才使得蒲剧《西厢记》多了些许的诙谐与幽默。

二、心理刻画传神入微

与原著相比，“王秀兰”版《西厢记》在情节安排上进行了必要的删减。该剧片段性地截取了王实甫《西厢记》的前四本，并对前四本中的故事情节进行了删减，比如“张君瑞闹道场”的情节被完全删除，原著中“传简”“闹简”和“赖简”的情节也被简化或压缩。由于故事情节的删减，故张生和崔莺莺的“戏份”相对减少，而红娘的“戏份”则相对增加，这是出于该剧凸显红娘主角形象的需要。张生和崔莺莺的相对“戏份”虽然有所减少，但该剧并没有弱化对这两个形象的塑造。在“王秀兰”版《西厢记》中，尤其凸显了对崔、张形象的心理刻画，大量抒情唱段的融入巧妙地将崔、张二人追求自由爱情过程中的心理流程和潜意识感受呈现在观众面前。比如在第三场“酬韵”中，红娘陪同崔莺莺到花园降香，试看崔莺莺在降香前的抒情唱段：

崔文双伤身世自叹薄命，上无兄下无弟孤苦伶仃。奴的父作相国廉明正直，登仕途数十年两袖清风。尔今在普救寺暂把灵放，路途遥川资缺难回故乡。奴的母年高迈时常有病，但愿她身安泰福寿康宁。奴今年十七岁终身未定，为此事常叫人挂在心中。思在前想在后无计可用，因此上后花园祝告上苍。

这一抒情唱段，其着眼点明显在于表现崔莺莺来到花园后的心理感受。对家父去世的悲痛，对家母患病的担忧，对自己孤苦无依、终身未定的慨叹，种种情感体验巧妙地转化为崔莺莺降香祝告的心理动因，而后非常自然地呈现了莺莺“以三炷香许愿”的情节，这就避免了原著在情节安排上的突兀感，又丰富了对莺莺形象的心理刻画。在第六场“赖婚”中，该剧同样特别强调对崔、张二人的心理刻画。“白马解围”后，背信弃义的老夫人决定赖婚，在席前居然让莺莺拜张生为哥哥，并逼迫莺莺为张生把盏，试看此时崔、张二人的心理感受：

老夫人（白）：快与你哥哥把盏！

崔莺莺（白）：啊，是。

（莺莺不动。）

老夫人（白）：快与你哥斟酒！

崔莺莺（唱）：老母亲命我把酒敬，倒叫莺莺气心中。我决不屈从母亲命，恨张郎懦弱不应声。我勉强上前把酒送，

张　生（白）：小生量窄，实不能饮。

崔莺莺（白）：红娘接杯！

（唱）：恨母亲心计太无情！一杯苦酒强斟过，婚姻事化作南柯梦。

张　生（唱）：老夫人变卦气煞我，满腹心事向谁说。

崔莺莺（唱）：今日我要一旁坐，想诉衷肠没奈何。

张　生（唱）：老夫人哑谜已猜破，咫尺天涯海洋阔。

崔莺莺、张　生（同唱）：并头花蕊脚下错，同心缕带忍心割。多情反结无情果，一对青春怎耽搁。

以上这一唱段巧妙展现了老夫人赖婚后崔、张二人痛苦、焦灼而又极其无奈的复杂心理。老夫人让莺莺为张生把盏，莺莺以“不动”表达了对母亲“赖婚”的无声抗拒；当老夫人再次逼迫莺莺为张生斟酒的时候，莺莺愤愤不平地勉强将酒送到张生面前；当张生以“量窄”为由拒绝饮酒的时候，莺莺一把将酒杯推给红娘。这里将莺莺从对母亲的抗拒到愤怒再到愤恨的复杂心理流程巧妙呈现在观众的面前。而后又通过崔、张对唱的方式将二人此时共同的心理感受和盘托出，这其中既包含对老夫人的愤怒与无奈，更包含着二人对彼此的爱慕与忠贞。在王实甫的《西厢记》中，老夫人赖婚后崔莺莺的第一反应是“俺娘变了卦也”，之后通过【雁儿落】和【得胜令】两支曲子表达莺莺对母亲赖婚的愤怒，而“王秀兰”版《西厢记》却通过斟酒的动作巧妙将崔莺莺的心理流程外化出来，特别关注老夫人赖婚后崔莺莺强烈的心理感受和情感体验，明显加深了对莺莺形象的心理刻画。同时，王实甫《西厢记》中的张生面对老夫人的赖婚，其心理感受仅仅通过一句“声息不好了也”得以表现，“王秀兰”版《西厢记》则增加了张生与莺莺的对唱，进而有力地开拓了张生形象的心理空间。此外，在第十一场“酬简”中，张生等待莺莺的到来，该剧将张生的盼之速来、疑而不来、翘首企盼的复杂心境很好地表现出来，此处也明显强化了对张生形象的心理刻画。

三、演唱方式推陈出新

“王秀兰”版《西厢记》在演唱方式上也有诸多创新之处。在舞台上，王秀兰在用蒲剧艺术程式化的表演方式呈现“西厢故事”的同时，特别注重唱腔的创新，她以独特的唱腔成功塑造了红娘这个机智勇敢、聪明过人而又富于正义感的下层婢女形象。我们以第六场“赖婚”为例，在这场戏中，当老夫人的背信弃义、自食其言使张生处于极为尴尬的境地时，红娘的唱段既表现了对老夫人背信弃义的不满，也表现了对崔、张二人的同情。在这一唱段中，王秀兰在唱腔上“大做文章”，力图通过精准的拿捏将红娘深切的情感体验呈现在观众的欣赏视域内。首句唱词是这样的："张先生发痴情我心难受。"在演唱"张先生"这一句时，王秀兰运用了较长的甩腔，使唱腔如泣如诉，很好地传达出内心的伤痛感；在演唱"发痴情我心难受"这一句时，王秀兰运用了哭腔，同时又将腔拖得很长，情感表现极为悲痛。往下的台词是红娘对老夫人的斥责与愤怒，因此王秀兰在演唱时哭腔基本消失了，代之以短促、有力的声腔，且充满了怨怒之气。到了最后一句"忽然间见瑶琴放在案头"，红娘的情绪体验较先前有很大变化，由先前的悲伤、怨怒转化成玉成崔、张爱情的巨大勇气，因此这句台词的唱腔浑厚而清晰。另外，王秀兰在声腔上还采用了真假声混合演唱的方式。20 世纪 30—40 年代，蒲剧在唱腔上基本采用真声演唱，特别是在中、低音区，偶尔在高音区采用假声来完成，但很少采用真假声混合演唱的方式。王秀兰在第十一场"酬简"中创新性地采用了真假声混合演唱的方式，而且真假声的结合非常完美，几乎不露痕迹，很好地表现了红娘那种泼辣的性格和成人之美后的欣喜之情。

在演唱方式上，"王秀兰"版《西厢记》创造性地采用了对唱的方式。这里的所说的对唱是指剧中的两个人物交替演唱，共同完成一个唱段，演绎一个故事情节，巧妙烘托剧中人物的情感体验。试看第五场"请宴"中红娘与张生的一段对唱：

红　娘（白）：先生，你真有办法，一封信搬来了白马将军，杀退贼兵，救了我们全家，我奉了老夫人之命，特来……

张　生（白）：（迫不及待地）小生就去，就去，就去！

红　娘（白）：哎呀，不要忙！

（唱）：我这里请字未出声，

张　生（唱）：我这里连忙来答应。

红　娘（唱）：张生听说我来请，

张　生（唱）：好像是得到将军令一通。

红　娘（唱）：想见小姐你心痴动，

张　生（唱）：请红娘与我来玉成。

（白）：敢问红娘姐，老夫人为什么请我？可还有别的家人吗？

红　娘（白）：张先生呀！

（唱）：第一为了来压惊，第二为了要谢承。不请街坊和众僧，请你去和小姐订鸳鸯。

（张生作揖介。）

张　生（白）：啊，红娘姐，小生今日没有备下礼物，怎好去见老夫人。

红　娘（白）：这也不必费心，只要你一去就成功呀！

（唱）：新婚燕尔今配定，

张　生（唱）：鸾凤和鸣喜气生。

红　娘（唱）：你退得贼人功劳重，

张　生（唱）：只因我胸藏百万兵。

红　娘（唱）：莺莺小姐甚感动，

张　生（唱）：成就了终身大事情。

这段对唱是由红娘和张生这两个人物形象共同完成的，展现了红娘请张生赴宴的情节，对唱的方式使红娘和张生这两个人物相互映衬和对照。两个人心中想的是同一件事情，他们共同的情感体验是喜悦，但呈现方式却有所不同，红娘的“稳”映衬张生的“急”，张生的“痴”映衬红娘的“俏”，这种同中有异的情感体验正是通过对唱的方式来呈现的。在第七场“琴心”和第十三场“哭宴”中同样出现了崔莺莺和张生的对唱，使两个人物的内心体验相互映衬，极大开拓了人物的心理空间。

第三节　“武俊英”版《西厢记》的舞台生新

20 世纪 80 年代的蒲剧舞台上出现了一颗新星，她是继王秀兰之后的又一代蒲剧名旦，她就是后来被誉为“蒲剧皇后”的武俊英。武俊英生于 1958 年，“山西省新绛县三泉村人。幼年时，在喜爱文艺的慈母怀中学唱了许多小曲。入学后被选入学校文艺宣传队，饰演《红灯记》中的铁梅曾轰动全村。

1968年11月，她给反对她唱戏的爷爷留下个‘非去唱戏不可’的纸条，偷偷考进了新绛县蒲剧团，开始了演艺生涯，师承蒲剧名伶‘筱兰香’（田郁文），主攻小旦。1982年以《送女》成名，1986年调入运城地区蒲剧团。1987年以《苏三起解》进京，荣获第五届中国戏剧‘梅花奖’，成为享誉剧坛的蒲剧明星”[①]。获得“梅花奖”后的武俊英已然成为蒲剧舞台上的新一代名旦，但真正将其表演艺术推向巅峰的是她出演新版蒲剧《西厢记》中的崔莺莺。1990年在戏曲演出市场整体下滑的背景下，山西省举行了旨在振兴蒲剧艺术的调演活动，韩树荆、杨焕育在经典名剧《西厢记》的基础上整理、改编出新版蒲剧《西厢记》。该剧片段性地截取了王实甫《西厢记》中的故事情节，在保留原著精华的基础上，对原著进行了适合蒲剧艺术规律和当代受众欣赏心理的改造。优秀的演出剧本必须要靠优秀的演员呈现在舞台上，为了演好崔莺莺这个角色，武俊英亲自来到普救寺体验生活，仔细观察寺内布局，尤其是对西厢、花园、莺莺降香处和张生跳墙处进行了零距离的体验，以古代相府千金的心理对发生在普救寺内的“千古恋情”进行审视和反思，最大限度地走进了崔莺莺这位相府千金的精神世界和情感世界。深切的体验，刻苦的排练，加之舞台上的精湛表演，使武俊英获得了本次调演活动的“主角金牌奖”。1991年，武俊英又参加了山西省“一周两节”演出，她所主演的蒲剧《西厢记》轰动了整个汇演大会，并获得了本次汇演的金奖。此后，武俊英主演的蒲剧《西厢记》还参加了多种汇演活动，甚至她还曾为到山西调研的中共中央前总书记江泽民表演该剧。经过反复打磨的蒲剧《西厢记》最终成为将武俊英表演艺术走向巅峰的代表剧目，也成为《西厢记》舞台传播史上的一座丰碑。该剧从崔、张二人普救寺相逢写起，直到“长亭送别”结束，共分九场，即巧相遇、退贼兵、赖婚约、双传简、跳粉墙、寄药方、西厢会、拷红娘、西厢别。与“王秀兰”版《西厢记》相比，“武俊英”版《西厢记》更加契合当代受众的审美心理，同时又在人物性格、表演风格和剧本语言等方面进行了合适当代受众欣赏习惯和审美心理的创新。

① 蒲州梆子志编纂委员会编:《蒲州梆子志》，山西教育出版社2007年版，第665页。

一、人物性格的生新

“王秀兰”版《西厢记》以红娘作为贯穿全剧的主角，而“武俊英”版《西厢记》却将崔莺莺作为剧中的头号人物，并且与王实甫《西厢记》相比，莺莺的性格特质出现了明显的新变。“改编后的‘蒲西厢’（指‘武俊英’版《西厢记》，笔者注）发生了根本性的变化，把崔莺莺作为头号人物来描写，在不失蒲剧特色的基础上糅合了一点民族的韵味，来争取更多的青年观众。”[①]原著中的崔莺莺由于相府小姐的身份和长期封建理性教育的影响，在追求自由爱情的过程中常常做出种种假象，表现出特有的矜持。当然“王西厢”中莺莺的这种“矜持”是适合元代受众的审美心理与欣赏习惯的。与“王西厢”相比，“蒲西厢”所面对的受众发生了根本性的变化，因此，在“武俊英”版《西厢记》中，崔莺莺性格中矜持的一面被大大弱化，而其富于反抗和执着坚毅的性格侧面则被强化。在第三场“赖婚约”中，老夫的背信弃义激起了崔、张二人的强烈不满，在老夫人逼迫莺莺称张生为哥哥，并为张生敬酒的时候，莺莺以特有的行为方式表达了对母亲的不满与反抗：

崔夫人（白）：儿呀，上前给你家哥哥敬酒。

莺　莺（白）：母亲……

崔夫人（白）：（向红娘）红娘，给小姐斟酒。

红　娘（白）：老夫人……

崔夫人（白）：嗯——

（红娘无奈斟酒。）

莺　莺（白）：母亲……

崔夫人（白）：儿呀，张先生恩重如山，你口称哥哥，敬酒报恩。

红　娘（白）：小姐……（呈杯）

（莺莺推杯，酒洒。红娘急复斟满酒，欲亲自递向张珙。）

崔夫人（白）：回来。（从红娘手中要过酒杯递向莺莺）给你哥哥

① 刘婷：《武俊英研究》，山西师范大学硕士学位论文，2014年，第10页。

敬酒。

（莺莺迟疑不接杯，崔夫人逼视莺莺。）

莺　莺（唱）：老母亲严命把酒盏，无奈何接杯且向前。（接杯）这杯酒似一把无情利剑，斩断我与张君金玉良缘。杯中酒如银河波翻浪卷，把一对有情人分隔两边。啊——分隔两边。

（莺莺呈杯向张珙。张珙气抖。莺莺见状悲痛难忍，转身欲走。崔夫人怒目相逼，莺莺无奈自饮苦酒。）①

当老夫人让莺莺为张生敬酒时，莺莺先是以不行动表示对母亲的无声抗拒，接着又通过呼唤母亲渴求其收回这个背信弃义的决定；但蛮横的老夫人示意红娘给莺莺斟酒并继续逼迫莺莺对张生“口称哥哥，敬酒报恩”，在这种前提下，莺莺内心深处不满与反抗的情绪继续膨胀，于是才出现了“推杯洒酒”的行为表现；急于打圆场的红娘急忙再次斟酒，并企图代莺莺为张生敬酒的时候，无理的老夫人居然从红娘手中夺过酒杯，并逼视莺莺“给你家哥哥敬酒”，面对母亲这个强大的伦理权威，无奈的莺莺只好擎杯在手，并高唱“这杯酒似一把无情利剑，斩断我与张君金玉良缘”。莺莺极不情愿地将酒杯送到张生面前，张生气得浑身发抖，此时的莺莺见张生的惨状，欲抽身而走，可老夫人却以凶狠的目光相逼，莺莺只得饮下这杯苦酒。我们看，与原著中那个在母亲赖婚时只表现出“俺娘变了卦”的心理反应的莺莺相比，这里通过莺莺敬酒时的行为方式将其内心深处的反抗意识很好地外化出来，莺莺的反抗性格也通过敬酒的过程得以强化。在第五场“跳粉墙”中，莺莺约张生来相会，可当张生真正到来的时候，莺莺却又出于对红娘的防备而板起面孔，无端变卦。张生只得无奈地离去，莺莺目视张生的背影痛苦难当。到了第六场“寄药方”，回至房中伏桌痛哭的莺莺唱道：“啊……我好悔也！悔不该见先生急呼有贼。自东阁一杯苦酒强吞饮，我与他两地相思同断魂。命红娘传书简约君相会，把满腹知心话诉与玉人。花园内会先生情如春潮水，星月下望张君

① 本章中出现的“武俊英”版蒲剧《西厢记》戏词均引自山西省运城市蒲剧团演出本《西厢记》（韩树荆、杨焕育改编），《剧本》2004年第12期，第29—41页。

喜中又含悲。只道我腰围减缕带宽三寸，眼前人比莺莺更消瘦十分。憔悴人对憔悴人，相思人怜相思人……为什么约相会又昧相会？为什么有情人故作无情人？为什么娘赖婚我又把简昧？为什么爱张君反害张君？早知今日把郎累，当初何如不约君。忍看玉人悲离去，空负待月一片心。意难绝，情难尽，又悔恨，又羞愧，难道说就这样情断人离分！”我们看，赖简后的莺莺内心深处进行了激烈的斗争，一方面是对自己赖简行为的懊悔，另一方面则是对母亲的不满与愤恨，这两种情感体验错综复杂地交织在一起，并不断膨胀，最终冲破了理性的束约，转化成了莺莺对张生以身相许的强大精神动力。这一唱段将源于人性深处的对自由爱情的强烈渴求和冲破礼教束缚的精神历程作了极为精妙的展现。与原著中那个行为方式不断发生戏剧性转换，并且始终让张生难以琢磨的莺莺形象相比，“武俊英”版《西厢记》在最大程度上强化了莺莺形象的情感深度，其反抗性行为表现的背后隐藏着终极性的情感指归——执着坚毅，其矜持假象的背后暗藏着对情与爱的强烈诉求。

与头号人物崔莺莺相应，“武俊英”版《西厢记》中红娘形象的性格特质也发生了微妙的变化。从元杂剧《西厢记》到京剧《红娘》，再到“蒲西厢”，最能表现红娘性格特质的莫过于“拷红”一折，“武俊英”版《西厢记》同样主要通过第八场“拷红娘”来彰显红娘的性格特质与独特的舞台形象。与京剧《红娘》中那个面对强大的老夫人毫不畏惧的“勇”红娘形象相比，“武俊英”版《西厢记》更侧重展现红娘的机智和聪明，舞台上呈现的是一个“智”红娘的形象。该剧中的老夫人极为严厉、苛刻，她在第八场中审问红娘的时候更是气势汹汹，甚至举起“家法”劈头盖脸地责打红娘，以致红娘连呼“疼得很”！面对极其威严的老夫人，红娘并没有以刚对刚，也没有生硬地跟老夫人讲理，而是充分考虑到自己婢女的身份，先以顺从老夫人的做法缓和紧张的气氛，一会儿为老夫人捶背，一会儿又甘心挨老夫人的打，让老夫人内心的怨怒之气得以宣泄，而后才将问题引向“理”的层面。当老夫人提及要将张生告上公堂时，红娘才适时地抓住契机，为老夫人分析与张生对簿公堂可能产生的后果，并以官员的口吻尖锐地指出老夫人的“三大责任”：其一，背信弃义，将恩作仇；其二，攀高结贵，嫌贫爱富；其三，治家不严，处置不当。最终让自觉理亏的老夫人败下阵来，接受了崔、张二人私下结合的既成事实。“武俊英”版《西厢记》对红娘性格的改造与生新，使其言行方式更加符合婢女的身份，也显得更加睿智，且避免了原著及京剧《红娘》中由于红娘的言行方式过于强势而造成的红娘与自身的婢女身份及观众欣赏视域的疏离感。

二、表演风格与叙事方式的生新

与“王秀兰”版《西厢记》相比，“武俊英”版《西厢记》在表演风格与叙事方式上也存在诸多的创新之处。就表演风格而言，“武俊英”版《西厢记》融入了大量诙谐、调笑的成分，强化了“蒲西厢”在舞台表演中的喜剧效果；就叙事方式而言，“武俊英”版《西厢记》将原著中的小人物法聪作为重要的叙事者，全剧由法聪串场，并以叙事者的身份适时地设置悬念或向观众交代戏剧冲突的走向。

元杂剧特别强调舞台表演的综合性，在舞台上完整呈现一个故事的过程中往往插入大量的插科打诨甚至滑稽表演的成分，其直接目的无非是更加适应以元代市民为主体的受众群体的欣赏品味。与元杂剧相比，蒲剧艺术所面对的当代受众，其构成方式和欣赏品味都发生了重大变化，且“武俊英”版《西厢记》又产生于戏曲艺术整体滑坡的20世纪90年代，为了克服传统蒲剧表演过于程式化的弊端，也为了适应新时代受众群体的欣赏品味，该剧融入了大量诙谐、调笑的成分，特别强调舞台表演的喜剧效果。在第四场“双传简”中，张生想让前来探病的红娘带一封书信给莺莺，可红娘却故意以诙谐的方式调侃张生：

红　娘（白）：要我给小姐捎书带信？那可不行，我怕小姐……

法　聪（白）：你刚才不是说小姐“这个那个”嘛！

红　娘（白）：刚才我说小姐梦里说“这个那个”，没有说小姐要“这个那个”。小姐只让我看张先生是不是“这个那个”，可没有叫我帮张先生“这个那个”。我要捎回“这个”，怕小姐“那个”，我要对小姐“那个”，又怕小姐把我这“这个”，“这个那个那个这个”，呀呀呀！这不是鸡刨黄连自找苦吃嘛！

法　聪（白）：咳，大不了责骂两句。要是我，把屁股打成两半儿，我也不怕。

这里，红娘的一番“这个那个”既含沙射影地调侃了张生想要与莺莺暗通情意的行为，又巧妙地表达出自己充当“信使”的顾虑；既充分彰显了红娘的聪明睿智，又在观众的欣赏视域中形成了强烈的喜剧效果。同样在第四场戏中，为张生传书后，红娘又回到张生的居所，此时的张生急于知道莺莺见信后的表现，可红娘却故意模拟莺莺的神态来打趣张生：

她说（学莺莺神态）：“红娘，我乃相国小姐，几曾见过这种东西，你竟敢拿来戏弄于我。看我不告诉老夫人，打下你下半截来。”我说：“张先生叫我把这封信儿带给小姐，我又不知道他写着什么。”（学莺莺神态）“哼！还敢强辩！念你初犯饶过于你，转告张先生，既然兄妹名分已定，休要再生非分之心。”

张生本以为红娘会带来莺莺的“佳音”，红娘恰恰抓住了张生这种急切的心理，故意打趣张生，以试探张生的心理防线与对莺莺的情感深度。更巧妙的是，红娘是模拟莺莺的神态来打趣张生的，舞台上的红娘以婢女的身份板起面孔、拿出相府千金的姿态，并以礼教为名训斥张生，自然会形成令观众捧腹大笑的喜剧效果。第八场“拷红娘”中，红娘模拟官员的口吻劝说老夫人，同样产生了一种诙谐的喜剧效果。在第七场“西厢会”中，张生急切地盼望莺莺的到来，但莺莺赖简时的表现一直让张生难以琢磨，所以此时张生的内心感受是希望与失望相交织，他既盼望莺莺到来，又担心莺莺再次失约。本场戏开场时张生的抒情唱段就表达了张生这种复杂的心理，巧妙的是，在这一唱段中穿插了法聪的说白：

张　珙（唱）：只说是月下花前心意诉，谁料想赴约会反成小偷。

法　聪（白）：哪见过这么体面的小偷。

张　珙（唱）：崔莺莺也不把信约来守——

法　聪（白）：庙里的神像，没安人心肠！

张　珙（唱）：效其母口是心非恩作仇。

法　聪（白）：寺门外的石狮子，一对没心肝！

张　珙（唱）：恼红娘也来把莺莺相助——

法　聪（白）：她和莺莺穿的是一条裤子！

张　珙（唱）：你法聪——

法　聪（白）：我怎么啦？

张　珙（唱）：虽怀好心，难办好事，你你你……本是个无用的秃头！

法　聪（白）：不秃怎么能当和尚呢。

我们看，以上唱段中所穿插的法聪的说白，既将张生此时的潜意识心理用诙谐、幽默的语言外化出来，又在观众的欣赏视域中形成了强烈的喜剧效果。

"武俊英"版《西厢记》在叙事方式上的生新主要体现在全剧基本上由普救寺中的小人物法聪串场，并以叙事者的身份适时地设置悬念、补充剧情，在上场戏和下场戏之间起到巧妙的连接作用。首先，以叙事者的身份引入故事。在第一场"巧相遇"中，大幕开启后首先出场的是法聪，他以叙事者的口吻引出了"西厢故事"："祖籍河东龙头下，普救寺剃头出了家。西厢故事传天下，有人叫骂有人夸。这个说——莺莺人小贼胆大，竟与张珙暗勾搭。那个说——两个青年没有差，都怪那成事败事的莺莺妈，坏了心的老冬瓜！不说谁的真，不说谁的假，我只把正宗西厢拉一拉。"这段开场白既以倒叙的方式引出了故事，又巧妙地设置了悬念，充分抓住了观众的猎奇心理，激起观众的审美动力。其次，以叙事者的身份补充交代剧情。元杂剧《西厢记》人物众多，戏剧冲突相对复杂，故事篇幅很长，即便是片段性的搬演在当代戏曲舞台上，也容易造成舞台演出时间过长和观众审美疲劳的问题。"武俊英"版

《西厢记》巧妙通过法聪这个叙事者对相关剧情进行了必要的简省，有效解决了舞台演出时间过长和观众审美疲劳的问题。试看第二场“退贼兵”结尾处法聪对剧情的交代：“酸秀才还真有本领，笔尖儿横扫五千兵。老夫人东阁摆喜宴，且看张生配莺莺。”这里用法聪的四句念白就使张生派惠明下书搬来白马将军杜确，并最终让孙飞虎撤兵的一系列剧情得到了简省，同时又巧妙引出了第三场中老夫人赖婚的故事。再次，以叙事者的身份巧妙连接上场戏和下场戏。法聪在每场戏结尾处的念白既有简省剧情的作用，同时也在上场戏和下场戏之间起到了巧妙的连接作用。试看第一场“巧相遇”结尾处法聪的念白：“他爱她，她爱他，一块吸铁，一坨铁疙瘩。眼睛看不够，心中想个扎，道场内看看他们干些啥？”这段念白既是对第一场中崔、张二人“巧相遇”的总结，又引出了第二场中“闹道场”的情节。再看第六场“寄药方”结尾处法聪的巧妙叙事：“药方方，有灵效，好像一棵灵芝草。管它灵效不灵效，今晚西厢看热闹。”这段简短叙事既对第六场中“寄药方”的故事进行了总结，同时也巧妙引出了第七场中崔、张二人“西厢私会”的情节。总之，“武俊英”版《西厢记》通过法聪这个小人物实现了叙事方式的生新，使该剧既克服了原著叙事冗长的弊端，又使剧情发展更加紧凑，也在一定程度上激发了观众的审美动力。

三、剧本语言的生新

元杂剧《西厢记》所以成为中国戏曲史上的经典之作，得益于王实甫在该剧中所运用的文雅、精美的曲词。《西厢记》文雅、精美的曲词所带来的效应是双重的，正如笔者在本书第一章中所言，《西厢记》这种文雅、精美的语言让案头阅读的读者大快朵颐，但却在某种程度上与作为元杂剧最重要受众群体的元代市民阶层那种世俗化的审美心理产生了某种隔阂，进而弱化了该剧的剧场性特征。当古老的《西厢记》被搬演至当代戏曲舞台的时候，原著中这种富于古典美的文雅曲词便显得更加游离当代受众的审美视域，何况蒲剧又是一种地域化色彩极强，且以晋东南农民为主要受众的剧种。所以，“武俊英”版《西厢记》在基本尊重原著故事框架和人物既定身份的基础上对剧中人物的语言进行了通俗化的改造。以张生和崔莺莺为例，“武俊英”版《西厢记》在不影响观众对这两个人物作为书生和相府千金的身份认同感的前提下，尽量让这两个人物的语言趋向通俗化，以契合当代受众的审美视域和接受心理。试看第四场“双传简”中张生怒斥老夫人和想念莺莺时的唱词及说白:“(唱)老夫人失信义枉谈孔孟，一杯酒顶替了爱妻莺莺。气得我五内烧灼四肢冷，坐立不安要发疯。再留西厢有何用——”“(白)孙飞虎兵围普救寺，老夫人亲口许婚，如今媳妇变成妹妹。妹妹!”“(白)我人穷志不低，谁稀罕她的臭钱。走!”“(唱)想小姐不吃干饭不喝稀汤，想小姐夜难成眠捣枕捶床。想小姐看见月亮当太阳，裤腿穿在胳膊上，想小姐血脉不通心发慌。”我们看，以上的唱词和说白非常鲜明地融入了民间口语，整体呈现出通俗化的风格，在观众的欣赏视域中巧妙显现出张生在爱情受阻时的癫狂与愤怒，但这又是在特定情境下发出的带有发泄特征的言辞，因此并未游离张生作为书生的身份归属。再看第六场“寄药方”中崔莺莺伏桌痛哭时的唱段:“他多想见莺莺把苦水吐尽，我更想对先生体贴温存。谁料我面如霜话如冰水，冷酷酷一声贼驱君出园门……哭先生想先生乱了方寸，不分明不辨黑颠倒神魂。欲写字笔倒拿倒拿笔字写反反写字墨儿沾在指尖上，欲缝连针倒拿倒拿针针缝反反缝针前襟钉上后衣襟……”相府千金的身份归属使崔莺莺的情感表达方式以含蓄、内敛为主，其唱词则多显文雅。可赖简后的莺莺终于抑制不住内心如潮水般涌动的情感，为了表现其无奈而痛苦的精神状态，唱词中巧妙融入了生活化的口语，并以拿笔写字和拿针缝连时的反常状态将她此时内心深处的巨大悲痛感形象地外化出来，产生了绝好的舞台效果。

“武俊英”版《西厢记》在人物性格、表演风格和剧本语言等方面的生新，使其在新时期的蒲剧舞台上脱颖而出，也成为20世纪90年代中国戏曲艺术整体滑坡的背景下传统戏曲舞台上的一大亮点。更值得一提的是，由于“武俊英”版《西厢记》推出后产生了绝好的演出效果，该剧于1996年被中央电视台文艺中心、黄河影视社和运城地区蒲剧团联合拍摄成五集戏曲电视连续剧《西厢记》，剧本由韩树荆、杨焕育、王志兰根据王实甫的原著和武俊英的舞台版《西厢记》改编而成。该剧在运城地区首映后，被推向影视剧市场，结果好评如潮，这是蒲剧发展史上第一次将舞台剧改编为戏曲电视剧，实现了蒲剧与电视剧的整合，为新时期蒲剧的多元化传播和现代传媒的有效融入提供了值得借鉴的路径。该剧曾获得戏曲电视剧“展播奖”“飞天奖”，在蒲剧发展史上具有里程碑意义。

第四节 “小梅花”版《西厢记》的青春气息

蒲剧作为发源于“西厢故事”的诞生地——山西永济（古称蒲州）的戏曲剧种，对演绎“西厢故事”而言，具有得天独厚的优势，因此，从“王秀兰”版《西厢记》到“武俊英”版《西厢记》，《西厢记》一直是蒲剧舞台上的代表剧目。到了 21 世纪，在传统戏曲艺术面对审美娱乐化、传媒大众化和受众需求多样化的背景下，戏曲舞台对经典剧目的呈现方式发生了微妙的变化。在这种背景下，山西运城市蒲剧青年实验团的“小梅花”们，上演了青春版的蒲剧《西厢记》，使古老的蒲剧焕发出现代气息，也让普救寺内的千古爱情绝唱洋溢着青春的活力。

山西运城市蒲剧青年实验团组建于 2002 年，由景雪变兼任团长。该团主要由年龄在 17—35 岁的青年演员组成，上演的剧目涵盖传统历史剧、新编历史剧以及现代剧。2003 年 11 月，该团移植了文化部推荐剧目《山村辣嫂》，该剧上演后引起了巨大轰动。山西运城市蒲剧青年实验团的“小梅花”为什么要在蒲剧舞台上呈现一部“青春版”的《西厢记》，笔者认为很可能与新世纪以来文化艺术界对中国传统名剧传播方式的成功探索有关。2004 年，台湾著名作家白先勇与苏州昆剧院合作，携手海峡两岸暨香港、澳门艺术家共同打造了“青春版”昆曲《牡丹亭》。该剧在深入挖掘原著精髓的基础上，主打“青春牌”。所谓“青春牌”，一是在坚守昆曲艺术特质的基础上强化舞台设计与表演的“唯美”效应；二是挖掘青年受众，通过高校巡回演出，最大限度地开发潜在的青年受众群体。事实证明，“青春版”昆曲《牡丹亭》的展演是成功的。2012 年，白先勇与苏州昆剧院再度合作，重拍《长生殿》和《西厢记》两部经典大戏。这两部经典大戏仍然主打“青春牌”，可谓“青春版”昆曲《长生殿》和《西厢记》。也许是受到了“青春版”昆曲《西厢记》的启发，山西运城市蒲剧青年实验团才精心打造了一部“青春版”蒲剧《西厢记》。山西运城市蒲剧青年实验团的“小梅花”们，“从南征饰演的张生、任玲饰演的莺莺、吴敏丽饰演的红娘等主演，到尚在运城市文化艺术学校攻读蒲剧专业饰演小和尚的6位配角，平均年龄不足20岁，阵容整齐，朝气蓬勃，满台生辉，达到了戏曲表演的较高水准，让观众为之鼓掌叫绝”[①]。让年龄不足20岁的小演员饰演《西厢记》中的人物，这无疑是一种正确的选择。因为在王实甫的原著中，张生、莺莺和红娘都是20几岁或不满20岁的充满青春活力、渴望爱与美的青年男女，原著第一本第二折中张生向红娘进行“自我介绍”时说：“小生姓张，名珙，字君瑞，本贯西洛人也，年方二十三岁，正月十七日子时建生，并不曾娶妻……”这里明确告诉观众，张生时年23岁。在联系原著第二本中老夫人让莺莺拜张生为哥哥，可见剧中的莺莺应为20岁左右的妙龄少女，红娘的年龄应该比莺莺略小些。让充满朝气的“小梅花”们去饰演剧中的青年男女，用青春去演绎青春，让青春散发活力之美，这无疑是对古老“西厢故事”的最好诠释。“小梅花”版《西厢记》与“王秀兰”版《西厢记》、“武俊英”版《西厢记》相比，主要表现出以下三大特色。

第一，将崔莺莺作为贯穿全剧的主角，在最大程度上强化对莺莺形象的心理刻画。“小梅花”版《西厢记》继承了“武俊英”版《西厢记》将崔莺莺作为故事主角的剧情结构，将莺莺和张生置于戏剧冲突的内核中，努力将外在冲突转化为人物内在的心理冲突。与原著相比，该剧中莺莺与红娘因为身份差异和性格差异而造成的外在冲突明显变少，莺莺的心灵嬗变与斗争以及与张生的情感交流在全剧的情节结构中占据了最大比重，对莺莺内心世界的开掘成为全剧的主线索与最大亮点。该剧大大削弱了红娘在推动戏剧冲突发展中的作用，更多地从莺莺自身如何挣脱伦理权威、文化权威和权威人格的束缚，获得个性解放的角度推动戏剧冲突的发展。比如，莺莺“赖简”后在舞台上有大段的独白，这让我们在莺莺“赖简”这种行为表现的背后看到了她极为痛苦的心灵挣扎。这段独白淋漓尽致地表达了莺莺内心的苦闷和矛盾，礼教的重压与执着追求爱情的两种力量的较量让她痛苦不已，也让她的心灵

① 闫昕：《青春洋溢胭脂暖，莫负美景与良辰——观蒲剧“小梅花版”〈西厢记〉》，《戏友》2017年第1期，第45页。

深处生发出巨大的动力，做出了约会西厢的大胆决定，一句“我好悔也”[①]使得莺莺的人物形象顿时丰满起来。相对于京剧《红娘》、豫剧《拷红》和“王秀兰”版蒲剧《西厢记》中所着力打造的那个大胆泼辣、敢作敢为，甚至为崔、张二人两肋插刀的红娘形象，“小梅花”版《西厢记》弱化了红娘形象的塑造，舞台上红娘面对莺莺的某些做法显得无能为力，甚至表现出无奈的情绪，正如剧中红娘所言：“我小姐瞒着我，叫我有什么办法呢?”这里的红娘面对莺莺的偏执，更多表现出的是一种无奈的“尊重”。

第二，采用后现代的结构方式，强化舞台表演的“散点透视”。从“王秀兰”版《西厢记》到“武俊英”版《西厢记》，蒲剧舞台上的《西厢记》基本遵循现实主义视域下的“焦点透视”的结构方式，即从头到尾表现一个近乎完整的故事，力图在最大程度上与原著保持“形似”，并且在时间和空间上还要保持某种程度的一维性。“小梅花”版《西厢记》采用的却是后现代视域下的“散点透视”的结构方式，通过“巧相遇”“闹道场”“赖婚”“双传简”“跳粉墙”“寄药方”“会西厢”“拷红”“别西厢”九场戏，以“珠串式”的结构方式展开戏剧冲突，将人物、事件合二为一。上场戏和下场戏之间的衔接并不紧密，该剧有意用“部分”表现“整体”，用舞台表演中的“写意性”取代“写实性”。更令人称道的是，该剧的场与场之间由十几个可爱、风趣的小和尚串场，这些小和尚既在场与场之间起到了必要的衔接作用，又在一定程度上促进了剧情的转换，但这种衔接和转换明显是一种“写意性”转换，而不是一种“写实性”转换。更重要的是，小和尚的串场还为舞台表演提供了必要的空间场域和文化场域。我们知道，“西厢故事”的发生地是在普救寺，小和尚的串场无疑为舞台表演提供了普救寺这一空间场域，但这种提供方式不是“写实性”的实体提供，而是“写意性”的诗意提供；同时小和尚的串场也为舞台表演建构了必要的文化场域，巧妙彰显出崔、张爱情故事背后的文化冲突，即将小和尚串场的视觉感受转化为观众欣赏视域中的文化体验，这明显带有一种后现代色彩。后现代的结构方式虽然颠覆了故事的完

---

① 本章中出现的“小梅花”版蒲剧《西厢记》的戏词均来自优酷视频。

整性，但也为观众留下了驰骋想象的永久空间。

第三，注重现代媒体与声光技术的融入，凸显唯美化的舞台设计。传统戏曲舞台往往局限于“一桌一椅”的简单设计，并不强调实景性呈现，对于场景的转换往往是通过演员的虚拟表演实现的，这种处理方式的优长在于时间和空间的转换非常自由，又可以充分发挥演员的表演技巧；缺点则在于不利于通过视觉效应激发观众的审美感受。“在艺术创作过程中，艺术家应该通过应用高超的艺术形式，充分展现整个创作过程中的人文关怀，从而在根本意义上实现技术与舞台美术的充分融合。在舞台美术设计过程中，技术应用不仅应该服从设计的规范性，还应该追求艺术审美的特殊性。将技术与舞台美术内容充分融合，可提升艺术的整体价值，从而为整个艺术形式的建立及发展提供充分的保障，使演员在作品展示的过程中可以充分实现与观众心灵上的碰撞。”[①]可见，现代媒体技术融入戏曲舞台对于展现舞台剧的文化内涵和审美内涵具有极为重要的作用。“小梅花”版《西厢记》在舞台设计上特别注重现代媒体与声光技术的融入，充分表现了《西厢记》作为古典诗剧的文化内涵。该剧开场时用四幅古典书画作为背景，尊崇了古典戏曲一以贯之的写意美，画中内容又书以《西厢记》名句“碧云天，黄花地”，点明主旨，为观众营造出一种独特的古典浪漫主义的审美语境。同时，全剧尊重古典戏曲写意化的舞台设计要求，删繁就简，点到为止，没有复杂的道具设置，皆靠演员的形体表演来体现爱情故事的整体意境，为展现演员的表演功力提供了条件。这是对剧本中优美曲词的舞台化呈现，浓浓的诗情与画意的营造不仅使剧中人物的情感体验得以恰当的展现，还能更好地将观众带入到这部古典诗剧所营造的意境中去，使观众得到美的享受。蒲腔蒲韵演西厢，可谓诗有意曲含情，舞美光效配合演员的情感变化，细致入微，这一点给观众留下十分深刻的印象。在崔母“赖婚”一折戏中，起初崔、张二人正沉浸在婚约的欣喜之中，暖色的灯光营造出一种温馨、和谐的气氛。继而老夫人的突然变化宛如晴天霹雳，音效光效瞬间随之改变，冷色调的灯光衬托出此刻人物内心

---

① 李东耀:《技术和舞台美术构思的整合实践》,《美术教育研究》2015年第12期，第34页。

的凝重与悲恸，配合得恰到好处。这时只听崔莺莺唱道："骤然间一声哥哥毁春梦，老母亲出尔反尔太无情。"人物的极致情绪更将观众迅速带入戏剧冲突中，与情节变化水乳交融，同时，唱腔音调的不断提升也传达出莺莺的满腔愤怒。

"小梅花"版《西厢记》是蒲剧舞台上具有代表性的创新之作，也是洋溢着生命活力的"青春版"蒲剧《西厢记》，它为蒲剧及中国传统戏曲艺术的与时俱进提供了较好的范例，也为中国古典爱情剧在当代戏曲舞台上的传播提供了很好的视角和思路。从"王秀兰"版《西厢记》到"武俊英"版《西厢记》，再到"小梅花"版《西厢记》，蒲剧舞台勾勒出了一幅极富地域文化色彩的"蒲西厢"画卷，也让蒲腔蒲韵吼出了晋东南人民对爱与美的强烈诉求。

第五章 黄梅采茶奏琴音

——《西厢记》在黄梅戏舞台上的传播与重构

1988年，安徽电视台和黄山音像出版社首次将元杂剧《西厢记》改编为黄梅戏，将“西厢故事”以黄梅戏音乐电视剧的形式搬上了荧屏。黄梅戏电视剧《西厢记》融戏与剧为一体，犹如一股扑面的春风，使观众耳目一新。电影、电视艺术的产生为传统的戏曲艺术提供了全新的传播方式，也打破了舞台表演的时空局限，所以，戏曲电影、戏曲电视剧是戏曲艺术在现代化过程中与现代传播媒介结合的必然产物。严格来说，舞台传播与影视传播是两种不同的传播方式，但两者又有着千丝万缕的联系。20世纪初，电影与中国戏曲艺术首次联姻，但早期的戏曲电影往往呈现出强烈的“以戏观影”的理念，所谓“以戏观影”，即以舞台上的戏曲表演为立足点，电影仅仅是舞台表演的一种载体和传播方式，实质上就是镜头的转换取代了台幕的开关，电影并没有参与戏曲的创作和生产，荧幕上呈现出的是舞台纪录片。这种纪录片式的呈现方式是20世纪80年代以前中国内地戏曲电影最主要甚至唯一的呈现方式，所以，戏曲电影与舞台版的戏曲艺术始终保持着一种密切的关系。电视诞生于1936年，1958年中国内地开始出现电视，戏曲艺术也开始出现在电视荧屏上。戏曲与电视的联姻，催生了电视戏曲艺术片的出现，但在20世纪80年代以前中国内地的电视戏曲艺术片仍然是以舞台上的戏曲表演为主，电视艺术只是起到了辅助传播作用而已。直到1979年，第一部戏曲电视剧的诞生，这种情况才发生了根本性的改变。但是20世纪80年代出现的戏曲电视剧绝大多数仍是由经典的舞台剧或舞台剧的脚本改编而成的，所以，与电影和戏曲艺术的整合类似，电视与舞台版的戏曲艺术也保持着一种极为密切的关系。因此，从广义的角度来看，戏曲电影和戏曲电视剧均可归为戏曲舞台传播的范畴，因为从源头上看它们都是舞台版的戏曲艺术与新的传播媒体相结合的产物。1988年，由安徽电视台和黄山音像出版社联合推出的黄梅戏电视剧《西厢记》是以元杂剧《西厢记》的舞台演出本为蓝本创作的戏曲电视剧，并大量吸取了舞台版《西厢记》的创作经验，从舞台呈现到荧屏呈现，虽然传播方式发生了根本性的改变，但舞台传播的基因犹存。正因为如此，笔者将黄梅戏电视剧《西厢记》纳入《西厢记》舞台传播的范畴中。这种归纳方式虽然未必妥当，但就戏曲电影和戏曲电视剧与舞台戏曲艺术的密切关联来看也不无道理。所以，本章我们将以黄梅戏电视剧《西厢记》为切入点，梳理元杂剧《西厢记》在黄梅戏舞台上的传播与重构过程，并深入探究黄梅戏电视剧《西厢记》的荧屏风采。

第一节　采茶调吟唱出的“黄梅西厢”

黄梅戏与京剧、评剧、豫剧、越剧并称中国的“五大剧种”。黄梅戏产生于清代晚期，在中国戏曲艺术发展的长河中属于产生较晚的一个地方戏曲剧种，但由于其唱腔优美，剧目众多，且在表演艺术上善于取法其他剧种的优长，因此在较短的时间内吸引了相对广泛的受众。特别是20世纪80年代以来，黄梅戏借助电影、电视等现代传媒手段将众多经典剧目传唱南北，甚至飘香海外，使其在灿若星河的中国地方戏曲剧种中显得格外耀眼。

一、从采茶调到黄梅戏

黄梅戏是在流行于长江中游皖、鄂、赣交界地带的民间小调的基础上不断发展形成的戏曲剧种。在黄梅戏形成的过程中曾用过黄梅调、花鼓戏、采茶调（或采茶戏）、徽戏、皖剧、汉剧等多个名称，直到1952年安徽省黄梅戏剧团正式成立后，“黄梅戏”才正式成为这个剧种的名称。关于黄梅戏的起源地，在学术界存在着多种说法：其一，黄梅戏起源于安徽省的安庆、怀宁一带。该地区的农民经常在黄梅季节以歌舞的形式迎神祈福，祈祷风调雨顺，由于这种歌舞形式逐渐复杂化、精细化，后来便发展成一种戏曲样式。又因为这种迎神祈福活动主要出现在黄梅季节，所以参与其中的歌舞便被逐渐冠以“黄梅调”的名称。其二，黄梅戏起源于湖北东部的黄梅县。黄梅戏究竟如何在湖北黄梅县境内起源的，又有两种不同的说法。“一说明代末年张献忠的农民起义军在湖北战败后，流散在湖北黄梅一带的军中‘乐人’以演唱谋生。后来他们演唱的歌舞在黄梅县境内演变成戏曲形式，即为黄梅调。另一说黄梅戏源于黄梅县的采茶调。清代乾隆年间，该县逃水荒的灾民来到安庆地区之后，将黄梅采茶调与当地民间艺术相结合，形成了这种戏曲形式。”①其三，黄梅戏起源于江西。江西的茶农在采茶时往往通过演唱采茶歌缓解劳动时的疲劳，这种采茶歌便是黄梅戏的早期形式。后来江西的采茶歌一支传到安徽，一支传到湖北，还有一支留在了江西，因此黄梅戏才有了“采茶调（或采茶戏）”的别称。对于以上三种观点，笔者基本认同第一种观点，即黄梅戏是在安庆、怀宁一带的民间迎神祭祀活动中产生的，随着时间的推移，这种迎神祭祀歌舞的娱神功能逐渐淡去，而更多保留其娱人功能，在这一过程中又吸收了来自湖北的黄梅采茶调，并最终形成了黄梅戏这种戏曲样式。

采茶调与黄梅戏之间有着一种极为密切的关系。采茶调形成于湖北黄梅县一代，是黄梅县当地的茶农在劳动中创作的民歌小调。由于黄梅县地处皖、鄂、赣三省交界处，同为产茶区的皖、鄂、赣三省产生了各具特色的采茶歌，这些采茶歌均被黄梅采茶歌所吸收，在这种背景下，黄梅采茶歌的内容不断丰富，同时黄梅采茶歌又吸收了“花鼓歌”“江西调”等民间曲调而逐渐走向成熟，因此，采茶调是黄梅采茶歌大量吸收皖、鄂、赣三省民歌后形成的一种民间曲调。逐渐走向成熟的采茶调是如何传播到周边地区和临近省份的？由于特殊的自然条件，黄梅县经常发生水灾，偶尔也会发生旱灾，面对频繁的自然灾害，当地农民经常逃到本省的蕲春、麻城一带，或江西的九江、湖口和安徽的宿松、怀宁等地，他们有的出卖体力，有的则靠卖唱糊口，黄

① 毛忠：《黄梅戏史话》，社会科学文献出版社 2016 年版，第 4 页。

梅采茶调随之被传播到周边地区。在这一过程中，黄梅采茶调也吸收了“道情”“莲花落”和祭祀中的“傩戏”表演等多种民间艺术，并形成了以歌舞演故事的民间小戏，这种民间小戏很可能就是黄梅戏的雏形。在黄梅采茶调的基础上，黄梅戏开始形成并逐渐走向成熟。毛忠先生将黄梅戏的形成过程概括为花腔小戏、串戏和本戏三个阶段，[①] 这里我们借用毛忠先生的观点梳理黄梅戏从小戏到本戏的发展过程。花腔小戏是黄梅戏发展的雏形阶段，是黄梅采茶调吸收了多种民间艺术后形成的比较原始的民间小戏。这种小戏角色构成很单一，基本上是以小旦、小丑和小生为主，有的剧目为独角戏；小戏的曲调多来自民间小调，彰显出浓郁的生活气息和民间化色彩。串戏是黄梅戏发展的过渡阶段，因为花腔小戏的叙事容量有限，所以聪明的民间艺人便将人物、情节有一定联系又具有某种独立性的小戏串联起来进行表现，这种编演方式叫作串戏。串戏中的小戏既可以单独演出，又可以整合起来作为一本大戏来演，串戏是黄梅戏发展中的一种过渡形态。本戏，就是在花腔小戏和串戏的基础上形成的整本大戏，它是黄梅戏的成熟形态。当然除了整合小戏和串戏外，黄梅戏本戏还从其他较为成熟的剧种中移植了大量剧目。总之，到了清代咸丰年间，黄梅戏成为一种相对成熟的戏曲样式。

黄梅戏在长达200余年的发展历程中，产生了大量优秀剧目，这些剧目大致可以分为传统剧目、经典剧目和现代剧目三类。传统剧目是指在中华人民共和国成立以前由众多的民间艺人在黄梅戏由民间小戏走向成熟戏曲样式的过程中创作、积累的剧目，包括《打猪草》《夫妻观灯》《烟花女自叹》等小戏和《罗帕记》《菜刀记》等大戏。经典剧目是指在黄梅戏舞台上长久存在，不断加工，特别是中华人民共和国成立后经过“三改”运动（改戏、改人、改制）后反复打磨而成的特色剧目，如《天仙配》《女驸马》等。现代剧目是指改革开放以来创作的一些新剧目，如20世纪80年代和90年代创作的《红楼梦》和《徽州女人》。在以上三类剧目中，我们并未发现黄梅戏《西厢记》的“身影”，也许在早期的黄梅戏舞台上可能会有关于“西厢故事”的

---

① 毛忠：《黄梅戏史话》，社会科学文献出版社2016年版，第11—16页。

小戏，但笔者目前并未发现确切的文献记载。即便有，黄梅“小戏”舞台上的“西厢故事”是否会被京、昆“大戏”舞台上“西厢故事”的光环所掩盖也未可知。

二、从舞台黄梅到影视黄梅

黄梅戏从一种地方小戏发展成中国当代五大戏曲剧种之一，其原因主要在于一代又一代的黄梅戏艺人对唱腔和剧目进行了精益求精的研究和打磨，积极吸收其他剧种的优长，同时黄梅戏又特别善于借助电影、电视等现代化的传媒手段，在最广泛的空间内扩大自身的影响力，也吸引了更多受众。1905年，电影《定军山》的诞生标志着中国戏曲与电影的首次联姻，直到20世纪50年代，众多戏曲剧种中的经典剧目被搬上电影荧幕。在笔者看来，与电影结缘最成功的当属黄梅戏。1955年，黄梅戏电影《天仙配》的诞生标志着黄梅戏与电影的首次联姻。电影《天仙配》的诞生在黄梅戏发展史上具有划时代的意义，因为它不仅将黄梅戏这样一种传播范围极为有限的地方小戏推向了国际舞台，开拓了黄梅戏的国际视野，而且革命性地改变了黄梅戏的传播方式，由舞台上“一桌一椅”式的共时空传播转变为“荧幕呈现”式的跨时空传播。根据陈继华博士的统计，截至2015年中国内地共生产黄梅戏电影约24部。“具体为《天仙配》（1955）、《夫妻观灯》（1956）、《春香闹学》（1958，该年度安徽电影制片厂先后制作了两部同名电影，皆为黑白片。前者由严凤英、王少舫主演，收入《安徽戏曲集锦》；后者由潘璟琍、熊少云主演，收入1959年春节《恭贺新禧戏曲集锦》）、《女驸马》（1959）、《牛郎织女》（1963）、《槐荫记》（1963，该电影在海外发行时也题为《天仙配》）、《红霞万朵》（1976）、《小店春早》（1976）、《龙女》（1984）、《杜鹃女》（1984）、《朱门玉碎》（1985）、《鹊桥情侣》（1986）、《孟姜女》（1986）、《母老虎上轿》（1986）、《香魂》（1986）、《血泪恩仇录》（1990）、《徽商情缘》（1995）、《生死擂》（2000）、《山乡情悠悠》（2001）、《六尺巷》（2011）、《妹娃要过河》（2013）、《长相知》（2015）和《传灯》（2015）等。”[1]这个数量在搬上电影荧

---

① 陈继华：《黄梅戏传播形态研究》，山西师范大学博士学位论文，2016年，第81页。

幕的地方戏中是相当可观的，从中也可以看出黄梅戏的影响之大。除此之外，流行于港台地区的黄梅调电影更是数量可观。黄梅调电影并非以“舞台纪实”为优先考虑的戏曲电影，而是以传统戏曲为原始意念，以现代电影手法与表演方法为最主要的美学导向，是古典文艺的、歌唱舞台的、电影感十足的电影。黄梅调电影采用黄梅戏的腔调和旋律演唱，与黄梅戏的关系极为密切，是黄梅戏一种特殊的传播形态，可以从广义的角度上将其纳入黄梅戏电影的范畴。根据陈继华博士的统计，自1958年香港长城电影公司拍摄第一部黄梅调电影《借亲配》，至1978年邵氏电影公司的《金玉良缘红楼梦》收尾，黄梅调电影前后持续20年。其间，先后有香港长城电影公司、香港邵氏电影公司、台湾“国联”影业公司、国际电懋影业公司、国泰机构香港有限公司等多家制片厂参与电影的生产和发行，共推出约60余部黄梅调电影。[①]黄梅调电影在港台地区影响之大，可以说是一个奇迹。

20世纪50年代，中国内地出现电视后，黄梅戏更是抓住这样一个重要契机实现了黄梅戏与电视的结缘。戏曲艺术与电视的最初结合形态为戏曲艺术片，这种戏曲艺术片基本上是以“舞台纪实”为主，电视艺术只起到必要的辅助作用。直到20世纪70年代末才出现了戏曲电视剧这种艺术形式，“早期将戏曲艺术作品搬上荧屏的只是将舞台剧原版直播，尔后是搭景和实景拍摄，直到1979年由上海电视台拍摄的越剧电视剧《孟丽君》和浙江电视台出的《桃子风波》等剧目，可以看作是最早的戏曲电视剧”[②]。1982年黄梅戏电视剧《双莲记》的诞生标志着黄梅戏与电视剧正是结缘。从1982年开始中国内地每年生产的黄梅戏电视剧明显呈递增态势，根据王文婷统计，从1982年至2010年中国内地生产的黄梅戏电视剧有42部。[③]陈继华博士依据题材将黄梅戏电视剧分为新创剧目、名著改编剧目和传统剧改编剧目三个类型。“其中新创剧目占绝对多数，改编自名著的次之，改编自黄梅戏传统剧目则较少。

---

① 陈继华：《黄梅戏传播形态研究》，山西师范大学博士学位论文，2016年，第83页。

② 李冬茵：《从舞台到荧幕——关于戏曲电视剧的几点思考》，《中国广播电视学刊》，2007年第9期，第52页。

③ 王文婷：《黄梅戏电视剧的研究》，山西师范大学硕士学位论文，2012年，第41—42页。

从这个意义上说,黄梅戏电视剧俨然成为黄梅戏剧目创新的急先锋。”① 在众多的黄梅戏电视剧中，胡连翠导演的作品尤其令人瞩目。自 1987 年胡连翠成功导演黄梅戏电视剧《西厢记》后，她又成功导演了《朱熹与丽娘》《桃花扇》《半把剪刀》《玉堂春》《家》《春》《秋》《孟丽君》《啼笑姻缘》《二月》《潘张玉良》等一系列作品。1987 年安徽电视台组织拍摄黄梅戏电视剧《西厢记》，该剧由王冠亚、赵化南改编，方少樨作曲，胡连翠导演，马兰、马广儒、汪静主演，1988 年该剧开始在安徽、湖北、上海等地上演，结果好评如潮。舞台传播与影视传播从本质上来说属于两种不同的传播方式，但正如笔者在前文所言，中国的戏曲电影和电视戏曲艺术片与舞台戏曲艺术有着极为密切的关系，早期的戏曲电影和电视戏曲艺术片更多表现出“以戏观影”的理念，将“舞台纪实”视为最重要的因素，电影和电视不过是舞台戏曲表演的载体和传播媒介，并没有实质性地参与戏曲的创作和生产。随着电影和电视艺术的成熟，这种情况也发生了改变。尤其是戏曲电视剧这种艺术形式的出现，电视已参与到戏曲的创作和生产中，但这并没有斩断电视与舞台戏曲艺术的关系，尤其像黄梅戏电视剧《西厢记》这种由古典戏曲名著改编而来的作品，它所依据的原著其实正是元杂剧《西厢记》舞台演出的脚本，并大量吸取了舞台版《西厢记》的创作经验。所以，在笔者看来，黄梅戏电视剧《西厢记》蕴含着厚重的舞台传播的基因。也正因为如此，笔者才在本章中尝试用黄梅戏电视剧《西厢记》来观照《西厢记》在黄梅戏舞台上的传播与重构过程。

第二节　“黄梅西厢”的荧屏风采②

1988 年，安徽电视台和黄山音像出版社首次将元杂剧《西厢记》改编为黄梅戏，将“西厢故事”以黄梅戏音乐电视剧的形式搬上了荧屏。该剧作者对原故事的改造与导演的二度创作使《西厢记》这部古典戏曲史上的巅峰之作以当代戏曲——黄梅戏的形式得以全新演绎。继承与改造，这是从“杂剧

① 陈继华:《黄梅戏传播形态研究》，山西师范大学博士学位论文，2016 年，第 116 页。

② 本节内容曾发表于《四川戏剧》2017 年第 11 期，原文为《黄梅戏〈西厢记〉对元杂剧〈西厢记〉的继承和改造》，合著，署名“李大博、殷璐璐”，写入本章时有改动。

西厢”转变为“黄梅西厢”的“两大路径”，下面笔者将从人物、结构、语言三个层面阐发黄梅戏《西厢记》对元杂剧《西厢记》的继承与改造。

一、“反礼教”主题背景下的形象改造

关于元杂剧《西厢记》的主题意蕴，前人论及颇多，研究者的共同指向在于王实甫在第五本第四折【清江引】一曲中提出的“永志无别离，万古无常聚，愿普天下有情的都成了眷属”的永恒的爱情理想。而实现这一理想的观念前提便在于肯定情欲、挣脱礼教，因此，“反礼教”成为《西厢记》主题意蕴的核心指要，也是促成崔、张爱情由萌生、发展到最终成熟的重要推动力。[①]“黄梅西厢”继承了元杂剧《西厢记》的“反礼教”主题，并在这一主题背景下对崔莺莺、张生、红娘等一系列形象进行了更加富于“叛逆”色彩的改造，进而深化了作品的主题意蕴。

（一）崔莺莺：不失端庄的叛逆者

从反抗封建礼教，追求爱情、婚姻自由的主题来看，崔莺莺应该是全剧的主要人物。金圣叹在点评《西厢记》时说：“《西厢记》只写得三个人，一个是双文（莺莺），一个是张生，一个是红娘。”“写红娘，只为写双文，写张生亦只为写双文。”“黄梅西厢”的编导者紧紧抓住金氏这番评论的要义，把“黄梅西厢”的叙事重点也放在崔莺莺身上，围绕这位勇敢追求自由爱情的叛逆女性展开戏剧冲突，并在叛逆的程度上有所加深，正如导演胡连翠所说：“把浓墨重彩放在莺莺身上，塑造她反封建、追求自由恋爱的烈女形象。”[②]“黄梅西厢”在塑造崔莺莺这个形象的过程中，一方面充分考虑到其作为封建淑女的时代印记和作为相府千金的身份特征，另一方面又在叛逆性的层面上有所加深，进而凸显“反礼教”的时代主题。

首先，“黄梅西厢”中的崔莺莺端庄、秀丽，更富有大家闺秀的尊严。孙飞虎兵围普救寺要掳莺莺做压寨夫人时，莺莺宁死不屈，欲举剪自尽以捍卫

---

① 李大博：《二人转〈大西厢〉对元杂剧〈西厢记〉的价值重构》，《戏剧文学》2016 年第 3 期，第 147 页。

② 李谷鸣、王伟：《不落俗套、大胆创新——评黄梅戏音乐电视连续剧〈西厢记〉》，《黄梅戏艺术》1989 年第 10 期，第 41 页。

自己大家闺秀的尊严。试看第二集中莺莺与老夫人的一段对话：

莺　莺（白）：（慢慢抬起头来，凄惨地）是女儿连累了母亲，是女儿连累了寺内众位师父！女儿有一事相求……

崔夫人（白）：你说！

莺　莺：女儿只有一死……

（崔夫人紧抱女儿，悲痛欲绝。）

……

莺　莺（白）：母亲，将孩儿献出去吧！

……

莺　莺（白）：母亲，我崔家只剩下这条后代根了！为了弟弟，为了众家师父性命，为了保全父亲亡灵，母亲安全，你将孩儿献给贼子，孩儿一死了之……

崔夫人（白）：（抱住莺莺）要死我们娘儿一起死……

欢　郎（白）：姐姐！

（莺莺突然向大柱撞去。）

张生赶到，站在一旁，远远地观看："好一个节烈的小姐！"（画外音）①

此处莺莺以死对抗贼将军孙飞虎的刚烈表现与元杂剧《西厢记》中的崔莺莺情急中先是主动委身孙飞虎，遭崔夫人拒绝后又决定悬梁自尽，最后急中生智、难中招夫的左右徘徊相比，更能凸显其相府千金的身份。身处相国之家的尊贵地位和长期封建教育的积淀使其被打造成深明大义的封建淑女，这种"以死抗争"之举更是其维护自我尊严的必然表现。因此，"黄梅西厢"此处对莺莺言行的改造更符合其特殊的身份与社会角色。

再看第三集中长亭送别时崔莺莺的深情唱段："伯劳东去雁西飞，万水千

---

① 本章中出现的黄梅戏电视剧《西厢记》的台词均引自安徽电视台编印《黄梅戏音乐电视连续剧剧本·西厢》，1987年内部资料。

山何日归？眼中泪尽血和泪，心底还同未烬灰！”“我未送行先防你去，你未登程先约归期！”“此一去鞍马秋风自调理，顺时善保千金体！”“你休要一春鱼雁无消息！”“切莫为蜗角虚名、蝇头小利拆散鸳鸯两下里！切莫要金榜无名誓不归！”莺莺送别张生时的痛苦必然有感性层面的表层显现，这是人间离别的普适性指归，但更多的是出自理性层面对张生“停妻再娶”的忧虑，这两者的共融让此时的莺莺百感交集，引发了她对母亲的怨恨和对功名利禄的深刻反省。这种深重的痛苦并未使其言行颠覆常态，她仍保持着相府小姐的端庄与尊严，与元杂剧《西厢记》中“全不想腿儿相挨，脸儿相偎，手儿相携”那反常、露骨的情感表达相比，“黄梅西厢”的改造似乎更合乎莺莺的身份特征与性格逻辑。

其次，“黄梅西厢”中的崔莺莺纯真、多情，而不失庄重。试看第一集中莺莺与红娘花园降香时的一段对唱：

莺　莺（唱）：三炷香……三炷香。

（红娘心领神会，调皮地接过香。）

红　娘（唱）：三炷香求月老，赐给小姐（夹白）一个博学多才，诚实敦厚，眉清目秀，风流倜傥，不高不矮，说不尽的柔情，数不尽的豪放，给我姐姐配凤鸾！

（莺莺被点破，追红娘。）

莺　莺（白）：“鬼丫头……”（十分惆怅，凭栏叹了一口气）

（张生在粉墙花格朝内看。）

莺　莺（白）：烟袅绕，牵动一怀愁。月儿呀，我的心事你知否。千丝万缕理还乱，欲说又还休，总是恨悠悠……

莺莺反复吟唱“三炷香”，其潜台词便是莺莺内心深处对理想爱情的憧憬与向往，可面对身旁的红娘她无法表达自己的心绪，因此才出现了言辞上的重复。反复吟唱“三炷香”的行为正表征着莺莺纯真、多情的内心世界，更彰显了其作为闺阁少女的庄重。接着，红娘的一段唱词将莺莺的心理活动和盘托出，“被戳穿”的羞涩让莺莺做出了追逐红娘并以“鬼丫头”呼之的特殊举动，其出发点便在于维护自己庄重的形象，但红娘的一席话毕竟触动了莺莺压抑已久的情思，因此才发出了“烟袅绕，牵动一怀愁……”的释怀之语。至此，一个纯真、多情而不失庄重的闺阁少女的形象赫然显现。此处的莺莺，相比元杂剧中“心中无限伤心事，尽在深深两拜”的崔莺莺，显得更加鲜活、灵动。

在第二集中，莺莺被张生一曲深情的《凤求凰》感动得潸然泪下，可当红娘问及她因何落泪时，她却极力掩饰内心的伤痛，尽可能表现出庄重的姿态：

红　娘（白）：小姐，你哭了？（为莺莺擦泪）

莺　莺（白）：（掩饰地）是风吹的……

红　娘（白）：我以为小姐听琴听哭了……

莺　莺（白）：红娘，休得胡言！

红　娘（白）：（看莺莺不说真话，有意试探）小姐，张先生叫我向小姐传一句话。

莺　莺（白）：（抬起眼睛）嗯？

红　娘（白）：她说夫人无信，婚姻无望，他不愿住在寺里，免得触景伤情，他要回去了！

莺　莺（白）：（脱口而出）你请他不要走！

红　娘（白）：为什么？

莺　莺（白）：这……

红　娘（白）：为什么呀？

莺　莺（白）：（临时编了个理由）他的救命之恩还未报呀！

莺莺落泪是因为她被张生那份深沉而浓烈的爱意所感动，红娘先以“询问为何而哭”对其进行试探，莺莺以“风吹”为由进行遮掩；红娘又以“张生要走”为由再度试探，莺莺则以“未报大恩”为由阻止张生离开普救寺。

其实，此时的莺莺已经深深地爱上了张生，但她为什么不将内心的爱意和盘托出，其根本原因便在于莺莺要保持自己庄重的闺阁形象。这种矜持而富于庄重的姿态正体现着古典东方女性特有的美。

再次，“黄梅西厢”中的崔莺莺对爱情更加执着，具有更强的叛逆性。长期以来，学术界常常以“叛逆女性”来定位元杂剧《西厢记》中的莺莺形象，甚至有人认为崔莺莺是“中国文学史上第一位大胆反抗封建礼教的女性形象”。笔者以为，诸如此类的惯性“定评”无可厚非，但元杂剧中莺莺的叛逆并非一以贯之。在前四本中，从第一本“佛殿相逢”开始，莺莺的叛逆性不断膨胀，到第四本“私下结合”，莺莺的叛逆性膨胀到了极点。可细读文本，我们又会发现，前四本中莺莺的这种叛逆是与其挥之不去的“矜持”和不断生发的种种“假象”相依相伴的。到了第五本，当郑恒来到普救寺，老夫人再次赖婚时，莺莺的叛逆性格荡然无存，只能静待命运的判决。莺莺性格中的“叛逆性”，到了第五本发生了严重的断裂，这似乎不符合人物性格发展的逻辑性。“黄梅西厢”尽量剔除莺莺在追求爱情的过程中所生发出的“假象”，同时，又通过改造故事情节的方式使莺莺性格中的“叛逆性”保持某种程度的连贯性，最终使这一形象表现出更强烈的叛逆色彩。第二集中，莺莺约张生在花园见面，张生到来后，莺莺半推半就：

（张生从地上狼狈爬起。）

（莺莺不知是怕还是喜，微转身。）

张　生（白）：（挡住去路）小姐！是我呀！

（莺莺满脸羞涩，不敢正视，想避开他去。）

张　生（白）：（见莺莺要走，情急中不由自主地拉住了她的手）小姐……

（莺莺又羞又窘又怕，半推半就地由张生拉到身边。）

（红娘在花丛中，想看清楚，把花枝扒开，不想发出了声音，惊飞了宿鸟。）

（莺莺一惊，立刻缩回手来。）

莺　莺（白）：（惊呼）红娘，红娘！

（张生感到突然，不知所措。）

红　娘（白）：（跑过来）小姐，小姐何事？

莺　莺（白）：（莺莺见到红娘，便装出气愤模样）红娘，那是谁？

红　娘（白）：还有谁，是你哥哥。

莺　莺（白）：他深夜到此，非偷即盗，拉他到夫人那里去。

莺莺见到张生时先是“半推半就”，而后，当她发现花丛中的红娘时，才下意识地板起面孔训斥张生。相比之下，这种细微的变化去除了元杂剧中“莺莺见到张生立即加以训斥”而造成的突兀感，更能彰显莺莺此时那种微妙的爱情心理。如果不是发现了红娘的存在，莺莺很可能会接受张生的爱意。这种潜在的变化无疑加重了莺莺性格中“叛逆”的底色。

第四集中，郑恒突然来到普救寺，老夫人再次赖婚。莺莺先是以坚定的立场对母亲加以回绝：“母亲，这事只有和张君瑞当面方能说清楚，我等着。”“先嫁由父，再嫁自己。何况父亲也曾说过，我家无犯法之男，再婚之女，我怎能抗父命而遵母命呢！”这种坚定、决绝的态度是元杂剧中的崔莺莺未曾表现出来的。然而，作为伦理权威的母亲毕竟是难以抗拒的，加之日益迫近的婚期，莺莺再次做出了惊人之举，她选择了在法聪、惠明的帮助下出逃。至此，崔莺莺“因情反礼”的叛逆性格跃然纸上。

（二）张生：纯情而执着的多情种

元杂剧《西厢记》中的张生是一个轻狂兼有诚实厚道，洒脱兼有迂腐可笑的多情种的形象。他在执着追求爱情的过程中，也表现出轻薄、软弱、迂腐的性格侧面。张生形象的这种性格“瑕疵”，一方面是“西厢故事”在流变过程中逐渐形成的，另一方面则是出于杂剧艺术舞台表演形式的需要。“黄梅西厢”的作者和编导剔除了张生形象的性格“瑕疵”，对这一形象进行了必要的“净化”，使得“黄梅西厢”中的张生形象更多表现出纯情、执着的性格特质。

元杂剧特别强调张生对莺莺的一见钟情，这不免有张生纯乎贪恋美色之嫌。“黄梅西厢”则充分关注两人的感情基础，对两人爱情发展的过程作了适当调整，使崔、张二人的相爱更为合理。如元杂剧《西厢记》第二本第一折，王实甫写张生在孙飞虎兵围普救寺之时为崔家献上退兵之计纯为莺莺倾国倾城之貌不落他人之手；“黄梅西厢”则增加了张生目睹莺莺“以死殉节”的动人场面，张生为莺莺这种刚烈之举大为感动，情不自禁道：“好一个刚烈的女子！”这一情节的出现，无疑加深了张生对莺莺的了解和钦佩，同时也向观众表明，张生危难之时挺身而出，不仅出于对莺莺动人姿色的爱慕，更在于对莺莺坚贞、刚烈的人格的钦佩。这种改造既入情入理，又使张生的形象得到了升华。

元杂剧的受众主要是元代市民阶层，混迹在勾栏瓦肆中的王实甫为了迎合市民阶层的审美趣味，不免流露出一些不健康的情调。如第一本中张生与长老法本的一段庸俗对话：

（末云）小生有一句话敢道么？（洁云）便道不妨。（末唱）

【快活三】崔家女艳妆，莫不是演撒你个老洁郎？（洁云）俺出家人那有此事？（末唱）既不沙，却怎睃趁着你头上放毫光，打扮的特来晃。

再如第三本中张生与红娘的打情骂俏：

【沉醉东风】我则道槐影风摇暮鸦，原来是玉人帽侧乌纱。一个潜身在曲槛边，一个背立在湖山下；那里叙寒温，并不曾打话。

（红云）赫赫赤赤，那鸟来了。（末云）小姐，你来也。（搂住红科）（红云）禽兽，是我，你看得好仔细着，若是夫人怎了。（末云）小生害得眼花，搂得慌了些儿，不知是谁，望乞恕罪！（红唱）便做道搂得慌呵，你好索觑咱，多管是饿得你个穷神眼花。

“黄梅西厢”的作者和编导对上述情节做了大胆的“冷处理”，将这些庸俗浅薄的曲词尽数删去，并竭力将张生打造成纯情的君子形象。此外，“黄梅西厢”还尽量去除张生性格中软弱性的一面。元杂剧中的张生面对老夫人的赖婚唯唯诺诺，痛不欲生，而“黄梅西厢”中的张生则有理有据地对抗老夫人的背信弃义。试看第二集中张生与老夫人的一段唇枪舌剑的对话：

张　生（白）：（理直气壮地走近）夫人，前日贼兵相追，夫人许下话来，有人能退贼兵，愿倒赔妆奁将莺莺小姐许配为妻，有此事吗？

崔夫人（白）：（尴尬地）有……

张　生（白）：（又进一步）小生挺身而出，下书白马将军，退得贼兵，救得小姐，有此事吗？

崔夫人（白）：（点头，理穷）有……

张　生（白）：（走向另一侧）如今贼兵已退，夫人就该遵守前言，将小姐许配小生。如何言而无信，要小姐与我“兄妹”相称？堂堂相国夫人，说话不算话，不怕天下耻笑吗？

崔夫人（白）：先生救命之恩，岂敢相忘？怎奈相国在日，曾将小女许配老身内侄郑恒为妻！前日有书信到来，即将前来迎娶。他若来时，老身如何答对？

张　生（白）：倘若当初小姐被孙飞虎抢去，夫人如何答对？

崔夫人（白）：（不悦，词屈）君子不强人之所难，愿以重金相酬，请先生另择豪门富户，选一佳偶，意下如何？

（红娘注视张生。）

张　生（白）：小生不是贪图钱财之辈！（愤怒）告辞！

我们看，元杂剧中张生那面对老夫赖婚的无可奈何又痛不欲生的“酸腐之态”荡然无存，代之以据理力争地激烈反驳与有力对抗。因此，“黄梅西厢”中张生的“反抗性”被大大强化。

（三）红娘：富于尊严的正义者

在元杂剧《西厢记》中，红娘的地位极其低下。老夫人派她对莺莺“行监坐守”，她不敢违抗；莺莺动不动就搬出主子的范儿，称红娘为“小贱人”；张生来到普救寺后，称莺莺为“小姐”，却称红娘为“小娘子”。而在“黄梅西厢”中，红娘的人格与莺莺、张生、老夫人是对等的。莺莺与红娘情同姐妹，她请红娘送简时也不是命令式的，而是好言好语地哄求：“好红娘，依了姐姐吧。”张生也恭恭敬敬称红娘为“红娘姐”，没有半点轻蔑之意。“黄梅西厢”中的红娘虽是一个婢女，却一直处于居高临下的位置上。莺莺瞻前顾后，顾虑重重，心口不一，红娘对此很是不满，因此她直白地对张生说：“(莺莺)整天长吁短叹，茶不饮饭不思！昨晚听了你的琴，更是像掉了魂似的。不过，她不像你，还要遮遮盖盖的。”面对莺莺的矫情，红娘直言不讳：“红娘不敢哄小姐，小姐常常哄红娘。”莺莺赖简后，她毫无顾忌地责备张生：“怪你，都怪你自己！平时能说会道的，那天晚上，你竟连一句话都不敢说，把好端端的机会错过了。”面对老夫人的淫威，红娘也不卑不亢地据理力争：“一不该言而无信把婚姻赖，二不该女大不嫁留深闺，三不该不曾发落这张秀才。”无论是莺莺的矫情、张生的酸腐，还是老夫人的固执蛮横，都逃不脱她的讽刺、挖苦乃至严词驳斥。

与元杂剧《西厢记》相比，“黄梅西厢”的作者和编导增加了不少更富于表现红娘反抗精神的情节。如红娘劝说莺莺和张生私下结合，莺莺半推半就，在去张生住所的路上莺莺几次转身欲走，关键时刻是红娘点醒了她：“哎，小姐，你就不管哥哥的病，自己的命吗？今宵误了这段好姻缘，这辈子受老夫人摆布，就等着郑家表哥来娶你吧。”再如，第四集中郑恒突然来到普救寺，老夫人再次赖婚，此时的莺莺心如死灰，也是红娘劝慰莺莺不要轻生，及时出逃。总之，“黄梅西厢”中的红娘形象去除了市井女性的诙谐之气，成为富于尊严的正义者形象。

二、“连本戏”结构视域下的情节生新

元杂剧《西厢记》是五本二十一折的“连本戏”，每本戏都有一个小高潮，全剧由一系列戏剧冲突的高潮构成，起伏跌宕，曲折多变。佛殿相逢后，崔、张二人的感情迅速发展；而后孙飞虎兵围普救寺，张生在老夫人许婚的条件下传书解围；可孙飞虎退兵后老夫人却变易前姻，违背诺言；此后崔、张、红娘三个人展开了性格冲突，直至崔、张二人西厢同居，莺莺的以身相许将戏剧冲突推向高潮；此后幽情败露，老夫人发威大怒，又使剧情变得紧张，可红娘的据理力争让老夫人不得不承认既成事实，但相府不招“白衣女婿”的附加条件，又迫使张生赴考；可水到渠成的崔、张爱情因郑恒的到来，再度横生枝节。真相大白后，崔、张二人终成眷属，将戏剧冲突推向最高潮。与元杂剧《西厢记》类似，“黄梅西厢”采用的也是四集连播的“连本戏”的形式，并通过一系列戏剧冲突的高潮最终完成对爱情故事的演绎。可以说，“黄梅西厢”在戏剧结构上与元杂剧《西厢记》紧紧相扣，这一方面说明了“王西厢”结构艺术的精湛与纯熟，另一方面也说明“黄梅西厢”很好地继承了“王西厢”的结构艺术。但就细节来看，与元杂剧《西厢记》相比，“黄梅西厢”在情节设置上也有很多生新之处。

首先是增添了某些情节。如张生害相思病以后，普救寺的法本、法聪和尚前去探病，三个人有这样一段微妙的对话：

法　本（白）：（诊完脉）先生这病，乃郁气阻塞，心情不畅所致。

张　生（白）：（点头）是的，郁气阻塞，心情不畅。

法　本（白）：看来先生功名心切，读书辛苦。

（张生苦着脸，说不出。）

（法聪在一边讪笑。）

法　本（白）：是不是？

张　生（白）：（含含糊糊，苦笑着）是是，功名心切，读……读书辛苦。

法　本（白）：（见自己诊的切，十分高兴）不要紧，我开张药方，保管药到病除。

法　聪（白）：（不屑地）师父这回看错了。

法　本（白）：怎么？

法　聪（白）：他不是为了功名心切，读书辛苦。

法　本（白）：嗯？

法　聪（白）：我来替他诊脉。（握住张生腕脉，闭着目，摇头晃脑一番）先生这病，乃郁气阻塞，心情不畅所致。

张　生（白）：是的，是的。

法　聪（白）：看来先生婚姻心切，相思病苦。

张　生（白）：这……

法　本（白）：不要胡说。

法　聪（白）：哪里是胡说，不信你问先生自己。先生，是不是？

（张生哭笑不得。）

这段微妙的对话使张生的痴情、法聪的机灵和法本的稳重形成了鲜明对比，将张生内心深处的无奈与苦楚一览无余地展现在观众面前，同时也增强了喜剧效果。

其次是改编了某些情节。如元杂剧《西厢记》的第五本写道，郑恒编造的谎言被戳穿后，触树而死。从郑恒自身的言行和红娘、张生对他的评价，我们可以清楚地看到郑恒是一个容貌丑陋、无才无德、倚仗门第又好招摇撞骗的纨绔子弟的形象。试看红娘对郑恒的评价："你值一分，他（指张生，笔者注）值百十分，萤火焉能比月轮？""他（指张生，笔者注）凭师友君子务本，你倚父兄仗势欺人。""讪筋，发村，使狠，甚的是软款温存。硬打捱强为眷姻，不睹事强谐秦晋。""乔嘴脸、腌躯老、死身分，少不得有家难奔。"再看张生对郑恒的评价：

【庆东原】那里有粪堆上长出连枝树，淤泥中生出比目鱼？不明白展污了姻缘簿？莺莺啊，你嫁个油煤猢狲的丈夫；红娘啊，你伏侍个烟熏猫儿的姐夫；张生啊，你撞着个水浸老鼠的姨夫。这厮坏了风俗，伤了时务。

试问一个如此可憎可恶的人，在骗婚失败之后，怎么忽然有了良心与志气，甚至抛却身家性命触树而死呢！显然元杂剧的这种情节设置不合常情，也不符合人物性格发展的逻辑。另外，元杂剧中郑恒死后，老夫人立刻说“今日做个庆喜的茶饭”为莺莺和张生置办酒席。老夫人态度转变如此之快，未免显得过于牵强。“黄梅西厢”对此作了恰当的改造，已得官位的张生要按律治郑恒的罪，郑恒无赖耍泼道：“大人息怒，此事不能怪我，夫人已经应允，小姐也答应我了。”“其实，我早想把表妹许给大人了。”“这还用问吗？张灯结彩是为了替你和我表妹完婚呀！”这番言辞让郑恒毫无担当，只知自保的势利小人嘴脸跃然纸上。等众人分头寻找出逃的莺莺时，他则灰溜溜地骑马逃走了。此时的老夫人又气又恨，万般无奈之下才接受了崔、张二人来之不易的姻缘。“黄梅西厢”对原故事的这种改造，既合常理，又不违背人物性格发展的逻辑；既充分尊重原故事的框架，又使情节发展符合生活的真实。诸如此类的例子，在“黄梅西厢”中甚多。“黄梅西厢”在诸多细节之处对“王西厢”进行了改造，这种创新使得故事更具有感染力，也更加真实可信。

三、“词藻警人，余香满口”主体风格下的语言转换

王实甫是元杂剧文采派的代表性作家，元杂剧《西厢记》充分彰显了文采派的特点，其语言既表现出华美瑰丽、绚烂多彩的主体风格，又融入了朴素自然的民间色彩。曹雪芹在《红楼梦》中曾以“词藻警人，余香满口”评价元杂剧《西厢记》的语言艺术，依笔者之见，所谓“词藻警人”是说其语言的深刻犀利，“余香满口”则指其语言的文采斐然；“词藻警人”是其语言的内在张力所在，“余香满口”则是其语言风格的外在呈现。“黄梅西厢”的语言基本继承了元杂剧《西厢记》的主体风格，无论是唱词还是说白，既考虑到语言的内在张力，又充分关注语言的外在呈现。但以民间采茶调为基础的黄梅戏和以草原音乐为基础的元杂剧毕竟属于两种不同的艺术形式，加之时代的变迁，受众的改变，使得黄梅戏在演绎“西厢故事”的时候表现出与元杂剧的某种差异性，这也在一定程度上实现了古典戏曲语言的现代性转换。

（一）曲词风格的转换

在金代《西厢记诸宫调》的基础上整理、改编而成的元杂剧《西厢记》明显受到了女真族、蒙古族草原文化的影响，不同于受农耕文化、儒家文化影响的汉民族的曲折、委婉的表达方式，北方的草原民族更喜欢直抒胸臆的表达方式，加之元杂剧主要流行于北方地区，其曲词自然融入了草原文化中率真、粗犷的文化个性。在民间采茶调基础上产生的黄梅戏主要流行于南方地区，其曲词自然融入了南方文化中含蓄、柔媚的文化个性。因此从元杂剧《西厢记》到“黄梅西厢”，曲词风格发生了明显的变化。试看元杂剧《西厢记》第四本第三折中莺莺送别张生时的唱段：

【幺　篇】年少呵轻远别，情薄呵易弃掷。全不想腿儿相挨，脸儿相偎，手儿相携。你与俺崔相国做女婿，妻荣夫贵，但得一个并头莲，煞强如状元及第。

莺莺似乎冲破了相国小姐的身份限制，以极为直白、明了的语言表达了因张生远行而产生的巨大悲痛。“黄梅西厢”的第三集，在演绎长亭送别的情节时，作者对莺莺的唱词及情感表现方式进行了改造：

莺　莺（唱）：此一去鞍马秋风自调理，顺时善保千金体！
张　生（唱）：君瑞此去非得已，愿侬珍重保玉躯。
莺　莺（唱）：你休要一春鱼雁无消息！（紧紧拉住张生的手）
张　生（唱）：我这里青鸾有信频频寄！（轻轻为莺莺擦泪）
莺　莺（唱）：切莫为蜗角虚名、蝇头小利拆散鸳鸯两下里！莫要金榜无名誓不归！

“黄梅西厢”中的崔莺莺剔除了“腿儿相挨”“脸儿相偎”“手儿相携”的直露的私密回忆，也没有直接唱出“但得一个并头莲，煞强如状元及第”的迫切愿望，而是以深情的关怀与嘱托表达了对张生的忠贞不渝。

再看元杂剧《西厢记》第四本第一折中崔、张二人“私下交欢”的一幕：

【元和令】绣鞋儿刚半折，柳腰儿够一搦，羞答答不肯把头抬，只将鸳枕捱。云鬟仿佛坠金钗，偏宜鬏髻儿歪。

【上马娇】我将这纽扣儿松，把缕带儿解；兰麝散幽斋。不良会把人禁害，哈，怎不肯回过脸儿来？

【胜葫芦】我这里软玉温香抱满怀。呀，阮肇到天台，春至人间花弄色。将柳腰款摆，花心轻拆，露滴牡丹开。

【幺　篇】但蘸着些儿麻上来，鱼水得和谐，嫩蕊娇香蝶恣采。半推半就，又惊又爱，檀口揾香腮。

虽然王实甫力图以相对含蓄、典雅的语言为我们展现崔、张二人软语温存的床笫之欢，但细细品读，还是有几分的肉欲冲动蕴含其中。如此隐秘的男女私事，采用这种白描式的语言未免有媚俗之嫌。在表现这一场景时，“黄梅西厢”是以女声画外独唱，“一个是心神荡漾忘了说话，一个是脉脉含情羞答答；一个是女儿真情难压下！一个是抛却世俗家规王法！只说是咫尺西厢天涯远，今宵是并蒂莲映透碧纱！诉不完的相思话，打不散的俏冤家，并蒂莲开并蒂花”，并配合着张生与莺莺的舞蹈来完成。这种语言的转化既过滤掉了这一场景的肉欲色彩，又将崔、张二人难以压抑的深情和盘托出。

（二）演唱方式的转换

元杂剧的演唱方式是“一人主唱”，元杂剧《西厢记》虽然打破了“一人主唱”的基本格局，崔莺莺、张生、红娘均有唱段，但演唱方式仍有所限制。“黄梅西厢”则灵活使用了多种演唱方式，除独唱外，还有对唱、旁唱和帮唱。

对唱是最宜于抒情的一种形式。它总是在双方对话发展到最富激情，难以用语言（对白）描绘的时候出现。如第三集中长亭送别时崔、张二人的对唱：

莺　莺（唱）：伯劳东去雁西飞，万水千山何日归。眼中流尽血和泪，心底还同未烬灰！

张　生：娘子，我会回来的！

莺　莺（唱）：我未送行先防你去，你未登程先约归期。

（张生握杯在手，痛苦地看着莺莺。）

张　生（唱）：合欢未已离愁又相继，交杯酒变成饯行酒一杯！

莺　莺（唱）：此一去鞍马秋风自调理，顺时善保千金体！

张　生（唱）：君瑞此去非得已，愿侬珍重保玉躯。

莺　莺（唱）：你休要一春鱼雁无消息！（紧紧拉住张生的手）

张　生（唱）：我这里青鸾有信频频寄！（轻轻为莺莺擦泪）

莺　莺（唱）：切莫为蜗角虚名、蝇头小利拆散鸳鸯两下里！莫要金榜无名誓不归！

张　生（唱）：金玉之言当谨记，关山难阻恩爱情。与你同心结连理，此生此世永不移。

此刻崔、张二人的对唱充分表达了彼此的依依不舍与忠贞之情。旁唱是自我暴露的（相当于“旁白”或“背供”）一种特殊的演唱形式，在两人或两人以上的场合，彼此心事都不能或不便告诉对方，往往会出现了旁唱这种旁若无人地表达秘密心事的演唱形式。旁唱的方式很多，有一个人背着对方的旁唱，还有二人一先一后的旁唱。如第二集中莺莺面对母亲的悔婚，痛苦不已又无可奈何，此时剧作者便采用旁唱的方式表现莺莺的内心感受：“（旁唱）他软瘫瘫好似泥一垛，我泪滚滚偷偷流心窝。巫山梦变成了南柯梦，他怎能咽得下这玉液金波？咫尺之间比海阔！”这里的旁唱使得莺莺内心的巨大悲痛得以倾泻。

帮唱，即众人帮忙唱和。这是一种比较原始的民间歌唱方法。早期黄梅戏因受灯会和高腔的影响，没有胡琴伴奏，均是以锣鼓为节，一唱众和，即尾句帮腔，将尾句唱词以众和的方式形成简单的重复，这也是很古老的南戏的演唱方法。20 世纪 50 年代初，经过戏改，帮唱逐步为幕后合唱所取代。“黄梅西厢”开篇的主题歌便属于这种由帮唱转化而来的幕后合唱：“草历历柳丝长，花笼萧寺月笼廊。许婚赖婚千叠浪，定亲成亲一堵墙。情真意切相国女，侠肝义胆小红娘。丹心似玉张君瑞，天下夺魁唱西厢。”这首主题歌概括了《西厢记》全部的剧情，可巧妙引导观众了解剧情。

从元杂剧《西厢记》到黄梅戏《西厢记》，剧作者和编导既尊重了原故事的框架，又吸收了杂剧艺术的固有优势，同时又对其进行了适合于黄梅戏艺术的改编与创作，这才成就了黄梅戏《西厢记》这一当代戏曲艺术的典范之作。

第三节　“黄梅西厢”的传播效果

戏曲艺术与电视的最初结合形态为戏曲艺术片，即将舞台版的戏曲艺术作品进行必要的剪辑后再搬上荧幕。直到20世纪70年代末才首次出现戏曲电视剧这样一种艺术形式，而首部黄梅戏电视剧的出现则是20世纪80年代的事情，其实严格来讲，黄梅戏电视剧这种艺术形式的出现是被“逼”出来的。进入20世纪80年代，中国戏曲艺术面临整体遇冷的境况，在媒体现代化与多元化的背景下，戏曲艺术的受众群体逐渐减少，至20世纪90年代，某些戏曲剧种甚至处于衰亡的境地。黄梅戏同样面对着遭受冷落的现实，为了改变黄梅戏的生存状态，适合现代受众的审美心理，黄梅戏电视剧这种艺术形式应运而生。从舞台剧到戏曲电视剧，传播方式发生了巨大改变，以“黄梅西厢”为例，该剧在传播方式上实现了由写意到写实、由歌舞到故事的转换，传播方式的改变自然会带来全新的传播效果。传播方式的改变使黄梅戏《西厢记》契合了当代受众的审美心理，但也在一定程度上消解了中国传统戏曲的艺术特质和美学内涵，所以，“黄梅西厢”的传播效果是双重的，也可以说是一把“双刃剑”。正因为如此，“黄梅西厢”推演后在演艺圈和评论界出现了两种声音：“一种声音认为，这部黄梅戏音乐电视剧富有新意和创意，达到了唱腔醉人，风光迷人，剧情精彩，音乐优美；另一种声音则认为，该剧既不像故事片，也不像戏曲片，完全是不伦不类的‘四不像’。”[①] 其实在笔者看来，这两种声音都有合理性的一面，这也许正是“黄梅西厢”所产生的双重效应。

一、从写意到写实

中国传统戏曲艺术由于舞台表演时空的局限性，特别强调虚拟和写意。

① 汤雅洪：《胡连翠让黄梅戏在荧屏熠熠生辉》，《黄梅戏艺术》2004年第1期，第25页。

具体体现在舞台表演中的以“虚景”表现“实景”，以片段表现整体，以程式化的表演表现生活真实。戏曲艺术这种凸显虚拟和写意的艺术特质虽然不能为受众呈现原生态的生活场景，但却犹如一幅水墨画为受众留下了永久的、可供驰骋想象的艺术空间，在最大程度上唤醒了受众的主体建构意识。与戏曲舞台不同，电视剧完全可以突破时空的局限，以镜头的转换实现时间与空间的无限延展，以真实的生活场景取代程式化的舞台表演。说到底，从舞台戏曲艺术到戏曲电视剧实现了从写意到写实的转换，由这种转换而带来的传播效果却是双重的。以“黄梅西厢”为例，首先，这部作品改变了早期戏曲电影和电视戏曲艺术片以舞台为中心的做法，以生活化的实景取代了戏曲舞台上简单的布景和“一桌一椅”式的虚景。比如，第一集在表现莺莺与红娘在普救寺的花园内赏花的场景时，完全采用实景拍摄，莺莺和红娘置身桃红柳绿的花园美景中，嬉戏和调笑之声吸引了园外张生的目光，于是张生通过花园的月亮门惊羡于莺莺的美貌。在这里，花园之景和人物之情完全交融在一起，让观众深切地感受到由自然造化而孕育的秀美春景以及与之相应的人间之情，这种感受是不同于舞台呈现的一种更直接的视觉感受。第三集在展现长亭送别的场景时，该剧同样采用了实景呈现。在王实甫的原著中作者是这样呈现长亭送别的场景的：“碧云天，黄花地，西风紧，北雁南飞；晓来谁染霜林醉？总是离人泪！”我们看，这是一种非常诗化的景物呈现，通过特定的景物点染了离人悲怆的心境。因为以往的舞台表演是虚景呈现，所以往往要通过演员的身段和舞姿来表现离人的心境，虽然建构了必要的情感空间，但很难做到情景共融。而“黄梅西厢”却找了一个非常适合呈现剧中情境的外景地：霜林古道，真实的车马，“真实营造出马蹄声碎、车轮声咽的凄凉氛围。又以纷纷飘落的红叶，象征离人眼中的血泪，加上凄婉缠绵的背景音乐，产生动人心魄的艺术之美”①。其次，“黄梅西厢”采用“全本呈现”的方式，使“西厢故事”完整地展现在观众的欣赏视域中。因为《西厢记》的故事容量很大，戏曲舞台有限的时空很难将这部作品全部呈现在观众的面前，所以

① 汤雅洪：《胡连翠让黄梅戏在荧屏熠熠生辉》，《黄梅戏艺术》2004年第1期，第25页。

戏曲舞台上的“西厢戏”多是折子戏，很少有全本戏，即便有全本戏，也会删繁就简，剔除很多与戏剧冲突关系不太紧密的情节。在笔者看来，这种以“部分表现整体”的做法，其实也是戏曲舞台写意化的一种表现。由于电视剧这种艺术形式可以完全打破舞台时空的局限，因此“黄梅西厢”可以几乎毫无遗漏地将完整的“西厢故事”呈现在观众的欣赏视域中，与舞台表演不同，这种呈现方式是典型的写实化呈现。再次，“黄梅西厢”还以影视剧的生活真实取代了戏曲舞台的程式化表演。中国传统戏曲艺术讲究唱、念、做、打，是一种综合性的戏剧形态。“写意”是戏曲艺术的内在美学追求，“程式化”则是其外在的表现方式。“这种表演程式，就是生活动作通过艺术加工得以规范化，是赋予演员表演固定和基本固定的格式。”[①]戏曲艺术“程式化”的外在特征形成的原因很复杂，一个重要原因在于戏曲舞台时空的局限，生活化的呈现是不可能的。加之观众与舞台的距离相对较远，程式化的表演可以让舞台下的观众迅速地了解剧情发展的基本走向，因此，“程式化”成为戏曲艺术重要的外在特征。演员在舞台上轻扬马鞭表示骑马，划桨表示行船，简单地圆场表示走过了千里之遥……这些都是程式化的表现。将戏曲艺术的“程式化”表演方式移植到电视剧中显然是不合适的。比如京剧《红娘》的第六场“逾墙”中，作者巧妙地安排了一段“棋盘舞”：“叫张生隐藏在棋盘之下，我步步行来你步步爬。放大胆忍气吞声休害怕，这件事倒叫我心乱如麻，可算得是一段风流佳话，听号令切莫要惊动了她。”这段“棋盘舞”是典型的程式化表演，写意化特征非常明显，演员通过优美的舞姿传递给观众的不是红娘用棋盘将张生隐藏起来并带到太湖石旁的生活真实，而是红娘协助崔、张二人花园相会的艺术化的情感体验。将这段“棋盘舞”搬入电视剧中显然是不可行的，所以，“黄梅西厢”力图用生活化的图景来展现这一情节：张生跳过花墙，巨大的响声惊动了莺莺；莺莺见到张生后满脸羞涩，半推半就地由张生拉到身边……从戏曲舞台到电视剧，“黄梅西厢”实现了从写意到写实的转换。戏曲艺术彰显出的写意化特征，既是传统戏曲舞台的时空特征所决定

① 李冬茵：《从舞台到荧幕——关于戏曲电视剧的几点思考》，《中国广播电视学刊》2007年第9期，第53页。

的一种必然的审美选择，也是中国传统文化诗性特征的重要表现；戏曲电视剧所呈现的写实化特征，是戏曲艺术整合于新的传播媒体后所产生的传播方式的改变。从写意到写实的转换，使“黄梅西厢”以强烈的生活真实与直观画面吸引了当代受众的目光，但也大大窄化了当代受众驰骋想象与自我建构的空间，这也许正是传统戏曲艺术整合于新的传播媒体后产生的“二律背反”。

二、从歌舞到故事

王国维先生对中国传统戏曲艺术的定义是“以歌舞演故事”。可见，歌舞和故事是戏曲艺术的两个极为重要的构成要素。歌舞是载体，故事是内容；歌舞侧重抒情，故事则偏重叙事。但在传统戏曲舞台上，歌舞的“分量”要重于故事，因为歌舞更能体现戏曲艺术的本质特征。舞台上的故事可能人人皆知，但用歌舞演绎故事而产生的绝妙的效果则是通过案头阅读无法实现的。传统的黄梅戏艺术始终坚守着这种“以歌舞演故事”的艺术规律，早期的黄梅戏电影虽然故事性的要素有所增多，但“以歌舞演故事”仍然是一条极为重要的创作原则，创作者往往用黄梅戏的歌舞特征来包装所要表现的故事情节。严凤英主演的黄梅戏电影《天仙配》所以表现出浓重的“黄梅色彩”，一个重要的原因便在于创作者和表演者始终坚守着“以歌舞演故事”的艺术规律。荧幕上呈现的虽然是我们熟知的民间故事，但这个故事却是通过体现黄梅戏艺术特征的歌舞得以演绎的，歌舞是统摄性的，故事是整合在歌舞表演中的。这种情况随着媒体技术的发展，特别是戏曲艺术与电视结缘后发生了明显的变化，歌舞性明显弱化，且表现出歌舞性服从故事性的特征。胡连翠在《戏曲电视剧走向的探讨》一文中说：“戏曲和电视的结合基本上有三种形式：一种是用摄像机将戏曲舞台演出录制下来（有局部加工），通过电视播放；第二种是将戏曲电视化，采用实景拍摄，唱腔、语言、动作基本保持剧种特色，注意了镜头组接所产生的艺术效果；第三种是遵循电视剧的美学原则，人物造型、语言和行动，基本按照电视剧的要求，而保留原剧种的本质因素唱腔，并加以发展。”① 黄梅戏电视剧《西厢记》采用的便是胡连翠所说的

① 毛小雨：《胡连翠导演艺术》，中国戏剧出版社1995年版，第91页。

第三种方式，人物造型、语言和行动基本符合电视剧的要求：表现行当特征的脸谱、发式被剧情化、生活化、写实化的造型所替代；地道的安庆方言被普通话所取代。更主要的是，故事性取代了歌舞性，全剧实质上是以故事为核心，只是在情节发展的关键处或需要抒发人物内心情感的时候才加入必要的黄梅唱段和少量的歌舞。“胡连翠实质上就是要牺牲黄梅戏的虚拟性的舞蹈动作以及方言特色，强化音乐的新颖性，从而使得她的作品既保留了黄梅戏特有的音乐风格，又能够向话剧、电视剧表演靠拢，从而获得接近生活实际的叙事性效果。”[①] 从歌舞到故事的转换，产生的传播效果是双重：一方面，生活化、故事化的表现方式更加契合了当代受众的审美心理和欣赏品位；另一方面，也在一定程度上消解了戏曲“以歌舞演故事”的艺术特征。这也许是戏曲艺术和电视剧两种艺术形式整合后的必然结果。

“黄梅西厢”是用黄梅采茶调吟唱“西厢故事”的一次尝试，也是将“西厢故事”搬上电视荧屏并以电视剧的形式得以呈现的一次尝试。“黄梅西厢”的传播效果是双重的，也为戏曲艺术当代传播方式的构建提供了某种启示和借鉴。

① 钱久元：《黄梅戏影视剧中的故事性与戏曲艺术性之关系研究》，《蚌埠学院学报》2015 年第 6 期，第 35 页。

第六章　一丑一旦闹普救

——《西厢记》在二人转舞台上的传播与重构

一部《西厢记》唱遍大江南北，“新杂剧，旧传奇，《西厢记》天下夺魁”[（明）贾仲明《凌波仙》]。这既是对《西厢记》文本价值的绝好定位，也是对《西厢记》舞台传播效果的绝好概括。当这部经典之作跨越千山万水播撒在东北的白山黑水之间的时候，其美学内涵在极富地域色彩的“关东文化”的整合下，产生了多层次的变异，二人转《大西厢》便是《西厢记》地域性“变体”的典型代表。本章试以二人转《大西厢》为切入点，着力阐发从元杂剧《西厢记》到二人转《大西厢》的审美变异与价值重构。

第一节　二人转的艺术属性与《西厢记》在二人转舞台上的传播概况

一、二人转的艺术属性

二人转是广泛流行于中国东北地区的一种民间艺术形式。清代中期以来，二人转在东北地区的影响之大，甚至超过了任何一种民间艺术形式。但时至今日，关于二人转的艺术属性尚在争论中，争论的焦点在于二人转到底属于曲艺还是简单、原始的戏剧。一种观点认为二人转属于曲艺，“（二人转，笔者注）俗称蹦蹦、小秧歌、双玩意儿、双调，民国二十三年（1934）始称二人转。二人转包括一人演出的单出头、二人演出的对口和多人演出的拉场戏，被称为‘一树三枝’。其对口以叙事为主，属曲艺走唱；单出头和拉场戏，扮演人物以代言为主，属于民间小戏。”[①]“二人转是曲艺的一种。它是以说说唱唱、叙述代言、转进转出、分包赶角为根本特征；以滑稽性、秧歌性、鼓书性、戏剧性为基本属性；以歌唱、扮演、说口、使相、舞蹈、绝技为重要功能；以演唱诗体故事为主要内容；以两个演员中性扮的形式为主干；一树多枝，简单多变，短小活泼、形态独立的东北民间艺术。”[②]另一种观点则认为二人转属于一种简单、原始的戏剧，“二人转是包括一旦一丑的歌舞演唱和三四个人扮演人物分场表演的地方小戏的总称”[③]。王肯先生将二人转作了广义和狭义的划分：“广义的二人转，是作为一种艺术品种的总称，包括单出头、双玩艺儿、拉场戏等形式；狭义的二人转，单指一旦一丑两个人演唱的双玩艺儿。”[④]在此基础上，王肯先生认为二人转是一种独特的戏剧形态，“一女一男两个彩扮的演员，又唱又说又扮又舞，跳进（角色）跳出（角色）地表演一个叙事兼代言的诗体故事”[⑤]。田子馥先生基本承袭了王肯的观点，认为：“它（二人转，笔者注）的演剧形态是：在空框的不需要任何布景、道具、装饰的舞台（或广场、田间、街头）上，只凭一女一男（或两女、或两男）两个‘演人物又不人物扮’的‘彩扮’的演员，又唱又说又舞又耍，‘跳出跳入’，‘转’身变人物，时而‘一人演多角’，时而‘二人演一角’，不需幕起幕落，不需当场换装，就可以生动形象地演出多时空、多场面、多人物的‘叙事兼代言的诗体故事’。”[⑥]杨朴先生采用原型研究的方式观照二人转本体艺术，认为二人转是在东北原始祭祀仪式的基本上形成的“一种形式极为简单的戏剧”。[⑦]笔者认为，以上诸种观点都有可取之处，如果将二人转这种艺术形式

---

① 中国戏曲志编辑委员会编：《中国戏曲志·辽宁卷》，中国 ISBN 中心 1994 年版，第 48 页。
② 《中国曲艺志·辽宁卷》编辑部编：《曲艺志资料》（第一辑），内部资料，1988，第 280 页。
③ 王铁夫：《东北二人转研究》，辽宁人民出版社 1956 年版，第 2 页。
④ 王肯：《土野的美学》，时代文艺出版社 1989 年版，第 4 页。
⑤ 王肯：《土野的美学》，时代文艺出版社 1989 年版，第 11 页。
⑥ 田子馥：《二人转本体美学》，时代文艺出版社 1996 年版，第 3 页。
⑦ 杨朴：《二人转的文化阐释》，文化艺术出版社 2007 年版，第 1 页。

回归到中国戏曲发展史的长河中去观照，二人转很可能属于从曲艺向戏曲过渡的艺术形态。首先，现存的好多戏曲剧种都是从曲艺形式发展而来的，这是戏曲艺术得以形成的一条基本规律。其次，从表演形态来看，二人转艺术包括单出头、二人转、拉场戏三种形态，其中二人转采用的是“跳进（角色）跳出（角色）”“演人物而不人物扮”的表演形式，属于叙事体。而单出头和拉场戏则是演员完全进入人物，演员在舞台上是以“人物”出现的，是典型的代言体。单出头、二人转、拉场戏“一树三枝”的表演形态使二人转艺术表现出鲜明的由曲艺向戏曲过渡的形态特征。再次，从表演体式来看，以子弟书、鼓书、评书、莲花落、坠子、琴书等为代表的曲艺形式均采用单一的“叙事体”表演体式，而二人转则采用的是“叙事兼代言”的表演体式。这种演员“演人物而不人物扮”，化身人物而又能跳出人物的“叙事兼代言”的表演体式也使二人转艺术表现出典型的由曲艺向戏曲过渡的形态特征。基于此，笔者人物，二人转可能属于从曲艺向戏曲过渡的艺术形态，适当“演人物”使其表现出戏曲的特征，而适时“跳出人物”又使其表现出曲艺的特征。也正因为如此，笔者才在本书中将二人转《大西厢》纳入“《西厢记》在当代戏曲舞台上的传播与重构”的体系中。

二、《西厢记》在二人转舞台上的传播概况

二人转《大西厢》和《西厢记》是否存在着一种必然的联系，即二人转《大西厢》是否源于王实甫的《西厢记》，这是我们首先要解决的问题。二人转作为流行于东北地区的民间艺术，关于它的起源，比较可信的有两种观点：“一是河北莲花落传入东北，与当地大秧歌相结合，吸收其他多种民间艺术而后形成的；另一说是以东北大秧歌为基础，吸收莲花落及其他民间艺术而后形成的。”[①] 无论哪一种说法都认为二人转是东北秧歌和河北莲花落相杂糅的产物，即二人转是“秧歌打底，莲花落镶边”。莲花落作为形成二人转的重要的曲艺形式，主要流行于北京、天津、河北一带，其吸收曲目时主要着眼于流行在当地的戏曲故事。王实甫的《西厢记》作为元代“大都杂剧创作圈”中

---

① 耿瑛：《正说东北二人转》，春风文艺出版社2008年版，第9页。

的一部极为重要的作品，必然被莲花落所吸收。到了清代，随着莲花落传入东北，《西厢记》随之传入东北，而后便逐渐形成了二人转《大西厢》。由此推知，二人转《大西厢》应源于王实甫的《西厢记》。《大西厢》是二人转舞台上最具代表性的爱情戏剧目，被称为二人转剧目中的“四大梁子”之一，也是绝大多数二人转艺人的“看家戏”。流传至今的二人转《大西厢》存在多种不同的版本，比较有代表性的版本为：1958 年吉林省文化局《二人转传统剧目资料第一辑》中的李财口述本、李青山口述本、董玉恒口述本以及 20 世纪 90 年代后吉林地区广为流行的宫庆山编辑本《大西厢》，以上四个版本均产生于吉林地区。此外，辽宁地区和黑龙江地区也零星出现了一些民间版本。本章对二人转《大西厢》的研究主要依据宫庆山编辑本《大西厢》。

第二节　从元杂剧《西厢记》到二人转《大西厢》的审美变异①

二人转《大西厢》与元杂剧《西厢记》相比，其音乐基础、演唱形式、文本结构、美学内涵都发生了巨大变化，以下笔者以文本研究为基础，试从多个角度阐释元杂剧《西厢记》整合于二人转艺术和东北地域文化之后而发生的审美变异。

一、戏剧冲突：由繁到简

王实甫的《西厢记》，其文本结构之庞杂，情节之繁复，在元杂剧中是极为罕见的。该剧共分五本：张君瑞闹道场（第一本）、崔莺莺夜听琴（第二本）、张君瑞害相思（第三本）、草桥店梦莺莺（第四本）、张君瑞庆团圆（第五本）。五本戏形成了两个大戏剧冲突，即以老夫人为代表的礼教捍卫者和以崔莺莺、张生、红娘为代表的礼教叛逆者的冲突，以及崔莺莺、张生、红娘三者之间的性格冲突。二人转《大西厢》主要包括四场戏：张生游寺、莺莺听琴、红娘下书、西厢观画。与元杂剧《西厢记》相比，二人转《大西厢》明显简化了戏剧冲突，虽然在某些场景中也略略提及老夫人，但老夫人与崔、张、红三者之间的冲突被大大弱化，二人转表演中的一丑一旦着力表现的是

① 本节内容曾发表于《戏剧文学》2015 年第 9 期，原文为《从〈西厢记〉到二人转〈大西厢〉的审美变异》，独著，署名“李大博”，写入本章时有改动。

崔、张、红三者之间的冲突。通过文本之间的对比，笔者发现二人转《大西厢》是通过“淡化故事背景”和“精简情节”两种方式达到简化戏剧冲突的目的和以简驭繁的美学效果的。

（一）淡化故事背景

元杂剧《西厢记》的第一本“张君瑞闹道场”主要铺叙了故事发生的背景，在这本戏中王实甫强化了故事发生的三大背景，即伦理背景、纲常背景和宗教背景。就伦理背景而言，崔老夫人是莺莺的母亲，是伦理背景的集中代表，崔相国也可视为伦理背景，他在剧中虽然已去世，可作者在这本戏的楔子中特地交代普救寺中的法本和尚是代崔相国出家的替身，因此故事的发生地普救寺已融合了母权和父权这两大伦理权威；就纲常背景而言，普救寺是武则天的香火院，融入了皇朝时代的最高权威；就宗教背景而言，普救寺又是杜绝七情六欲的佛家寺院。而崔、张之间的爱情故事却恰恰在普救寺这样一个特殊的环境中产生了。王实甫对这“三大背景”的强化，其实是为了突出该剧的第一大戏剧冲突，即礼教与反礼教这两种力量之间的冲突。二人转《大西厢》则大大淡化了故事发生的背景，在“张生游寺”这场戏中，既没有老夫人的出场，也没有崔相国停灵普救寺和张君瑞闹道场的情节，更无“普救寺是武则天香火院”的交代，只是概要性地交代崔莺莺来到普救寺为深得重病的母亲许愿，巧遇暂时在普救寺帮忙的落榜书生——张君瑞。

丑：表的是洛阳公子张君瑞，好骑骏马抖丝缰。大比之年去科考，连考三场没中上。落榜的举子难回故里，带领书童走四方。行走路过普救寺，庙外下马去歇凉，普救寺长老叫严顺，他的徒儿叫普祥，只因他们师徒不识字，留下了张生念表章。且不言张君瑞有了那个安身处，

旦：回文再表崔家庄。崔老夫人身得病，崔莺莺为母许愿来降香。带领着红娘把庙进，是一前一后到佛堂。崔莺莺要念牒文表，和尚请出小张郎。①

① 本章中出现的二人转《大西厢》唱词除特殊说明外均引自宫庆山编辑本二人转《大西厢》。

二人转《大西厢》这种对故事背景的淡化，无疑简化了戏剧冲突，即弱化礼教与反礼教这两种力量之间的冲突，尽快入戏，进而展现崔、张二人的情感纠葛与性格冲突。

（二）精简故事情节

与元杂剧《西厢记》相比，二人转《大西厢》对原著中的好多情节进行了删减，比如“白马解围”的情节，王实甫用了两折戏的篇幅大肆渲染，而在二人转《大西厢》中则一笔带过。“张君瑞一见告白又急又恨，忙把告白揭下墙，文质彬彬难上阵，搬请好友来帮忙。请来了白马将军叫杜确，战败了孙飞虎五千贼兵归了西凉，没敢再兴殃啊!”再如“拷红”和“逼试”的情节，在元杂剧《西厢记》中是两个重要的戏剧冲突高潮，但二人转《大西厢》还是一笔带过:“崔老夫人上楼房啊，手指张生高声骂啊，你小子干的啥勾当，不怕相府露丑事儿，我今天送你到公堂，要想娶我千金女，你除非金榜把名扬。张生羞愧无话讲，回到西厢打行装，从此一去无音信。”《大西厢》为什么要对上述情节进行删减，其实还是出于简化戏剧冲突的考虑。“白马解围”之后老夫人的“赖婚”，是激起反礼教势力（崔、张、红）反抗礼教势力（老夫人）的重要因素，因此“白马解围”的着眼点应在于“礼教与反礼教这两种力量之间的冲突”；而“拷红”和“逼试”则是反礼教势力（崔、张、红）和礼教势力（老夫人）的正面交锋，其着眼点仍在“礼教与反礼教这两种力量之间的冲突”。因此，二人转《大西厢》对于上述情节的删减，其目的还在于简化戏剧冲突，即弱化礼教与反礼教这两种力量之间的冲突，而着力展现崔、张二人的情感纠葛与性格冲突。

这里有一个问题值得我们思考，二人转《大西厢》为什么要通过“淡化故事背景”和“精简情节”的方式来简化戏剧冲突呢？这种由繁到简的审美动因究竟在哪里？首先，从表演形式看，二人转是一丑一旦以“叙事＋代言”的方式进行表演，即二人转不是以客观的“形似”对生活进行逼真的再现,而是通过“半真半假”“做比成样”①的方式进行“传神”的再现。这种特

① 田子馥:《二人转本体美学》，时代文艺出版社1996年版，第77页。

殊的表演方式决定了二人转在表现较为复杂的故事情节和戏剧冲突时，要采用“删繁就简”“以少胜多”的审美表现方式，因此简化戏剧冲突就成为从元杂剧《西厢记》到二人转《大西厢》的一种必然的审美选择。其次，与元杂剧欣赏群体主要为市民不同，二人转的欣赏群体主要是关东农民（也包括由关内来到东北的“流人”），而且他们往往是在劳作之余欣赏二人转。这一特殊的欣赏群体往往不适应演出时间过长、戏剧冲突较为复杂的作品。同时二人转《大西厢》的“删繁就简”与关东农民的审美心理有着极为密切的关系，“简单的形式，便捷的理解，充分的想象，轻松的参与，灵活的注意力，开心的一笑，甚至心醉神迷的状态——这是二人转观众心理定势的重要方面”①，换言之，关东农民对二人转的审美观照不在于故事情节的完整与戏剧冲突的复杂，而在于沉浸故事当中的“会心一笑”以及由此带来的冲淡劳动疲乏的短暂舒适，基于此，删繁就简、尽快入戏就成了二人转《大西厢》的一种必然选择。

二、人物塑造：由含蓄、矜持到直白、泼辣

作为“西厢故事”的女主角——崔莺莺，在王实甫的笔下她是一个内心热烈而外表矜持的大家闺秀，而二人转舞台上的崔莺莺，虽然保留着相府小姐的身份，但从语言、行为到性格都发生了极大的变异，一个大胆、主动、直白、泼辣的崔莺莺行走在东北的白山黑水之间，也深深地印刻在关东农民的心间。

（一）行为模式：由被动到主动

“西厢故事”从《莺莺传》开始，到董解元的《西厢记诸宫调》，再到王实甫的《西厢记》，其情节发展的核心指要都在于张生对崔莺莺的爱慕与追求，无论是“始乱终弃”，还是“终成眷属”，戏剧冲突的挑起者和主动方都是张生。二人转《大西厢》打破了这种情节发展模式，将崔莺莺打造成戏剧冲突的挑起者，进而实现了从“男追女”到“女追男”的转变。如前文所述，《大西厢》在最大限度上精简了“白马解围”的情节。清代戏剧理论家李渔认

① 田子馥：《二人转本体美学》，时代文艺出版社1996年版，第137页。

为《西厢记》是以张君瑞为主角，又以“白马解围”为“主脑”。①《西厢记》以“白马解围”为“主脑”，实质是以张生的行为为主线，以“男追女”的行为模式为情节发展的核心指要。而《大西厢》最大限度地删减了“白马解围”的情节，浓墨重彩地描绘“莺莺听琴”，实质是以莺莺的行为为主线，进而让莺莺的行为模式由被动转向主动。

元杂剧《西厢记》中崔莺莺经历了佛殿相逢的“一见倾心”、闹道场的“眉目传情”、母亲悔婚的“痛不欲生”、传简闹简的“性格冲突”、半推半就的“私下结合”、长亭送别的“思夫之痛”和终成眷属的“大团圆”，在这一过程中莺莺虽然以大胆、越轨的“私下结合”颠覆了礼教的重压，但其行为模式却始终处于被动状态。二人转《大西厢》中的崔莺莺从为母降香时的“偶遇”到荼蘼架下的“野合”，其行为模式完全是主动的。莺莺初见张生，便被张生的风流潇洒所吸引，于是主动向张生传情。“崔莺莺抬头打量少年郎，只见他：方方正正一顶俊巾头上戴，荡悠悠两根飘带搭肩上。身穿蓝缎公子裳，脚登薄底鞋一双。天庭饱满多儒雅，风流潇洒又大方。年轻俊美人清秀，天下难得美貌郎啊！崔莺莺看得心摇意也动哎……呀，香罗手帕哎……呀，扔在了地当央。”一块扔在地上的香罗手帕寄托着这位深闺少女生发于心的爱情意识。“白马解围”之后，老夫人的赖婚，让莺莺表现出对张生刻骨的思念，“在绣楼叹坏了莺莺女红妆，我茶不思来饭不想，我坐不稳来睡不香，要想治好这相思病，除非是朝天每日陪伴宝贝小张郎啊！”莺莺在进园观花排遣忧愁的时候，耳畔传来了张生弹奏的《凤求凰》，正是这一曲《凤求凰》让莺莺萌动于心的爱情意识转化成了大胆、越轨的行为动力，因此，一封书信请来张生，“崔莺莺未曾提笔眼含痛泪，泪珠儿滚滚湿透了衣裳。上写着张先生阁下应望，敬启者分别后就各住远方。有数日未见面我们心中念想，如织女隔天河盼想牛郎，今去书为的是当初以往，成在天谋在人，巧会鸳鸯……”而后的“私下结合”与“病中照顾”，更是崔莺莺主动意识的集中凸显。总之，二人转舞台上的崔莺莺，其行为模式的集中表现为“变被动为主动”。

① 李渔：《闲情偶寄》，上海古籍出版社2000年版，第24页。

（二）言语模式：由含蓄到直白

在戏曲表演中，人物的言语模式往往是塑造人物性格的重要手段。从元杂剧《西厢记》到二人转《大西厢》，崔莺莺的言语模式发生了重大变化，由含蓄、文雅到直白、泼辣，这种转变的背后隐藏着人物性格的转变。我们以“听琴”这一折戏为例，张生抚出的《凤求凰》，让莺莺既动情，又生发出对母亲的哀怨。同样的情感状态，表现在两部作品里，莺莺的言语模式却完全不同：

王实甫《西厢记》中莺莺唱道：

> 【东原乐】这的是俺娘的机变，非干是妾身脱空；若由得我呵，乞求得效鸾凤。俺娘无夜无明并女工；我若得些儿闲空，张生呵，怎教你无人处把妾身作诵。
>
> 【绵搭絮】疏帘风细，幽室灯清，都则是一层儿红纸，几榥儿疏棂，兀的不是隔着云山几万重，怎得个人来信息通？便做道十二巫峰，他也曾赋高唐来梦中。

二人转《大西厢》中一丑一旦唱道：

> 旦：伤心不把别人怨，埋怨我的糊涂娘。常言说“男大当婚女大当嫁”，谁不知姑娘大了盼想夫郎，我忙你咋不着忙啊！我伤心不把别人怨，埋怨月下老做事理不当。不是婚姻你别给我们配，只配得夫不成对妻不成双，等多咎能遇到月下老你，我薅住你的胡子给你是几巴掌！
>
> 丑：把他胡子薅溜光，刺溜刺溜冒血浆！再长那赖皮疮叫他尝一尝！问他办的这叫啥勾当啊……

由此例可见，言语模式的转变让二人转舞台上的崔莺莺多了几分白山黑水间的乡土气息，也多了几分东北女性的豪爽与泼辣。

从元杂剧《西厢记》到二人转《大西厢》，崔莺莺行为模式与言语模式的转变，其深层的审美动因又在哪里？笔者窃认为，崔莺莺由被动到主动的行为模式的转变正契合了关东农民的一种心理原型——“女爱男”。男人渴望女人的爱，是关东农民普遍的心理欲望。200多年前的关东农民，生活在一个极度缺少性爱的环境中，很多从事采煤、挖参等集体劳作的农民很少能接触到女性，而很多“闯关东”的流人更是过着孤苦无依的生活，极度困苦的生存状态使他们无法得到完美的爱情，甚至无法得到起码的婚姻。极度的压抑往往会催生极度的诉求。“性爱的缺失和性爱的不如意使关东农民的性爱欲望特别强烈……于是，受这种欲望的驱使的想象性性爱方式——‘二人转’故事的‘女爱男’模式就形成了。”[①] 这种心理原型潜藏在关东农民的潜意识中，成为东北二人转过滤、改造其他戏曲故事的主要动力。笔者认为，二人转《大西厢》中崔莺莺行为模式的改变便是在这种心理原型的观照下而产生的审美变异。而崔莺莺由含蓄到直白的言语模式的转变，其实是在关东农民的文化习俗和审美观念的影响下而产生的审美变异。二人转从产生的那天开始，就与关东农民的审美意识形成了种种默契，这种默契，不仅表现为感情的默契、情趣的默契、生活经验的默契，更主要的是文化的默契、审美观念的默契。东北的白山黑水不仅造就了关东农民粗犷、豪放的性格，也涵养了他们以通俗、直白为美的审美观念。元杂剧《西厢记》中身处侯门深闺的崔莺莺，其言语模式及由这种言语模式彰显出的文化视野与审美观念必然与关东农民相去甚远，因此，随着“西厢故事”流入东北，二人转艺人也让矜持、含蓄、文雅的莺莺演变成关东农民审美视域下的泼辣、直白、满口乡土气息的东北大姑娘！

三、剧本语言：由典雅秾丽到俚俗素朴

《西厢记》的语言典雅秾丽，历来被后人所称道，曹雪芹在《红楼梦》中称赞道：“词藻警人，余香满口。”所谓典雅，即含蓄蕴藉，文雅脱俗。吴梅《奢摩他室曲话》：“《西厢》之工，夫人而知。《西厢》之所以工者，就词藻论之，则以蕴藉婉丽，易元人粗鄙之风，一也。”[②] 所谓秾丽，即华美艳丽，文采

---

① 杨朴:《二人转的文化阐释》，文化艺术出版社2007年版，第173页。

② 吴梅:《散论王实甫〈西厢记〉》，转引自王卫民主编《吴梅戏曲论文集》，中国戏剧出版社1983年版，第493页。

超然。朱权《太和正音谱》："王实甫之词如花间美人。""铺叙委婉，深得骚人之趣。极有佳句，若玉环之出浴华清，绿珠之采莲洛浦。"[①] 这部词藻警人的经典巨作由繁华市井的勾栏瓦肆走向土野乡村的二人转舞台，在东北地域文化的整合之下，在民间心理和俗化思维的解构下，其"余香满口"的曲词也更多地带有了黑土地的厚实与野草的芳香，带有了关东农民憨厚质朴的地域品格，即由典雅秾丽走向俚俗素朴。

（一）从意象性到形象性

出自文人之手的《西厢记》带有浓郁的"抒情诗剧"的特征，其典雅秾丽的语言也主要表现为诗歌语言的意象性特征。而民间心理解构下的《大西厢》则更多带有"村野闹剧"的特征，因此其俚俗素朴的曲词则主要表现为关东农民视域下的形象性特征。意象是审美情思的物化形式，是诗人升华并凝定感觉印象的一种基本艺术方式。"意象本意是指意中之象，是精神世界中的景象，重在神似，强调表情达意的象征性。"[②] 从外部形态看，意象性的语言富于观念性，从戏剧创作实践来看，意象性的语言强调以意写形。"形象本意是指客观存在的人和事物的相貌形状，重在形似，强调具体可感的再现性。"[③] 从外部形态看，形象性的语言富于现实性，从戏剧创作实践来看，形象性的语言强调以形见意。以人物的肖像描写为例，《西厢记》中很少有人物的肖像描写，即使有也多追求神似，以意境取胜。试看张生初次见到莺莺时，其眼中的莺莺形象：

【胜葫芦】则见他宫样眉儿新月偃，斜侵入鬓边……未语人前先腼腆，樱桃红绽，玉粳白露，半晌恰方言。

【幺　篇】恰便似呖呖莺声花外啭，行一步可人怜。解舞腰肢娇又软，千般袅娜，万般旖旎，似垂柳晚风前。

---

① 朱权：《太和正音谱》，见《中国古典戏曲论著集成（三）》，中国戏剧出版社 1959 年版，第 17 页。

② 陈文兵：《论〈西厢记〉的诗剧特征》，《戏曲研究》2009 年第 1 期，第 287 页。

③ 陈文兵：《论〈西厢记〉的诗剧特征》，《戏曲研究》2009 年第 1 期，第 287 页。

这两段唱词突出表现了莺莺的体态美和风度美，展现了莺莺作为大家闺秀的娇柔之态和超凡脱俗的内在气质，张生眼中的莺莺既无村野女子的俚俗，也无市井女性的脂粉气。显然，莺莺形象的恰当展现得力于王实甫的意象性语言。

我们再看《大西厢》中张生眼中的莺莺形象："只见她乌云发发乌云，乌云巧挽盘龙髻。鬓对雅雅对鬓，鬓边斜插秋海棠。柳叶眉眉柳叶，柳叶弯眉分八字。秋波眼眼秋波，秋波杏眼水汪汪。芙蓉面面芙蓉，芙蓉粉面花似玉。樱桃口口樱桃，樱桃小口含槟榔。上身穿着素花袄，八幅罗裙缎绦镶。风摆罗裙飘摇起，露出来红缎绣鞋花满帮。天生一个俊模样，好像仙女下天堂啊……"这段唱词对莺莺的肖像进行了细致入微的展现，从发式到眉眼，从面庞到口鼻，从服饰到配饰，这一切无一遗漏。二人转《大西厢》用极为形象的语言，让一个仙女般的莺莺展现在关东农民的眼前，也许在关东农民的眼中无法形容的美女便可称为"仙女"。

（二）从庙堂诗剧到民间诗剧

《西厢记》因为文采藻艳、词句典丽而被称作"诗剧"。"从作品的体裁、风格来看，《西厢记》是一部具有喜剧色彩的抒情诗剧。在语言的运用上，《西厢记》则堪称古代诗剧的一个范本。"[①]"它（《西厢记》，笔者注）是一部大型的优美的洋溢着反封建精神的古典诗剧。"[②]二人转《大西厢》让元杂剧《西厢记》从市井走向了乡村，但其"诗意"的内核仍然存在。如果说《西厢记》是居于庙堂之上的文人诗，那么《大西厢》便是俚俗的民间诗。《西厢记》用典雅秾丽的曲辞演绎了一部高雅的庙堂诗剧，二人转舞台上的一丑一旦则用俚俗素朴的唱词构筑了一幕民间诗剧。试看《西厢记》和《大西厢》对崔、张"私下结合"一段的精彩展现：

【元和令】绣鞋儿刚半折，柳腰儿够一搦，羞答答不肯把头抬，只

① 张庚、郭汉城主编：《中国戏曲通史》，文化艺术出版社 2014 年版，第 156 页。

② 徐扶明：《元曲聚珍》，上海古籍出版社 1996 年版，第 61 页。

将鸳枕捱。云鬟仿佛坠金钗，偏宜鬏髻儿歪。

【上马娇】我将这纽扣儿松，把缕带儿解；兰麝散幽斋。不良会把人禁害，哈，怎不肯回过脸儿来?

【胜葫芦】我这里软玉温香抱满怀。呀，阮肇到天台，春至人间花弄色。将柳腰款摆，花心轻拆，露滴牡丹开。

【幺　篇】但蘸着些儿麻上来，鱼水得和谐，嫩蕊娇香蝶恣采。半推半就，又惊又爱，檀口揾香腮。

（王实甫《西厢记》）

旦：四围的花草把风遮挡啊哎呀，
丑：荼蘼架好比花红洞房啊哎呀。
旦：铺的是青草花的褥子，天蓝花的被呀哎呀，
丑：杨柳腰斜卧在土地花的床。
旦：描花腕解开了丝蓝花的扣，
丑：灯笼花裤子扔在菱角花鞋旁。
旦：棒槌花要会石榴花蕊呀哎呀……
丑：石榴花染上了棒槌花的浆哎呀。
旦：张先生高山放马跑了几趟啊哎呀，
丑：头一回上阵慌里慌张啊哎呀。
旦：咱二人好事已毕平身站起，
丑：回头看血落尘埃把草染黄啊。
旦：恐怕是星辰日月把它照，小金莲蹬尘土把它盖上啊……

（二人转《大西厢》）

张生和崔莺莺难以克制情欲的涌动，在一个月明星稀的夜晚私下结合了。可贵的是《西厢记》和《大西厢》都把这一幕作了诗意的展现:《西厢记》以典雅的词句展现了崔、张二人软语温存的床笫之欢，这里没有肉欲冲动的低俗，只有娇柔羞涩的含蓄美和难以抑制的爱情意识的升华。《大西厢》的唱

词虽然通俗直白，但作者以花草比人身，让崔、张二人在充满千般美景的百花丛中完成了从肉体到精神的完美结合，这是多么富于诗意的一幕！同样的场景，其诗意的内核在两部作品中没有发生变化，只不过由于语言风格的改变使这一幕由庙堂走向了民间，由锦被绣榻上的软语温存走向了荼蘼架下的野合！

从元杂剧《西厢记》到二人转《大西厢》流变的过程，不仅是经典文本民间化的过程，更是这部经典之作，在一种异质化审美理念的观照下，被解构与再创造的过程。

第三节　二人转《大西厢》对元杂剧《西厢记》的价值重构①

作为长期在二人转舞台上演的经典剧目《大西厢》，其题材内容、故事模式和人物形象主要来源于元杂剧《西厢记》，同时二人转《大西厢》也参考了清代鼓词《西厢记》和清代子弟书《西厢记》。当这部"天下夺魁"的《西厢记》跨越千山万水播撒在东北的白山黑水之间的时候，东北民间艺人对其进行了适应二人转表演形式的改造和适应关东农民审美情趣的再创造，在这一过程中，元杂剧《西厢记》的文本价值得以重构。以下笔者试从主题意蕴、表演风格、接受心理三个维度阐释二人转《大西厢》对元杂剧《西厢记》的价值重构。

一、主题意蕴的重构：从挣脱礼教的终成眷属到源于人欲的自由结合

关于元杂剧《西厢记》的主题意蕴，前人论及颇多，研究者的共同指向便在于王实甫在《西厢记》中提出的"愿普天下有情的都成了眷属"的永恒的爱情理想。而实现这一理想的观念前提便在于肯定情欲、挣脱礼教，因此，"缘情反礼"成为《西厢记》主题意蕴的核心指要，也是促成崔、张爱情由萌生、发展到最终成熟的重要推动力。《西厢记》中的崔莺莺想要获得理想的爱情就必须跨越两重束缚：其一是以老夫人为代表的伦理权威和文化权威的胁

① 本节内容曾发表于《戏剧文学》2016年第3期，原文为《元杂剧〈西厢记〉对二人转〈大西厢〉的价值重构》，独著，署名"李大博"，写入本章时有改动。

迫和压制；其二是莺莺自身因为相府小姐的身份和长期的封建教育积淀而形成的权威人格的制约。这两重束缚的根源都在于封建礼教，因此，整部《西厢记》的主题意蕴就是“情”与“礼”的拉锯战。作为封建礼教的典型代表，老夫人以“母亲”这一强大的伦理角色对莺莺追求自由爱情的萌动意识进行压制，甚至百般干涉崔、张二人顺理成章的美满姻缘。《西厢记》中老夫人的两次赖婚都是凭借“母亲”这一强大的伦理角色所生发出的“越俎代庖”之举，崔莺莺面对母亲这一强大的伦理角色也只能静待命运的裁决。当崔、张二人“私下结合”的越轨行为被察觉后，老夫人又以相国夫人所拥有的至高的文化权威为武器指责莺莺玷辱家门、痛斥张生越礼违法。在无法改变既成事实的情况下，又以“崔家三代不招白衣婿”为由，逼迫张生进京求仕，以严酷的礼教“拆鸳鸯两下里”。作为封建礼教的叛逆者，崔莺莺对“情”的坚守和红娘的推波助澜是她叛逆礼教的力量之源，但礼教濡染下的权威人格又让她彷徨犹豫、踟蹰不前。权威人格是与权力感相关联的一个概念，它是由一组相互关联的人格特征组成的人格类型。“虽然不同学者对权威人格的描述不尽相同，但有两点基本上是一致的，即权威人格具有服从权威和以权威自居的双重心理特征。”① 因此，我们看到，《西厢记》中的崔莺莺既服从作为礼教捍卫者的老夫人所拥有的伦理和文化的双重权威，又因为相府小姐的身份而尽力彰显出“恪守礼教者”的姿态。面对红娘遮遮掩掩、装腔作势，面对张生忽冷忽热、反复无常，都是崔莺莺的这种权威人格在作祟。基于此，笔者认为，《西厢记》中的崔、张二人虽然获得了“终成眷属”的大团圆，但促成这种结局的主动力不在于人性深层的强大欲望，而是各种合力共同作用的结果。崔、张二人的忠贞不渝，红娘的推波助澜，老夫人面对既成事实的无奈退步，多种力量的碰撞换来了“终成眷属”的大团圆，换言之，“终成眷属”不过是以婚姻的外壳让崔、张二人的行为由“越礼违法”走向了“守礼合法”。

从元杂剧《西厢记》到二人转《大西厢》，东北民间艺人不仅以“丑旦共

① 李小平、杨晟宇、李梦遥：《权威人格与权力感对道德思维方式的影响》，《心理学报》2012年第7期，第965页。

舞”的二人转表演形式让“西厢故事”在东北的白山黑水间得以传播，而且也对原故事的主题进行了民间化解构与创造性重构。

首先，二人转《大西厢》通过弱化老夫人的伦理权威、文化权威实现了对《西厢记》主题的民间化解构。所谓民间化解构，即以富于东北地域文化色彩和体现关东农民审美情趣的视角对原故事的主题进行解构。从《西厢记》到《大西厢》，老夫人的“戏份”减少了许多，而且其权威性明显弱化。其一，“存在性”的缺失是老夫人伦理权威弱化的直接表现。元杂剧《西厢记》中的老夫人始终存在于“西厢故事”的发生地——普救寺，老夫人与崔莺莺这种近距离的“共处”，无形中便强化了老夫人作为伦理权威的“震慑力”；而二人转《大西厢》中的老夫人却远离普救寺，明显表现出“存在性”的缺失。试看《大西厢》中的这段唱词：“回文再表崔家庄。崔老夫人身得病，崔莺莺为母许愿来降香。带领着红娘把庙进，是一前一后到佛堂。崔莺莺要念牒文表，和尚请出小张郎。”老夫人身在崔家庄，而崔、张爱情故事的发生地却在普救寺，这种距离感的增大使老夫人作为伦理权威的价值表征明显弱化。其二，重要情节结构的简化是老夫人文化权威得以弱化的重要体现。我们知道，“白马解围”是王实甫在《西厢记》中用两折戏的篇幅重笔描摹的关键情节，而“郑恒突现”则是《西厢记》在“大团圆”结局即将出现时设置的一个“波澜回转”式的矛盾冲突，这两个情节直接引发了老夫人的前后两次“赖婚”，而赖婚的重要武器是礼教，老夫人以捍卫礼教作为赖婚的重要筹码恰恰是其作为文化权威的价值表征。因此，《西厢记》中“白马解围”和“郑恒突现”的情节，从某种程度上讲均是强化老夫人文化权威的情节铺垫。从《西厢记》到《大西厢》，这两个情节被大大简化甚至干脆被删除：“白马解围”的情节被一笔带过，“张君瑞一见告白又急又恨，忙把告白揭下墙，文质彬彬难上阵，搬请好友来帮忙。请来了白马将军叫杜确，战败了孙飞虎五千贼兵归了西凉，没敢再兴殃啊！”“郑恒突现”的情节则完全被删除。这种由繁到简的转换，除了使“西厢故事”更适合二人转相对简单化的表演形式外，更重要的作用还在于这种转换可以在最大程度上弱化老夫人作为文化权威的价值表征，弱化捍卫礼教与反礼教两种力量之间的冲突，进而实现《大西厢》

对《西厢记》故事主题的民间化解构，即由着力展现反抗封建礼教的情、礼之争到尽情渲染富于民间情调的“女爱男”的故事。

其次，二人转《大西厢》通过剔除崔莺莺的权威人格，实现了对《西厢记》主题的创造性重构。《大西厢》剔除了崔莺莺浓重的权威人格，主动意识被大大强化。二人转《大西厢》中的崔莺莺虽保留了相府千金的身份，但其行为模式和言语模式则更多体现了富于东北地域文化色彩的大胆而泼辣的乡间“大姑娘”的特点。[①]从初见张生时的以“罗帕”传情、老夫人赖婚后对张生的“相思入骨”；到荼蘼架下的“以身相许”、深闺中对张生的精心照料；再到张生赴京求仕后的“刻骨思念”；最后一封书信送到西厢。《大西厢》中的崔莺莺是戏剧冲突的挑起者，是崔、张爱情萌动、生发并最终走向成熟的主要推动力，其主动意识被最大限度地强化。值得深思的是，《大西厢》中崔莺莺主动意识得以生发的根本原因在哪里？笔者窃认为，其根本原因便在于民间视角解构下的崔莺莺对“情欲”本身的认同。元杂剧《西厢记》中的崔莺莺虽钟情于张生，但在“张君瑞闹道场（第一本）”和“崔莺莺夜听琴（第二本）”中，崔莺莺始终处于被动状态，戏剧冲突的挑起者是张生，而不是莺莺。到了第三本“张君瑞害相思”，莺莺虽然在某种程度上展现出主动性的一面，但又经历了传简、闹简和赖简等一系列戏剧冲突的延宕，崔莺莺才半推半就地“以身相许”。在这一过程中，莺莺始终没有彻底摘除“表里不一”的人格面具，其最终的“以身相许”也更多地源于礼教挤压下生命能量与自我意识的反弹！二人转《大西厢》中的崔莺莺在母亲赖婚后不久，出于对张生刻骨铭心的爱以及难以克制的情欲涌动，便在一个月明星稀的夜晚于荼蘼架下与张生私下结合了。《大西厢》中“西厢写书”这出戏，以倒叙的方式展现了“崔、张二人的私下结合在前，而莺莺传书在后”的情节结构，这种结构安排彻底粉碎了崔莺莺的权威人格，极大地强化了崔莺莺的主动意识。笔者认为，《大西厢》中的崔莺莺所以在出场不久后就与张生私下结合，其根本原因便在于莺莺对“情欲”本身的认同。二人转《大西厢》通过老夫人的“存

① 李大博：《从〈西厢记〉到二人转〈大西厢〉的审美变异》，《戏剧文学》2015年第9期，第146页。

在性”缺失和情节结构的简化，极大地弱化了礼教背景，而在这种背景下所生发出的荼蘼架下的“私下结合”，则更多地源自崔莺莺对“情欲”本身的渴望与认同。因此，笔者认为，二人转《大西厢》通过对元杂剧《西厢记》的解构与重构，实现了《西厢记》主题意蕴的转换与重构，即从展现挣脱礼教的终成眷属转换为彰显源于人欲的自由结合。

二、表演风格的重构：从“抒情诗剧”到“民间闹剧”

元杂剧《西厢记》和二人转《大西厢》在表演风格上呈现出诸多差异。虽然我们无法看到杂剧舞台上表演《西厢记》的盛况，但通过剧本中的情节设置、人物唱词和情感表达方式，我们仍能鲜明地感受到《西厢记》与东北地域文化整合，被搬上二人转舞台后所表现出的表演风格的差异。产生这种差异的原因很多，如地域文化的差异、作家审美理想的差异、受众类型与消费心理的差异等等。笔者认为，最重要的差异在于元杂剧和二人转表演方式的差异。元杂剧是一种成熟的戏剧形态，表演过程中角色分工明确，演员完全化身于剧本中的人物，即进入故事后演员自身的存在意义被消解，而完全以剧中人物的形象展现在观众的面前。《西厢记》中的崔莺莺是身份高贵的相府千金、聪明漂亮的大家闺秀，张生是风流潇洒的文生公子、饱读诗书的卓异之才。这种角色定位决定了杂剧舞台上的演员，其行为模式和言语模式要符合这两个形象的内在特质，即演员要完全化身于聪明漂亮的大家闺秀和风流潇洒的文生公子，这也决定了元杂剧《西厢记》必然要采取“才子佳人”式的抒情诗剧的表演风格。作为“佳人”的崔莺莺执着忠贞而又含蓄矜持，作为“才子”的张生主动多情而又略显酸腐。试看张生初见莺莺，惊羡于莺莺美貌时的唱段：

【上马娇】这的是兜率宫，休猜做了离恨天。呀，谁想着寺里遇神仙！我见他宜嗔宜喜春风面，偏、宜贴翠花钿。

【胜葫芦】则见他宫样眉儿新月偃，斜侵入鬓边。（旦云）红娘，你觑：寂寂僧房人不到，满阶苔衬落花红。（末云）我死也！未语人前先腼腆，樱桃红绽，玉粳白露，半晌恰方言。

【幺　篇】恰便似呖呖莺声花外啭，行一步可人怜。解舞腰肢娇又软，千般袅娜，万般旖旎，似垂柳晚风前。

张生惊羡于莺莺的美貌，初次相见时细致入微的“打量”绝好地定位了张生“多情种”的特质；而那种被莺莺的美貌娇艳冲破心理防线而“欲死”的表现，却又让他在多情之余又平添了几分酸腐。唱词对人物性格的展现可谓恰到好处。

再看“长亭送别”时，崔莺莺的唱段：

【端正好】碧云天，黄花地，西风紧，北雁南飞。晓来谁染霜林醉？总是离人泪。

【滚绣球】恨相见得迟，怨归去得疾。柳丝长玉骢难系，恨不倩疏林挂住斜晖。马儿迍迍的行，车儿快快的随，却告了相思回避，破题儿又早别离。听得道一声去也，松了金钏；遥望见十里长亭，减了玉肌：此恨谁知？

张生的离去给莺莺留下了好多悬而未解的“疑团”，这两段唱词恰如其分地表现了莺莺此刻的心境：既有对张生“去而不返”的忧虑，又有对张生“远赴他乡”的牵挂。对张生执着而忠贞的爱和眼前的生离死别，让莺莺异常痛苦，可相府小姐的身份又让她把这种难耐的痛苦寄托在眼前的景物中，因此这两段唱词非常符合莺莺的性格特质，以含蓄内敛的抒情传达出刻骨铭心的离愁别恨。

从元杂剧《西厢记》到二人转《大西厢》，其表演风格发生了质的飞跃。二人转不同于元杂剧，它是一种不太成熟的民间小戏，舞台上一丑一旦表演“叙事兼代言”的故事。但值得注意的是，二人转中的丑、旦角色并不是来源于戏曲表演中的丑、旦角色，而是源于东北大秧歌中的上装（旦）与下装（丑）构成的“一副架”，东北大秧歌在表演的过程中并不满足于上、下装的互舞和丑、旦角色的表演，很多时候会在秧歌舞蹈表演之外以一对丑旦角色表演一个故事，来丰富大秧歌的内容。东北大秧歌中的故事表演，并不是上装（旦）、下装（丑）完全化身于故事中的人物，而是采用模拟、戏谑的方式进行表演，因此，当东北大秧歌中的上、下装"一副架"被"劈出来"成为二人转舞台上的一丑一旦后，其模拟、戏谑的表演风格也自然成为二人转的表演风格，即二人转演员在表演的过程中不是化身于剧中人物，而是先进入丑、旦的角色，然后再以丑、旦的角色模拟剧中的人物，使剧中人物被涂抹上丑、旦的感情色彩。在二人转《大西厢》中，演员并不是完全进入崔莺莺、张生的角色，而是由丑、旦模拟性地表现人物，崔莺莺、张生不再是元杂剧中的形象，而是被丑、旦夸张、放大，带有浓厚主观色彩的人物。同时，丑、旦并不是固定在某个角色上，而是在几个角色间不断地"跳进跳出"。二人转这种特殊的表演风格，使《西厢记》这部杂剧舞台上的"抒情诗剧"转化成了二人转舞台上的"民间闹剧"，二人转《大西厢》对原故事进行了脱胎换骨式的解构与重构。试看二人转《大西厢》中的丑角化身张生时的一段唱词："张生上前拉衣裳，跪地磕头好像鸡捣米，作揖好像牛犊拜四方。红娘姐姐先别走，这事还得你帮忙。悔不该当初有了今日，别笑我人穷志短马瘦毛长，推三挡四你给我遮过去，我情愿带领书童奔他乡。从今后我有出头日，忘不了红娘姐姐好心肠，张君瑞哀告的喉咙哑……"再看丑角化身红娘时的一段唱词："小红娘闻听我假装生气，小姐你说话太轻狂，张生是二十来岁男子汉，咱们是十八大九没出阁的一对大姑娘，动不动你就把那张生请，你请张生到底有啥勾当！不去不去我不去，别拿我们丫鬟当那影壁墙哎呀……小红娘闻听沙个楞的、面个兜的、美个滋的、浪不丢的抿嘴乐，迈步就要奔西厢……"我们看，二人转中的丑角无论是化身张生，还是化身红娘，其表演都明显带有模拟和戏谑的色彩，二人转舞台上的张君瑞多了几分世俗的"丑相"，而红娘则由聪明、睿智的相府婢女被改造为直爽、伶俐的东北农村大姑娘！同样是表现张生走后莺莺对张生的思念，元杂剧中的崔莺莺表现得深情而悲戚，而二人转《大西厢》中的旦角则以戏拟化的方式夸张表现了莺莺的伤感："张先生你走时萌芽刚出土，现如今霜打树叶都黄……我朝天每日把你想，一场大病卧在了床，一天吃不上半碗饭，两天喝不上一碗汤，半碗饭，是一碗汤，瘦的前腔贴后腔，胳膊上镯子戴不住，手上戒指发逛荡。十七八的大姑娘走道拄拐棍，不拄拐棍手扶墙，强打精神走几步。不好了，红缎子花鞋底做帮，帮做底，是底做帮，张先生多咎回来我的鞋才能正当。”这里主要通过崔莺莺身体与行为的变化，模拟表现张生的离去给莺莺带来的刻骨铭心的伤痛！基于此，笔者认为，从元杂剧《西厢记》到二人转《大西厢》的表演风格的重构，使“西厢故事”由展现才子佳人的“抒情诗剧”走向了展现“女爱男”的“民间闹剧”。

三、接受心理的重构：从勾栏瓦肆的扬情反理到乡野田间的民间迷狂

接受美学特别强调对读者的尊重，认为文本的意义是作者和读者共同创造完成的，读者并不是被动地接受文本，读者阅读文本的过程其实是对文本进行再创造的过程。接受美学的观点同样适用于戏曲艺术，在戏曲表演中，剧本的意义和价值是由剧作家、演员和观众共同创作完成的，因此，观众接受心理的嬗变往往能彰显出剧本价值的重构，换言之，观众接受心理的嬗变乃是剧本价值重构的外显性特征。从元杂剧《西厢记》到二人转《大西厢》，观众的接受心理发生了巨大嬗变。“西厢故事”的源头本是唐代的一部传奇小说《莺莺传》，经过长期的民间流传，到了元代王实甫成功地将这个悲剧故事改造成了一部爱情轻喜剧。“西厢故事”被搬上戏曲舞台后，很快受到底层民众的广泛关注。朱有燉《诚斋乐府》卷一【醉乡词】《风流秀才》：“论文章在舞台，赴考试在花街，束修钱统镘似使将来。把《西厢记》注解，演乐厅捏下个酸丁怪，教学堂赊下些勤儿债。看书帏苫下个女裙衩，是一个风流秀才。”[①] 描写一位秀才放弃功名，投身杂剧事业，在戏曲舞台上演绎崔、张的爱情故事。清代乾隆年间李绿园的小说《歧路灯》第四十八回描写了庙戏演出《西厢记》的盛况，帮闲夏逢若拉谭绍闻去瘟神庙看戏：“闲叙中间，已到瘟神庙门口，进的庙院，戏台上正演《张珙游寺》一出，看戏的人，挤挤挨挨，好不热闹……谭绍闻接茶时，恰值到惠明出来……夏逢若道：‘也罢，这底下也不过是白马将军解围……’”[②] 在现存的资料中，虽无元代《西厢记》演出情

① 谢伯阳编：《全明散曲》（卷一），齐鲁书社1994年版，第336页。

② 赵春宁：《〈西厢记〉传播研究》，厦门大学出版社2005年版，第138页。

况的记载，但通过明、清两代的相关记载，便可推知元代杂剧舞台上《西厢记》的演出盛况。“西厢故事”被王实甫搬上杂剧舞台后，为什么会受到如此广泛的接受与认同，其根本原因便在于《西厢记》“愿普天下有情的都成了眷属”的爱情理想契合了底层民众“扬情反理”的价值诉求。元代以来，社会思潮发生了巨大变化：一方面，宋儒存天理、灭人欲的教条越来越松弛无力；另一方面，在城市经济、市民阶层日益壮大的情况下，尊重个人意愿、感情乃至欲望，开始成为人们自觉的要求。在这种背景下，“扬情反理”成了底层民众最普遍的接受心理与价值诉求，《西厢记》的演出所以在元明清戏曲舞台上盛况空前，其根本原因就在于它契合了元明以来底层民众最普遍的接受心理。

元杂剧《西厢记》经由长期的舞台传播和民间说唱艺术的改造，被搬上东北戏曲舞台，成就了体现关东农民审美情趣的二人转《大西厢》。从元杂剧《西厢记》到二人转《大西厢》，无论是戏剧冲突的设置，还是人物形象的塑造及剧本语言的运用都发生了翻天覆地的变化，一代又一代的关东农民可以无视《西厢记》的存在，却久久沉迷于二人转《大西厢》中而无法自拔，这其中又彰显着关东农民怎样的接受心理呢？根据杨朴先生的研究，二人转中的一丑一旦来源于东北大秧歌中的上、下装，东北大秧歌中的上、下装又来源于东北诸民族的民间舞蹈和萨满跳神舞，而东北诸民族的民间舞蹈和萨满跳神舞又来自东北远古时期的圣婚仪式。“这种圣婚仪式的形式是，两个祭司或萨满装扮成女神和她的配偶，进行迷狂的‘二神转’；‘二神转’的主要形式由这样几部分构成：男神绕着女神舞、二神对舞、交媾舞和参加圣婚仪式的人们模仿‘二神转’的二人转等。”[①]祭司或萨满装扮“二神”舞蹈的目的既是为了娱神，也是为了娱人。当祭司或萨满的舞蹈达到迷狂状态时，才能让女神彰显出那种强大的创造生命的能力，才能引发参加圣婚仪式的人们也进入迷狂状态，进而获得神圣的生殖能力。这种由“二神”舞蹈而引发的迷狂状态，是东北先民一种重要的心理原型，久而久之便进入了关东农民的集

① 杨旸、杨朴：《二人转与东北传统文化》，中国社会科学出版社2015年版，第39页。

体无意识当中。二人转源于东北大秧歌，当一丑一旦把大秧歌中的“一副架”转换到二人转中的时候，就把来源于东北远古圣婚仪式的“原型”也带进了二人转之中。二人转所以勾魂摄魄，让关东农民沉迷其中不能自拔，其根本原因就在于它触及了关东农民集体无意识中的心理原型，引发了关东农民久违的迷狂状态。关东农民所以沉迷于二人转《大西厢》，其内在的接受心理便在于二人转舞台上的一丑一旦以迷狂的舞蹈演绎的故事触及了关东农民最深刻的心理原型，引发了关东农民原始的迷狂感和参与感。其实，二人转《大西厢》所演绎的崔、张故事并不完整，在大量删除原故事情节的同时，又在某些情节上反复延宕，如“写书”“观画”等片段就是典型的情节延宕，也就是说，二人转舞台上的《大西厢》其着眼点并不在于展现故事本身，而是通过典型情节的延宕展现一丑一旦沉醉其中的迷狂状态，进而触动关东农民深刻的心理原型。因此，从元杂剧《西厢记》到二人转《大西厢》，实现了从勾栏瓦肆的扬情反理到乡野田间的民间迷狂的接受心理的重构。

第四节　二人转《大西厢》的文化传播意识

元杂剧《西厢记》的问世，让中国戏曲舞台上多了一曲千古绝唱。这部戏曲舞台上的经典之作并没有因为杂剧这种戏剧形态的消亡而淡出人们的视野，相反它依托各种传播方式将“才子佳人”的故事播撒在大江南北和中原塞外。笔者近年来一直关注《西厢记》的舞台传播现状，在中国现存的主要戏曲剧种中均有关于《西厢记》的剧目，这些剧目依然活跃在戏曲舞台上，以精深的艺术魅力吸引着一代又一代的观众。同时，笔者也发现这些整合于不同剧种的“西厢故事”均不同程度地表现出民间化取向。二人转《大西厢》是元杂剧《西厢记》的地域化变体。当“西厢故事”跨越长城的障蔽播撒在东北的白山黑水间的时候，东北的民间艺人以“二人转”这种独特的艺术形式对“西厢故事”进行了适应关东农民审美理想和欣赏趣味的改造。同时由于受众的改变（元杂剧《西厢记》的受众主要是市民，二人转《大西厢》的受众主要是关东农民），也使二人转《大西厢》表现出浓重的文化传播意识，东北的民间艺人力图让关东农民在欣赏崔、张二人缠绵的爱情故事的同时，也获得一定程度的文化启迪。二人转《大西厢》在以关东农民的视角演绎那段脍炙人口的爱情故事的同时，也自热生发出浓重的文化传播意识。这种文化传播意识是“西厢故事”走向东北民间的必然选择，也是二人转艺术价值的一种表现。

一、《大西厢》对民间受众的知识传播

东北地区地处边陲，冰天雪地，大漠莽林，自古以来就被称为大荒之地。“东北海之外，大荒之中，有山名曰不咸，有肃慎氏之国。”[①] 东北地区独特的自然环境孕育了不同于中原地区的粗犷豪放的文化风貌，加之东北土著居民长期以来以渔猎为主的生产方式，使得中原地区在农耕文明基础上产生的深受儒家文化影响的“汉文化”在东北地区的影响力不甚广泛。虽然时有中原文人谪戍东北，中原平民迫于生计流亡东北，但汉文化在东北地区的传播并不广泛。东北各阶层尤其是关东农民的文化水平相对较低。

二人转作为东北独有的艺术形式，300 年来在东北地区赢得了最为广泛的受众，东北人民（尤其是关东农民）对二人转的关注与青睐远远超越其他任何一种艺术形式。在这一过程中，二人转自觉地担负起向受众传播文化知识的重任，受众沉醉于二人转的高亢曲调和动人故事的过程也满足了其对文化知识的渴求。《西厢记》被搬上二人转舞台后，充盈着东北人的喜、怒、哀、乐，展现着黑土地的粗犷与迷狂，更自觉表现出以“才子佳人”的千古绝唱向东北人民（尤其是关东农民）传播文化知识的民间化取向。以二人转《大西厢》中的经典唱段“西厢观画”为例，这个唱段的情节设置非常简单：红娘受崔莺莺的委派到西厢给张生下书，红娘来到西厢后以自己的视角向观众描绘西厢的景致。红娘重点观赏了西厢内的三十几幅画，这里剧作家融入了大量的神话、传说和历史典故。可以说，二人转《大西厢》中“西厢观画”这个经典唱段的设置已经超越了《西厢记》中“才子佳人”的故事框架，而将叙事视角投向了故事之外的广阔世界。一方面，舞台上的一丑一旦以“二人转”的形式将一幅幅美妙的画卷展现在观众的眼前，高亢的曲调、优美的

① 冯国超译注：《山海经》，商务印书馆 2016 年版，第 531 页。

舞蹈让一丑一旦一步步走向迷狂，也让他们在潜意识中复现着远古圣婚仪式中的性爱迷狂。[①]这种勾魂摄魄的“迷狂”更触动了受众（主要是关东农民）集体无意识的原型，引发了他们久违的迷狂状态和对性爱的强烈渴望。另一方面，画卷中那一个个经典的神话传说与历史典故也让关东农民那荒漠般的认知视野中出现了几点生机盎然的绿洲，满足了他们潜意识中强烈的求知欲。试看“西厢观画”中的几个代表性唱段：

头一张哎呀，一代圣贤孔夫子，二郎担山赶太阳，三气周瑜诸葛亮，四姐临凡配夫郎，伍子胥打马沙江过，六国不敌秦始皇，七夕牛郎会织女，是八仙过海笑脸扬，九里山前数韩信，十面埋伏楚霸王。

这10幅画囊括了“孔夫子为一代圣贤”的文化常识；“杨二郎担山追赶太阳，拯救生民”的神话；《三国演义》中“诸葛亮与周瑜斗智，三气周瑜”的故事；“张四姐私下凡间婚配崔文瑞，追求幸福生活”“牛郎织女七月七日相会”“八仙渡海”以及“韩信九里山活埋母亲”的民间传说；伍子胥与楚太子建的儿子胜逃亡过江和韩信以十面埋伏的战术让项羽乌江自刎的历史典故。

观罢这个墙，再观那个墙，那墙又闪出，闪出画四张。头一张有男有女有一匹高头溜溜溜溜大啦不是吗？那是一匹马。马就算马，马上驮着谁？薛丁山征西凉，中途路上马蹄忙，与樊梨花动刀枪，收妻就在寒江关上！二一张有男有女有一匹高头溜溜溜溜大啦不是吗？那是一匹马。马就算马，马上驮着谁？小罗章上战场，中途路上马蹄忙，与红月娥动刀枪，收妻就在对松关上……

这4幅画卷给观众讲述了四个“女爱男”的故事。第一个故事取自清代小说《薛丁山征西》，薛丁山在寒江关巧遇樊梨花，樊梨花因爱慕薛丁山而三

① 杨朴先生认为二人转的原型是上古时期的圣婚仪式，笔者基本赞同。

擒三放薛丁山，后嫁给薛丁山为妻。第二个故事取自传统评书《秦英征西》，跟随秦英一同征西的罗章在对松关打死了洪江、洪海，洪月娥为兄报仇大战罗章，但又爱慕罗章，故意不取罗章性命。罗章受伤后在骊山老母之徒李月英家养伤，后与李月英成亲。洪月娥来找罗章，也嫁给罗章为妻。第三个故事取自传统评书《刘金定大战南唐》，宋太祖赵匡胤亲征南唐，被困寿州，高君宝私自出京前往寿州救驾。双锁山前遇刘金定立招夫牌，刘逼高君宝成亲，高多次赖婚，后终成眷属。第四个故事取自明代小说《杨家府演义》，杨宗保少年时随父出征，在攻打穆柯寨时被穆桂英擒获，后成就夫妻，夫妻二人共破天门阵。

> 观罢这个墙，再观那个墙，那墙又闪出，小画又八张啊！有一个女子在劝酒啊，西施擎杯醉吴王。有一个女子立书案，蔡文姬赋诗下笔成章。有一个女子在草原上，王昭君出塞赴北疆。有个女子长城奔，孟姜女千里寻夫郎……观罢这墙望那墙，那墙闪出画八张。有个小孩海边站，哪吒闹海斗龙王。有一个小孩扛板斧，劈山救母的小沉香。有一个小孩把梨捧，孔融让梨美名扬。有个小孩冰上躺，王祥卧鱼孝顺娘……

这16幅画包含的典故有西施倾覆吴王社稷、蔡文姬赋诗、昭君出塞、孔融让梨、司马光砸缸和甘罗十二岁为上卿；包含的神话有嫦娥奔月、七仙女临凡；包含的传说有孟姜女哭长城、花木兰替父从军、王祥卧冰求鲤、杨二郎劈山救母；包含的故事有孙悟空三借芭蕉扇、大战红孩儿、哪吒闹海和武大郎卖烧饼。

“西厢观画”这样一个简短的唱段居然包含如此众多的神话、传说、故事和历史典故，舞台上的一丑一旦以迷狂的舞蹈再现着画卷上的每一个故事，这种迷狂触动了观众尘封已久的集体无意识，让他们在潜意识中享受着上古圣婚仪式中的精神快慰，也让旧时知识极为匮乏的关东农民找寻到了可以汲取文化知识的涓涓细流。“西厢观画”这一经典唱段的设置是二人转艺人超越元杂剧《西厢记》的文本维度而进行的二度创作，也是“西厢故事”走近东北受众的必然选择，更是二人转《大西厢》有意识地向民间受众传播文化知识的典型体现。

二、《大西厢》对民俗文化的传承[1]

二人转是东北民俗文化重要组成部分，其源头可以追溯到上古时期东北地区的女神祭祀仪式。杨朴先生运用原型研究的方法全面梳理了二人转源于上古女神祭祀仪式的基本脉络："从二人转的丑旦构型来看，它是来自东北大秧歌的上、下装的，大秧歌上、下装的二人构型舞又是来自民间的野人舞的，而民间野人舞又是来自远古的牛河梁女神祭祀圣婚仪式二人转舞的。从二人转的'女爱男'结构内容来看，它是直接源于东北民歌、东北民间传说的，东北民歌、民间传说又是来自东北神话的，而东北神话又是来自东北萨满跳神仪式的，萨满跳神仪式又是来自牛河梁女神圣婚仪式中女男两神的交媾舞的。"[2]可以说，二人转是东北民俗文化的大河滋养出的一朵奇葩，是东北民俗文化中各种文化形态积淀、共融后的结晶，是东北人民种族记忆的缩影，是东北人民心理原型的外化性表现。当这种艺术形式渐趋走向成熟后，又成为东北民俗文化的重要载体，受众欣赏二人转的过程本质上是一种体认民俗文化的生命体验。在二人转《大西厢》中，舞台上的一丑一旦在引领受众感受那场跨越千年的经典爱情的同时，更让他们品尝到一场东北民俗文化的盛宴。

（一）二人转《大西厢》与月老崇拜习俗

旦：我伤心不把别人怨，埋怨月下老做事理不当！不是婚姻你别给我们配，只配得夫不成对妻不成双。等多咎能遇到月下老你，我薅住你的胡子给你是几巴掌！

丑：把他胡子薅溜光，刺溜刺溜冒血浆，再长那赖皮疮，叫他尝一尝，问他办的这叫啥勾当啊……

① 这部内容曾发表于《剧作家》2017年第1期，原文为《二人转〈大西厢〉的民俗文化价值》，独著，署名"李大博"，写入本章时有改动。

② 杨朴：《二人转与东北民俗》，吉林人民出版社2001年版，第3页。

张君瑞一曲深情的《凤求凰》让崔莺莺情感的潮水冲开了理性的闸门，这份刻骨铭心的爱让莺莺再也无法忍受老夫人这一伦理权威对她的束缚，也让她将一腔的怨怒发泄到月老这位民俗神的身上。崔莺莺的这种反常言行折射出的是中国民间根深蒂固的月老崇拜习俗。

“月老”是中国民间主管婚姻的红喜神，也就是媒神。一般认为月老形象最早出自唐人李复言的小说《定婚店》：杜陵人韦固在月色幽微的清早偶遇一位老人，老人借着月光在翻弄一本奇书，并告诉韦固，闹市瞎眼老太三岁的丑女将成为他的妻子，韦固不信，唆使仆人行刺了丑女。多年后，韦固发现娇妻正是当年的丑女，于是深信姻缘命定，无法更易。此后，月老形象在戏曲小说作品中出现的频率越来越高，在东北民间故事中也频频出现与月老相关的故事。辽宁省新民市的谭振山老人讲述过一个名为《月老配婚》的故事：山东穷人王二到南山坡打柴，遇一白胡老人搬弄石头，老人说石头均为男女配对，老人预言王二的未婚妻是李家庄一不满周岁的丫头，王二找到并用石头打伤了她，从此远奔关外的东北做起生意。十多年后，一老太领一姑娘到王二家讨饭，在伙计们的撮合下，王二与姑娘结婚，后来得知姑娘就是当年的那个小丫头。这才相信“天定的姻缘，是棒打不散了”。故事中搬石头老人的“原型”即为月老，就故事发生的背景而言，则融入了闯关东的时代特征。[①] 满族民间故事中有《乌古乃找媳妇》：乌古乃一直想找媳妇，但没有看中。一天晚上，乌古乃梦见父亲回来，说他回来给儿子找媳妇，并告诉乌古乃四句话：“乌金山下，滴水声中，寻金兴宗，牢记牢记。”乌古乃根据父亲的指引果然在乌金山下找到了美丽的姑娘金花。金花姑娘的师父在她下山前告诉她：“你的丈夫有一把玉泉雄剑，上有“金雄”二字，与你这一把是一双；也只有你的丈夫才能挡住你的铁丸。”金花在与乌古乃比武时发现其宝剑上有“金雄”二字，后二人成就夫妻。[②] 这个故事中虽未直接出现月老形象，但乌古乃的父亲和金花的师父可视为月老形象的变体，故事的模式仍是月老故事中的“姻缘天定”模式。月老故事的广泛流传使民间产生了强烈的月老崇拜

① 江帆：《谭振山故事精选》，辽宁教育出版社 2007 年版，第 160—163 页。

② 杨朴：《二人转与东北民俗》，吉林人民出版社 2001 年版，第 466 页。

习俗，也使“月老”成为一个鲜明的民俗形象。“月老”的民俗形象具有宗教性和世俗性的二元特征，[①]就宗教性特征而言，小说中出现的月老形象后来成为泰山神仙谱系中的一个，民间的月老神信仰极为广泛，祠庙众多。以笔者所在的辽宁地区为例，海城的大悲寺、锦州的北普陀山和大连的响水观均有月老祠，信众之多，不必赘言。就民俗性特征而言，月老不只是一位高居于庙堂之上的虚无缥缈的神祇，更是一位能为百姓解决婚姻难题的活生生的媒人，民间习惯于将愿意给人做媒的人称为“月老”的原因也就在于此。中国民间强烈的月老崇拜习俗，使善男信女对命中注定的姻缘深信不疑，从而增强了婚姻本身的神秘意味和对婚姻的期待感，同时也为那些身处不幸婚姻中的人们找到了一条消除内心焦虑与痛苦的超现实的路径。其实，月老崇拜习俗的背后隐藏的是中国传统社会中“父母之命，媒妁之言”“无媒不成婚”的根深蒂固的婚姻传统。诞生于东北民间的二人转《大西厢》自然而然地承载了“月老”崇拜这一古老的民间习俗，巧妙的是，东北的民间艺人并没有让二人转舞台上的崔莺莺面对神龛上的月老神顶礼膜拜，而是愤怒地指责，甚至要“打他几巴掌，薅光他的胡子”。崔莺莺的这种反常的表现，在中国古代文论中被称为“反常合道”，即人物反常的言行恰恰是人物情感真实的表现。崔莺莺钟情于张生却不能如愿，极度的痛苦促使他出现了反常的言行。这种巧妙的处理也让崔莺莺的形象融入了东北民间大姑娘直率、泼辣的性格特质。就民俗学的视角而言，这种反常言行的背后隐藏的是中国民间根深蒂固的“月老”崇拜习俗。

（二）二人转《大西厢》与民间野合习俗

旦：四围的花草把风遮挡啊哎呀，

丑：荼蘼架好比花红洞房啊哎呀。

旦：铺的是青草花的褥子，天蓝花的被呀哎呀，

丑：杨柳腰斜卧在土地花的床。

① 张同利：《“月老”考论》，《西北大学学报（哲学社会科学版）》2012年第6期，第139页。

旦：描花腕解开了丝蓝花的扣，

丑：灯笼花裤子扔在菱角花鞋旁。

旦：棒槌花要会石榴花蕊呀哎呀……

丑：石榴花染上了棒槌花的浆哎呀。

旦：张先生高山放马跑了几趟啊哎呀，

丑：头一回上阵慌里慌张啊哎呀。

旦：咱二人好事已毕平身站起，

丑：回头看血落尘埃把草染黄啊。

旦：恐怕是星辰日月把它照，小金莲蹬尘土把它盖上啊……

这是二人转《大西厢》中的经典唱段“荼蘼架”，这一唱段通常被东北民间艺人称为“粉段”，其原因是这一唱段细致地展现了崔莺莺与张生两性交欢的过程。从民俗学的角度看，这一唱段承载的是中国民间的野合习俗。“野合”一词在中国古代文献中大致有三种含义：其一为奏乐于野外。“且牺象不出门，嘉乐不野合。”（《左传·定公十年》）其二为不合礼仪的婚配。“纥与颜氏女野合而生孔子。”（《史记·孔子世家》）后引申为男女偷情或私通。其三为野战。“良骑野合，交锋接矢。”（《后汉书·南匈奴传》）我们这里所说的野合是指它的第二种含义。“野合”在上古时期曾是一种非常普遍的民间习俗。“仲春之月，令会男女。于是时也，奔者不禁。”（《周礼·地官·媒氏》）“燕之有祖，当齐之社稷，宋之桑林，楚之云梦也，此男女之所属而观也。”（《墨子·明鬼》）《诗经》中也存在大量表现上古野合习俗的诗歌。“野有蔓草，零露漙兮。有美一人，清扬婉兮。邂逅相遇，适我愿兮。野有蔓草，零露瀼瀼。有美一人，婉如清扬。邂逅相遇，与子偕臧。”（《郑风·野有蔓草》）“溱与洧，方涣涣兮。士与女，方秉蕑兮。女曰观乎？士曰既且。且往观乎？洧之外，洵訏于且乐。维士与女，伊其相谑，赠之以勺药。”（《郑风·溱洧·第一章》）“野有死麕，白茅包之。有女怀春，吉士诱之。林有朴樕，野有死鹿。白茅纯束，有女如玉。舒而脱脱兮，无感我帨兮，无使尨也吠。”（《召南·野有死麕》）

“野合”这种民间习俗的产生与上古时期巫文化盛行的原始宗教背景有着

密切的关系。中国先民面对变化莫测的自然界既崇拜又畏惧，他们无法解释人的生死和万物荣枯的有序，认为有一种神秘的力量在操纵着这一切，于是便产生了“生殖女神”的形象以及对“生殖女神”的崇拜。东北地区牛河梁遗址的发现更有力地证明了“生殖女神”崇拜这种原始宗教信仰的存在。考古学家在牛河梁遗址（今辽宁省朝阳市建平、凌源两县交界处）发现了一尊基本完整的女神头像和两件女性裸体塑像[①]，女神头像与真人头部大小相近，双目炯炯，神采飞扬；两件女性裸体塑像均为丰乳、肥臀、鼓腹、大阴的造型，文化人类学者认为这是典型的“生殖女神”的造型，是东北先民想象的创造，是他们集体无意识的原型。上古时期，每年春季在牛河梁地区都要举行盛大的祭祀“生殖女神”的仪式，文化人类学者根据“相似律”的原则进行推测：在仪式上，女祭司模拟女神与男祭司进行交媾；参加仪式的先民又模仿男女祭司进行集体交媾。模仿的目的是渴望得到子孙的绵延不断和大地的累累硕果，因为先民认为无论是人类的繁衍，还是大地的丰收都是女神生育繁殖的结果。文化人类学者又将这种祭祀仪式称为“圣婚仪式”，并认为远古时期的祭祀仪式基本上是一致的，它来源于人类基本一致的生存要求。这种“圣婚仪式”随着人类文明的推进逐渐消失，但其作为一种种族记忆一直流传至今，成为不可磨灭的心理原型，一旦有相应情境的触发，这种原型便会表现出强大的张力，民间野合习俗便是这种心理原型复现的产物。

另外，“野合”习俗的形成与中国古代较早成熟的农业文明也有密切的关系。在古代农业社会中，土地是人类生存的重要资料，也是产生财富的重要基础，因而在春夏时节都会举行祭祀土地的仪式，古人称为“社祭”。“冬至祭天曰郊，夏至祭地曰社。”（《礼记·郊特性》）“社祭”表面上看是对土地的崇拜，本质上却是对女性生殖力的崇拜。“地”，从土从也，《说文解字》：“也，女阴也。象形。”女阴为孕育生命之处，而土地则是生长万物之处，“地”与“也”这两者具有深层的同构性，因此古人对土地的崇拜实则是对女性生殖力的崇拜。在原始巫术思维和“天人感应”的原初思维方式的影响下，

① 杨朴：《二人转与东北民俗》，吉林人民出版社2001年版，第6—7页。

古人认为春季在原野里进行性交可以促进农作物生长繁育，《诗经》中经常提及的桑林、桑中、桑社均为民间男女的野合之所。因此，所谓“社祭”实则是对女性生殖力的虔诚祭拜。可以说，中国先民对土地的依恋与中国古代厚重而绵长的农业文明是“野合”习俗产生的温床。元杂剧《西厢记》中的崔莺莺和张生在普救寺的西厢内成就了床第之欢，彰显出礼教重压之下人欲的巨大反击力；二人转《大西厢》将崔、张二人锦被绣榻上的软语温存转换成了荼蘼架下的野合，东北民间艺人以花草比人身，让崔、张二人在充满千般美景的百花丛中完成了从肉体到精神的完美结合。这一转换的背后隐藏的是强大的民间视角对原故事的解构，更隐藏着东北民间受众对“野合”习俗的强烈认同。

（三）二人转《大西厢》与婚嫁杂俗

在家族伦理本位的文化体系中，中国古人对婚姻极为看重，“昏礼者，礼之本也。”（《礼记·昏义》）“君子之道，造端乎夫妇，及其至也，察乎天地。”（《中庸》）浓重的婚姻观念促成了系统而丰富的婚嫁习俗。虽然婚俗的具体形态可以随时代变迁和地域文化的差异而表现出流变性的特征，但其对民间婚嫁活动的影响力始终存在。王实甫在元杂剧《西厢记》中融入了许多元代婚俗：孙飞虎兵围普救寺，欲索莺莺为妻是元代“掠夺婚”的表现；张君瑞入赘崔相国家又是元代“赘婿婚”的典型案例。当“西厢故事”被搬上二人转舞台后，东北的民间艺人又巧妙地将东北婚俗融入其中。

“莫非说我们女孩家大荤没动？再不是三十下晚没抱那荤油缸？抱起来还没逛荡，逛荡也白逛荡，原来是口破缸，装油也白装，哩哩啦啦一个劲地直漏汤啊！”这段唱词显然融入了东北地区的未婚男女在除夕夜搬“荤油坛”以求“动婚”的传统婚俗。以民俗学的视角看来，这一婚俗属于传统民俗中的谐音现象。传统婚俗中的谐音现象随处可见，如汉族传统婚礼中有撒帐仪式：新婚夫妇交拜后并坐于床沿，这时有人将红枣、栗子等“喜果”抛撒在洞房的帐内。这里的“枣”“栗子”与“早”“立子”谐音，婉转地表达对新婚夫妇的祝愿。在东北地区的满族传统婚礼中，新娘下轿后要跨马鞍，取“平安”之义；新娘进入洞房时，有人将一把斧子递与新娘抱着，取“抱福”之义。婚俗谐音现象体现了民间对语言魔力的崇拜，也表现了“同声相应”的巫术原理。

"小姐心事我猜透，不用慌来不用忙，不用掖来不用藏！为的那公子小张郎，你们没拜天地没入洞房，没吃着子孙饺子长寿面，没喝着那碗杠口香的如意疙瘩汤。"这段唱词又巧妙融入了东北地区的婚俗。在东北地区的传统婚礼中有"吃饺子"和"吃喜面"的习俗。《奉天通志》载："既夕，夫妻对坐而酳，谓之'交杯酒'，或食面，谓之'合欢面'，又曰'宽心面'，即古之合卺共牢之义。"①《辽中县志》载："至晚，夫妇并坐饮交杯酒，食合喜面，即合卺礼也。"②《铁岭县志》载："至夕，新婿入洞房，女侍侑新郎新妇以酒，曰'合欢酒'；食面，曰'长寿面'。"③《吉林通志》载："入房，婿执秤竿揭帕，行合卺礼，并食水饺，曰'管小饭'。"④《磐石县乡土志》载："另饰新妇妆，行合卺礼，并食小饺子，曰'子孙饺子'。"⑤《呼兰府志》载："既夕，新夫妇同食饺子，俗谓之'吃子孙饽饽'。"⑥二人转《大西厢》在以红娘的口吻表现崔莺莺那种欲嫁张生而不得的焦急心态时，巧妙融入了东北民间的婚嫁习俗，其民间视角之浓重可见一斑。

二人转《大西厢》让"才子佳人"的爱情故事以通俗、易懂的方式走近关东农民，在一丑一旦那勾魂摄魄的表演中，关东农民似乎看到了一个性格泼辣的东北大姑娘的形象（崔莺莺）和一个富于黑土气息的乡野小伙的形象（张生）。然而，东北民间艺人并没有满足于这种超越元杂剧《西厢记》的二度创作，而自觉表现出向关东农民传播文化知识的意识和传承民俗文化的姿态。二人转《大西厢》所表现出的这种强烈的文化传播意识让旧时的关东农民和通过闯关东而来到东北的关内流民那荒漠般的认知世界中出现了点点诱人的绿洲，也让东北民众生发出对东北民俗与地域文化的强烈的认同感。二人转不仅是东北民间艺术中的一朵葩，更是传播文化知识、传承民俗文化的重要载体。

---

① 《中国地方志民俗资料汇编·东北卷》，书目文献出版社 1989 年版，第 6 页。
② 《中国地方志民俗资料汇编·东北卷》，书目文献出版社 1989 年版，第 56 页。
③ 《中国地方志民俗资料汇编·东北卷》，书目文献出版社 1989 年版，第 109 页。
④ 《中国地方志民俗资料汇编·东北卷》，书目文献出版社 1989 年版，第 249 页。
⑤ 《中国地方志民俗资料汇编·东北卷》，书目文献出版社 1989 年版，第 283 页。
⑥ 《中国地方志民俗资料汇编·东北卷》，书目文献出版社 1989 年版，第 394 页。

参考文献

【1】张庚、郭汉成主编:《中国戏曲通史》，文化艺术出版社 2014 年版。

【2】郑传寅:《中国戏曲文化概论》，北京大学出版社 2012 年版。

【3】徐扶明:《元代杂剧艺术》，上海古籍出版社 2014 年版。

【4】罗斯宁:《元杂剧和元代民俗文化》，广东高等教育出版社 2011 年版。

【5】陈建华:《元杂剧批评史论》，齐鲁书社 2009 年版。

【6】王国维:《宋元戏曲史》，华东师范大学出版社 1995 年版。

【7】李修生:《元杂剧史》，江苏古籍出版社 2002 年版。

【8】余秋雨:《中国戏剧文化史述》，湖南人民出版社 1985 年版。

【9】王季思主编:《全元戏曲》(1—12 卷)，人民文学出版社 1990 年版。

【10】王利器辑录:《元明清三代禁毁小说戏曲史料》，上海古籍出版社 1981 年版。

【11】许金榜:《中国戏曲文学史》，中国文学出版社 1994 年版。

【12】段启明:《西厢论稿》，四川人民出版社 1982 年版。

【13】伏涤修:《〈西厢记〉接受史研究》，黄山书社 2008 年版。

【14】蒋星煜:《〈西厢记〉研究与欣赏》，上海人民出版社 2009 年版。

【15】黄季鸿:《〈西厢记〉研究史（元明卷）》，中华书局 2013 年版。

【16】赵春宁:《〈西厢记〉传播研究》，厦门大学出版社 2005 年版。

【17】郭英德:《明清传奇史》，江苏古籍出版社 2001 年版。

【18】陆萼庭:《昆剧演出史稿》，上海教育出版社 2017 年版。

【19】骆正:《中国昆曲二十讲》，化学工业出版社 2017 年版。

【20】骆正:《中国京剧二十讲》，化学工业出版社 2017 年版。

【21】吴刚:《京剧知识：走进美丽的京剧》，科学出版社 2015 年版。

【22】崔伟:《京剧史话》，社会科学文献出版社 2015 年版。

【23】谭静波:《豫剧史话》，社会科学文献出版社 2015 年版。

【24】王艺生、郭文灿、李斌:《豫剧传统剧目汇释》，黄河文艺出版社 1986 年版。

【25】马紫晨、关朋、谭静波:《图解豫剧艺术》，清华大学出版社 2015 年版。

【26】樊粹庭著，张大新编校:《樊粹庭文集：手札评鉴》，河南大学出版社 2012 年版。

【27】应良志:《越剧史话》，社会科学文献出版社 2015 年版。

【28】上海人民广播电台戏曲组编:《越剧小戏考》，上海文艺出版社 1982 年版。

【29】《越剧戏考》，浙江人民出版社 1979 年版。

【30】蒋中崎:《越剧文化史》，浙江大学出版社 2015 年版。

【31】墨遗萍:《蒲剧史魂》，山西人民出版社 1980 年版。

【32】王星荣:《蒲剧散论》，中国戏剧出版社 2007 年版。

【33】杨焕育编著:《蒲剧史话》，社会科学文献出版社 2016 年版。

【34】《蒲州梆子志》编纂委员会编:《蒲州梆子志》，山西教育出版社 2007 年版。

【35】杨焕育:《梨园英华传记丛书 · 王秀兰》，山东教育出版社 2001 年版。

【36】毛忠:《黄梅戏史话》，社会科学文献出版社 2016 年版。

【37】王长安主编:《中国黄梅戏》，安徽文艺出版社 2009 年版。

【38】陆洪非:《黄梅戏源流》，安徽文艺出版社 1985 年版。

【39】吕慧敏:《生生不息的车轱辘菜——东北二人转在乡土社会中的传承》，社会科学文献出版社 2014 年版。

【40】杨朴、杨旸:《二人转与萨满研究》，社会科学文献出版社 2016 年版。

【41】杨朴:《二人转的文化阐释》，文化艺术出版社 2007 年版。

【42】王兆一、王肯:《二人转史论》，时代文艺出版社 2002 年版。

【43】王兆一编著:《美在关东》，长春出版社 2007 年版。

【44】郭英德:《优孟衣冠与酒神祭祀——中西戏剧文化比较研究》，河北人民出版社 1994 年版。

【45】陈多:《剧史新说》，上海古籍出版社 2014 年版。

【46】蒋星煜:《〈西厢记〉的文献学研究》，上海古籍出版社 1997 年版。

【47】伏涤修、伏蒙蒙辑校:《〈西厢记〉资料汇编》，黄山书社 2012 年版。

【48】童庆炳、陶东风主编:《文学经典的建构、解构和重构》，北京大学出版社 2007 年版。

【49】蒋星煜:《〈西厢记〉考证》，上海古籍出版社 1988 年版。

【50】张人和:《〈西厢记〉论证》，东北师范大学出版社 1995 年版。

【51】谢桃坊:《中国市民文学史》，四川人民出版社 1997 年版。

附　录

一　京剧《红娘》剧本[①]

【第一场】惊　艳

张　珙（内白）：马来！

（张珙骑马上。）

（西皮散板）：红花绿叶驻吟鞭，正是春风二月天。一片闲情临寺院，

（张珙看。）

（白）：普救寺。

（张珙下马。）

（西皮散板）：殿宇巍峨实壮观。

法　聪（内白）：啊哈！

（法聪上。）

法　聪（念）：出家在家俱一般，出家还比在家难。

（白）：先生从何处来？

张　珙（白）：小生姓张名珙字君瑞，西洛人氏，上京应举，路经此处。闻上刹清幽，特来瞻仰。

① 该剧本由荀慧生先依据元杂剧《西厢记》和昆曲《拷红》改编，笔者根据荀慧生先生演出的音频资料整理而成。

法　聪（白）：原来是一位举子。请到方丈。

张　珙（白）：请！

法　聪（白）：有请师父！

（法本上。）

法　本（念）：出家尘不染，我佛法无边。

（白）：何事？

法　聪（白）：今有西洛张秀才来此瞻仰，报与师父知道。

法　本（白）：啊，张秀才，现在哪里？

法　聪（白）：现在方丈。

法　本（白）：待我看来。

（法本进门。）

法　本（白）：原来是张先生，请坐！

张　珙（白）：有座！

法　本（白）：老僧去岁云游西洛，曾与先生见过一面。不期在此相遇。请问先生因何到此？

张　珙（白）：今当开科取士之期，小生进京应举。只因我有一好友，名唤杜确，人称白马将军，与小生同郡同学，结为八拜之交，如今他已弃文就武，统领十万大军镇守蒲关，小生意欲顺道前往探望一番，路经此处，特来上刹瞻仰，不想与长老幸会。但不知长老因何至此？

法　本（白）：老僧幼蒙崔相国剃度，因而在这普救寺内当了住持。这是我徒儿法聪，见过先生。

法　聪（白）：阿弥陀佛！

张　珙（白）：还礼了。啊长老，烦劳指引，容小生瞻仰一回。

法　本（白）：恕不奉陪。法聪，你领着张先生去吧。只是那西厢左右，休要前去！

法　聪（白）：是。

张　珙（白）：长老请便！

（法本下。）

法　聪（白）：张先生，我们先到花园去看看。

（法聪、张珙同走圆场。）

张　珙（白）：小和尚，你师父言道：西厢左右不要前去。是何缘故？

法　聪（白）：您不知道，那西厢住着崔老夫人带着莺莺小姐，在这儿替老相国办佛事。小姐长得真是天仙一般！甭说小姐长得好看，就是小姐身旁的丫鬟红娘，嘿，长的也好看极啦！您要不信我带您看看去。

（张珙笑，走圆场。）

崔夫人（内白）：红娘，搀扶小姐到庭院散心去吧！

红　娘（内白）：是啦。小姐，随我来！

（红娘、崔莺莺同上。）

法　聪（白）：快走，小姐来啦，咱们赶快走吧！

红　娘（西皮散板）：春色撩人自消遣，深闺喜得片时闲。香尘芳径过庭院，呖呖鹦鹉巧笑言。

崔莺莺（西皮散板）：落花流水愁无限，羞对鹦鹉把心事传。

（张珙偷看，法聪阻拦。）

红　娘（白）：小姐！您看这鹦鹉巧笑能言，倒也有趣。

（崔莺莺摇头不语。）

红　娘（白）：小姐，您不愿在此停留，我们何不去到百花亭看花呢！

（崔莺莺点头，走圆场。）

红　娘（白）：来此已是百花亭。你我作何消遣？

崔莺莺（白）：红娘，你看这是什么花？

红　娘（白）：这是蝶恋花！

崔莺莺（白）：你与我折一枝来。

红　娘（白）：是啦。

（红娘折花。）

红　娘（白）：小姐，此花可香么？

崔莺莺（白）：倒有些香味。

红　娘（白）：小姐您看，方才折了一枝蝶恋花，就引得许多蝴蝶飞来。

崔莺莺（白）：红娘，你与我扑蝶去！

红　娘（白）：是，待我扑蝶。

（红娘扑蝶，张珙看崔莺莺，法聪阻拦。崔莺莺忽然发现张珙看，露出羞容。红娘看张珙、崔莺莺。）

崔莺莺（白）：红娘，不要扑蝶了。老夫人还命你去至方丈那里，问长老追荐日期。

红　娘（白）：是啦。小姐您先回去，我去问长老。

崔莺莺（白）：早去早回！

（崔莺莺下。）

红　娘（白）：我就回来。

（红娘走，张珙、法聪随后。）

红　娘（念）：正是：红娘红娘，作事停当；离了花园，来到方丈。

（白）：有请长老！

（法本上。）

法　本（白）：红娘姐，到此何事？

红　娘（白）：老夫人言道：老相国灵柩停在寺内，问个日期，好与老相国作佛事。

法　本（白）：斋供、道场，老僧俱已备齐。今乃二月十五日，释迦牟尼佛受供之日。就请老夫人、小姐前来拈香。

红　娘（白）：就是今日？

法　本（白）：就是今日。

红　娘（白）：好，好，待我去禀告老夫人知道。

法　本（白）：去吧！

（法本下。）

张　珙（白）：小娘子请转！小生拜揖！

红　娘（白）：还礼。

张　珙（白）：小娘子莫非是莺莺小姐贴身的侍女红娘么？

红　娘（白）：我便是红娘。何劳你多问！

张　珙（白）：小生姓张名珙字君瑞，本贯西洛人氏，年方二十三岁，正月十七日子时建生……

红　娘（白）：谁问你来着？

张　珙（白）：小生还未曾娶妻哟！

红　娘（白）：哇！

（西皮快板）：你枉读诗书习经典，岂不知非礼勿能言！崔家门第非等闲，老夫人治家最谨严。素无瓜葛非亲眷，你娶妻之事有何干？今日幸遇红娘面，不然你性命就难保全！

（红娘下。）

张　珙（白）：小和尚，适才骂我的可是红娘，前面走的可是莺莺小姐么？

法　聪（白）：正是莺莺小姐。

张　珙（白）：妙哇！

（西皮散板）：千般袅娜万般艳，步步频将心事传。若能与她成美眷，胜似瑶池作神仙。

（白）：哎呀，且住！适才遇见莺莺小姐，使小生顿生爱慕之意。我不免搬到这寺内，靠近西厢耳房居住。若有机会，得与小姐亲近也未可知。不免请出长老商议。有请长老！

（法本上。）

法　本（白）：先生何事？

张　珙（白）：只因旅店繁杂，难以温习经史，欲借宝刹靠近西厢那间耳房居住，多付房金，料无推辞？

法　本（白）：先生有所不知，只因这西厢乃是崔老夫人与莺莺小姐的所在，若留外人在此，恐有不便！

张　珙（白）：她们住在西厢院内，小生住在院外，粉墙隔断，各不相搅。小生先付房金，然后住房。

（张珙掏银，法本接银沉思，笑。）

法　本（白）：这话说得倒也不错。房金我就收下了。

张　珙（白）：理当收下。

法　本（白）：徒儿，去至店中将张先生的行李搬来，快去！

法　聪（白）：是！

（法聪下。张珙背供。）

张　珙（白）：哎呀！房子是有了，怎样得与莺莺小姐相见呢？二月十五日，啊有了。长老，小生还有一事相求。

法　本（白）：何事？

张　珙（白）：只因小生亡母尚未追荐。适才长老言道，今乃佛爷受供之日。小生意欲备钱五贯，求长老带一份斋供，届时一同追荐如何？

法　本（白）：这有何难？到时随老僧一同前往就是。

张　珙（白）：如此多谢了。请！

法　本（白）：请！

（张珙、法本同下。）

【第二场】许　婚

（崔莺莺上。）

崔莺莺（西皮散板）：母女孀孤甚凋零，道场追荐存孝心。

（白）：奴家崔莺莺。爹爹崔珏，不幸亡故。与母扶柩归葬，因道路不靖，将灵柩暂停河中府普救寺内。母亲命红娘去问长老追荐之事，天到这般时候，还不见红娘到来。

（红娘上。）

红　娘（念）：忙将稀奇事，报与小姐知。

（白）：叩见小姐！

崔莺莺（白）：命你问长老追荐我父日期如何？

红　娘（白）：今乃二月十五日，佛爷受供之期，长老请夫人、小姐一同拈香！

崔莺莺（白）：哎，爹爹呀！

（崔莺莺哭。）

红　娘（白）：小姐您这一哭，我倒想起一件可笑的事情来！

崔莺莺（白）：什么可笑之事？

红　娘（白）：咱们在庭院扑蝶散心的时候，遇见的那位书生，也在长老那里。我出来的时候，他对我深深作了一个揖，直眉瞪眼地说道："小生姓张名珙字君瑞，本贯西洛人氏，年方二十三岁，正月十七日子时建生……"

崔莺莺（白）：谁叫你去问他来？

红　娘（白）：我没有问他。他还说哪："小生还未曾娶妻哟！"

（崔莺莺笑。）

红　娘（白）：小姐您看可笑吗？

（崔莺莺笑，沉思。）

崔莺莺（白）：啊，这些言语，你可曾禀告老夫人知道？

红　娘（白）：这些话我都没告诉老夫人。待我告诉去！

（红娘欲行。）

崔莺莺（白）：转来！你不曾禀告也就罢了。

红　娘（白）：这是怎么一回事呀？

（崔夫人上。）

崔夫人（念）：夫君遭不幸，寺内暂安身。

崔莺莺（白）：母亲！

红　娘（白）：老夫人！

崔夫人（白）：一旁坐下。啊女儿，适才红娘报道：今日乃追荐你亡父之期，长老已在佛殿诵经。速随为娘前去。

崔莺莺（白）：女儿遵命。

（崔夫人、崔莺莺、红娘同走圆场。场设灵位。）

崔夫人（白）：哎，相国呀！

（西皮散板）：当年骨肉聚天伦，撒手一去永离分。母女相依太孤零，暮年弱质靠何人！

（崔莺莺、红娘同跪，同哭泣。法本引张珙同上。）

法　本（白）：少时老夫人问起，你只道与老僧是亲戚。

张　珙（白）：什么亲戚？

法　本（白）：你就说是我娘家内侄。

张　珙（白）：嗳！

（法本引张珙同进。）

崔夫人（白）：长老，此乃何人？

张　珙（白）：小生张君瑞，在此追荐亡母，望崔老夫人莫怪。

崔夫人（白）：此乃人子一片孝心，何“怪”之有？你只管追荐令堂去吧！

张　珙（白）：且慢！小生备有祭礼，祭奠老相国。

崔夫人（白）：你我素昧平生，那就不敢当了。

张　珙（白）：当得的，当得的！

红　娘（白）：小姐你看，这就是那个书呆子。

（张珙叩拜。）

崔夫人（白）：恕老身不能答礼。

（内起鼓声。）

法　聪（内白）：报！

（法聪上。）

法　聪（白）：启禀老夫人、老师父：大事不好啦！

法　本、崔夫人（同白）：何事惊慌？

法　聪（白）：今有孙飞虎统领五千人马，攻进河中府，兵围普救寺，要抢莺莺小姐作为压寨夫人。

崔夫人（白）：哎呀，有这等事！快快紧闭山门，小心防守！

（内起鼓声。众人同惊慌失色。）

法　聪（白）：老夫人，快快想个妙策！不然我们全寺的和尚就都活不了啦！

崔夫人（白）：这个……

崔莺莺（白）：母亲哪！乱兵如此猖狂，不如将孩儿献出，既可保得一家老小，全寺僧众，也可平安无事的了哇！

（崔莺莺哭。）

崔夫人（白）：女儿不可如此糊涂！想我崔家，从无“再婚”之女。若是将你献出，岂不辱没了崔家门庭！

崔莺莺（白）：待女儿碰死了吧！

红　娘（白）：哎呀，老夫人哪！小姐既不能从贼，又无退兵之计，倘若孙飞虎杀进寺来，难道说我们就束手被擒不成吗？

崔夫人（白）：也罢！两厢众人听者：若有人能退得贼兵，老身愿倒赔妆奁，将小女莺莺许配与他为妻，愿者答话。

（众人同惊。张珙拉住崔夫人。）

张　珙（白）：啊，老夫人，可是实言？

崔夫人（白）：什么实言哪？

张　珙（白）：你方才言道：有人退得贼兵，便将莺莺小姐许他为妻。可是实言？

崔夫人（白）：哪个哄你不成！

张　珙（白）：如此岳母请上，受小婿大礼参拜！

红　娘（白）：他真急呀！

崔夫人（白）：岂有此理！你乃懦弱书生，有何本领？

张　珙（白）：喏喏喏，小生自有退兵之计。

红　娘（白）：你不要这么文绉绉的，有什么退兵之计，你快快说吧！

张　珙（白）：就请长老对贼首言讲夫人钧命：小姐孝服在身，请他暂退一箭之地，待等三日功德圆满，拜别相国灵柩，改换礼服送去成亲。这不是退兵之计吗？

红　娘（白）：哦，这就是你的退兵之计呀？我看你真有点儿泄气！

张　珙（白）：什么泄气？我还有下文呢！

红　娘（白）：你不要这么文绉绉的，有什么话你就痛痛快快地说！

张　珙（白）：小生有一好友，名唤杜确，人称白马将军，现统十万大军镇守蒲关。与小生有八拜之交。小生修书前去，必能退得贼兵。这不是退兵之计么？

红　娘（白）：噢！你有一好友，人称白马将军，他若来了就能退兵？

张　珙（白）：正是。

红　娘（白）：此计甚好。就请先生您赶快修书！

张　珙（白）：待我修书。

（急三枪牌。）

崔夫人（白）：有劳先生费心。儿呀，随为娘来呀！

崔莺莺（白）：是。

红　娘（白）：老夫人，想不到您得了这么一个好女婿！

崔夫人（白）：休得胡言！

红　娘（白）：小姐您的造化也不浅哪！

（崔莺莺含羞。崔夫人、崔莺莺、红娘同下。）

张　珙（白）：长老，书已修好，有何人前去下书？

法　本（白）：这个……

法　聪（白）：师父您忘啦？我师哥惠明心粗胆壮，喜好拳棒，要把他叫出来，他必然愿去。

（张珙暗下。）

法　本（白）：好虽好，只是此事非同小可，我还是喧喊一声，看寺内众僧谁愿自告奋勇前去的好！寺中僧众听了：张相公有书信一封下到蒲关，搬请白马将军。谁愿前去，前来答话。

惠　明（内白）：咱，惠明来也！

（惠明上。）

惠　明（白）：哇呀呀！

（西皮摇板）：生来一副刚烈性，胆壮气豪抱不平。行匆匆且把禅堂进，俺惠明愿作下书人。

法　本（白）：惠明你前来作甚？

惠　明（白）：俺要到蒲关下书。

法　本（白）：你有何本领敢去下书？

惠　明（白）：俺若不去，这普救寺内哪个敢去！

法　聪（白）：门外皆是叛兵，你赤手空拳，如何去得？

惠　明（白）：常言道："一人拼命，万夫难挡。"我有戒刀在手，哪怕杀不出一条路来！

法　本（白）：如此一路小心，快去快回！

惠　明（白）：拿过来！

（法本与惠明书信。）

惠　明（白）：俺去也！

法　聪（白）：师哥你可去不得！

惠　明（西皮散板）：辞别师父蒲关进，百里路程日夜行。

（惠明下。法聪拉法本。）

法　聪（白）：师哥，去不得！

（法本甩开。）

法　本（白）：哎，去不得，你拉着他，你拽着我干什么？

法　聪（白）：我拉错啦！

法　本（白）：瞎摸海——大晕头吗！走，跟我念经去吧！

（法本、法聪同下。）

【第三场】悔　婚

（四叛兵引孙飞虎同上。）

孙飞虎（白）：俺，孙飞虎。那秃驴约定三日献出莺莺小姐。今日期满，不见音信，攻打寺门去者！

四叛兵（同白）：啊！

（孙飞虎、四叛兵同走圆场。法本上山门。）

孙飞虎（白）：呔！大胆秃驴！三日期满，快将莺莺献出；如其不然，杀进寺去，寸草不留！

法　本（白）：哎呀且慢！待老僧请崔老夫人寺前答话。有请老夫人！

（崔夫人上，上山门。）

崔夫人（白）：将军千万不要生气。我女儿孝服未满，请再宽限三日吧！

孙飞虎（白）：哇！三番两次推托，你老爷好不耐烦。速将莺莺献出还则罢了；如其不然，先杀掉你这老家伙！

（崔夫人战抖。）

崔夫人（白）：这个……

杜 确（内白）：贼子休得猖狂，杜确来也！

（四官兵、中军、惠明引杜确同上。）

杜 确（白）：叛军通名，马前受死！

孙飞虎（白）：俺乃丁文雅部下镇守河桥大将军孙飞虎在此。你是何人？

杜 确（白）：白马将军杜确，特来取尔首级！

孙飞虎（白）：你奉何人所差，敢来扰乱你老爷的好事？

杜 确（白）：哇！大胆孙飞虎！身为镇守河桥将，目无法纪，竟敢在此胡为，该当何罪？

孙飞虎（白）：你掳你的金银，俺抢俺的美人，与你何干？

杜 确（白）：看刀！

孙飞虎（白）：咳呀！

（开打。惠明助战，杀死孙飞虎。四叛兵同跪。）

四叛兵（同白）：将军饶命！

杜 确（白）：与尔等无干。中军，带了下去。城外扎营！

中 军（白）：得令！

（中军、四官兵押四叛兵同下。张珙暗上，张珙、崔夫人、法本同开山门，出迎。法本、惠明同下。红娘搀崔莺莺同上。）

杜 确（白）：贤弟，受惊了！

张 珙（白）：仁兄，久违了！

崔夫人（白）：多谢将军救命之恩！

杜 确（白）：军无法纪，下官有失防守。老夫人受惊了！

崔夫人（白）：岂敢！红娘，搀扶小姐拜谢杜将军。

（红娘领崔莺莺拜见杜确。）

张 珙（白）：小姐受惊了！

红 娘（白）：你哪儿那么些废话！

（张珙笑。红娘、崔莺莺同下。）

崔夫人（白）：请坐！

张　珙、杜　确（同白）：告坐。

杜　确（白）：贤弟，你我阔别多年，请同往蒲关城中欢畅数日。

张　珙（白）：杜仁兄，小弟本当从命；只因孙飞虎围寺，崔老夫人自出赏格：如有人退得贼兵，愿将小姐许配为妻。待小弟完成花烛，再往蒲关拜谢！

杜　确（白）：如此说来，我倒作了你的大媒了。本应留此吃了两家喜酒，怎奈军务在身，不能久留。改日再来拜贺。

张　珙（白）：恕不久留了。

杜　确（白）：告辞！正是：

（念）：马离普救敲金镫，人望蒲关唱凯歌。

张　珙（白）：恕不远送了！

（杜确下。）

张　珙（白）：老夫人怎么不提亲事呀？啊，老夫人，这春色佳丽，惠风和畅，今日天气甚好。

崔夫人（白）：今日天气不错。

张　珙（白）：老夫人不曾受惊么？

崔夫人（白）：啊。不曾受惊。

张　珙（白）：小姐不曾受惊么？

崔夫人（白）：她也不曾受惊。

张　珙（白）：如其不然，我请白马将军多住几日？

崔夫人（白）：他乃有公务之人，焉能久留。啊，先生救命之恩，老身焉敢忘却。张先生今日就搬到书院来住，明日叫红娘请先生吃酒。明日你一定要来呀，哈哈哈！

张　珙（白）：老夫人，明日我一定来的。

（崔夫人下。）

张　珙（白）：好了好了，老夫人命我在这书房歇息。我不免好好安睡一宵，明日也好完成花烛。

（张珙走圆场。）

张　珙（白）：来此已是书房，待我进去。哎，好难度的长夜啊！

（西皮散板）：看明月照着我孤形单影，盼佳期盼得我神魂不宁。猛听得谯楼上钟鼓声送，坐不安睡不稳怎到天明。

（张珙困睡。红娘上。）

红　娘（南梆子）：一封书倒作了婚姻媒证，老夫人有严命去请张生。日初出春薄寒绿窗人静，待红娘在门外咳嗽一声。

（红娘咳嗽。张珙惊醒。）

张　珙（白）：门外何人？

红　娘（白）：是我啊。

张　珙（白）：哎呀，红娘姐到了。

（张珙开门。）

张　珙（白）：请坐！

红　娘（白）：不必坐啦。老夫人命我前来请你。

张　珙（白）：不劳说了，我已明白了。

红　娘（白）：你明白什么？

张　珙（白）：今乃吉日良辰，老夫人命你来请我与小姐完成花烛，你道是与不是？

红　娘（西皮快板）：我红娘将说一声请，他就想今日作新人。夫人命亚赛将军令，又好比君命诏不俟驾行。我从来是心硬，今日一见也留情！

张　珙（白）：红娘姐不必沉吟，少时见了老夫人，定是这样讲："张先生你来了，与我家莺莺成双成对，饮合欢酒，洞房成亲。"红娘姐，你说是也不是？

红　娘（白）：你倒想得很周到！老夫人在等着你哪，快走吧！

张　珙（白）：带路！

（西皮散板）：老夫人设宴将我请，今夜洞房会佳人。

（张珙、红娘同走小圆场。）

红　娘（白）：到啦！

张　珙（白）：前面通禀。

（红娘进门。）

红　娘（白）：有请老夫人！

（崔夫人上。）

崔夫人（白）：红娘，张先生可曾到来？

红　娘（白）：现在门外。

崔夫人（白）：说我有请！

红　娘（白）：有请张先生！

张　珙（白）：张君瑞拜见老夫人！

崔夫人（白）：少礼，请坐。红娘扶小姐出堂拜见。

红　娘（白）：遵命。我去请我家小姐去。

（红娘下。）

张　珙（白）：告坐。

（张珙坐。）

崔夫人（白）：前日贼兵作乱，蒙先生大德，救我全家性命。特备酒宴，不成敬意。

张　珙（白）：岂敢！区区之劳，何足挂齿！

崔夫人（白）：已备酒宴，请先生上坐。

张　珙（白）：这就不敢了。

（红娘扶崔莺莺同上。）

崔莺莺（念）：迅扫烽烟归净土，

红　娘（念）：双悬日月照华筵。

（白）：小姐，张先生在那里等候，少时你就是一位新娘子啦！

崔莺莺（白）：啐！

（崔莺莺羞。）

红　娘（白）：小姐，婚姻乃人生大事，你害什么臊啊？随我进来。

（崔莺莺、红娘同进。）

崔莺莺（白）：参见母亲！

崔夫人（白）：儿呀，一旁坐下。

崔莺莺（白）：是。

崔夫人（白）：红娘，看酒！

（**红娘递酒。**）

崔夫人（白）：请先生满饮此杯。

张　珙（白）：多谢老夫人！

（**张珙饮酒。**）

崔夫人（白）：儿呀，你也敬酒一杯。

张　珙（白）：这就不敢！

（**崔莺莺敬酒。**）

崔夫人（白）：儿呀，从今以后，你二人要“兄妹”相称，来来来，拜见你张家哥哥。

（**崔莺莺、张珙、红娘各愣。**）

张　珙（白）：哎呀！老夫人，你我既是亲眷，为何这等称呼？

崔夫人（白）：先生哪里知道，老相国在世之时，已将小女许与老身侄儿郑恒为妻。愿以金帛奉酬，请先生另选名门，各谐秦晋，以为两便。

张　珙（白）：请问老夫人，杜将军若是不来，孙飞虎公然无礼，小姐岂不被贼玷辱？老夫人那时又当如何？

红　娘（白）：这是该问的。

崔夫人（白）：这个……

张　珙（白）：老夫人有言在先：有人计退贼兵，必将小姐许配。如今贼兵既退，老夫人悔却前言，不讲信义，难道说戏弄我张君瑞不成？

红　娘（白）：有理呀，有理！

崔夫人（白）：过去之事，不必提了。你醉了，我说你不会吃酒，你果然不会吃酒，一吃就吃醉了。红娘，搀扶张先生到书房去吧！儿呀，随为娘来呀！

（崔莺莺不走，崔夫人拉崔莺莺同下。）

红　娘（白）：这个老太太，真是老奸巨猾呀！利用完了人家，又想跟人家退亲，还说人家不会吃酒吃醉啦，呱呱呱……就走啦！

（红娘回头。）

红　娘（白）：张先生，你不会吃酒，你吃醉啦！

张　珙（白）：我哪里醉了！红娘姐，你还不知道我的苦楚么？

红　娘（白）：我何尝不知。

张　珙（白）：红娘姐，小生实指望与你家小姐结为秦晋，不料老夫人悔婚。事到如今，你快与我想个主意才好。

红　娘（白）：你是个念书的人，难道没有主意，还跟我们女人家要主意吗？

张　珙（白）：念书，无非是读书、写字啊。

红　娘（白）：你会写字吗？

张　珙（白）：我会写字。

红　娘（白）：你会写字，那不就好办了吗！

张　珙（白）：哦，红娘姐，敢莫是要与我传书递简？

（红娘点头。）

张　珙（白）：既然如此，就请红娘姐随我去至书斋修书。

红　娘（白）：你叫我跟你一块儿到书房修书去吗？

张　珙（白）：是呀！

红　娘（白）：先生，男女有别，你头里走，我随后就到。

张　珙（白）：啊，红娘姐，上天下地，我是绝无二意呀。

红　娘（白）：好，好好，我就是一个直率人，我就同你一块儿到书房写书去，走！

张　珙（白）：气死我也！

（张珙、红娘同走圆场，转至书房。张珙写信。）

张　珙（西皮散板）：离了西厢书斋进，老夫人不该悔婚姻。一封书信忙写定，但愿早日听佳音。

（白）：书信写好，烦劳红娘姐递与小姐吧！

红　娘（白）：递书倒容易。我问问你："你爱我们小姐不爱呀？"

张　珙（白）：当然是爱呀！

红　娘（白）：那你知道我们小姐爱你不爱呀？

张　珙（白）：这个……

红　娘（白）：什么这个、那个的？若是我们小姐不爱你，冒冒失失把这封信送去，岂不教我挨顿打吗？

张　珙（白）：这便怎么处？

红　娘（白）：我也没有法子！

（红娘看琴。）

红　娘（白）：你还会弹琴吗？

张　珙（白）：小生我擅长此音哪！

红　娘（白）：那就更好啦。

张　珙（白）：怎么更好了呢？

红　娘（白）：我们小姐也喜欢琴音。她时常跟我说，昔日司马相如求卓文君时，曾弹一曲，名曰什么凤……

张　珙（白）："凤求凰"。

红　娘（白）：不错，凤求凰。我们小姐每夜必到花园焚香。今夜我以咳嗽为号，你就弹起琴来，我再看她的颜色行事，再把这封信给她，成与不成可就看你的造化啦！

张　珙（白）：事成之后，必有重谢。

红　娘（白）：你谢我干吗呀？我又不是媒婆，也不想喝你们那碗冬瓜汤！

张　珙（白）：失言了！

（红娘、张珙自两边分下。）

【第四场】琴　心

（幕启。张珙在上场门坐斜场桌。红娘扶崔莺莺自下场门同上。）

崔莺莺（念）：花香重迭晚风细，庭院深沉早月明。

（白）：红娘，焚香已毕，我们回去吧！

红　娘（白）：不，小姐您看：今儿晚上月色够多好哇！您我何妨在此赏月哪！

崔莺莺（白）：赏月？

（红娘面向张珙咳嗽。）

红　娘（白）：嗯咳！

崔莺莺（白）：你这是作什么？

红　娘（白）：我咳嗽哪。

（张珙弹琴。）

红　娘（白）：小姐，您看那是什么星？

崔莺莺（白）：织女星。

红　娘（白）：噢！“织女星”啊！

（崔莺莺听琴声。）

崔莺莺（白）：啊，红娘，谁在操琴？

红　娘（白）：大概是张生吧！

张　珙（凤求凰琴曲）：凤飞翱翔兮，四海求凰；无奈佳人兮，不在东墙。张琴代语兮，聊表衷肠，何日见许兮，慰我彷徨。

崔莺莺（白）：呀！

（二黄散板）：猛听得西厢内琴音响亮，不由我闺中人心意彷徨。分明是效相如知音暗访，怎奈我女儿家难作主张。

（白）：唉！

（崔莺莺弹泪。）

红　娘（反汉调听琴吟）：看小姐红晕上粉面，红娘心中这才了然。只道她守礼无邪念，款款的深情流露在眉间。脉脉含羞一旁站，这样的娇态我见犹怜。罢罢罢，哪顾得受牵连，成全他们的好姻缘。

（白）：啊，小姐，您听这琴弹得好不好啊？

崔莺莺（白）：好便好，只是老夫人……唉！

（崔莺莺暗拭泪。）

红　娘（白）：小姐，老夫人怎么样啊？

崔莺莺（白）：不要多口。红娘我们回去吧！

（崔莺莺下。）

红　娘（白）：你看，也不知是愿意还是不愿意？

（红娘向墙外。）

红　娘（白）：啊，张先生，你明儿个再听我的喜信吧！

（红娘下。）

张　珙（白）：妙啊！听红娘讲话，明日必有佳音，看夜深风寒，不免暂且安歇了吧。正是：（念）若无好赋因风去，岂有仙云入梦来。

（张珙下。）

【第五场】传　柬

（崔莺莺上。）

崔莺莺（二黄散板）：紫燕单飞甚可怜，深闺寂寞又春残。含情欲说心中事，鹦鹉檐前不敢言。

（白）：咳！奴家命薄，自幼父母将我终身许与郑恒，虽非心愿，怎奈母命难违。那日花园偶见张生，实指望得配此人，终身有靠；不料母亲悔婚。这且不言，适才长老报道：张生在书斋愁病交加，想是为了母亲悔婚之事。哎！母亲，事到如今，叫女儿何以为人？正是：（念）忧愁无人述，相思只自知。

（红娘上。）

红　娘（白）：小姐！

崔莺莺（白）：我要梳妆，你往哪里去了？

红　娘（白）：这几天我忙得很哪！

崔莺莺（白）：你忙些什么？

红　娘（白）：不是为了老夫人请客的事吗？

崔莺莺（白）：我母亲请客，我怎么不晓得？

红　娘（白）：小姐，您怎么不知道？老夫人把那位客人请到上座，还说："儿呀！你也敬酒一杯。"

崔莺莺（白）：这是怎么讲话？

红　娘（白）：我是学老夫人说话哪。老夫人还说，从今以后，你二人要"兄妹”相称。来来来，拜见你的什么“哥哥”呀！

（崔莺莺一笑。）

红　娘（白）：小姐，您笑啦？您瞧您那个“哥哥”够多么可怜哪。

（崔莺莺不语，低头沉思。）

崔莺莺（白）：再要顽皮，我便打你。

红　娘（白）：小姐，您可怜可怜哥哥吧！

（红娘跪。）

崔莺莺（白）：还是顽皮。起来！与我梳妆。

红　娘（白）：来啦！

（红娘起。）

崔莺莺（白）：什么腔调！

（崔莺莺梳妆。）

崔莺莺（二黄原板）：崔氏女在深闺一声长叹，理容妆开玉镜瘦损朱颜。看雾鬓与云鬟青丝犹乱。

（红娘藏书信。崔莺莺未看清。）

崔莺莺（二黄散板）：见红娘藏简帖神色不安。

（白）：红娘！

红　娘（白）：有。

崔莺莺（白）：你手拿何物？

红　娘（白）：您问这个？

（红娘藏起书信。）

红　娘（白）：没有什么。

崔莺莺（白）：我看见了。

红　娘（白）：您看见啦？给您看！

（红娘递信。）

崔莺莺（白）：这是哪里来的书信？

红　娘（白）：嘿嘿！不知道。

崔莺莺（白）：红娘大胆！想我乃闺阁之女，何人大胆敢拿书信戏弄于我？待我禀告老夫人，打死你这小贱人！

（崔莺莺拉红娘。）

红　娘（白）：小姐，这封书信就是张生写的。我也不知道写的是什么，您既然不愿意，我去告诉老夫人去。

崔莺莺（白）：你到老夫人面前，禀告哪一个？

红　娘（白）：我告张生，哪怕打不死那个小奴才。

（崔莺莺无奈。）

崔莺莺（白）：我饶了你。你也饶了他吧。

红　娘（白）：小姐，他是谁呀，谁是他呀啊？

（红娘用手羞脸。）

崔莺莺（白）：休得胡言。看笔砚伺候。

红　娘（白）：是。

（红娘暗喜，崔莺莺写信。）

崔莺莺（白）：写封回信去对他言讲：小姐问候先生，乃“兄妹”之礼，并无别意。再要如此言语，禀告老夫人，连你这小贱人也有性命之忧！快去！

红　娘（白）：小姐，我不去！

崔莺莺（白）：为何不去？

红　娘（白）：我为你们的事，跑前跑后，我两头不讨好，有我什么？我不去！

崔莺莺（白）：小贱人，好没分晓！

（崔莺莺将信掷在地上，下。红娘捡信。）

红　娘（四平调）：看小姐作出来许多破绽，对红娘偏用着巧语花言。本来是千金体大家风范，最可怜背人处红泪偷弹。

（红娘边唱边走。）

红　娘（四平调）：盼佳期数不尽黄昏清旦，还有个痴情种废寝忘餐。非是我愿意去传书递简，有情人成眷属不羡神仙。

（红娘叩门，张珙上。）

张　珙（二黄散板）：闷恹恹病沉沉身躯困倦，盼红娘不由我两眼望穿。

（张珙开门。）

张　珙（白）：红娘姐来了。我的书信如何？

红　娘（白）：你还提那封书信哪？被我们老夫人看见啦！劝你从今以后息了邪念，再若如此，要打死你这小奴才。

张　珙（白）：不要骂人。

红　娘（白）：不是我骂你，是老太太骂你。

张　珙（白）：红娘姐，你还是给我想个主意才好！

红　娘（白）：我是一点儿主意也没有。

（红娘掷书信。）

张　珙（白）：噫！

（张珙拾信，笑。）

红　娘（白）：你为什么又笑呀！

张　珙（白）：红娘姐，这是小姐作的一首好诗呀！

红　娘（白）：什么好诗？

张　珙（白）：我念与你听！

红　娘（白）：你念给我听听。

张　珙（念）：“待月西厢下，迎风户半开；拂墙花影动，疑是玉人来。”

红　娘（白）：文绉绉地，我一点也不懂。你讲给我听听！

张　珙（白）：小姐骂我是假的。约我今晚月下跳墙在后花园相会。

红　娘（白）：是真的吗？

张　珙（白）：诺，诺，诺，小生乃猜诗谜的行家，焉能猜错？

红　娘（白）：哟！我们小姐，表面上跟我庄庄重重地，骨子里头，那是怎么回事呀？张先生，我们小姐约你今晚跳墙，那么你就去跳吧！

张　珙（白）：好便好，只是小生身体不爽，焉能跳得过去。

红　娘（白）：狗急跳墙，何况人乎？

（红娘下。）

张　珙（白）：好个顽皮的丫头。适才红娘送来小姐的书信，约我花园相会，看天色尚早，真是“度日如年”。正是:（念）安得后羿弓，射此一轮红。

（张珙下。）

【第六场】逾 墙

（崔夫人、崔莺莺同上。）

崔夫人（二黄散板）：叹夫灵未安葬博陵冢下，

崔莺莺（二黄散板）：不由我闺中人心绪如麻。

崔夫人（白）：儿呀！只因你父在世，将我儿许配你表兄郑恒。张生亲事，不能应允。且等你表兄到来，护送你父灵柩归葬。至于欠那张生之情，只要多送金帛也就是了。我儿三年孝满，就与你表兄成亲。

（崔莺莺不语。）

崔夫人（白）：哼！不听母言，便是不孝。难道我家世代官宦，能招那白衣秀才么？

崔莺莺（白）：非是女儿不孝，违抗母命。只是孝服在身，这亲事暂且不提。看天色已晚，女儿还要往花园焚香，愿母亲福寿绵长。

崔夫人（白）：哈哈哈！我儿每晚焚香，真乃一片孝心。红娘快来！

（红娘上。）

红　娘（白）：老夫人、小姐！

崔莺莺（白）：准备香案，随我花园焚香！

红　娘（白）：是。

（崔夫人、崔莺莺、红娘同走圆场。）

崔夫人（白）：红娘，将花园门关了！

红　娘（白）：是。

（红娘自语。）

红　娘（白）：是时候啦，他们两人定的约会，他怎么还不来呀！

（红娘四顾无人，取香，转身欲归。张珙暗上。）

张　珙（念）：为有西厢月，来寻月下人。

（白）：看那旁有个人影，待我上前看过。

（张珙用手扶红娘。红娘一惊。）

红　娘（白）：哎哟！可吓死我啦！

张　珙（白）：红娘姐，小生在此。

红　娘（白）：你这个冒失鬼！这是遇见我啦，要是遇着老夫人可怎么好哇？

张　珙（白）：小姐呢？

红　娘（白）：陪老夫人说话哪。

张　珙（白）：如此待我进去。

红　娘（白）：陪着老夫人说话你也敢进去？

张　珙（白）：那我怎么办呢？

红　娘（白）：小姐约你哪儿见哪？

张　珙（白）：约我跳墙。

红　娘（白）：那你就跳去吧！

（张珙对墙踌躇。）

张　珙（白）：哎哟，这样高的墙，跳不过去，如何是好？

红　娘（白）：那你能从狗洞里钻过去吗？

张　珙（白）：嗳！

崔夫人（白）：红娘快来！

红　娘（白）：老夫人叫我哪，你快给我离开这儿吧！

（红娘推张珙，关门。）

红　娘（白）：小姐，香烛在此。

崔莺莺（白）：红娘，你怎么去了这么半天？

红　娘（白）：我取了香烛，又关了花园门，怕有人来。

（崔莺莺一惊。）

崔莺莺（白）：可有人来么？

红　娘（白）：没人。

（张珙跳墙，倒在地上。）

崔夫人（白）：这是什么响声？

红　娘（白）：待我去看。我看看去。

（红娘见张珙。）

红　娘（白）：噢，又是你！老夫人是狗。

崔夫人（白）：这是怎么讲话！

红　娘（白）：我说那是一只狗。

崔夫人（白）：待我去看。

红　娘（白）：您可别去，这条狗可厉害着哪！专咬老太太！

崔夫人（白）：哼！顽皮！你好好服侍小姐，我要安歇去了。

（崔夫人下。）

红　娘（白）：老太太您要睡觉去。您早就该走。

崔莺莺（白）：红娘，你看明月当空，这星光映在池内，好似棋子一般。取棋盘来，我与你下棋消遣。

红　娘（白）：是。您要下棋，我去给您取棋盘去。

（红娘取棋盘，向张珙。）

张　珙（白）：小姐在哪里？

红　娘（白）：现在太湖石旁。你的好运气来啦，老夫人睡觉去啦。就剩小姐一个人儿啦。小姐要想下棋，我拿棋盘遮着你的身体，引你进去，你要老老实实听我的号令。

（西皮快板）：叫张生隐藏在棋盘之下，我步步行来你步步爬。放大胆忍气吞声休害怕，这件事倒叫我心乱如麻，这也算是一段风流佳话，听号令且莫要惊动了她。

（张珙随红娘同入，藏山石后。红娘入座。）

红　娘（白）：小姐，棋盘到。

（崔莺莺东张西望，心神不安。）

红　娘（白）：小姐，您为什么东张西望，您有什么心事吧？

崔莺莺（白）：啊！

（崔莺莺一愣，叹气。）

崔莺莺（白）：棋我不下了。取香烛过来。

（红娘取香烛。崔莺莺自语。）

崔莺莺（白）：天到这般时候，不知张生来了无有？哎呀，若被红娘看出，如何是好！

红　娘（白）：香烛到。

崔莺莺（白）：放下。正是：（念）心间无限伤心事，尽在深深一拜中。

（崔莺莺焚香。）

崔莺莺（白）：一炷香：愿亡父灵柩早日归葬；二炷香：愿老母福寿康宁；这三炷香——

（崔莺莺默祝。）

红　娘（白）：愿洞房花烛，得配如意郎君。

（红娘推张珙跪。）

张　珙（白）：小生拜揖。

崔莺莺（白）：啊张——

红　娘（白）：喊！

崔莺莺（白）：红娘，他是哪个？

张　珙（白）：小生张珙在此。

崔莺莺（白）：张君瑞。

红　娘（白）：答应！

张　珙（白）：有。

崔莺莺（白）：不在书房攻读，夜静更深，到此何为？

红　娘（白）：你从实招来，免动大刑！

崔莺莺（白）：嗯！

张　珙（白）：啊，小姐，你可记得“待月西厢下”？

（崔莺莺摇手示意。）

崔莺莺（白）：既为兄妹，敢生别心么？

红　娘（白）：小姐呀！

（西皮快板）：这兄妹本是夫人话，只怨张生一念差。说什么待月西厢下，乱猜诗谜学偷花。果然是色胆比天大，黄夜深入闺阁家。

若打官司当贼拿，板子打、夹棍夹、游街示众还带枷。姑念无知初犯法，看奴的薄面你就饶恕了他。

崔莺莺（白）：念你讲情，拘了出去！

（崔莺莺欲下。）

红　娘、张　珙（同白）：啊小姐！

（崔莺莺示意张珙。）

崔莺莺（白）：还不走了出去！

（崔莺莺下。）

张　珙（白）：好端端的一桩美事被你弄坏了。

红　娘（白）：你真正岂有此理！只会欺侮我，见了我们小姐连个大气儿也不敢出。你看今天多好的机会呀，你怎么一点儿勇气都没有啊？

张　珙（白）：咳！

（张珙出门，红娘关门。）

红　娘（白）：我没见过你这样的笨蛋！

（红娘下。）

张　珙（白）：都是我自已性急不好。这便怎么处？唉！等待机会，再作道理。

（张珙下。）

【第七场】佳　期

（法聪、琴童自两边分上，相遇。）

法　聪（白）：琴童，什么事，这么慌慌张张的？

琴　童（白）：可了不得啦！我家相公的病越来越厉害，吃药也不见效，想走也走不了啦，你说这可怎么办哪？

法　聪（白）：是呀！

琴　童（白）：你赶紧给他请个大夫看看，别叫他病的这么怪难受的。

法　聪（白）：你们相公的病，吃药哪儿好的了哇？

琴　童（白）：照你这么一说，就看着他死呀！你怎么见死都不救哇？

法　聪（白）：要想治好你们相公的病，除非是跟崔小姐马上成亲。

琴　童（白）：嘿！那敢情好啦。走走，咱们去找小姐去！

法　聪（白）：你得了吧！老夫人的家法是厉害的，咱们两人一说一走就成啦？

琴　童（白）：那怎么办哪？

法　聪（白）：你先别急，等我把师父请出来，咱们央告央告他，请他在老夫人面前说说好话，把莺莺小姐许配你们相公不就行了吗？

琴　童（白）：对啦，你师父是慈悲人。

法　聪（白）：你等着！

（法聪下，法聪拉法本同上。）

法　本（白）：你这是干什么？

法　聪（白）：师父，琴童来啦。

琴　童（白）：师父，我这儿给您磕头啦！

法　本（白）：你把他弄来干什么？

法　聪（白）：回师父的话：只因崔老夫人悔婚，张相公一病不起。请您对老夫人去说说，把小姐许配张相公，也算您做了一件好事。

琴　童（白）：您给帮帮忙呗！

法　本（白）：噢，想叫崔家小姐，跟你们相公成亲，是不是呀？

琴　童（白）：对啦。

法　本（白）：嘿嘿！

（法本一笑即止。）

法　本（白）：那哪儿成啊？

琴　童（白）：啊！

（琴童愣。）

法　本（白）：门不当、户不对，莺莺小姐怎能许配你们相公哪！叫他死了这条心吧！别胡思乱想的。你是出家人，休管这些闲事。走，跟我打坐去！

（法本拉法聪同下。）

琴　童（白）：常言说："出家人慈悲为怀。"你这个老家伙就这么慈悲呀！

（琴童稍停。）

琴　童（白）：哎哟，我赶紧看看我们相公去吧！

（琴童走圆场。幕启。张珙坐在正场桌内。琴童进门。）

琴　童（白）：相公醒醒，药都凉啦！

张　珙（西皮散板）：在花园跳粉墙心惊气坏，那莺莺负诗约赶我出来。每日里想此事愁眉难解，眼见得这性命断在书斋。

（红娘上。）

红　娘（西皮散板）：看小姐瘦腰肢宽了罗带，锁愁眉含泪眼无限忧怀。此时候送药方用意何在？叫红娘也只得且作痴呆。

（白）：那张生身染重病，我们小姐也是寝食不安，都是老夫人悔婚，才惹出这许多麻烦。小姐开了个药方，叫我送去。小姐又不是医生，怎能治好病症哪！哎！我只好送去。开门来！

琴　童（白）：谁呀？

红　娘（白）：红娘。

琴　童（白）：我给你开门。

（琴童开门。）

琴　童（白）：红娘姐请到里边。

（红娘进门。）

红　娘（白）：把你们相公叫醒了吧！

琴　童（白）：相公醒来。

（张珙醒。）

张　珙（白）：红娘姐，你害死我也！

红　娘（白）：我瞧你死不了。这有个药方儿，你拿去看看吧！

张　珙（白）：又是老夫人请来的什么太医。甘草、大黄，焉能治得了我的病啊！我不必看了。

红　娘（白）：这是我们小姐亲自开的药方，她说你不用吃药，看了这个药方你的病就好啦，你拿去看看吧。

（红娘递药方。）

张　珙（念）：“休将闲事苦萦怀，取次摧残天赋才；不意当时完妾行，岂期今日君作灾！仰酬厚德难从礼，谨奉新诗可当媒；寄语高堂休咏赋，今宵端的雨云来。”（笑）啊，哈哈哈……

（白）：我的病好了。

（张珙解病装。）

琴　童（白）：小姐的药方真灵啊！相公你给我看看，到底是怎么个药方，会这么灵。

张　珙（白）：狗才！下去。

琴　童（白）：我还在这儿伺候相公哪！

张　珙（白）：我的病好了，不用你伺候了。

琴　童（白）：不用就不用。我找欢郎玩儿去喽！

（琴童下。）

张　珙（白）：红娘姐，烦你回去，回复小姐，请小姐今晚早些前来。

红　娘（白）：什么早些前来呀？

张　珙（白）：诗中之意，小姐今晚前来与小生书斋相会。

红　娘（白）：你别胡思乱想啦！上次乱猜诗迷，我们就挨了一顿说。今天又来啦，快把药方给我，我要回去啦。

张　珙（白）：你又来了。这药方留在此处，我要仔细地看看。红娘姐，你回去告知小姐早些前来，免我盼望。

红　娘（白）：是真的？哎哟，干什么小姐老来这一套哪！

（红娘下。）

张　珙（白）：红娘此去，小姐必来。看红日未落，明月未出，不免歇息片刻便了。

（西皮散板）：手拿着这诗笺身心通泰，但愿得今夜晚小姐早来。

（起初更鼓。张珙闭门，入帐。崔莺莺、红娘同上。）

崔莺莺（西皮散板）：红娘扶我缓步来，抹过西廊傍小斋。一片相思未了债，羞羞答答口难开。

（白）：红娘，还是回去吧！

红　娘（白）：您又来啦！干吗总是这么别别扭扭的，待我叫门。

（崔莺莺低头含羞。张珙开门，拜揖，拉崔莺莺入内，关门。红娘被关在门外。）

红　娘（白）：张先生，张先生！看他二人将门关上，已称心愿。老夫人哪，老夫人！你是枉费了心机哟！

（反四平调佳期颂）：小姐小姐多丰采，君瑞君瑞大雅才。风流不用千金买，月移花影玉人来。今宵勾却相思债，一双情侣称心怀。老夫人把婚姻赖，好姻缘无情被拆开。你看小姐终日愁眉黛，那张生只病得骨瘦如柴。不管老夫人家法厉害，我红娘成就他鱼水和谐。

（白）：小姐，快点儿回去吧，免得被夫人知道啦。

（琴童急上。）

琴　童（白）：红娘姐，欢郎找你哪！还不快回去！

红　娘（白）：啊小姐！

琴　童（白）：什么“小姐”，怎么啦？

红　娘（白）：哦，没什么，我回去啦。

（红娘下。）

琴　童（白）：哎呀！半夜三更的，红娘站在这儿“小姐”“小姐”的，有啦，我告诉欢郎去。

（琴童下。）

【第八场】拷　红

崔夫人（内白）：好恼！

（崔夫人急上。）

崔夫人（西皮摇板）：欢郎儿报音信双眉愁皱，千金女变作了无耻下流。想必是那红娘将她引诱？

（白）：红娘！你快与我滚了出来！

（西皮摇板）：打死了这贱人也不能罢休。

（红娘上。）

红　娘（西皮散板）：我小姐与张生好事成就，怕的是到不了偕老白头。

崔夫人（白）：红娘！红娘！

红　娘（西皮散板）：又听得老夫人怒冲牛斗，走向前施一礼细问根由。

（白）：老夫人！

崔夫人（白）：你与我跪下！

红　娘（白）：好端端地干吗要跪下呀！

崔夫人（白）：你还敢不跪么？

红　娘（白）：要跪，我就跪！

崔夫人（白）：好个“要跪”“就跪”。我且问你，小姐这几日言语恍惚，神色不佳，为了何事？

红　娘（白）：哦，我当是为什么哪？您敢情是为这个呀！

（红娘欲起。）

崔夫人（白）：跪下！

红　娘（白）：那我再跪下。

崔夫人（白）：我来问你，你每夜同小姐到后花园为了何事？

红　娘（白）：前去焚香，与老夫人添福添寿。

崔夫人（白）：怎么与我添福添寿？（冷笑）哼哼哼……好个添福添寿，我就打你个添福添寿！

（崔夫人打红娘。）

红　娘（哭）：啊啊啊，老夫人哪！

崔夫人（白）：快说实话，饶你不死。

红　娘（西皮散板）：那一日小姐停针绣，猛想起那张——

崔夫人（白）：张什么？

红　娘（西皮散板）：那张家哥哥病不瘳，背夫人同红娘书斋问候。

崔夫人（白）：住口！那张生有病与你们什么相干？

红　娘（白）：咳！

（西皮散板）：他言道老夫人恩反成仇。当初何必无中有，一旦成空喜变忧。

崔夫人（白）：这是那小畜生讲的？

红　娘（西皮散板）：叫红娘且先行，小姐落后。

崔夫人（白）：落后便怎样？

红　娘（白）：落后哇！

（西皮散板）：将红娘推门外，他们就好不害羞。

（西皮快板）：燕侣琴俦今已就，何须一一苦追究。他们不识忧不识愁，一双心意两相投。

（白）：老夫人哪！

（西皮散板）：得放手，且放手，得罢休来且罢休。

崔夫人（白）：气死我了！事已至此，叫我骂、骂哪一个？这打、打哪一个？我也不打你了。起来！

（崔夫人掷板于地。）

红　娘（白）：多谢老夫人！

崔夫人（白）：随我来。走走走！

红　娘（白）：到哪儿去呀？

崔夫人（白）：我将你送到官衙问罪。

红　娘（白）：我红娘有什么罪哪？

崔夫人（白）：我好好的女儿却被你这小贱人引诱坏了，难道你还无有罪么？

红　娘（白）：我倒不是这等看法。

崔夫人（白）：你是怎么看法？讲！

红　娘（白）：依我看来，既不怨红娘，难怪张生，休怪小姐。

崔夫人（白）：怨着哪个？

红　娘（白）：都是老夫人一人之过。

崔夫人（白）：怎么是我一人之过？

红　娘（白）：老夫人，想当日兵围普救寺，是谁讲的有人退了贼兵，将小姐许配于他？

崔夫人（白）：话虽是我讲的，我不过是一时权宜之计呀。

红　娘（白）：说什么“一时权宜之计”，那张生若非爱慕小姐，他何必多事？请来白马将军退了贼兵，兵退身安，他二人眼看就要如愿成亲。不想老夫人您就从中悔婚，此事不怨你，您说又怨哪一个呢？

崔夫人（白）：可也说的是。我女儿已经许配郑恒了，他若前来娶亲又便如何呢？

红　娘（白）：你就多赐他金帛，命他另娶一房；再若不允，您问他兵围普救寺的时候，他不来搭救小姐，他往哪儿去了呢。

崔夫人（白）：我女儿若是许配张生，岂不玷辱崔家门庭？

红　娘（白）：小姐若被孙飞虎抢去，请问老夫人，小姐的贞节何在？难道说就不怕玷辱你们崔家的门庭了吗？

崔夫人（白）：依你之见呢？

红　娘（白）：依我之见，莫若恕其小过，完其大事，木已成舟，就把小姐许配那张生，我想此事倒落个干干净净。

崔夫人（白）：你这小贱人说的倒也干净。

红　娘（白）：不干净我还不说哪！

崔夫人（白）：哎！我不该养这不肖之女。也罢！就依了你，将小姐许配那个小畜生。快唤张生前来。

红　娘（白）：是。张先生快来！这就对啦。

（张珙上。）

张　珙（白）：红娘何事？

红　娘（白）：你还“何事”哪！你们的事都发作啦！

张　珙（白）：哎呀！这便怎么处？

红　娘（白）：瞧，吓得这个样子。得啦，老夫人已然答应啦，你快去吧。

张　珙（白）：参见老夫人！

崔夫人（白）：啊，张生，我待你不薄，为何作出这不法之事？

张　珙（白）：老夫人，小生乃是初犯，下次不敢了！

崔夫人（白）：红娘，唤那不肖之女出来！

（红娘下。）

崔夫人（白）：张生，事到如今，无可奈何。将我儿莺莺许配于你。

张　珙（白）：多谢岳母！

崔夫人（白）：只是我崔家三代不招白衣女婿。你且上京应举，得中回来与你成亲；若是不中，休来见我！

张　珙（白）：记下了。

（红娘拉崔莺莺同上。）

崔莺莺（白）：啊，红娘，我心中有些害怕，还是回去吧！

红　娘（白）：您又来了，干吗那么扭扭捏捏？您要是怕您就甭作；您既作了，就甭怕。随我进来！

（崔莺莺拜揖站一旁，不语。）

崔夫人（白）：哼！好个不出闺门的千金小姐！

崔莺莺（白）：不出闺门，又怎么样呢？

红　娘（白）：得啦，老夫人，您就别再说啦。

崔夫人（白）：唉！好个不听教训的冤家啊！

（崔夫人、崔莺莺相抱痛哭。）

张　珙（白）：老岳母不必悲伤，小婿遵命，即日上京应考也就是了。

红　娘（白）：怎么着，你要进京？嗯，老夫人，叫他们两人成亲之后再去不迟。

崔夫人（白）：不必如此。得中回来，再与他们完婚不迟。

红　娘（白）：小姐，您这回放心了吧！

崔夫人（白）：后面备酒。与张相公饯行！

红　娘（白）：多谢老夫人。

（张珙看崔莺莺，同笑。）

——剧　终

二　豫剧《拷红》剧本[①]

【第一场】诓　莺

（崔莺莺出场。）

崔莺莺（唱）：崔莺莺闷悠悠青丝收紧，望落红一阵阵又至残春。恨母亲你不该言而无信，无来由背恩义来昧婚姻。传简帖约月下两心相映，一念差害张郎病魔缠身。无奈何差红娘前去探问，但不知他人心可知我心？绣阁上十二栏杆俱倚尽，愿苍天保佑有情人。

红　娘（白）：回来了！

（唱）：在绣楼我奉了我那小姐言命，到书院去探那先生的病情。上绣楼我要把小姐吓哄，我就说呀，张先生的病疾可是不轻。你若是救迟慢哪。咳！可就要丧命，看一看我小姐怎把事行。一路上把心事盘算已定，急忙忙款莲步去上楼棚。

（白）：哟！看俺那小姐，听说是张先生有病了，站在那楼门口儿，一个劲儿往西北角儿里看。哦，如今她可单等我回来哩，待我学学老夫人吓吓她，跟她开个玩笑，这也没有什么呀。（一人模仿两人的对话）啊红娘呀，小小女孩子家，慌慌张张成何体统？启禀老夫人，遵了小姐言命，到在书房探望先生病情回来了！嗯！小小女孩子家，下次不要那样慌张。是是是，奴婢我记下了！我问你那小姐呢？她现在绣楼！来来来，搀老身上楼！是！

崔莺莺（白）：我母亲上楼来了。

红　娘（白）：老身我来了！

崔莺莺（白）：女儿拜见母亲！

红　娘（白）：嗯嚏！

崔莺莺（白）：呀啐！蠢材，你把我吓了一跳。

---

① 该剧本由陈宪章根据王镇南《六部西厢》改编，笔者根据常香玉先生演出的视频资料整理而成。

红　娘（白）：哎呀呀，小姐，方才我在此楼下，我观见你面带不喜，我与你闹着玩儿哩，你、你可不敢生俺的气呀。

崔莺莺（白）：下次不可这样了。

红　娘（白）：嗯，从今往后我再也不敢学了。

崔莺莺（白）：啊红娘，那张先生的病疾如何呀？

红　娘（白）：怎么，你问那张先生的病疾？

崔莺莺（白）：是啊。

红　娘（白）：小姐，咱们到在房里再说好吗？

崔莺莺（白）：啊红娘姐，你快快讲来吧。

红　娘（白）：怎么，还是问那张先生的病疾？

崔莺莺（白）：是啊。

红　娘（白）：哎呀小姐，要是问起张先生的病疾，那你——那你就快点预备吧。

崔莺莺（白）：啊？预备什么呀？

红　娘（白）：预备衣服！

崔莺莺（白）：噢，怎么他他他，他就不中了？

红　娘（白）：哎不不不……预备小姐你的衣服。

崔莺莺（白）：哎，预备姑娘我的衣服何用啊？

红　娘（白）：小姐穿将起来，打扮叫好看一点儿，到在书房看看他，说不定他的病就会好的呀。

崔莺莺（白）：啊红娘，这话可是老夫人吩咐的吧？

红　娘（白）：那、那我还没听说过嘞。

崔莺莺（白）：啊红娘，倒底是怎么回事呀？

红　娘（白）：小姐，要问起张先生的病情，你稳坐绣楼，听奴婢慢慢的告诉你呀！

（唱）：尊姑娘稳坐在绣楼以上，听奴把那病房的事细说端详。那一日相会在那凉亭以上，张先生也受了半夜的寒凉。那时节你若是妇随夫唱，张先生他焉能病倒了书房。他的病可就因为那一晚上，才得下了相思病，就有口也难张。奴今早到病房把病探望，张先生他言道病入膏肓，你小姐她若是前情不忘，带一信你请她到在书房。你小姐她若是把那良心昧丧，我的病啊，咳！必定要命丧无常。说一句叹一声泪如雨降，提起来你母女他痛断了肝肠。且慢说有情人就伤心难讲，俺红娘心肠硬，我的小姐呀，我、我见他也悲伤。

崔莺莺（白）：喂呀——

（唱）：都怪我崔莺莺做事不当，好不该呀在花园责怪张郎。害得他病缠身孤身愁怅，我何不去探病去到书房，哎，也就是娘知道这有何妨？

红　娘（白）：小姐呀！

（唱）：我小姐心事算停当，你去不去来要快说端详。

崔莺莺（唱）：红娘姐到书院把信送上，今夜晚打三更我去到书房。

红　娘（白）：呀！好哇！

（唱）：我小姐既然你来承当，奴即刻就去告诉给张郎。我就说呀相会到今夜晚上三更时，那姑娘你呀到在书房。辞别了我小姐我再走一趟，我去到书房内我报说端详。

崔莺莺（唱）：小红娘到书院信送上，准备着今夜晚我去会张郎。

【第二场】传　信

张君瑞（唱）：自那日在花园凉亭相会，未议定终身事扫兴而回。许婚姻赖婚姻夫人的不对，你不该把千金当作钓垂。实指望废心血凤鸾得配，哪料想恩变仇她口是心非。舍不了有情义莺莺贤妹，又是想，唉，又是气我又是伤悲。怕只怕病难愈我命有危，抛家乡离父母难把家回。孤单单病卧在书房以内，又听得寺院内钟鼓齐催。

琴　童（白）：大叔，起来用药吧。

张君瑞（白）：唉！

琴　童（白）：大叔，你还是好好养病要紧，再不要胡思乱想了。咱们出门在外的，你要有个好歹，那我可咋办呀？

张君瑞（白）：琴童不要胡讲，将药放在书案，少时用下就是。

琴　童（白）：是。

张君瑞（白）：快去。

（唱）：恨只恨老夫人你把良心来坏，但不知到何日我愁眉展开？

红　娘（唱）：二次我把信送上，今夜晚我姑娘要会会才郎。

（白）：哎，张先生赶快醒来吧，我来了！

张君瑞（白）：哎，我知道你来了。

红　娘（白）：咦，我这一次来可比不得上一次啊。

张君瑞（白）：啊？这一次可怎么样呢？

红　娘（白）：这一次我那小……

张君瑞（白）：唉，琴童过来。

琴　童（白）：有。

张君瑞（白）：大叔腹内有些焦渴，快于我打杯茶去。

琴　童（白）：是！

张君瑞（白）：快去快去，哎，快走哇你！啊红娘姐，这一次可怎么样呢？

红　娘（白）：这一次啊，我实告诉你说吧，我们小姐听说你病的可怜，今夜晚上她亲自来看你哪。

张君瑞（白）：啊？这么说，今夜晚上你那小姐她、她，她要来的么？

红　娘（白）：是的！

张君瑞（白）：这话可是当真？

红　娘（白）：当真！

张君瑞（白）：是实？

红　娘（白）：是实！

张君瑞（白）：咳，未必吧，未必吧！

红　娘（白）：你不要多疑，她一定会来看你。

张君瑞（白）：怎么，你那小姐她，她当真的要来？

红　娘（白）：哎，当真要来。

张君瑞（白）：哎，果然要来？

红　娘（白）：哎呀，是的！

张君瑞（白）：哎呀呀，不知红娘姐驾到，小生少气言应，当面恕罪，当面恕罪。

红　娘（白）：哎呀呀张先生，你这病好的可是真快呀。张先生请坐下，听我慢慢告诉你呀！

张君瑞（白）：好！好！红娘姐请坐！请坐！

红　娘（唱）：奴今早探罢病我绣楼回禀，我言道你的病难活到天明。我又禀道俺举家亏你救命。

张君瑞（白）：好！好！

红　娘（唱）：至如今未报答你的恩情。俺小姐听此言哪，嘿！她深受感动。

张君瑞（白）：是是是，她可怎么样啊？

红　娘（唱）：她今夜晚。

张君瑞（白）：今夜晚她可怎么样啊？红娘姐，你快对小生讲来才是。

红　娘（唱）：啊——

张君瑞（白）：唉，啊红娘姐，外边无人，赶快讲来才是呀。

红　娘（唱）：今夜晚大着胆。

张君瑞（白）：是啊是啊！她可怎么样啊？

红　娘（唱）：她来看望先生啊。

张君瑞（白）：好哇！

（唱）：听她言喜的我，我的心花怒放，走上前施一礼多谢红娘。先谢你传书信跑来跑往，我再谢你有胆识热心快肠。但愿得这一回无有魔障，也免得张君瑞我再卧病床。

红　娘（白）：张先生你太多心了，俺那小姐今夜晚上一定会来看你。

张君瑞（白）：好好！

红　娘（白）：噢，时间不早，待我赶快回去吧。

张君瑞（白）：红娘姐慢着呀。

红　娘（白）：哦，说什么呢？

张君瑞（唱）：红娘姐莫急性，我问你小姐何时她到书厅？

红　娘（唱）：俺小姐不来——

张君瑞（白）：怎么又不来了呀？

红　娘（唱）：你只管等吧！

张君瑞（白）：是！是！啊红娘姐回来，红娘姐回来，你叫我等到什么时候呀？

红　娘（唱）：那你就等啊等啊——

张君瑞（白）：是是是！红娘姐回来！红娘姐回来！倒底叫我等到什么时候呀？

红　娘（唱）：等到了柳树梢悬挂着月亮。

张君瑞（白）：好！好好！送红娘姐！好哇！

（唱）：这才是喜事来天外，今晚红鸾降书斋。小姐情义深似海，张君瑞我巨眼识英才。老夫人你枉自从中作怪，挡不住并蒂莲花一处开。

【第三场】私　会

崔莺莺（唱）：忽听得樵楼上起了更，主仆们迈步下楼棚。非是俺闺门女自不尊重，都只为老母亲违背人情。正行迈步前行动，问红娘你不走为何情？

（白）：红娘，怎么不走了？

红　娘（白）：来到了。

崔莺莺（白）：红娘，你进得书馆看看有人无有，若是有人千万不要说姑娘我来了。

红　娘（白）：嗯！要是无有别人在内呢？

崔莺莺（白）：咱们还是回去吧。

红　娘（白）：哎，什么，回去吧？半夜三更，小姐已经来到了，连句话都不说就回去了吗？嗯，小姐，既然来到了，就别嫌害臊了，趁这会儿门也没有上，你快快随我进来吧。

（唱）：我小姐你不必三心二意，你命奴到书院我前来禀知。咱主仆站在了这书院以里。

张君瑞（白）：可说是红娘姐呀红娘姐，是你讲道今夜送小姐前来，如今二更已过，怎么还不见到来？莫非又与我撒谎了么？再若撒谎，就把我害苦了！

红　娘（白）：小姐，你听如何？咳，你听如何呀？张先生口口声他、他把你就相思。哎，张先生开门来！

张君瑞（白）：啊，门外你是红娘姐么？

红　娘（白）：哎，是我是我！

张君瑞（白）：待我开门去了。红娘姐你来了？

红　娘（白）：嗯，我来了。

张君瑞（白）：哎，小姐嘞？

红　娘（白）：小姐？

张君瑞（白）：是呀。

红　娘（白）：唉，小姐说了——

张君瑞（白）：小姐说什么？

红　娘（白）：今天晚上不能来了，叫我来告诉你。

张君瑞（白）：不能来了？

红　娘（白）：别吵！别吵！来了，来了来了！

张君瑞（白）：在哪里？在哪里？多谢红娘姐。

红　娘（白）：不要谢了，这没有什么。小姐，你稍等我一会儿，我去关了书院门儿，回来咱们一同进房啊。

张君瑞（白）：小姐请进！

红　娘（白）：小姐！哎？恁哪——

（唱）：他二人进房去竟把门来上，门儿外战兢兢站立俺红娘。都只为老夫人你把良心昧丧，抱不平我才陪你来到书房。订白头许终身随你唱讲，你不该进房去就如此的轻狂。老夫人若晓知雷廷飞降，俺小红娘啊也难免要遭些祸殃。只听得门外边有脚步声响，静悄悄无人声月照西墙。闷忧忧且站定我独思独想，等候着我姑娘同回绣房。樵楼上打四梆霜露寒又凉，为他们婚姻事俺红娘跑断肠。抬头把天望，为什么今夜晚这夜真长？恨声老夫人过河你拆桥梁，逼你的亲生女夜半会张郎，从今后再莫说你治家有方。耳旁边忽听得金鸡三唱，又听得樵楼上打罢五梆。抬头看东方白天色将亮，他二人未起床吓煞俺红娘。无奈何手拍窗我只得喊上，叫一声张先生和我的姑娘。樵楼上打五梆老夫人快起床，你二人莫贪睡快快挽容妆，倘若是有人见怎回绣房？

（白）：小姐，赶快开门来吧。

张君瑞（白）：唉！门儿外红娘姐五更报上。

崔莺莺（唱）：你快把门开放我回绣房。

张君瑞（白）：多谢红娘姐在此门外受这一夜风霜之苦。

红　娘（白）：哎呀呀张先生，风霜之苦事小，夫人晓知事情就大了。小姐，天色快亮了，咱们赶快走吧。

张君瑞（白）：小姐保重了！

红　娘（白）：小姐！

崔莺莺（白）：张郎！

红　娘（白）：老夫人要是知道可怎么得了？你们快点儿！

崔莺莺（唱）：崔莺莺含羞把话讲，有几句知心话告诉张郎。我愿你早日的身体强壮，我愿你读诗书苦用心肠。老母亲常常的对我言讲，俺举家从无有白衣儿郎。但愿你进京去名登金榜，老母亲的心欢喜她必招为东床，我讲不尽知心的话再往下讲。

红　娘（白）：小姐，不要讲了，趁四下无人，咱们赶快走吧，天色已经大亮了。

张君瑞（白）：小姐多多保重身体。

崔莺莺（唱）：小红娘催一声刀刺我的心肠。

张君瑞（白）：小姐多多保重！小姐多多保重身体！

红　娘（白）：哎呀！

张君瑞（白）：红娘姐留步！红娘姐留步！此事千万不要叫老夫人知道呀。

红　娘（白）：那你何用嘱托？你不说我不说，谁能知道呢？赶快请回去吧。

张君瑞（白）：是是！

【第四场】拷　红

崔夫人（唱）：这几日见女儿她气色不正，这一事叫老身我猜解不清。

（白）：这几日来，观见女儿气色不正，坐卧不安，哎呀，这是哪里说起呀这？

欢　郎（白）：禀母亲，那一天我去上学了，看见我那姐姐和红娘从东井书院儿里出来，光见出来，可没有见什么时候进去呀。

崔夫人（白）：儿呀，你可看的清么？

欢　郎（白）：嗯，我怎么看不清啊？我看的可清楚啦。哎，我还听红娘说："你不说我不说，那谁还能知道呢？"

崔夫人（白）：啊？竟有此事呀。儿呀，这件事你可不要对外人言讲。上学去吧。

欢　郎（白）：是！

崔夫人（白）：可说红娘呀红娘呀，倘若我那女儿被你领坏，老身岂能与你干休罢了不成么？红娘走来！

红　娘（白）：来了！忽听夫人唤上，前问根源。

崔夫人（白）：红娘！

红　娘（白）：哎呀，老夫人今天唤我怎么怒气冲冲啊？敢莫那个事情她老人家知道了吗？她若是知道，那我到那儿可怎么说呀这——

崔夫人（白）：哎呀可说红娘红娘，气死我了呀！

红　娘（白）：哎呀老天爷呀，肯定是知道了，这可怎么办呀这。

崔夫人（白）：红娘。

红　娘（白）：哎呀，我到那儿准备着挨打了。

崔夫人（白）：红——娘——

红　娘（白）：红——娘——

崔夫人（白）：嗯！还不与我跪了？

红　娘（白）：跪了？老夫人，奴婢今天无有不是，为何叫俺跪下了？

崔夫人（白）：叫你跪你不跪这就是你的不是！

红　娘（白）：啊，叫我跪我不跪，这就是我的不是？跪那儿了，你说吧。

崔夫人（白）：我来问你。

红　娘（白）：啊，你说吧老夫人。

崔夫人（白）：跪下！

红　娘（白）：啊跪下。

崔夫人（白）：这几日来随着你那小姐你们往哪里去了？

红　娘（白）：啊，花园之中——你说吧老夫人。

崔夫人（白）：跪好！

红　娘（白）：啊，跪好！花园之中我们去烧香祷告。

崔夫人（白）：祷告已毕你们往哪里去了啊？

红　娘（白）：烧罢香俺就去了——

崔夫人（白）：嗯？哪里去了？快快讲来！

红　娘（白）：天天同着俺那小姐往那——

崔夫人（白）：嗯？哪里去了？哪里去了！

红　娘（白）：啊老、老夫人，俺烧香祷告烧香祷告！

崔夫人（白）：哪里去了？

红　娘（白）：天天同俺那小姐往那茅房里前去啊，夫人。

崔夫人（白）：蠢材！

（唱）：我命你与小姐贴身做伴，谁叫你胡行走不守闺范！使家法打你个无耻下贱。蠢材！

（白）：小蠢材你与我快说实言。

红　娘（白）：老夫人，你责打奴婢，你莫非见着什么？

崔夫人（白）：哼，这几日来，观见你那小姐，气色不正坐卧不安，绣鞋蹚湿半边，这是哪里说起呀？这是哪里说起！

红　娘（白）：这——

崔夫人（白）：哪里说起？哪里说起？

红　娘（白）：哎呀老夫人，你听我给你说嘛！

崔夫人（白）：讲！

红　娘（白）：俺早晨起床甚早，提水浇花，也许鞋湿，小姐得了失眠之症，有些神魂不安，这你也不足为怪呀你？

崔夫人（白）：蠢材！

（唱）：喝住了小蠢材你好张利口，你竟敢领小姐去卖弄风流。岂容你败门风出乖露丑，活活地打死你，你个无耻的丫头！

红　娘（唱）：夫人息怒，听红娘慢慢道来呀！

崔夫人（白）：快快的讲来呀你！

红　娘（白）：是了。

崔夫人（白）：怕你不讲！

红　娘（唱）：那一日你言道张生有恙，你命奴上绣楼我禀与给姑娘。我姑娘听此言她左思右想，闺门女重情义暗自悲伤。去探病想对你明白言讲，怕夫人哪，怕夫人家规严你不容商量。一再说狠狠心哪不去探望，她舍不了张君瑞恩深义长。把是非和轻重左右掂量，才不顾羞和丑去在书房。也怨你老夫人你做事不当，你不怨你自己，你、你来拷打俺红娘。

崔夫人（唱）：蠢材！小蠢材你竟敢出言无状，道老身做事差你信口雌黄。恨上来取绳索我把你来绑，我把你小贱人带到了公堂。

（白）：你与我走！

红　娘（唱）：老夫人不要把我绑，我正要亲自到在公堂。

崔夫人（白）：哼，呵呵，你可说些什么呀你？

红　娘（白）：我说些什么？我就说一来不怨张郎，二来不怨姑娘，三来么还不怨俺红娘！

崔夫人（白）：呵呵呵，他们三人做出此事，这个不怨那个不怨，你说怨着哪个？

红　娘（白）：怨着哪个？都是老夫人之过。

崔夫人（白）：怎么？都是我的过错？好，老身我有什么过错你要与我讲来。

红　娘（白）：老夫人，若有明理之言，你容俺讲不容啊？

崔夫人（白）：你与我讲！

红　娘（白）：你听吧！

崔夫人（白）：你与我讲来！

红　娘（白）：你听吧！

崔夫人（白）：你与我讲！

红　娘（白）：夫人，你一不该言而无信，你许了又赖呀！

崔夫人（白）：嗯？

红　娘（唱）：想当初孙飞虎围困寺院，老夫人你慌忙中发出狂言。谁能够退贼兵除去灾难，你情愿把小姐许配姻缘。有无有呀老夫人？那时节张君瑞挺身出现，搬救兵解贼围才得安全。谁晓得老夫人你另有打算，论门户赖婚姻就毁灭前言。夫人，你二不该既赖亲事可又不打发他走，既然是许婚姻，夫人不愿，你不该叫他们又兄妹周旋。姑娘在闺中想啊，张郎在书房盼哪。一个是青春，一个是少年。相思成疾病，两情如线穿。藕断丝连你种下了根源，我问你这些错你可叫谁来担？

崔夫人（白）：这，唉！只是相府的声誉难保哇。

红　娘（白）：哎呀呀老夫人呀，既然他二人木已成舟，若不消灭此事，一来玷辱咱相府家声，二来张生还在青春，满腹经纶，前途不可以限量，老夫人既然施恩于人，再让他受辱，岂不是前功尽弃，反成恩将仇报？倘若到在官厅啊，老夫人先有治家不严之罪，忘恩负义之言！况那张珙与崔府也算门当户对，若不恕其小过成其大事，就将我那小姐许配张生，一可消灭旧辱，二可以德报德，三可言不失信，四可予以自新。老夫人心事打定，岂不知奴言谓长出乎？

崔夫人（白）：你这蠢材说的倒也干净！

红　娘（白）：干净？干净还挨了一顿打，我要说的不干净——

崔夫人（白）：嗯！这个蠢材说的是呀，我要扯她当官面理，一来怪老身的家规不严，二来相府的声名也是难保哇。唉，今天这事就由他们了罢！咳！红娘！

红　娘（白）：有！

崔夫人（白）：去唤那禽兽见我！

红　娘（白）：哪个呀？

崔夫人（白）：那张生！那张生！

红　娘（白）：哎呀老夫人，那我不敢去了老夫人。

崔夫人（白）：为何不敢去了？

红　娘（白）：我要是去了，你又该说我传递消息了。

崔夫人（白）：你。

红　娘（白）：这不是往前走嘛，谁说不去了？

崔夫人（白）：哎呀呀。

（唱）：今日里许婚姻我出于无奈，等张生他到来我自有安排。

红　娘（唱）：张先生你要把脚步放快。

张君瑞（唱）：此一去但不知是福是灾？

红　娘（白）：禀夫人，张先生他请到了。

崔夫人（白）：啊？

红　娘（白）：哦，他来到了！

崔夫人（白）：他来了还不滚进来，还叫哪个出门迎接他不成？

红　娘（白）：哎，是呀！张先生，老夫人正在生气，你小心来见吧。

张君瑞（白）：是是！老夫人在上，小生张珙拜见老夫人！

崔夫人（白）：哼哼哼——张先生！

张君瑞（白）：老夫人！

崔夫人（白）：既读孔孟之书，必晓得周公之礼，做出这样的事情，你心可忍呀你？

张君瑞（白）：这——

崔夫人（白）：红娘！

红　娘（白）：有！

崔夫人（白）：去唤你那无耻的小姐见我来。

红　娘（白）：唉，都是俺的事！有请小姐！

崔莺莺（白）：啊红娘，何事呀？

红　娘（白）：哎，看你那高兴的样儿吧！你们两个人的事都叫老夫人知道了！

崔莺莺（白）：啊？这便如何是好呀？

红　娘（白）：哎呀，她把我一顿的好打，叫我好说了半天，才把她老人家给说住了，直到如今叫你们二人光明正大去成婚哩，成了婚之后，小姐，我看你怎么样谢谢俺红娘吧？

崔莺莺（白）：啊红娘，这羞羞答答，我怎么好去见母亲呀？

红　娘（白）：哎呀，这有什么羞丑？还跟你进书房的样子，低着头就进去了，自己娘们，没有什么，进来吧。

崔莺莺（唱）：又听红娘讲一遍，背转身来好羞惭。我不见母亲回房转。

崔夫人（白）：唉，天哪——

崔莺莺（唱）：忽听得母亲哭皇天。羞惭惭我只把母亲去见，进门去打跪在我母亲的面前。哎呀母——亲——

崔夫人（白）：死丫头！我打死你这丫头！

崔莺莺（白）：哎呀——母亲——

崔夫人（白）：儿呀——

（唱）：我哭了声小女儿，我再叫，叫了声女儿呀！我的儿你本是相府的千金之体，又被这个禽兽他玷污。为娘有心扯他当官面理，只是咱相府的声名难，难——难——可是难保了！

崔莺莺（白）：哎呀！

崔夫人（白）：儿呀！

（唱）：小女儿莫啼哭你且站起，把为娘言共语细听心里。

（白）：儿呀，起来吧。（**对张生**）你也起来吧！

张君瑞（白）：是！

崔夫人（白）：儿呀，你本是相府的千金之体，做出这样的事情来，儿呀，你羞也不羞？张先生！

张君瑞（白）：老夫人！

崔夫人（白）：我那女儿既然被你玷辱，就将她许你为婚。

张君瑞（白）：多谢夫人！

崔夫人（白）：且慢！今日许婚，明日命你进京赶考，进得京去，若得一官半职再回来见我，若不得一官半职么——嘿嘿嘿！今生今世你莫要回来见我呀！

红　娘（白）：哎呀呀老夫人，难道明天就让人家走么？哎呀呀老夫人哪，再叫他在这儿多住几天好么？

崔夫人（白）：嗯！老身我的家规难道你还不知么？

红　娘（白）：是。

崔莺莺（白）：母亲。

崔夫人（白）：张先生，下面准备，明日进京去吧！

崔莺莺（白）：母亲无情逼人去，

张君瑞（白）：霎时劳燕两分离。

崔莺莺（白）：愿君莫负西厢夜，

张君瑞（白）：誓攀丹桂第一枝！

崔夫人（白）：红娘，搀定你那小姐回房歇息去吧！

崔莺莺（白）：张郎——

崔夫人（白）：嗯！下边准备，明日进京去吧！

张君瑞（白）：哎！

崔夫人（白）：哼！非是老身心太狠，千金怎配你秀才的身？哼！

——剧　终

三　“小百花”版越剧《西厢记》剧本[①]

【第一场】惊　艳

（普救禅寺。佛乐齐鸣。）

（唱经声中，众僧持幡，敲钟击磬，过场，后随崔夫人、莺莺、红娘。）

① 该剧本由曾昭弘根据元杂剧《西厢记》改编，笔者根据浙江省小百花越剧团演出剧本整理而成。

（法聪领张生游览上，琴童后随。）

张　珙（唱）：游学中原，脚跟无线，雪窗萤案二十年。才高难投俗人机，时乖不遂男愿。张君瑞赴试长安暂留连，盘桓名刹普救院。宝塔佛堂瞻仰遍，却为何幡影飘飘钟鼓喧？

（白）：啊，小师父，那方幡影飘飘却为何来？

法　聪（白）：哦，只因前朝相国薨逝，崔夫人与莺莺小姐扶灵柩回博陵安葬，路上不靖，暂居寺内，三天道场，今日是最后一天。

琴　童（白）：公子，该回去温书了！

张　珙（白）：书？

（张珙接过手中书卷。）

（白）：你先回去吧！

（琴童接书。）

琴　童（白）：你还要赶考呢！

张　珙（白）：（不耐其烦）唉，相公我游兴未尽呢！

（琴童悻悻下。）

法　聪（白）：张先生，崔家女眷来了，暂且回避！

（法聪拉了张珙，躲入假山后。）

（众僧持幡，敲钟磬自大殿返，后随崔夫人、欢郎、莺莺及红娘。）

（幕后伴唱）：人随春色到蒲东，门掩重关萧寺中，花落水流红，闲愁万种，徘徊无语怨东风。

（众僧下，唯剩红娘、莺莺落后。）

（张珙情不自禁，从假山后转出。）

（法聪忙跟出，欲拉住，已迟了。）

（张珙与莺莺打个照面，四目凝视。）

（幕后合唱）：猛然见五百年前风流孽冤，（张珙惊呆）魂灵儿飞上九重天。

（莺莺亦有所感，步迟迟地由红娘搀扶，从张珙跟前走过。）

（张珙神往。）

法　聪（白）：张先生！

张　珙（白）：（一惊，回神）啊，小师父，适才怎么观音现世来？

法　聪（白）：（扑哧一笑）先生看的眼花，那是相府千金莺莺小姐，那身旁是她的侍女红娘！

张　珙（白）：适才听小师父言讲，夜间还要做佛事？

法　聪（白）：直要做个通宵呢！

（张珙掏出银锭。）

张　珙（白）：哦，小生愿搭一份斋，追荐已故父母。

（法聪接银。）

法　聪（白）：待我恳请师父。

（景转，大雄宝殿，香烛通明。）

（众僧敲钹击磬，唱经念佛。）

（主持法本，领张珙上。）

（崔夫人偕莺莺、红娘及欢郎上。）

（法本领崔夫人拈香、礼拜、祈祷。）

崔夫人（唱）：摇铃宣疏高香烧，愿亡灵超度，早脱尘世烦嚣。

（众僧和唱。）

崔莺莺（唱）：愿在天的早归琼台享安康，愿在世的花好月圆人寿高。

（众僧和唱。）

（张珙偷看。）

张　珙（唱）：月殿嫦娥离碧霄，她梨花带雨啼更娇。朱唇儿点樱桃，粉鼻儿依琼瑶。艳如春梅绽瑞雪，神如秋月映澄沼。张珙多愁多病的身，怎禁她倾国倾城羞花貌。

（法本领张珙拈香。）

（唱）：哀哀父母，生我劬劳，焚名香礼拜祝告，祝愿那，亡灵在天乐逍遥，祝愿这，小姐垂青，夫人、红娘莫相扰。

（莺莺与张珙四目交注，莺莺含羞，低垂粉颈。）

（幕后合唱）：烛影红摇，香霭云飘。顾盼一宵，情种心苗。（梆打五更）玉兔低沉，金鸡报晓。

法 聪（白）：时辰已到，请小姐、夫人回宅。

（众僧散去，夫人携欢郎下，莺莺临去前回眸凝睇。）

（张珙难以自制，欲上前。）

（红娘带嗔，拉莺莺下。红娘复转身，欲返佛殿。）

（张珙忙唤住红娘。）

张 珙（白）：啊！小娘子，莫非就是莺莺小姐身边的红娘么？

红 娘（白）：何劳动问？

张 珙（白）：小生姓张名珙字君瑞，本贯西洛人氏，年方二十又三岁，正月十七日子时建生，并不曾娶妻……

红 娘（白）：（扑哧一笑）我又不是算命先生，要你的生辰八字何用？

张 珙（白）：啊，红娘姐，小姐可常出来走走么？

红 娘（白）：（佯怒）出来走走便怎么样？

（唱）：夫人治家重节操，三从四德常训导。女儿针黹绣房中，妄出闺门是轻佻。“非礼勿言”是古训，秀才应当懂礼教。事不干己莫动问，何必相烦絮叨叨。问我红娘我不介意，若问老夫人她定不饶！

（白）：真是个书呆子！

（红娘掩口一笑，下。）

张 珙（唱）：叹玉人归去太匆忙，怨佛事何不再做三五场。小姐你若惧老萱堂，何苦临去回眸望。你撇下半天风韵，我拾得万种思量。我身躯虽立回廊上，灵魂儿伴你入西厢。唉！准备着一万声长吁短叹，五千遍捣枕捶床！

（琴童四顾急上。）

琴 童（白）：相公，相公！你怎么一夜不回？今天，不是还要去拜望你的故友——白马将军吗？

张 珙（白）：琴童！

（唱）：回转店堂挑行囊。

琴　童（白）：是搬到白马将军那里么？

张　珙（唱）：搬到庙堂，靠近那西厢。

（琴童愣住，莫名所以。）

【第二场】和　韵

（西厢院外，太湖石畔。）

（月光皎洁，疏影横斜。）

（张珙蹑手蹑脚出。）

张　珙（白）：借住庙堂，靠近西厢，闻得那莺莺小姐夜夜在花园烧香，趁月色饱看那芙蓉脸庞。

（唱）：玉宇无尘，银河泄影，月色横空，花荫满庭。我侧着耳朵听，蹑着脚步行。登假山我在墙角边儿等，等我那整整齐齐、袅袅婷婷的小姐莺莺。

（门内。崔莺莺："红娘，开了角门！"）

（红娘："晓得了！"）

（开门，莺莺、红娘端香案出。）

张　珙（唱）：猛听得角门儿"呀"的一声，风过处人未到衣香细生。我踮着脚尖儿仔细定睛，比初次见她时更加迷人。

（红娘持香近前。）

红　娘（白）：小姐，香点燃了！

（莺莺接香。）

崔莺莺（唱）：一炷香，愿亡父早升天庭；二炷香，愿老母福寿康宁；三炷香……

红　娘（白）：啊，小姐，为什么今夜到第三柱香，就没有话了？

崔莺莺（白）：这……

（红娘从莺莺手中取过香来。）

红　娘（白）：待红娘来替你祝告吧。

（唱）：三炷香眼前事最最要紧，愿小姐配一个如意郎君。貌比潘安俊，才高北斗星。恩恩爱爱成双对，地老天荒白头吟。

崔莺莺（白）：（羞涩）红娘，休要胡说。

红　娘（白）：小姐恕罪，待我给你说件好笑的事儿。

崔莺莺（白）：什么事？

红　娘（白）：前日我返回佛殿，碰见那个秀才，（张珙凝神倾听）他对红娘深深一揖，说：“小娘子不是莺莺小姐身边的红娘姐么？”我说：“何劳动问？”他便说：“小生姓张名珙字君瑞，年方二十又三岁，正月十七日子时建生，并不曾娶妻……”

崔莺莺（白）：（抿嘴笑）谁叫你去问他来。

红　娘（白）：谁问他来！他还问东问西，被我好好地抢白了一顿。

崔莺莺（白）：你不抢白他也罢。

红　娘（白）：哼，这样的书呆子，我不抢白他，还不知道做出什么疯事来呢！

崔莺莺（白）：你对老夫人说过没有？

红　娘（白）：还没有禀告过老夫人呢！

（莺莺放心，仍叮嘱。）

崔莺莺（白）：这种小事，不对老夫人禀告也罢。

红　娘（白）：红娘理会。小姐，你看月上中天，你再拜一香吧。

（莺莺对月深深一声长叹。）

崔莺莺（白）：哎——

（张珙在墙外。）

张　珙（白）：哎呀，小姐长叹，必有深意。我不免高吟一绝，看她如何？

（吟）：“月色溶溶夜，花荫寂寂春。如何临皓魄，不见月中人！”

崔莺莺（白）：好清新的诗啊。

红　娘（白）：是啊，听声音好像就是那个年方二十又三岁，未曾娶妻的书呆子呀。小姐，你就和他一首吧。

崔莺莺（吟）：“兰闺深寂寞，无计度芳春。料得行吟者，应怜长叹人。”

（张珙倾听，击节赞赏。）

张　珙（白）：好啊！

（唱）：莺啼燕啭撩人心，敏捷才思含深情。国色天香善诗韵，月儿作证，与你酬唱到天明。

红　娘（白）：小姐，夜深了，怕老夫人责怪，我们回去吧！

（红娘拽莺莺衣袖，莺莺恋恋不舍，勉强随行。）

（红娘关角门，与莺莺同下。）

（张珙趋前，近门边。）

张　珙（白）：唉！

（唱）：门掩了梨花深院，粉墙儿高似青天。恨天不与人方便，只怕这刻骨相思病更添。

【第三场】寺　惊

（莺莺闺房。）

崔莺莺（唱）：落红成阵，遍地胭脂冷。蝴蝶梦断，杜鹃惊花魂。昨夜他锦囊妙诗传心声，今日个玉堂人物难相亲。系春心柳短情丝长，隔花荫人远天涯近。恹恹瘦损早伤神，裙带宽，能消受几度黄昏。

（金鼓声自远而近，渐闻马嘶人喊。）

（景转寺院。）

（崔夫人、红娘、莺莺出。法本急急奔上。）

崔夫人（白）：哦，长老，这寺前为何有金鼓喧天，马嘶人闹？

法　本（白）：哎呀，夫人呐！那河桥守将孙飞虎，带领五千人马将寺院团团围住，口口声声要——

崔夫人（白）：要怎么样？

法　本（白）：要、要……抢莺莺小姐做压寨夫人！

崔夫人、崔莺莺（同白）：啊！

崔夫人（唱）：平地风雷一声震，魂飞天外祸灭身。

崔莺莺（唱）：袖梢儿掩不住珠泪滚滚，孤孀母女无处奔。

（法聪跑上。）

法　聪（白）：师、师父……老、老夫人！外面贼兵喊道，若不把小姐送出，他们就要放火烧寺了！

（众惊。）

法　本（白）：令全体僧众，紧守寺门。你再去打听。

（法聪退下。）

崔夫人（唱）：凶信阵阵苦催人，真教人进退两无门。

（白）：儿啊，这怎么办啊？

（崔夫人哭抱崔莺莺。）

崔莺莺（白）：母亲！

（唱）：怎忍见，老母为我捐性命，怎忍见，先父灵寝不安宁。怎忍见，佛殿为我化灰烬，怎忍见，五百僧众遭蹂躏。三尺白绫毕儿命，魂留崔家尸与贼人！

（众哭。）

崔夫人（白）：我儿，万万不可！

红　娘（白）：小姐，不可！不可！不可啊！（啼哭）

法　本（白）：阿弥陀佛！小姐不可如此。佛家普渡众生，待我问过阖寺人等，可有退兵之计？

崔夫人（白）：若有退兵之勇夫，老身重重有赏，愿将小女终身……

崔莺莺（白）：母亲？

崔夫人（白）：（无奈地）咳，虽不能门当户对，也强似献与鼠辈贼人。请长老传话，阖寺僧俗，谁能退得贼兵，老身做主倒赔房奁，将小女莺莺，与他为妻。

法　本（白）：老衲遵命！

（法本至廊前大声宣称。）

（白）：阖寺僧俗听着：若有人能退了贼兵，老夫人做主，将莺莺小姐与他为妻！

（张珙内喊："张珙来也！"）

张　珙（唱）：猛听得劫佳丽贼兵围困，救众僧护玉女舍我谁人！虽没有"出师表""吓蛮书信"——

（众惊异。）

法　本（白）：（瞠目）先生一介书生手无缚鸡之力，怎退得贼兵？

张　珙（唱）：笔尖儿横扫这五千贼兵。

崔夫人（白）：（半信半疑）适才对长老说过，但有退得贼兵者，将小姐与他为妻。

张　珙（白）：小生扶善惩恶，义不容辞。

崔夫人（白）：请先生速速退兵！

张　珙（白）：好！（向法本）小生先用着长老。

法　本（白）：（慌）老衲不会厮杀，请先生换个别人。

张　珙（白）：不用你上阵杀贼，你只出去与贼人说："夫人本当将小姐送与将军。怎奈孝服在身，于军不利。请将军人马暂退一箭之地，三日后功德圆满，小姐换了吉服，倒赔房奁，送与将军。"

崔夫人（白）：三日之后，又当如何？

张　珙（白）：众位，可知道关西有位白马将军？

法　本（白）：谁人不知，白马将军现统十万大军镇守关西。可没有军令他不会发兵啊！

张　珙（白）：小生与他八拜之交，此次正欲拜望，只要一封书信，说是张珙被困在此，救兵指日可到。

法　本（白）：（兴奋）这就好了，倘若白马将军前来，何愁十个八个孙飞虎！

崔夫人（白）：就请先生修书！

（张珙取书。）

张　珙（白）：书信么？夫人晓谕之前，小生早已写好。

（崔夫人接书看。）

法　本（白）：如此老衲先说与贼将知道。

（法本下。）

崔夫人（白）：（向张珙）多谢先生！红娘，搀扶小姐回房歇息！

（红娘搀莺莺，低语。）

红　娘（白）：小姐，看他不出，这时候他倒一点不傻了。

崔莺莺（白）：（窃喜）但愿他能退了贼兵。

张　珙（白）：小姐但请放心，回房歇息去吧！

红　娘（白）：张先生，你真能退了贼兵？

张　珙（白）：（成竹在胸，一笑）嘿嘿！

【第四场】赖　婚

（张珙书斋外。）

红　娘（白）：张先生！张先生！

（张珙焕然一新，喜孜孜出。）

（红娘呈上大红请柬。）

张　珙（唱）：良辰美景眼前近，一纸书简巧联姻。今日里东阁玳筵夫人请，再不用西厢月下盼莺莺。

（白）：去吧！

红　娘（唱）：我"请"字儿未出声，他"去"字儿早答应。闻听莺莺临筵席，似听到纶音佛旨将军令！

（红娘见张珙来回走着。）

（白）：张先生，你为什么来回转圈儿呀？

张　珙（白）：哦，小生客中，少了一面镜儿，只好借着日光影儿，看看衣冠齐整么！

红　娘（唱）：原来是他来回顾影，真是个风魔酸丁。

张　珙（白）：红娘姐，你看我这乌纱小帽可曾迭净？

红　娘（唱）：它光油油滑倒苍蝇，你酸溜溜酸倒牙根。

张　珙（白）：红娘姐，小生客中没有一些聘礼，怎好去见老夫人？

红　娘（唱）：你灭寇有计举将能，两般功劳是红定。更何况你李、杜诗章韩、柳文，小姐对你早倾心。

张　珙（白）：哈哈，既然如此红娘姐先走一步，小生随后便到。

（张珙整理衣冠。）

红　娘（白）：先生早些来吧，休叫我再来请！

（红娘下。）

（莺莺闺房。莺莺对镜梳妆，红娘蹑足上。）

崔莺莺（唱）：碧窗下轻画双蛾，脸儿上粉香淡抹。小兔儿轻轻撞胸窝，面庞儿烫烫似烧灼。

红　娘（唱）：小姐你巧梳妆脸蛋儿吹弹得破，

崔莺莺（唱）：小红娘休啰嗦信口开河。全亏了张生一纸退干戈，才免得崔家老小全家祸。

红　娘（唱）：快走吧，别耽搁，合欢宴交杯酒等你结丝罗。

（红娘引莺莺至客堂帘前，恰与张生遇个正着。）

（二人礼让，红娘牵莺莺先入，张珙后进。）

张　珙（白）：老夫人！

（张珙行礼。）

崔莺莺（白）：母亲！

（张珙再拜。）

张　珙（白）：老夫人在上，受张珙一拜！

崔夫人（白）：张先生少礼，老身也有一拜。（敛衽）

（张珙答拜。）

张　珙（白）：小生怎敢当得？

崔夫人（白）：我一家性命，皆先生所得活，今日略备小酌，聊表谢忱。

（红娘持酒壶杯盏，斟酒。）

（白）：请先生满饮此杯！

（崔夫人敬酒。）

张　珙（白）：长者赐，不敢辞，晚生拜饮。

（张珙干杯。）

崔夫人（白）：请先生上座。

张　珙（白）：夫人在此，晚生怎能上座。

崔夫人（白）：常言说得好，“恭敬不如从命”喽。

张　珙（白）：如此，拜坐。

崔夫人（白）：儿啊！不必避嫌，今后张先生乃是一家人了。

（莺莺、张生含情对视，又忙低头。）

（白）：儿啊，上前拜见你哥哥！

（众震惊。）

（幕后合唱）：好一个翻云覆雨老婆婆，竟说出妹妹拜哥哥！

张　珙（唱）：莫非我话听错？

崔莺莺（唱）：认兄妹岂非有意断丝萝！

红　娘（唱）：看起来好姻缘天崩地坼。

崔夫人（唱）：门不当，户不对，无可奈何！

（白）：儿啊，张先生是我们一家的救命恩人，快请你哥哥满饮此杯！

张　珙（白）：小生量窄！

崔莺莺（唱）：他怎咽得下这玉液金波？

（莺莺抖索着递杯。）

（白）：母亲啊，你害苦张生还甜语多。

张　珙（唱）：饮酒，饮泪，饮苦涩。（含泪苦笑）这一杯，恰似饮鸩难止渴！

（张珙掷杯。）

（幕后合唱）：合欢酒作了离别宴，花烛夜成了梦南柯。

（张珙晕眩伏案。）

崔莺莺（唱）：张生啊，你无缘，我命薄。母亲啊，你过河拆桥却误了我。

（幕后合唱）：误了我！

（莺莺啼哭下，红娘随下。）

崔夫人（白）：张先生！

张　珙（白）：告辞！

（崔夫人赶紧相送。）

崔夫人（白）：张先生醉了，快回书房歇歇……

张　珙（白）：（忿然）不！小生不醉！只是骨鲠在喉，不吐不快！

崔夫人（白）：请讲！

张　珙（白）：日前贼寇相逼，夫人说，能退贼兵者，以小姐妻之？

崔夫人（白）：老身说过。

张　珙（白）：当时是谁挺身而出？

崔夫人（白）：是张先生。

张　珙（白）：既是小生，夫人理该恪守前言，将小姐许与小生，为何忽以兄妹相称？

崔夫人（白）：哦，小女终身，先相国在日，面许下老身内侄郑恒，若他前来，何以为对？好在先生雅量，扶善惩恶，高尚情怀，尊意决不在小女身上……

张　珙（白）：哦！（瞠目，反击）不过夫人堂堂一品太君，谅也"言而有信"，更知道君子"一言既出，驷马难追"吧！

崔夫人（白）：（语塞）这个，张先生！救命之恩，没齿不忘，愿多以金帛相酬，以报大德。

张　珙（白）：（愤然）哈哈！小生既是"高尚情怀"，赐以钱财，岂非亵渎！

崔夫人（白）：红娘！

（红娘应上。）

（白）：张先生真的醉了，快扶他安歇去吧。

（崔夫人下，张珙急追。）

张　珙（白）：老夫人！老夫人！（向四周）哦！方丈！法聪！琴童！众僧！你们都看见的呀，都听见的呀！那日老夫人廊下是怎么说的？是怎么许愿的？你们都来做个证呀，做个证呀！

（红娘扶张珙。）

红　娘（白）：张先生，你少喝几杯不好吗？

张　珙（白）：我喝什么酒来！红娘姐啊！

（唱）：这事儿，告不得别人瞒不了你，见莺莺，我心劳梦断魂魄离。恰好似前世的冤家今生见，只盼着连理共枝花并蒂。我有心，她有意，老夫人廊下许婚成契机。只道是一诺千金天作合，又怎知，她翻手为云覆手雨。"言必行"，孔孟道，"人有信"，周公礼。十年寒窗得教诲，五部经书天下仪。为什么不对高官显威灵，却将枷锁套布衣！问苍天，青天湛湛你言语！问斜阳，斜阳啊，你留下公理在今夕！谁有信？谁无义？问三殿菩萨，五百僧侣！九江八河能作证，五湖四海可评理。老夫人，食言而肥把婚拒，令我张生何所依？灵魂不附神无主，奈何脚下荆棘布满地！

（白）：红娘姐，小生是无路可走了，只有解下腰中之带，寻个自尽吧！

（张珙摸腰，无带，见红娘腰中丝绦，伸手欲取。红娘一掌打开张珙的手。）

红　娘（白）：先生又犯傻了，你图个痛快，撇下小姐又怎么办呢？

张　珙（白）：（急了）那怎么办？怎么办呀？

红　娘（白）：待红娘想个法儿。

（红娘与张珙耳语。）

张　珙（白）：多谢红娘姐姐！

（张珙拜揖。）

红　娘（白）：哎呀，又发酸了！

【第五场】闹　简

（莺莺闺房外、内。）

（红娘上。）

红　娘（唱）：张生他，横遭拒婚人虚脱，出个点子他死变活。小姐命我去探病，张生他，一封书简交给我。这书简上不知写什么，少不了花前月下浴爱河。面交小姐要闯祸，（进门，灵机一动）将它放进梳妆盒。

（红娘将贴儿放在梳妆盒中，然后至绣帏前。）

（白）：小姐，小姐，什么时候了，该起床梳妆了。

（莺莺起身。）

崔莺莺（白）：夜来不曾好睡，懒得梳妆了。

红　娘（白）：小姐，我去收拾去！

（红娘下。）

崔莺莺（唱）：玉容深锁绣帏中，芳心束缚不从容。昨日东阁开玳筵，只道和鸣效鸾凤。母亲她翻云覆雨把人哄，张生他沉疴不起病榻中。从今后等闲难识春风面，怕只有寒星冷月梦里逢。他是影里情郎，我是画中爱宠。

（莺莺镜前坐下。）

（唱）：欲施脂粉临镜慵，（打开妆盒，一惊）一张简帖粉盒中。

（莺莺阅简。）

（幻景：张生抚琴试弦。）

张　珙（白）：昔日司马相如一曲《凤求凰》成其好事，传为美谈，我虽没有相如才高，但愿小姐有文君之意啊！

（唱）："有美人兮，见之不忘。一日不见兮，思之如狂。凤飞翩翩兮，四海求凰。无奈佳人兮，不在东墙。张弦代语兮，欲诉衷肠。何时见许兮，慰我彷徨。"

（幻景逝。仍在莺莺闺房中。）

崔莺莺（白）：这简帖儿定是他叫红娘送来的。张生呀张生，你的胆儿也太大了！哎，我若不及时复他一信，他必担忧这简帖儿的下落。（又一想）我若是复他，不是把一腔心事明明白白地告诉了红娘！

（莺莺焦灼踱步。）

（红娘暗上窥视，莺莺觉察。莺莺突然沉下脸来。）

崔莺莺（白）：红娘，你过来！

红　娘（旁白）：哎呀，这声息不对呀！

崔莺莺（白）：过来呀！

红　娘（白）：（畏缩地）小姐！

崔莺莺（白）：这东西是哪里来的？谁敢把这简帖儿来戏弄于我？

（莺莺掷简。）

（白）：我告诉老夫人去，不打你个下半截来！

（莺莺欲走，红娘拦住莺莺。）

红　娘（白）：哎呀小姐！（委屈地）小姐命我去看他，他才叫我带了来。小姐不叫我去看他，我敢问他去讨来吗？我又不识字，知道他写了些什么来？（机灵地）小姐不要生气。

（红娘拾简。）

（白）：红娘到老夫人跟前出首去。

（红娘欲走，莺莺反倒慌了，忙阻拦。）

崔莺莺（白）：你到老夫人跟前出首哪个？

红　娘（白）：我出首张生！

崔莺莺（白）：（一惊）罢了，且饶他一回吧。

（红娘仍欲走。）

红　娘（白）：我不出首，老夫人知道，也要打我下半截的。

（莺莺喊住红娘。）

崔莺莺（白）：红娘，（温和地）老夫人怪你时有我替你说话，不妨事的。

红　娘（白）：哎呀小姐，你一会儿要叫老夫人打我，一会儿又要在老夫人面前替我求情了。

崔莺莺（白）：（笑嗔）红娘，你近来说话越发不知轻重了。

红　娘（白）：都是小姐把我给闹糊涂了呀。

（莺莺取回简帖。）

崔莺莺（白）：红娘！我还没有问你，你今朝去看张生，他怎么样了？

红　娘（白）：（赌气）我不说。

崔莺莺（白）：我叫你说的。

红　娘（白）：小姐呀！那张生形容消瘦，病得不轻啊！

崔莺莺（白）：就该请个好太医看看他的症候。

红　娘（白）：他说这病儿呀，华佗、扁鹊也不济事呢。

崔莺莺（白）：那要怎么样啊？

红　娘（白）：他说，只有你这个观音菩萨才能救苦救难呢。

崔莺莺（白）：（暗喜佯怒）啐！红娘，与我磨墨，待我写信回了他，往后不可这般胡言乱语。

红　娘（白）：小姐，这是何苦！

崔莺莺（白）：我叫你去看他，只是兄妹之礼，别无他意。再有非分之想，定然告诉老夫人。

（红娘摆文房四宝，莺莺提笔修书。将书信叠成方胜。）

（白）：拿去！

红　娘（白）：我不拿去。

崔莺莺（白）：快拿去！

红　娘（白）：我不去！

崔莺莺（白）：（佯怒）这死丫头好没分晓！

（莺莺掷书，下。红娘无奈拾书。）

红　娘（白）：哎，我要是不去呀，又说我违拗她，小姐呀小姐！

（唱）：你模样儿大家风范，内心儿神魂倒颠。人面前端庄颜面，背地里伤春泪眼。你使性儿装神弄鬼为苦恋，我传书简，担风险，热心肠，看冷眼，又有谁怜！

（白）：唉！去吧，去吧，谁叫我是红娘呢！

（红娘持帖缓缓步下。）

【第六场】传　简

（张珙书房。红娘上。）

红　娘（白）：张先生！

张　珙（白）：红娘姐来了！（急问）事情怎么样了？

红　娘（白）：还问呢，不济事了！

张　珙（白）：（惊呆）啊，怎么不济了？

红　娘（白）：小姐恼了！

张　珙（白）：（着急地）小生简帖是一道会亲的符咒，定是红娘姐不肯用心呐！

红　娘（白）：（委屈，力辩）我不用心？上有青天下有地！你这个简帖儿写得好呀！

（唱）：只怪先生命乖蹇，粗麻线难过针眼关。那书简是你的供词她的诉状我的公案，险些儿害得红娘皮肉绽。从今后你们相会少、见面难，已然是月暗西厢、凤去秦楼、云收巫山、酒阑人散。

（张珙颓然落坐，又站起恳求。）

张 珙（白）：红娘姐，我……

红 娘（白）：好了好了，你也不必掏肝挖肺的了，怕老夫人找我，我回去了。

（张珙作揖。）

张 珙（白）：红娘姐！只有你是我的擎天柱哇！你这一走，我这病儿啊……

（红娘已走，又回头。）

红 娘（白）：我又不是太医，我管不了！

（张珙扯住红娘袖子。）

张 珙（白）：华陀转世也没有用了，只有你是我的救命神仙啊！

红 娘（白）：神仙也没有什么好点子了。（掏方胜）这是小姐给你的回书，你自己看吧！

（张珙接简拆阅，大喜。）

张 珙（白）：啊！

（唱）：花笺上字字幽香喷麝兰，行行是大补元气的还魂丹。一缄情泪红犹湿，满纸春愁墨未干。书胜仙方可治病，肋生双翼能飞旋。早知红娘传喜讯，我应该，撮土三拜排香案。

红 娘（白）：（惊愕）张先生，这信上写的是什么意思呀？

张 珙（白）：小姐恼我，都是假的，她约我今晚到花园相会呢！

红 娘（白）：我却不信。

张 珙（白）：书简为证。

红 娘（白）：书简写些什么？

张 珙（白）："待月西厢下，迎风户半开，隔墙花影动，疑是玉人来。"

红 娘（白）：什么意思，解来我听听！

张 珙（白）："待月西厢下"，约我月上时就去。"迎风户半开"，那西厢角门儿开着等我呢。"隔墙花影动，疑是玉人来"，就是小生我来也。

红　娘（白）：真是这样解？

张　珙（白）：小生乃猜诗谜的行家嘛！

红　娘（白）：（气恼）好个小姐，原来连我红娘你都瞒过了！哼，我看你今晚如何瞒我！

张　珙（白）：红娘姐！

红　娘（白）：（不悦）做什么？

（张珙趋前。）

张　珙（白）：今晚上那角门儿呀，（讨好地）就拜托你了！

红　娘（白）：（赌气）你们的事儿呀，我管不了，也不管了！

张　珙（白）：不管了，哈哈，不管！（摇头晃脑地）老夫人啊，老夫人，你关了相府之门，小姐却为我开着角门呢。（十分自得，展简，陶醉地）"待月西厢下，迎风户半开。"

（张珙望天。）

（白）：哎，红日红日，你快快落下，让月儿早些升起吧！早些升起吧！

【第七场】赖　简

（庭院。莺莺上。）

崔莺莺（唱）：红日未落待月华，人约黄昏柳荫下。心儿慌，金莲踢损牡丹芽。胆儿怯，玉簪抓住荼靡架。夜凉青苔小径滑，露珠湿透凌波袜。柳梢头，玉钩挂。

（莺莺向远处看。）

（唱）：那不是玉人乌纱是暮鸦。捱一刻，似一夏，

（红娘内叫"小姐!"。）

（唱）：一见红娘，心乱如麻。

（红娘捧香案上。）

红　娘（白）：小姐，你今晚走得好快呀！小姐，你到哪里去啊？

崔莺莺（白）：红娘，你看月儿东升，万籁俱寂，正是烧香的时候呢！

红　娘（白）：是呀，我也想是烧香的时候呢，故而早把香案摆好了！

（莺莺焦急四顾。）

（红娘放下香案，走向角门窥视。）

崔莺莺（白）：（一惊）红娘，你要到哪里去？

红　娘（白）：（笑着）看看角门儿关好没有。

崔莺莺（白）：（无奈地）关好了么？

红　娘（白）：小姐，好像门外有人，我看看去。

（红娘出角门。张珙上，见月光下人影绰绰。）

张　珙（白）：啊，红娘姐……

红　娘（白）：轻声些。

张　珙（白）：红娘姐，小姐来了没有？

红　娘（白）：我先问你，真是小姐约你前来？

张　珙（白）：（得意）小生乃猜谜的行家哟。

红　娘（白）：（恍悟，不悦）她在那边等你呢，去吧！

张　珙（白）：春宵一刻值千金啊！

（张珙匆匆欲进角门，红娘一把拽住。）

红　娘（白）：慢，你从角门进去，岂不让小姐知道是我领你去的。这事儿她不让我知道，我不敢放你进去！

张　珙（白）：（笑）红娘姐，你不放我进去，莫非叫我跳墙不成？

红　娘（白）：哎！看这粉墙不高，你就跳墙吧！

（红娘进，拴了角门。）

（白）：小姐，这角门外连个人影子都没有，快烧香吧！

（张珙推门，不料门真的闩上了，呆坐。）

张　珙（白）：唉！

（唱）：人约黄昏户又拴，跳墙顿觉腿儿颤。猛想起“瓜田不纳履”“李下不整冠”。“非礼勿动”孔孟礼，“狗急跳墙”民谚传。堂堂秀才焉做犬！又奈何，老夫人、大门关，小红娘、小门栓，察无洞穴可以钻。粉墙高高似篱藩，一生美梦锁深院。欲跳墙，“五经”“四书”把脚绊，不跳墙，难会那五百年前风流孽冤。

行路难，难于上青天！老夫人啊，是你将我逼上巫山！

（白）：跳吧！是礼非礼，是福是祸，小生只此一跳了！

（张珙跳墙而进。）

崔莺莺（白）：哪一个？

张　珙（白）：小姐，是我啊。

崔莺莺（白）：张生！红娘在这里呢。

张　珙（白）：红娘姐我早已见过了。

崔莺莺（白）：（一惊）啊！（高叫）红娘，红娘——

张　珙（白）：小姐，我奉读大作，如聆佛旨，应约前来……

崔莺莺（白）：（更慌）红娘，红娘——

红　娘（白）：小姐，什么事？

崔莺莺（白）：有贼！

红　娘（白）：真的？我来看看。

（红娘拉张珙袖，看。）

（白）：小姐，不要紧，是个熟贼。

崔莺莺（白）：贼还有什么生的熟的？

（红娘一指张珙。）

红　娘（白）：是张生啊。

崔莺莺（白）：不管张生、李生，与我带了去。

红　娘（白）：带到哪里？

崔莺莺（白）：（失口）带到老夫人那里。

（莺莺忙掩嘴。）

红　娘（白）：小姐，带到老夫人那里，岂不坏了他的名声？还是红娘帮小姐处置吧！张生，你过来。（作怒容）跪下！

（张珙跪下。）

（白）：张生，你既读圣贤之书，必达周公之礼，为何黑夜跳墙过来？是谁叫你来的？你说，你讲呀！

崔莺莺（白）：红娘，与他多讲些什么，还不快把他带了去。

红　娘（白）：小姐，念他初犯，看红娘面上……

（莺莺忙下台阶。）

崔莺莺（白）：是了，先生大恩，早晚必报。如何求之过急，万一老夫人知道，先生难以自安，红娘求情。这次便罢，下次……

红　娘（白）：下次小姐如何安排？

崔莺莺（白）：（话中有话）下次……不可。

（莺莺下。）

红　娘（白）：（对张珙）你呀，真是个“银样镴枪头”！我要你说是她叫你来的，你为什么不说，你嘴巴到哪里去了？

张　珙（白）：（似乎悟到莺莺的难处）你不明白，你不明白！

（张珙踉跄欲倒。红娘惊愕，扶张珙。）

红　娘（白）：先生你怎么了？先生！先生！哎呀，这祸闯大了呀！

【第八场】佳　期

（张珙书斋，莺莺闺房交替出现。）

（张珙抚瑶琴。）

张　珙（唱）：倚我病身兮，三尺瑶琴。忆昨冷遇兮，憾我心旌。倩笑流波兮，岂非含情。明月酬韵兮，能不知音。我知汝心兮，难违母命。拒我相握兮，推之远岑。云山阻隔兮，插翼难近。不得于飞兮，使我沉沦！

崔莺莺（唱）：疏帘风细传琴声，声声凄苦声声恨。叹昨夜，星空斗转牛郎座，银河不渡织女星。怕的是夫人早晚拘管紧，恼的是红娘晨昏侍候勤。惧的是春光泄漏谤言起，恐的是日后见你梦里寻。瞻前顾后我悔恨，毁约请罪我负荆。细思量，以兄妹之情去探病，学一个彩云追月的卓文君！

（莺莺刚跨出门槛，迎面红娘上。）

红　娘（白）：小姐，你要到哪里去呀？

崔莺莺（白）：（不悦）难道我就不能出门散散心吗？

红　娘（白）：那好，红娘陪着小姐。

崔莺莺（白）：你这样形影不离，真讨人欢喜呢！

红　娘（白）：（委屈地）小姐，不要话中带刺儿，都是老夫人吩咐的呀。

崔莺莺（白）：（苦笑）哼，老夫人管天管地，小红娘忠心不渝，我真有福气呢！

（红娘善解人意，不加辩驳。）

红　娘（白）：小姐，张先生病得很重呀！

崔莺莺（白）：不是请太医与他调治么？

红　娘（白）：太医哪能治得好这种病啊！小姐，那张先生如今水米不进，只剩下一口气了。

崔莺莺（白）：我……

（莺莺返回案前，提笔疾书。）

（幕后合唱）：解铃还需系铃人，月上柳梢便是春。

崔莺莺（白）：红娘，我开了一帖药方，你且带去。

（红娘吓得倒退两步。）

红　娘（白）：哎呀小姐，你又来了，前番你一帖药方，害得他一病不起。今番又一帖药方，你这不是要了他的命么？

崔莺莺（白）：红娘，这药方是救命的啊！

（红娘不信地摇摇头。）

红　娘（白）：小姐呀！

（唱）：你把那张生常欺哄，其实是木匠戴枷自作弄。害得他，又是彷徨又惊恐；害得他，一会儿痴迷一会儿疯。小姐呀，水中也有鸳和鸯，天上还有凰和凤。他不是三妻四妾的偷香手，你不是朝三暮四的女儿红。又何苦，蚕儿吐丝茧中自缚，找一个毕生知己有何不公！慰张生何必药方用，你人到榻前是神农。有我贴心贴肺的红娘在，怕什么云山隔万重！

崔莺莺（白）：（感动，真诚地）好姐姐！

红　娘（白）：（贴心地）小姐，红娘是解得你的心意的呀！

崔莺莺（白）：好姐姐，我此番决不哄你了，这“药方”真是对他症候的呀！

红　娘（白）：（喜悦地）真是救命的方子！我这就送去。

（张生书斋，张生阅柬，兴奋异常，病怯身轻。）

张　珙（白）：这药方真是救命的啊！

（唱）：撮土为香三叩拜，一纸香笺消病灾。她说道，西厢变卦将我害，害得我，异乡客地病枕挨。她说道，此番相约定不改，今宵端的佳期来。

（张珙走出门外。）

（唱）：天青湛湛彩云在，月明溶溶沐莲台。风弄竹声只道金佩响，月移花影疑是玉人来。

（张生正焦灼翘首，忽听角门儿“呀”的一声，他眼睛一亮，莺莺在红娘的推送下，含羞带愧，款款而来，音乐高扬。）

（幕后合唱）：银光盈盈满庭阶，天仙飘飘下楚台。花般模样，玉般精神，半推半就，又惊又爱。只缘秋波那一盼，真心耐，至诚捱，并蒂花开。

【第九场】拷　红

（莺莺闺房，崔夫人上。）

崔夫人（唱）：夜深沉，睡不稳，且去绣楼，莺莺儿，好教人，提心在口。这些时，她神思恍惚体态瘦，春山低颦，秋水凝眸。莫非是弄月吟风伤春愁，我苦口婆心解儿忧。

（白）：莺儿睡了么？

（崔夫人入内。）

（红娘上。）

红　娘（唱）：立苍苔，红绣鞋儿冰凉透，由他俩，去绸缪我回绣楼。

（红娘猛见老夫人，吓的回身便跑。）

崔夫人（白）：（厉声）站住！

（红娘如脚下生胶。）

红　娘（白）：（故作镇静）噢，是老夫人，夜深了，你怎么还未安寝呀？

崔夫人（白）：（压下火气）你从哪里而来？

红　娘（白）：（慌）我……我陪小姐在花园烧香……

崔夫人（白）：（怒）小姐呢?!

（**红娘看见香盘，一指。**）

红　娘（白）：嗯？小姐？喔，小姐在花园等我拿香盘呢。

（**红娘取香盘。**）

（白）：老夫人我……（急于脱身）

崔夫人（白）：跪下！

红　娘（白）：（故作镇静）老夫人，好端端的，为什么要跪呀？

崔夫人（白）：你不跪，我打……

（**崔夫人举帚，红娘架住。**）

红　娘（白）：老夫人，不要闪了贵手，红娘去请小姐回来就是。

崔夫人（白）：还不叫她快快回来！

红　娘：（如获大赦）是！

（**红娘拔腿就走。**）

崔夫人（白）：（忽觉不对）慢！好你个刁钻的鬼丫头！待老身自去找她。

（**崔夫人举步。**）

红　娘（白）：（急了）哎呀，老夫人，你去不得！

崔夫人（白）：小贱人，我为何去不得？

红　娘（白）：花园中青苔路滑！

崔夫人（白）：你搀扶我去。

红　娘（白）：室外风大，老夫人要感风寒的。

崔夫人（白）：胡说，月朗风清！

红　娘（白）：反正呀……你是去不得的！

崔夫人（白）：我为何去不得？小贱人，你说！

红　娘（白）：去不得嘛，就是去不得哟！

崔夫人（白）：（怒）不说，我打死你这个小贱人！

（**崔夫人欲打。**）

红　娘（白）：我说，我说！

（唱）：月儿才上柳梢头，早已人约黄昏后。

崔夫人（白）：果真如此，气死我也！

红　娘（唱）：夫人啊，小姐是花中魁首，张生是文坛班头。天造地设鸳鸯配，夫人何必苦追究。如今生米成熟饭，你能罢休时且罢休！

崔夫人（白）：天哪！我堂堂相府竟出了这样的丑事，待我把那禽兽告到官府里去！

红　娘（白）：老夫人，你去告谁？

崔夫人（白）：自然告那张生！

红　娘（白）：这事儿怨不得他。

崔夫人（白）：哎，也要怨我那不知羞耻的小贱人！

红　娘（白）：也怨不得小姐。

崔夫人（白）：哼，都是你这死丫头一人之罪！

红　娘（白）：啊呀，这是你家的事儿，哪里怨得我红娘来?!

崔夫人（白）：那倒怨着谁来？

红　娘（白）：怨只怨……

崔夫人（白）：嗯?!

红　娘（白）：都怨老夫人！

崔夫人（白）：啊？怨我？小贱人，你要是说不出个子丑寅卯来，我打你个皮开肉绽！

红　娘（白）：老夫人，岂止“子丑寅卯”，还有“辰巳午未”一共八个“不该”呢！要是告到官府呀，只怕先要治老夫人的罪呢！

崔夫人（白）：（冷笑）倒是我有了“八个不该”，还要治罪于我，你倒说说，说呀！

红　娘（白）：老夫人哪！

（唱）：一不该“言而无信”把信义丢，再不该“知恩不报”反作仇。三不该“治家不严”捅了娄，四不该“相国府第”你扬了家丑。五不该……

崔夫人：（恼羞成怒）够了，够了，这等丑事，不是你牵线搭桥，难道是我做下的？今天我非打死你不可！

（张珙、莺莺上，见状，莺莺扑地跪倒在老夫人面前。）

崔莺莺（白）：母亲，这事儿与红娘无干，要打就打女儿吧！

崔夫人（白）：你这不争气的孽障，你以为我舍不得打……

（崔夫人欲打，张珙忙上前托住。）

张　珙（白）：老夫人！

崔夫人（白）：（大怒）你……你这禽兽！

（唱）：错看你读书人人模人样，怎知你鲜廉耻蝶浪蜂狂。全不顾先王道三纲五常，全不顾我年迈鬓雪鬓霜。不仁不义不足训，不郎不秀不自强。枉读十年圣贤书，亵渎三代宗祠堂。我崔府世代不招白衣婿，你椽木求鱼是虚妄！

崔莺莺（白）：（哭）母亲，你再这样羞辱张生，叫女儿如何是好啊！

崔夫人（白）：你这小畜生，心中只有张生，哪有为娘……（哭）老相国啊！我还不如早早随你去了呀！

崔莺莺（白）：母亲！

红　娘（白）：老夫人！

（崔夫人、崔莺莺、红娘三人哭成一团。）

（张珙忍无可忍，转身就走，忽停住，回顾莺莺；莺莺左右为难，楚楚可怜。张珙默默走近老夫人，蓦地跪下。众惊愕。）

崔夫人（白）：你……

张　珙（唱）：老夫人，高识宏度怒气平，珍重贵体莫伤身。我三生有幸识令爱，两心相爱前世情。白马解围九天助，老夫人许婚万重恩。张珙将你金口顺，寸心未忤老夫人。不才张珙岂无志，志在人间觅知音。布衣张珙岂无能，万卷诗书藏胸襟。张珙秉性薄功名，呜呼也，万方仰望玉堂金马乌纱缨！老夫人显祖扬宗爱金印，张君瑞，风车云马跳龙门——只为莺莺，岂怕违心！

崔夫人（白）：好，既然如此，天明之后，你即刻登程，进京赴考。得官回来，府门迎你；名落孙山，另攀高门！

崔莺莺（白）：母亲?!

崔夫人（白）：（果断地）红娘，速速整顿行装。你、我与小姐明日返回博陵！

（众惊愕。）

【第十场】长　亭

（幕后合唱）：碧云天，黄花地，西风紧，北雁南飞。晓来谁染霜林醉？总是离人泪！

（黄叶萧索，莺莺、张珙古道惜别。）

崔莺莺（唱）：怨母亲不解儿女意，拆鸳鸯车儿向东马儿向西。张生啊，多情青鸾信频寄，我人去博陵心随你。万不能金榜无名誓不归，撇下你，举案齐眉、琴瑟伴侣。

张　珙（唱）：好莺莺啊！最宝贵心有灵犀，叹人生得一知己愿足矣！马蹄踏碎几度霜，鸳梦重温弹指期。得官回来荣耀妻，不得官回来陪伴你！

（红娘上。）

红　娘（白）：小姐，老夫人命你登车启程！

（二人依依离别。）

（幕后合唱）：柳丝长，玉骢难系，恨不教倩疏林挂住斜辉。四围山色中，一鞭残照里。遍人间烦恼填胸臆，量这大小车儿任何载得起？愿天下有情的都成了眷属，永老无别离，万古常相聚！

——剧　终

四　蒲剧《西厢记》剧本①

【第一场】巧相遇

（大幕启。普救寺一隅。众小和尚舞蹈。法聪由小和尚中走出。众小和尚下。）

① 该剧本由韩树荆、杨焕育依据元杂剧《西厢记》改编，笔者根据运城市蒲剧团演出剧本整理而成。

法　聪（念）：祖籍河东龙头下，普救寺剃头出了家。西厢故事传天下，有人叫骂有人夸。这个说——莺莺人小贼胆大，竟与张珙暗勾搭。那个说——两个青年没有差，都怪那成事败事的莺莺妈，坏了心的老冬瓜！不说谁的真，不说谁的假，我只把正宗西厢拉一拉。（下）

（红娘引莺莺上。法聪引张珙上。）

红　娘（白）：小姐呀！

（唱）：往日里你深居小院房门不跨，近日来几催红娘带你离开家。

法　聪（白）：张先生！

（唱）：往日里你关门读书习字画，近日来常到寺院去。

红　娘（唱）：说是游寺院，却不看佛塔。

法　聪（唱）：说是去求佛，却不拜菩萨。

红　娘（白）：小姐呀！

（唱）：你不言不语想些啥？

法　聪（白）：张先生！

（唱）：你东张西望寻什么？

红　娘、法　聪（同白）：快走呀！（走动，相碰）

红　娘（白）：秃头法聪，你咋跟我过不去！

法　聪（白）：丫头红娘，你咋跟我过不去！

红　娘（白）：我领小姐游寺碍你什么事？

法　聪（白）：我领先生游寺碍你什么事？

红　娘（白）：哼！

法　聪（白）：哼！

红　娘（白）：小姐快走。

法　聪（白）：张先生快走。

（红娘、法聪下。莺莺、张珙相见。）

张　珙（唱）：想见她，幸见她，眼前人儿果是她。是她！是她！是她！

莺　莺（唱）：果是他，果是他，又想看他又躲他！

张 珙、莺 莺（同唱）：那夜晚——

张 珙（唱）：她吟诗在碧纱窗下，

莺 莺（唱）：他弹琴在西厢月下。

张 珙（唱）：诗有意，

莺 莺（唱）：曲含情，

张 珙、莺 莺（同唱）：月吐光华。

张 珙（唱）：今见面疑是仙女天降下，

莺 莺（唱）：好俊的人儿，活像一个玉娃娃。

张 珙（唱）：你看她如嫩草，如鲜花，那眉那眼，那杨柳腰儿一掐掐，看她三天三夜眼不乏！

莺 莺（唱）：越想近他越离他，又喜又羞又害怕……

（张珙近前欲说话，莺莺慌乱急走，张珙追赶。）

张 珙（唱）：疯魔了张解元，把人活爱煞！

（莺莺一个趔趄跌倒伏地，张珙趋前搀扶。莺莺回眸一笑，疾下。张珙凝目莺莺跌倒的地方，学莺莺伏倒形状。）

（钟声响。众小和尚上，摆设道场。法聪上。）

张 珙（白）：小师父，众沙弥过来过去，要干何事？

法 聪（白）：崔小姐先父崔相国曾施银重修普救寺。相国京师命终，崔夫人扶柩返乡，路途有阻，寄柩寺中，不日为相国超度亡灵，众沙弥忙着摆设道场。

张 珙（白）：什么？崔夫人不日为崔小姐亡父崔相国超度亡灵？

法 聪（白）：正是。

张 珙（白）：如此甚好。

法 聪（白）：好什么呀？

张 珙（白）：小师父……（对法聪耳语）

法 聪（白）：你……

张 珙（白）：哈哈哈……（笑下）

法 聪（念）：他爱她，她爱他，一块吸铁，一坨铁疙瘩。眼睛看不够，心中想个扎，道场内看看他们干些啥？

（众小和尚摆好道场，各立各自位置。）

【第二场】退贼兵

法　聪（白）：有请师父。

（法本上。）

法　本（念）：殿宇巍峨普救寺，香火遥寄相国灵。有请老夫人。

（欢郎搀崔夫人，红娘搀莺莺上。）

（崔夫人、莺莺、红娘、欢郎同进门。法聪递香。）

（崔夫人背身拈香。众小和尚争看莺莺。）

法　本（白）：哼！

（众小和尚俯首。）

崔夫人（对莺莺唱）：莺莺女幼年时遵父之命，与表兄尚书公子纳彩联姻。崔相国郑尚书门当户对，表兄妹配良缘亲上加亲。归故里良辰吉日及早择定，完六礼得佳婿告慰先君。

欢　郎（白）：爹爹呀！

莺　莺（白）：爹爹呀！

（张珙捧香盘上，窥听。）

莺　莺（唱）：哭爹爹叹身世悲痛难禁！爹爹啊——

张　珙（白）：（情不自禁地抽噎）嗯，嗯，嗯——

莺　莺（哭）：啊——

张　珙（哭）：啊——

（众惊。莺莺止哭。）

法　本（白）：什么人？

张　珙（白）：是小生。

法　本（白）：他乃是赴京赶考的举子，借居小寺温习功课。张先生，老夫人为相国做道场，你哭的什么恓惶？

张　珙（白）：这……只因先父下世多年，小生书剑飘零，未得一陌纸钱相报，欲求夫人带斋一份，追荐亡父。来到道场，还未禀告，听见哭声，顿时想起亡父，不由得就哭了起来。

法　本（白）：（向崔夫人）这……

崔夫人（白）：想不到山村野寺之中，竟有这样孝道之人。让他带斋祭父吧。

法　本（白）：老夫人命你带斋祭父。

张　珙（白）：谢老夫人。爹……

（法聪急制止。）

张　珙（白）：爹……

（法聪又制止，示意莺莺正在哭祭其父，不要打扰。）

莺　莺（白）：爹爹呀！

（唱）：见相公更使我倍添伤悲。郑公子缺德行纨绔之辈，才疏浅貌不扬难称奴心。父母命重如山难以违背，怕东归娘为我成礼完婚。居蒲东望乡关归程日近，满腹中伤怀事诉于何人？爹爹呀！

法　聪（白）：（向张珙）轮到你啦。

张　珙（白）：啥？

法　聪（白）：哭！

张　珙（白）：哎，哎！我哭了一声爹爹！爹爹！爹爹为人师表，一生辛劳，只因咱三代寒儒，家境贫寒，临终之时，孩儿张珙未定婚聘，如今年交二十三岁，未曾娶妻……

崔夫人（白）：嗯——

张　珙（白）：爹爹呀！

莺　莺（唱）：我哭父来——

张　珙（唱）：我哭爹！

莺　莺（唱）：他话中有话——

张　珙（唱）：对谁说！她年交二八花一朵——

莺　莺（唱）：我亦非鲜花是苦果果。

（报讯和尚内喊："师父——"奔上。）

报讯和尚（白）：孙飞虎率领五千贼兵直奔寺院，要抢莺莺小姐做压寨夫人！

（法聪奔下，内喊："师父——"复奔上。）

法　聪（白）：师父，不好了！贼兵手持火把，肩扛巨木，冲撞寺门，大喊："进得寺院，见人便杀！"

众（白）：啊！

法　聪（白）："见房就烧！"

众（白）：啊！

法　聪（白）："斩尽杀绝，寸草不留！"

崔夫人（白）：这……

法　本（白）：快快守住寺门。

张　珙（白）：快快守住寺门。

（报讯和尚下。）

法　本（白）：夫人，速思良策搭救莺莺小姐。

崔夫人（白）：老身心慌意乱，六神无主啊！

莺　莺（白）：母亲，事到如今，为了我父灵柩得以送回家乡，寺院不被烧毁，僧俗人等免遭杀身之祸，只有将孩儿交给贼人。

崔夫人（白）：若将我儿交给贼人，岂不辱没了相国门风。

莺　莺（唱）：为免玷辱相府门，得保女儿清白身，莺莺甘愿撞阶死，将儿尸体交贼人。

（莺莺欲撞阶一死，张珙忙拦。）

张　珙（白）：不能死！不能死！

莺　莺（白）：母亲——（扑向崔夫人怀中）

（莺莺、崔夫人抱头痛哭。张珙紧张思索。）

张　珙（白）：（成竹在胸，向崔夫人）老夫人……

崔夫人（白）：长老，晓喻全寺，能退贼兵者，我……愿将女儿许配他为妻。

（法本欲传话。）

张　珙（白）：慢！老夫人讲说什么？

崔夫人（白）：谁能退得贼兵，将小女许配为妻。

张　珙（白）：老夫人讲的可是实言？

崔夫人（白）：绝不后悔。

张　珙（白）：小生有退兵之策。

崔夫人（白）：有何妙计快快讲来。

张　珙（白）：（向法聪）小师父，速去告诉孙飞虎，让他兵退一箭之地，三日之后，小姐孝服期满，搽脂粉、穿红装，陪上妆奁，坐上轿子，吹吹打打去与大王拜堂成亲。

法　聪（白）：（不解地）你……

张　珙（白）：快去吧！（推法聪下）

崔夫人（白）：好啊！你……你这哪里是退贼兵，分明是与贼子做媒！

张　珙（白）：老夫人不要着急。小生有一好友姓杜名确，号称白马将军，统兵十万，镇守蒲关。小生致书与他，定能杀敌解围，营救莺莺小姐。

崔夫人（白）：如此先生快快修书。

张　珙（白）：待我修书。

崔夫人（白）：阿弥陀佛！

（莺莺、张珙含情相望，分下。）

（众小和尚转换客厅场景。同时，法聪上。）

法　聪（念）：酸秀才还真有本领，笔尖儿横扫五千兵。老夫人东阁摆喜宴，且看张生配莺莺。

（法聪、众小和尚下。）

【第三场】赖婚约

（红娘上。）

红　娘（唱）：张先生一封书信把贼破，好似那观音菩萨救命佛。老夫人东阁设酒宴，小红娘跑前跑后忙张罗。我小姐因祸得福结蜜果，张先生喜星高照小登科。老夫人逢凶化吉得佳婿，待明年胖乎乎外孙唤外婆。结蜜果，小登科，唤外婆，忙张罗，一家人老老少少、少少老老，乐乐呵呵、呵呵乐乐，一个个都变成喜眉笑脸、笑脸喜眉的大肚子佛！哎呀呀！弥陀佛！

（张珙上。）

张　珙（吟）：莫道良缘自天定，若非人为事不成。

红　娘（白）：张先生，我还未去请你，你怎么就来啦？看把你着急的！

张　珙（白）：我是心难自主啊！哈哈……红娘姐，烦劳你端详端详，看小生这身打扮，可像新姑爷。

红　娘（白）：嘻嘻！你站好，让我看看。

（唱）：齐楚楚的衣帽儿没半点儿土星星，光溜溜的头发儿能照见人影影。红扑扑的脸蛋儿耀花人眼睛，酸溜溜的神气儿酸得人牙疼！

张　珙（白）：哈哈……红娘姐，取笑了。

红　娘（白）：老夫人和小姐马上就到，张先生请稍待。（欲出门又返回）张先生，见了老夫人，记着要叫丈母娘。

（崔夫人上。莺莺随上。）

崔夫人（唱）：张先生果然有高才，一封书信免祸灾。今日东阁把酒宴摆——

红　娘（白）：小姐，平日里你愁着个眉，苦着个脸，几天也不见露笑颜。今日要眉儿舒，眼儿展，痛痛快快笑他个欢。笑呀，笑呀，笑了！笑了！

张　珙（白）：（随笑出声）哈……（急掩口）

崔夫人（唱）：可惜他家道衰落是个穷秀才。

张　珙（白）：拜见岳母大人！

崔夫人（白）：张先生……

张　珙（白）：张先生？（向红娘）她叫我什么？

红　娘（白）：叫——咳！丈母娘，敬女婿，把你个辫辫往上提。叫先生哩！

张　珙（白）：好！好！

崔夫人（白）：请来上座。

张　珙（白）：（向红娘）老夫人叫我坐在什么地方？

红　娘（白）：丈母娘爱女婿，叫你高高坐上席。快登上座，快登上座。

张　珙（白）：上座，上座！

（崔夫人、莺莺同入座，张珙随入座。）

崔夫人（白）：红娘斟酒。

（红娘斟酒。）

崔夫人（白）：张先生，仰仗先生之力，我们全家大难不死。来来来，咱们共饮一杯。

（红娘奉酒，三人同饮。）

崔夫人（白）：张先生，你救了我们全家老少性命，深深感激。来来来，老身敬你一杯。

（红娘奉酒，张珙接杯。）

张　珙（白）：老夫人……

红　娘（白）：都是一家人了嘛！

崔夫人（白）：一家人了，哈……是一家人了！

（张珙饮酒。）

崔夫人（白）：儿呀！有为娘亲自做主，从今以后，他就是你的亲哥哥，你就是他的亲妹妹。你们二人兄妹相称。来来来，上前与你家哥哥敬酒一杯。

张　珙（白）：（惊怔）啊！

（莺莺同时惊怔抬首。）

红　娘（白）：老夫人变了卦了！

张　珙（唱）：猛听一声“哥哥”称，地陷天塌惊雷轰！无名怒火心头起——

莺　莺（唱）：心痛酸，咽喉哽，欲哭、哭……

（幕后伴唱：“呜——”）

莺　莺（唱）：欲哭难出声！

（幕后伴唱：“欲哭难出声！”）

莺　莺（唱）：只说是退贼兵娘践婚盟，有情人成眷属好事天成。只说是酒宴前终身事定，效鸳鸯长厮守情深意浓。骤然间捧打鸳鸯分西东，有情郎变成了多余长兄。一声哥哥毁春梦，老母亲出尔反尔太无情。

崔夫人（白）：儿呀，上前给你家哥哥敬酒。

莺　莺（白）：母亲……

崔夫人（白）：（向红娘）红娘，给小姐斟酒。

红　娘（白）：老夫人……

崔夫人（白）：嗯——

（红娘无奈斟酒。）

莺　莺（白）：母亲……

崔夫人（白）：儿呀，张先生恩重如山，你口称哥哥，敬酒报恩。

红　娘（白）：小姐……（呈杯）

（莺莺推杯，酒洒。红娘急复斟满酒，欲亲自递向张珙。）

崔夫人（白）：回来。（从红娘手中要过酒杯递向莺莺）给你哥哥敬酒。

（莺莺迟疑不接杯，崔夫人逼视莺莺。）

莺　莺（唱）：老母亲严命把酒盏，无奈何接杯且向前。（接杯）这杯酒似一把无情利剑，斩断我与张君金玉良缘。杯中酒如银河波翻浪卷，把一对有情人分隔两边。啊——分隔两边。

（莺莺呈杯向张珙。张珙气抖。莺莺见状悲痛难忍，转身欲走。崔夫人怒目相逼，莺莺无奈自饮苦酒。）

莺　莺（白）：苦啊！（奔下）

红　娘（白）：小姐！（追下）

崔夫人（白）：哼！（得意下）

（张珙瘫软倒地。）

（众小和尚上，转换西厢书房场景。同时，法聪上。）

法　聪（念）：心口不一的老婆婆，翻云覆雨赖婚约。好端端鸳鸯被拆散，害得张生受恓惶。

（法聪扶张珙进西厢书房。众小和尚下。）

【第四场】双传简

张　珙（白）：哼！

（唱）：老夫人失信义枉谈孔孟，一杯酒顶替了爱妻莺莺。气得我五

内烧灼四肢冷，坐立不安要发疯。再留西厢有何用——（收拾行装）

法 聪（白）：张先生，你要走？

张 珙（白）：走！孙飞虎兵围普救寺，老夫人亲口许婚，如今媳妇变成妹妹。妹妹！（气）噢呋……

法 聪（白）：当时许你媳妇，你是叫花子拾元宝，捡了个便宜。如今媳妇变成妹妹，也是个便宜。

张 珙（白）：便宜？便宜！哈……

法 聪（白）：说他捡了个便宜，高兴得笑了。

张 珙（白）：便宜！便宜！（哭）呜……

法 聪（白）：捡了便宜倒哭开了。神经病！不要哭了。长老命我转告先生，老夫人对先生一片善心，命你住在西厢温习功课，饭钱由她掏，房钱由她包。

张 珙（白）：我人穷志不低，谁稀罕她的臭钱。走！（欲走又止）

法 聪（白）：怎么，又不走了？

张 珙（唱）：难割舍莺莺小姐怎忍离寺中。

法 聪（白）：你……你还记挂着莺莺小姐？

（红娘上。）

张 珙（唱）：想小姐不吃干饭不喝稀汤，想小姐夜难成眠捣枕捶床。想小姐看见月亮当太阳，裤腿穿在胳膊上，想小姐血脉不通心发慌。

（张珙、红娘同哭。）

法 聪（白）：（向红娘）哎，张先生心里难受，你加什么热闹！

红 娘（白）：张先生在这里哭，我小姐在那里哭，我不由得也伤心地哭了起来。

张 珙（白）：红娘姐，你小姐她……

红 娘（白）：我小姐她……

（唱）：先生你神魂颠倒把小姐想，我小姐愁肠百结泪洒闺房。你一天吃不进半碗饭，她两天喝不下一口汤。这几天她哭得眼皮肿，这几天你哭得塌腮帮。睡梦中她这个那个整夜讲，闻先生要离寺倍加忧伤。命红娘到西厢把先生探望——

张　珙（唱）：为小姐张珙不走住死西厢。烦劳红娘姐与小姐带封书信。

红　娘（白）：要我给小姐捎书带信？那可不行，我怕小姐……

法　聪（白）：你刚才不是说小姐“这个那个”嘛！

红　娘（白）：刚才我说小姐梦里说“这个那个”，没有说小姐要“这个那个”。小姐只让我看张先生是不是“这个那个”，可没有叫我帮张先生“这个那个”。我要捎回“这个”，怕小姐“那个”，我要对小姐“那个”，又怕小姐把我这“这个”，“这个那个那个这个”，呀呀呀！这不是鸡刨黄连自找苦吃嘛！

法　聪（白）：咳，大不了责骂两句。要是我，把屁股打成两半儿，我也不怕。

红　娘（白）：那就请你帮先生把信送给小姐。

法　聪（白）：我？不不不，出家人不管俗间事。（下）

红　娘（白）：哈哈……

张　珙（白）：红娘姐，我求求你了。

红　娘（白）：那……

张　珙（白）：红娘姐若肯用心，小生必当重金相谢。

红　娘（白）：重金相谢？拿钱来！知道你这个穷秀才没有钱！要是这样，我越发地不带了。

张　珙（白）：这……（忙赔礼）只怪小生情急失言，惹恼了红娘姐。小生赔礼了。

红　娘（白）：哼！

张　珙（白）：该打才是。（打自己嘴巴）

红　娘（白）：好吧，我就给你带这一回。

张　珙（白）：多谢红娘姐。待我修书。

红　娘（白）：我给先生磨墨。（磨墨）

张　珙（唱）：红娘姐是个好丫头，

红　娘（白）：墨儿磨得黑油油。

张 珙（唱）：含泪挥笔把心意诉——（写罢，递向红娘）拜托红娘姐了。

红 娘（唱）：急忙忙传书简返回绣楼。（跑下）

张 珙（白）：红娘姐慢走！

（唱）：红娘姐与我把书信传，顿觉得眼发亮，精神添，血脉嗵嗵跳个欢。有稀饭能喝他八大碗，一篮子干馍能吃完。哈哈，我张珙变成了活神仙！小姐她定会赴约把我见，挺起腰，放开胆，明月下，花荫前，知心话儿细交谈，哎呀呀，三天三夜说呀说不完！

（红娘上。）

红 娘（白）：张先生！

张 珙（白）：红娘姐来了。小生那封信可曾交给小姐？

红 娘（白）：给了。

张 珙（白）：这就好了。哈哈……

红 娘（白）：好了？

张 珙（白）：好了！哈哈……

红 娘（白）：不好！

张 珙（白）：不好？红娘姐，你真会吓唬人。

红 娘（白）：谁吓唬你啦？是小姐把我吓唬坏啦！

张 珙（白）：那，小姐她——

红 娘（白）：你听！

（唱）：方才间急忙忙绣房回转，见小姐倚枕边珠泪涟涟。接书信一边哭泣一边看，我悄悄一旁侍候一旁观。只见她哭着哭着露笑脸，又见她笑着笑着变容颜。她说（学莺莺神态）："红娘，我乃相国小姐，几曾见过这种东西，你竟敢拿来戏弄于我。看我不告诉老夫人，打下你下半截来。"我说："张先生叫我把这封信儿带给小姐，我又不知道他写着什么。"（学莺莺神态）"哼！还敢强辩！念你初犯饶过于你，转告张先生，既然兄妹名分已定，休要再生非分之心。"

张 珙（白）：完了！

红　娘（白）：没完，还有。

张　珙（白）：还有……什……么？

红　娘（白）：啊！张先生，你的脸怎么变得这样难看？

张　珙（白）：难看？

红　娘（白）：啊！你的声音怎么变得这样难听？

张　珙（白）：难听？

红　娘（白）：张先生，小姐几句话就把你说得像霜打的黄瓜秧，半死拉活的，要是把小姐回信……

张　珙（白）：回信？快拿来！

红　娘（白）：我不敢给你，怕要了你的命。

张　珙（白）：要不了，快拿来！

红　娘（白）：那你可要沉住气。（掏信）给。

（张珙接书信，欲拆又止。）

红　娘（白）：张先生你怎么筛起糠来了？

张　珙（白）：我没筛糠，我是打颤哩！

红　娘（背白）：小姐，你这信是勾张先生的命来了。

张　珙（白）：（颤抖拆信，念）"待——"

红　娘（白）：蛋？鸡飞蛋打啦？

张　珙（白）："月——"

红　娘（白）：越发不行啦！

张　珙（白）：（慢慢抽出信）"待月西厢下。"

红　娘（白）：下？张先生……

张　珙（白）：哈哈……

红　娘（白）：张先生，你怎么啦？

张　珙（白）：（自言自语）小姐要我今晚跳墙……

红　娘（白）：张先生，你说什么？

张　珙（白）：啊？好热的天！

红　娘（唱）：我只说小姐写的绝情话，他怎么高兴得笑掉门牙。看起来心里

想着他嘴里把他骂，想瞒哄小红娘把我当傻瓜。张先生，信儿送到了，我也该走了。告辞，哼！（下）

张　珙（白）：哈哈……红娘姐慢走。小姐约我今晚花园相会，要我跳墙而过。这跳墙……（做跳墙跌倒状）哈……（下）

（众小和尚上，转换花园场景。法聪同时上。）

法　聪（念）：婚约易毁情难忘，传书递简诉衷肠。且看待月西厢下，读书人怎样跳粉墙。

（法聪、众小和尚下。）

【第五场】跳粉墙

（莺莺上。）

莺　莺（唱）：暮鼓敲晚钟撞月明花暗，离闺房轻移步去到花园。遣红娘暗地里传书递简，怕红娘泄春光支离身边。静悄悄月影儿把我陪伴，情切切会先生心意细谈。

（红娘上。）

红　娘（唱）：小姐有情装无情，暗去花园会张生。做此事不该把红娘瞒哄，我为你捏着汗担着惊只怕漏风声。

莺　莺（唱）：但不知张先生可待月西厢下？

（张珙上。）

张　珙（唱）：快快跳墙进园中。小姐……

莺　莺（白）：（惊喜地）张……

（张珙由墙上跳下。红娘闻声闪出。）

红　娘（白）：（自语）嗵！什么声响？

莺　莺（白）：（一惊）红娘！（脱口而出）有贼！（欲拉红娘下）

红　娘（白）：有贼！来人哪！来……

张　珙（白）：不要喊。红娘姐是我。（趋前见红娘）

红　娘（白）：（对莺莺）小姐，是个熟贼。

张　珙（白）：小姐……

莺　莺（白）：（故作姿态）原是张先生。

张　珙（白）：（背白）怎么冷冰冰的！

红　娘（白）：我说张先生，你是没吃的还是没穿的，怎么当起贼娃子来了？

张　珙（白）：我不是贼，是小姐让我……

莺　莺（白）：（拦住话头）红娘，把他拉到老夫人那里去。

张　珙（白）：啊！（向莺莺）你……

红　娘（白）：龙王爷吹箫，吹不成调子气还不小哩！

张　珙（白）：哼！

红　娘（白）：小姐，不要惹老夫人生气，饶了他吧！要不教训他几句，（向张珙）跪下！

张　珙（白）：哼！

红　娘（白）：还不服气哩，跪下！（按张珙下跪）小姐——

莺　莺（唱）：他本是金梁玉柱撑大厦，怎忍折腰受跪罚。欲待扶起他，怕红娘看出岔，还让教训他，如何把话答？活活把人心痛煞！（无奈地）张先生，母亲既命你我兄妹相称，切不可再生非分之心。今天之事，一念红娘说情，二看兄妹之面，饶恕于你，以后当引以为戒才是。

张　珙（白）：教训得好！教训得好！

（唱）：小姐无端变了卦，此事把人活气煞。人心难测太可怕——眼睁睁变成大贼娃！（向莺莺）我是贼娃子，我是贼娃子！我是贼娃子……（下）

（莺莺目送张珙，难抑悲痛。）

红　娘（白）：小姐……

莺　莺（白）：哼！

（莺莺疾走回房，红娘紧随。同时，众小和尚上，转换莺莺闺房场景，下。）

【第六场】寄药方

（莺莺进门，背身合门。红娘被阻门外，下。）

莺　莺（唱）：（伏桌痛哭）啊……我好悔也！悔不该见先生急呼有贼。自东阁一杯苦酒强吞饮，我与他两地相思同断魂。命红娘传书简约君相会，把满腹知心话诉与玉人。花园内会先生情如春潮水，星月下望张君喜中又含悲。只道我腰围减缕带宽三寸，眼前人比莺莺更消瘦十分。憔悴人对憔悴人，相思人怜相思人。他多想见莺莺把苦水吐尽，我更想对先生体贴温存。谁料我面如霜话如冰水，冷酷酷一声贼驱君出园门。东阁宴狠心娘横把蓝桥毁，花园内忍心的莺莺自把鹊桥拆。纵掬起千层万叠黄河水，冲不尽洗不净我含羞带愧一颗无情心！悲凄凄，泪纷纷，暗洒闲抛几晨昏，哭煞闺中人。哭先生想先生乱了方寸，不分明不辨黑颠倒神魂。欲写字笔倒拿倒拿笔字写反反写字墨儿沾在指尖上，欲缝连针倒拿倒拿针针缝反反缝针前襟钉上后衣襟。挥泪眼望西厢灯摇影碎，受屈的人儿呀怎度光阴？竹摇窗外风阵阵，似闻君寂寞冷斋低呻吟。柳丝颤舞轻絮飞，似见君瘦骨嶙峋怎禁寒风吹。雨打梧桐如断肠泪，遥望君漫漫长夜独身孤影残泪滴滴怎到晨？想此时他定在把我怨恨，骂莺莺言而无信是个负心人。约会的诗简成绝情信，昨日情人成仇人。为什么约相会又昧相会？为什么有情人故作无情人？为什么娘赖婚我又把简昧？为什么爱张君反害张君？早知今日把郎累，当初何如不约君。忍看玉人悲离去，空负待月一片心。意难绝，情难尽，又悔恨，又羞愧，难道说就这样情断人离分！

（**崔夫人上。红娘随上。**）

红　娘（白）：小姐，老夫人来了。

莺　莺（白）：（急擦泪）母亲……

崔夫人（白）：听说我儿这两天茶饭不思，整日哭哭啼啼，却是为何？

（**莺莺无语。**）

红　娘（白）：小姐思念老相国，心中难受，因而恸哭。

崔夫人（白）：我儿孝心可嘉，只是不要哭伤身子。为娘还要到西厢探望张先生疾病，不能久留。

莺　莺（白）：怎么？张先生病了？

崔夫人（白）：病倒两天了。

莺　莺（白）：啊！

崔夫人（白）：我已命法聪请医诊治。但愿神医妙手回春，让这个冤家早日离开西厢。

莺　莺（白）：离开西厢……

崔夫人（白）：红娘，好好侍候你家小姐。

（红娘搀扶崔夫人下。）

莺　莺（唱）：闻一言，心惊颤，先生为我病缠绵。狠心娘病中还要把他赶，我怎忍累他受凄惨。为报君救奴恩如海，不负君爱奴情如山，为酬我女儿终身愿，为完君与奴三生缘。不怕羞，不避嫌，不怕违母命闺范严。挣开足下千索绊——（伏案奋笔疾书，书就，接唱）今夜西厢人团圆。红娘。

（红娘上。）

红　娘（白）：小姐。

莺　莺（白）：速将这个"药方"送交张先生。（递"药方"）

红　娘（白）：张先生就盼这张"药方"呢！（下）

（莺莺梳妆，将一朵花戴在头上，下。）

（众小和尚上，转换西厢书房场景。法聪上。）

法　聪（念）：药方方，有灵效，好像一棵灵芝草。管它灵效不灵效，今晚西厢看热闹。

（众小和尚下。）

【第七场】西厢会

（张珙上。法聪急上前搀扶。）

张　珙（唱）：只说是月下花前心意诉，谁料想赴约会反成小偷。

法　聪（白）：哪见过这么体面的小偷。

张　珙（唱）：崔莺莺也不把信约来守——

法　聪（白）：庙里的神像，没安人心肠！

张 珙（唱）：效其母口是心非恩作仇。

法 聪（白）：寺门外的石狮子，一对没心肝！

张 珙（唱）：恼红娘也来把莺莺相助——

法 聪（白）：她和莺莺穿的是一条裤子！

张 珙（唱）：你法聪——

法 聪（白）：我怎么啦？

张 珙（唱）：虽怀好心，难办好事，你你你……本是个无用的秃头！

法 聪（白）：不秃怎么能当和尚呢。（扶张珙坐）

（红娘上，叩门。）

法 聪（白）：谁？

红 娘（白）：张先生！

法 聪（白）：红娘来了。（开门）哼！

红 娘（白）：张先生，这两日病情如何？

张 珙（白）：（似理不理地）嗯。

红 娘（白）：老夫人请医治疗，可曾见效？

张 珙（白）：嗯。

红 娘（白）：怎么老是"嗯、嗯"的？

法 聪（白）：张先生得的是哼哼病。

红 娘（白）：（笑）嘻！张先生，我小姐……

（张珙闻言，情不自禁地欲起立，法聪急按其坐下。）

红 娘（白）：（察觉，窃笑）张先生，我小姐闻听先生患病，特命红娘送来一张"药方"，先生请来过目。

张 珙（白）：（突然地）我没病！

法 聪（白）：不看！

红 娘（白）：出家人不管俗间事，碍你什么事？

法 聪（白）：你……

红 娘（白）：我去告诉长老。

法 聪（白）：别……（急出门）哼！（下）

红　娘（白）：张先生请看。

张　珙（白）：把我害得要死，却给开来药方，打一个巴掌给个枣吃！不看！

红　娘（白）：我小姐怎么害你啦？

张　珙（白）：怎么害我啦？你看。（拿出诗简）

红　娘（白）：这是什么？

张　珙（白）：你小姐写的，你亲手送的诗简。（念）“待月西厢下……”

红　娘（白）：“待月西厢下”，是小姐叫你……

张　珙（白）：叫我等到月亮出来后去花园会她。

红　娘（白）：那要是天阴没有月亮呢？

张　珙（白）：这是做诗的比喻。

红　娘（白）：好好好，就算你说得对。往下念。

张　珙（白）：“迎风户半开”。小姐半开园门，进园等我。

红　娘（白）：那咋不全开呢？

张　珙（白）：全开就没有诗味了。“拂墙花影动，疑是玉人来。”是让我跳墙过去，她看见花影摆动，就知道小生来了。

红　娘（白）：果然不出红娘所料。

张　珙（白）：这是她叫我跳墙去花园，怎说我是……不是害我是什么？

红　娘（白）：小姐说啦，这次不比上次。快看！

张　珙（白）：不看！（回坐一边）

红　娘（白）：看看。（把“药方”伸到张珙眼前）

（张珙夺过“药方”欲扯。）

红　娘（白）：不敢扯！不敢扯！

（张珙欲扯不忍。）

红　娘（白）：（故意地）扯，扯！快看吧。

张　珙（白）：哼！（看“药方”，越看越高兴）嘿嘿……

红　娘（白）：怎么？先生的病……

张　珙（白）：好了！（掀掉头纱）哈哈……

红　娘（白）：好了？看看药方病就好了，那药铺不全要关门啦？

张　珙（白）：这不是药方，是小姐约我今晚西厢相会的信简。哈哈……（下）

红　娘（白）：好啊！

（唱）：好个治病的妙药方，小姐她又暗暗做文章。

（张珙穿戴一新上。）

红　娘（白）：张先生你穿红着绿的做什么呀？

张　珙（白）：迎候你家小姐前来嘛！

红　娘（白）：张先生。

（唱）：我小姐一会儿热来一会儿凉，可小心到时候改弦更张不来西厢。

张　珙（白）：还请红娘姐多多帮忙。

红　娘（唱）：她那里瞒我避我把我防，小红娘能帮的什么忙。你等着吧！（下）

张　珙（白）：红娘姐，红娘姐！

（唱）：一句话说得我满怀惆怅，怕小姐又翻悔改弦更张。（着急等待）

（红娘引莺莺上，推莺莺进门，张望下。）

（莺莺、张珙相见，对视。）

（张珙迎跪莺莺面前。莺莺含羞垂首。张珙引莺莺下。红娘上。）

红　娘（唱）：有情人相会西厢下，红娘喜把鹊桥搭。自东阁赖婚姻花园事出岔，他二人尝够了酸甜苦辣。肚子里积攒下多少知心话，今见面要好好拉上一拉。鸟儿莫要叫，风儿莫要刮，水蛤蟆莫要瞎咯哇，好不容易到一搭呀，万不可惊动他一对苦瓜瓜。苦瓜瓜呀苦瓜瓜，都说些什么悄悄话？（蹑手蹑脚走至门前偷听，窥视，接唱）莫非同吟诗？为何静哑哑？莫非同做画？为何无灯花？莫非怄气不搭话？待我相劝解疙瘩。（推门不开）房门紧闭从内插，莫非他和她……哎呀呀！老夫人若知怎下架？我可得小心留神免出岔岔。

（红娘留神四看，一阵凉风刮来。）

红　娘（唱）：夜深天黑凉风刮，心里发毛眼发花。什么飕飕响？什么乱晃荡？我又冷又急又害怕！哎呀呀！露水又打湿我红袜袜。

（月光渐暗，曙光渐显。）

红　娘（唱）：星儿稀，月儿斜，晨鸡叫醒众佛家。莽和尚要上楼把钟打，老和尚要进禅堂念法华。大和尚要添香去宝刹，小和尚要敲木鱼习佛法。把钟打、念法华、去宝刹、习佛法，小姐呀，你怎能离开这个家？更害怕，更害怕——老夫人闲步来到西厢下。（敲打房门）小姐……

（张珙上，开门，莺莺出门，二人分下。同时，欢郎睡眼惺忪上，猛然发现莺莺。）

欢　郎（白）：姐姐？（欲细看）

（红娘边挡欢郎视线边退下。）

欢　郎（白）：嘿！（跑下）

（众小和尚上，转换厅堂场景。法聪上。）

法　聪（念）：不好啦！出事啦！老夫人拷问怎回答？哎呀呀哎呀呀！哎呀哎呀哎呀呀！

（法聪与众小和尚下。）

【第八场】拷红娘

（崔夫人气呼呼上。欢郎随上。）

崔夫人（白）：我问你可看得清楚？

欢　郎（白）：看得清楚。

崔夫人（白）：看得明白？

欢　郎（白）：清清楚楚明明白白看见红娘领着我家姐姐从张先生西厢出来。

崔夫人（白）：传红娘。

欢　郎（白）：红娘来见！

（崔夫人挥手，欢郎下。红娘急上。）

红　娘（唱）：老夫人，一声叫，离开绣房快步跑。却怎么眼儿跳心儿毛？

崔夫人（白）：红娘快来！

红　娘（白）：来了，来了！还怪紧火哩！（进门）参见老夫人。

（唱）：老夫人呼唤为哪条？老夫人，莫非唤我梳头……

崔夫人（白）：不用！

红　娘（白）：待我与你捶背。

崔夫人（白）：嗦！我来问你，昨天晚上你和小姐哪里去了？

红　娘（白）：哪里都没去，小姐在灯下看书，我在灯下绣花。

崔夫人（白）：胡说！

红　娘（白）：噢，我在灯下看书，小姐在灯下绣花……

崔夫人（白）：还不依实讲来！

红　娘（白）：我两个一块儿在灯下看书，一块儿在灯下绣花。没事了吧，我去侍候小姐……（欲走）

崔夫人（白）：回来！昨天晚上，你怎样勾引你家小姐去到西厢？

红　娘（白）：西厢？

崔夫人（白）：私会张生？

红　娘（白）：老夫人，没……

崔夫人（白）：（向内）看过家法！

红　娘（白）：啊！（一惊，手帕掉落）

（唱）：老夫人恶狠狠刨根问底——

（欢郎拿竹板上，递给崔夫人，下。）

崔夫人（白）：（示板）快说！

红　娘（白）：啊！（惊倒在地）

（唱）：又是怕又是急胆颤心虚。事败露小红娘吃罪不起——

崔夫人（白）：你说不说？

红　娘（白）：我……

崔夫人（白）：看打！（举板拷打）

（崔夫人每打一下，红娘叫一声，左右两打后，崔夫人欲再打，被红娘架住。）

红　娘（白）：（哭）老夫人，疼得很！疼得很呢……

崔夫人（白）：我叫你嘴硬！（劈头打下）

（红娘低头躲过，抓住竹板。）

红　娘（唱）：老夫人请息怒听我说仔细。

崔夫人（白）：哼！（扔板于地，返身入座）

（红娘欲捡竹板，崔夫人发现。）

崔夫人（白）：嗯——

（红娘缩手，拾手帕。）

红　娘（唱）：昨夜晚小姐更深停针绣，思念张生泪暗流。来到西厢把病问候——

崔夫人（白）：你为何不阻拦于她？

红　娘（唱）：妹探兄病有理由。

崔夫人（白）：胡说。到西厢以后怎么样？

红　娘（唱）：要说共吟诗，不闻声出口。要说同做画，房内黑黝黝。有心看究竟，门儿从内扣。

崔夫人（白）：啊！

红　娘（唱）：整夜间我红娘站在门外头。

崔夫人（唱）：好啊！他们到底干了些什么丑事？

红　娘（唱）：老夫人呀！你为主，我为奴。你年寿高经历稠，我不清楚你清楚。

崔夫人（白）：气……气煞人了！

（唱）：听罢言眼发黑来气满胸！

红　娘（白）：（忙起立照顾崔夫人）老夫人，老夫人……

崔夫人（白）：哼！（拂袖）

（红娘急跪下。）

崔夫人（白）：起来！

（红娘又急起立。）

崔夫人（唱）：蠢材做事辱门庭。

（白）：张生啊，张生！

（唱）：你枉为宦门书香子，衣冠禽兽坏我门风！（欲走）

红　娘（白）：（急拦）老夫人，你要上哪里去？

崔夫人（白）：我要去官衙告这个狂生。

红　娘（白）：啊！你……你告张先生什么呀？

崔夫人（白）：告他勾引良家妇女。（欲走）

红　娘（白）：这……（急中生智）老夫人，告不得呀告不得！

崔夫人（白）：怎样告不得？

红　娘（白）：此一番到了官衙，老爷问及张先生在何地勾引良家女子，你如何回答？

崔夫人（白）：西厢。

红　娘（白）：西厢又是何人居住的地方？

崔夫人（白）：狂生。

红　娘（白）：既是张生居住的地方，小姐来到西厢，怎么说是张先生勾引小姐呀？

崔夫人（白）：那是狂生伙同你这个丫头把我女儿勾引到西厢。

红　娘（白）：哎呀，冤枉呀冤枉！张先生把小姐迎到西厢，将我关在门外，把我的腿也站麻了，脚也冻僵了，心也操碎了，胆也吓破了，怎能说张生伙同我红娘勾引小姐呀！

崔夫人（白）：哼！你竟敢庇护张生。

红　娘（白）：不是红娘庇护张生，是替老夫人担心。只怕到了官衙告不倒张生，倒把老夫人告进去。

崔夫人（白）：把我告进去？我有什么罪过？我有什么罪过？（弯下腰欲捡竹板）

红　娘（白）：（急拾起竹板递向崔夫人）老夫人，当心闪了腰。

崔夫人（白）：（厉声）你说，我有什么罪过？

红　娘（白）：相国夫人嘛，官老爷怕不敢问你罪过，要问你个三不是。（边说边扶崔夫人坐下，放竹板于桌上）

崔夫人（白）：哼！我有什么不是？

红　娘（白）：请听。（学官员口气）“相国崔老夫人——”

崔夫人(白):你……

红　娘(白):我是说官老爷这样问你:"当初兵围普救寺,是你言道,退得贼兵者以小姐为妻。张先生仗义而出,退兵解围。谁知你不思报恩,让他二人成亲,反昧亲赖婚,言而无信,恩将仇报。是不是你的不是?"

崔夫人(白):这个……

红　娘(白):夫人,我说得可对?

崔夫人(白):(没好气地)算你没错。

红　娘(白):红娘没错,那就是老夫人的错了。

崔夫人(白):放肆!往下讲。(起立,走动)

红　娘(白):(学官员口气)"张先生才貌双全,百里挑一,你却看不中这个女婿,嫌他家道衰落,配不上相国的高门大户。攀高结贵,嫌贫爱富,这是不是又是你的不是?"(坐椅上)

崔夫人(白):这……

红　娘(白):(急起立)老夫人,请。

崔夫人(白):哼!(气愤不安地边坐边说)你再往下讲。

红　娘(白):(边说边走至桌后)"老夫人既然赖婚就应该赖得干干净净,你却让他们二人兄妹相称,换汤没换药,皮剥瓤难剥。一个在闺中怨,一个在书房盼,这个相思害,那个相思添,夫妻难沾边,兄妹不避嫌,妹探兄病惹麻烦。三不是是你治家不严!"(拍竹板)

崔夫人(白):你……

(红娘急至桌前。)

崔夫人(白):你讲得好!讲得好!讲得好!

红　娘(白):老夫人!

(唱):三不是,讲明了,是是非非见分晓。你自己做事不周到,反拿红娘当出气包。还要去把张生告,搬起石头砸自己脚。到头来家丑外扬威仪扫,相国门风全丢抛。若不信你去官衙把状告,红娘与你把堂鼓敲。（拉崔夫人）走走走！

崔夫人（白）：（甩红娘）气死人了！

（众小和尚上，转换寺门外环境，下。）

【第九场】西厢别

崔夫人（白）：有请张先生。

红　娘（白）：有请张先生！

（张珙上。）

张　珙（白）：参见老夫人。

崔夫人（白）：秋暮冬至，考期临近，请张先生赴京应试。

张　珙（白）：这……事到如今，张珙欲留不得，但求临走之时再见小姐一面。

崔夫人（白）：不见也罢。

（莺莺内声："母亲——" 幕后唱："西厢人去心悲怆——"）

红　娘（白）：小姐来了。

（莺莺奔上。）

崔夫人（白）：张先生上京赶考你来做甚？

莺　莺（白）：母亲，事已至此，就让我二人再见一面吧！

崔夫人（白）：你太不知廉耻！回房去！

莺　莺（白）：张——郎！

张　珙（白）：莺——娘！

（莺莺、张珙扑跪到一起。）

崔夫人（白）：你……

（红娘扶崔夫人下。）

莺　莺（唱）：从此后好夫妻天各一方。奔长安路迢迢云水苍茫，孤零零一个人好不凄凉。日赶路谁与你相依相傍，夜宿店谁与你暖被温床。衣破旧谁与你缝洗补浆，染病恙谁与你煎药熬汤。妻不能前后照应魂随君往，形难伴影相随不离君身旁。夜读书灯花爆是妻挑亮，轩窗外秋风咽是妻诉衷肠。马古道上柳枝拂面，是妻我缕缕青丝抚张郎。到京地见枝头桃花绽放，是妻我展笑颜伴君进科场。魂随郎君长安往，人在萧寺我不——不凄凉。妆台旧简慰离肠，西厢人去梦犹香。梦犹香，情难忘，幽闺引颈等张郎。等来朔日复等望，等过端阳等重阳，三载五载不怕长，十年八年等着郎。纵等得满头青丝蒙白霜，我也要等得郎归会西厢。

张　珙（唱）：句句血声声泪在我心上淌！难别离难割舍贤妻莺娘。张君瑞不负妻苦心盼望，定早日登高枝重会西厢。

莺　莺（唱）：恨不能效文君随郎西往——

（崔夫人上。）

崔夫人（白）：车马已备好，请张先生即刻起程。

莺　莺、张　珙（同唱）：听一声起程啊碎心断肠！

（莺莺、张珙依依惜别。）

（众小和尚姗姗上。）

（幕后女声独唱起："碧云天，黄花地，西风紧，北雁南飞。晓来谁染霜林醉？总是离人泪！总是离人泪！"）

（莺莺、张珙分下。众小和尚阿弥陀佛！）

（大幕徐徐闭。）

——剧　终

后　记

我对戏曲学的兴趣可以追溯到2006至2009年本人在辽宁师范大学文学院攻读硕士学位时，其间本人曾选修过“中国古代小说史”“红学及古典小说研究”“辽金元戏曲研究”“戏曲文献学”等多门课程。毕业后，本人进入高校工作，并将“元明清文学”和“东北民俗文化”作为自己的主要研究方向。自2014年开始，本人对东北二人转关注颇多，在梳理二人转传统剧目的过程中，发现二人转《大西厢》不仅是中华人民共和国成立前二人转剧场中下单频率最高的剧目，也是当代二人转舞台上的经典力作，因此，对《大西厢》这部二人转舞台上的经典剧目产生了浓厚的兴趣。在研究二人转《大西厢》的过程中，本人发现在多个戏曲剧种的舞台上都有关于《西厢记》的剧目，而且研究空间甚大，因为以往学术界对《西厢记》研究史、接受史的研究，其着眼点往往在于《西厢记》的文本传播，而对《西厢记》的舞台演出传播则较少关注，即便有也往往局限于元明清时期的舞台演出传播，而对《西厢记》在当代戏曲舞台上的传播的研究则少之又少。这种研究现状引发了本人梳理《西厢记》在当代戏曲舞台上传播与重构过程的想法，因此，本人选择了京剧、豫剧、越剧、蒲剧、黄梅戏等具有代表性的戏曲剧种，以全面梳理《西厢记》在当代戏曲舞台上的传播与重构过程，进而思考《西厢记》在当代戏曲舞台上所发生的审美变异与价值重构。

本书为2017年度辽宁省高等学校基本科研项目“《西厢记》在当代戏曲

舞台上的传播与重构研究”（项目编号：2017JYT18）成果。为了完成本课题，本人曾赴北京、上海、沈阳、太原等地查阅资料，即便如此，仍感觉占有的资料相对匮乏，幸而得到一些师友和学生的帮助，才使相关资料逐渐丰富起来。历时近 3 年，终于完成了撰写工作。在众多的“西厢学”论著中，拙著正如一个蹒跚学步的小儿，虽几经扶助，却难以迈出稳健的步伐。面对广大前贤，唯有俯首赧颜，悉听教诲。感谢我的恩师韩向东教授多年来的教诲与点拨；感谢中国戏剧出版社给拙著一个出版的机会。大连外国语大学中国古代文学专业 2018 级硕士研究生程铂智同学、汉语言文学专业本科生武婷婷同学、徐振宇同学协助本人搜集了相关资料，在这里一并表示感谢！同时还要对关心本书出版的大连外国语大学新闻与传播学院的张恒军教授、张景业教授以及中国戏剧出版社的王松林主任、邢俊华老师致以诚挚的谢意！

李大博

2020 年 4 月于大连